关仁山文集

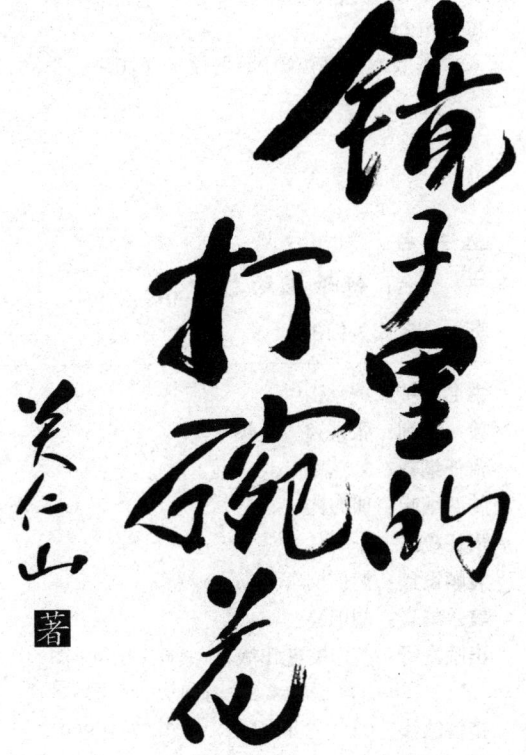

镜子里的打碗花

关仁山 著

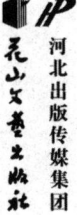

河北出版传媒集团

花山文艺出版社

图书在版编目（CIP）数据

镜子里的打碗花/关仁山著.—石家庄:花山文艺出
版社，2017.1（2022.1重印）
（关仁山文集）
ISBN 978-7-80755-878-1

Ⅰ.①镜… Ⅱ.①关… Ⅲ.①中篇小说－小说
集－中国－当代②短篇小说－小说集－中国－当代
Ⅳ.①I247.7

中国版本图书馆CIP数据核字（2016）第301793号

丛 书 名：关仁山文集
书　　名：**镜子里的打碗花**
著　　者：关仁山

书名题签：关仁山
策　　划：张采鑫　赵锁学
责任编辑：刘燕军
特约编辑：谢海江
责任校对：李　伟
装帧设计：鸿儒文轩·书心瞬意
美术编辑：胡彤亮
出版发行：花山文艺出版社（邮政编码：050061）
　　　　　（河北省石家庄市友谊北大街330号）
销售热线：0311-88643221　010-57572860
传　　真：0311-88643225　010-57572860
印　　刷：三河市华东印刷有限公司
经　　销：新华书店
开　　本：710×1000　1/16
印　　张：18
字　　数：260千字
版　　次：2017年2月第1版
　　　　　2022年1月第2次印刷
书　　号：ISBN 978-7-80755-878-1
定　　价：45.00元

目 录

镜子里的打碗花

　　我天生怕冷，盼天热，就像星星盼望月亮。可是，天一热就容易变脸，孩子的脸说变就变。那天下午，我骑着电动三轮车拉客，到了京郊昌平蝶苑庄园大门前，老天咔嚓扔出一个响雷，天突然大黑，雨点子就落下来了。我缩着脖子眯着眼，想找个避雨的地方。我扭头的时候，听见路边一个女人的尖叫，看见一位牵着藏獒的妇女晕倒，男人紧紧抱住她喊着："许琴，许琴！"藏獒也急疯了，一跳一跳地吼叫着。

　　我急忙掉了车头，雨水太滑，差点翻了车，赶到病人跟前，那女人脸色跟白纸似的，双手捂着胸口，喘不上气来。我就对那个男人说："大哥，送医院吧？"男人点了头："快，快！"关键时刻，我这破旧的电动三轮竟成了救命稻草。男人让门口保安牵走了藏獒。我们七手八脚地把病人抬上电动车，朝一家医院飞奔而去。

　　女人被送进急救室，我和那男人等候着。男人频频给我递烟，我吸着烟观察他，这男人嘴阔，粗眉毛，目光凶悍。他很胖，胖得结实，脸上油光光的。过了一会儿，医生轻轻走出来，欣慰地说："多亏你们来得及时，这要是再耽搁三分钟，你老婆就没救了。"男人充满感激地望了我一眼。病人好了，我想拔腿就走，说不定还能拉两个活儿。男人转头过来握了握我的手："真得好好谢谢你呀，我姓雷，叫雷书怀，有什么事情就找我！"男人掏出一张名片递给我。我看见工贸公司经理的字样，甭说，就是大老板。过了一会儿，雨住了，雨水唰唰消失得太快，伴随一道道闪电。医生对雷老板说，你太太苏醒了，想请你们进去说说话。雷老板对我说："恩人,我老婆请你进去一下!"我愣了愣,跟着雷老板走进病房看见了女主人。我从雷老板嘴里知道女人叫许琴。许琴长得可俊了,圆脸、大眼睛,皮肤保养得好,白白嫩嫩的。她的美丽超凡脱俗,让人不得不折服。她的脸渐渐有了血色,安详、肃然,看不到半点悲喜。许琴轻轻一叹,脸上渐渐有了温情:"唉,想不到的事儿,大白天撞见了鬼哩! 多亏了你呀!"说着,她给雷老板递了个眼色,雷老板掏出一沓钱塞给我。这厚厚的一沓钱,起码得有一万块。我的心像是要从喉咙口里蹦出来。我连连推托说:"太多,太多,给我坐车钱就够了!"许琴说:"你拿着吧,这是我们的一点心意。"我还是不拿,心想佛家说了,逢善必为,罪灭黄沙。我大咧咧地说:"大姐,跟你们比,我是穷人,可是,人穷不能志短。做人不能眼皮子太浅,总得讲一点情谊。"许琴和雷老板都感动了,问我是哪的人。

我接着话茬说:"我叫张五可,老家是延庆小王庄的,在昌平城里拉点活儿。过去家穷,靠东挪西借过日子,庄户人家都帮过我们。我对别人好,别人就会对我好,人帮人,说不定我帮过的人还会帮助别人,这不就是一个善缘吗?"许琴没再开口,眼泪轻轻流了下来。我娘说我从小就善良,会有出息,可是长大了,没啥文化,折腾了几年也没啥起色。但是,我不后悔,咋活不是活着呢?

雷老板留了我的小灵通号码,我就走出医院拉活去了。

隔了两三天,一个风和日丽的上午,我在街上拉脚儿,许琴大姐出院了,她给我打电话,让我晚上到她家里去一趟。我夎着胆子就去了。一进他家 600 平方米的大别墅,富丽堂皇,我都看傻了眼,迈不开步了。我们在大客厅里说了说话。许琴让保姆端来红樱桃给我吃。许琴和蔼地说:"吃吧,五可,以后你就是我家的常客了。"我感动了,一阵车轱辘话说得没完没了。过了一会儿,雷老板开着奔驰汽车回家了。见到我,雷老板也非常客气,但是,我从他眼神里看出了严厉,这双眼如同岁月一样阴险。我怯怯地回避着他的目光。

许琴和雷老板上楼去了。

我刚才喝了普洱茶,吃了樱桃,就想撒尿了。我走进一楼的卫生间,这卫生间好大,比我住的房子还大。从这里能听见楼上的说话声。

我听见许琴大姐说:"我想把五可留下来。"雷老板的口气忽然变得僵硬了："除了他说的，我们别的一点都不了解，这人靠谱吗？"许琴说话爱抽鼻子，带着浓浓的鼻音："啥靠谱不靠谱的？人家是咱救命恩人，养着都应该。跟你说啊，人家是穷点，但是，不准你嫌弃人家！"雷老板嘿嘿一笑："我不会碰他那根敏感神经的，我们是知恩图报的人。"过了一会儿，许琴对雷老板说："充一饥不能供百饱。还是给他差事干吧！我们就去美国了，藏獒带不走，就让他给咱们看房子吧！"雷老板说："我没意见，这要看人家愿意不愿意啦！"许琴说："我们每月给他开 2000 元工资，再给他留下伙食费，保准比拉三轮强吧？"雷老板说："好吧，这主意不错。"许琴停顿了一会儿说："我跟他说，他要是答应，这几天就让他住过来，先适应一下咱家里的情况。"雷老板没有声音了。我赶紧回到客厅，乖乖坐在沙发上，一动不动地坐着，脑袋的血往上涌着，一时语塞，不知不觉，两行热泪就滚落下来。

我终于住进了蝶苑庄园。这里是豪华别墅区，住着北京的富人。我常常做梦，梦见自己和老婆住进城里的高楼，可是，梦醒的时候，总是望楼兴叹：狗 × 的，这楼里住的都是啥人？房价这么贵，他们哪儿弄来的钱？今天，机会终于来了，梦来了，我也住进了楼房。我狠狠掐了一下自己的胳膊，不是梦。雷老板让我住保姆间，我答应了。这可没得说，我是下人自然住保姆间。

冷丁不骑电驴子，我忽然感到了没劲，孤寂，想起了张碗花，非常想。此刻，我的老婆在干啥呢？她会想着我吗？

地不种就不种了，可是房子老了，还是要翻盖翻盖的。我们延庆山村的山地不值钱，我写了个申请，村里就批给我新的宅基地。那块地在离家不远的村口，村口外边隔一条道。新宅基地还空着。如果不是老婆难产花钱，新房早就立起来了。啥时候能盖起来呢？我对发愁没钱的老婆张碗花说："你就放宽心吧，我这回挣得多了，会盖起来的。"张碗花说："只要你心中有我，我不着急盖房子。"村北山坡上开了一个石料场子，有一些民工来来往往从我家宅基地上过，竟然踩出了一条光溜溜、黄色的小路。路边开满了打碗花。花茎懒懒地拔节，声音细细的。麦收的季节到了，河里的蛤蟆一叫，该开第一镰了。我们那儿的第一镰，通常不是割小麦，而是割一些打碗花。我们把花朵晾干，放在水杯里，喝下去健脾益气，利尿，调经。还有一种说法，打碗花是祈福的。打碗花儿，也叫喇叭花儿、牵牛花儿。白里透红的喇叭形花朵儿，在微风中摇曳，仿佛在向我说点啥。小时候听娘说，这种花儿不能碰，一碰就掉的。我家没地可种了，我丢失土地那一年，我就碰掉了一片打碗花。草丛里冷不丁蹿出一只白狐狸，扑棱棱吓人一跳。我也一头栽倒在了花丛中，弄得一脸乌青。那个时候，老婆已经怀孕了，挺着大肚子，要多难看有多难看。福不双至，祸不单行，我们偏偏赶上难产，孩子丢了，钱也花掉了。老婆送进医院的时候，家里没钱，我老爹刚刚病逝，弄得家里都是饥荒，还找谁借钱啊？表姐夫成浩的出现，化解了我们的经济危机。他拿出来 5000 块钱，送到了医院，但是，他有一个条件，他是售粮大户，要把我那九亩山地租给他种着。他种就种吧，我受不了那份累，再说，种田也不挣钱哩！拔了萝卜还有坑儿在。如今坑儿都没了，难道中了表姐夫的圈套？

"你她娘的废物到家了，这叫赔了夫人又折兵，丢了儿子又赔地！"我责备老婆张碗花。我在家里没掌权，我一责备，摸了老虎的屁股，张碗花在案上擀面，就骂我是稀泥软蛋，哪家男人不给家里挣钱，哪个男子汉不给女人遮风挡雨？这婆娘气死我了，她难产，倒把不是推给了我。我从山上背石头，过河的时候，光个脚，咧着嘴，人都累弯了腰，到家里吃着拌汤煮土豆，我肚里的火就蹿上来，咚地把碗筷往炕桌一摔，不吃了。这个时候，我就想离开这个破家，到外面闯荡一番。老婆开始养猪，我到昌平做工了。我买了电动三轮车拉脚，钱没挣多少，却练就了一张巧嘴，一副厚脸皮。自从丢了地，我就不咋想家了，不想那一群肥猪，想的只有老娘和老婆。

刚到别墅里住，还有些别扭。我不知该咋做，一时无所适从。我唯一能做的就是跟人家"交心"，先把"心"交出来，先别管人家认不认。首先认我的是他家的藏獒，这狗东西竟然跟我扑脸地抓挠，亲热无比。

我爱读书，逮住啥瞧啥，雷老板的书架里，说山道海的杂碎书不少。在进入别墅区之前，我从来没有自言自语过，到了这里，寂寞难当，常常一个人说话。早上起来了，我给藏獒买新鲜肉，喂了藏獒，我就到厨房煎两个鸡蛋吃，喝上一罐特仑苏牛奶，然后就在别墅区里遛狗了。一天忙完，脱衣睡觉了，突然对自个儿说几句什么。过后一想，全是当年种地时的烂糟事。

这天上午，阳光明媚。我在草坪上干完了一番活，坐在草坪的藤椅和喝茶。刚刚剪下的青草、花枝和树枝还没来得及清理，园子里飘荡着花香、草香。这里有玫瑰花、牡丹花、茉莉花，唯独没有打碗花。打碗花在城里不好活，还是主人嫌弃它？坐在草坪上，冬暖夏凉，刚刚开春，我当然不是图凉快，而是闻田园土地的味道。在城里，我好久没闻到这种味道了。傍晚时分，我把草坪杂物清理干净了，雷老板晚上回家，到花园里转了转，似乎对我的手艺还算满意。

我对这家人也很满意。如果有不满意的地方，就是富人的生活方式。就说雷家吧，许琴大姐为了补身体，每天喝鸡汤，汤里有人参、海参，她只喝汤，不吃鸡肉，一只整鸡都扔掉。我对许大姐说："扔了怪可惜的，我吃吧！"许大姐说："这里放了丹参，鸡肉没营养了，你吃好鸡呀！"我没话可说了，天天给许大姐扔熟鸡。太可惜了，看着心疼啊！扔一次，我的心都颤悠一回。后来，我想了个办法，我在垃圾桶旁，捡了一个塑料箱子。箱子好好的，说扔就扔了。我在湖边洗了洗，用来装熟鸡。几天凑满一箱，就让我小舅子取走，带给乡下的老婆吃。小舅子开卡车跑运输，贩煤，贩粮食，贩蔬菜，啥赚钱贩啥，不过，车是李大巴掌的，钱都让李大巴掌赚了，他只是小司机而已。每次，东西他也留下一半，他家跟着开荤。有一天，这事被雷老板撞见了，我讪讪地回答："给猪吃，没事儿的。"听说我老婆都吃了，没出啥事，人比先前还壮实了。

我知道雷老板是好意，但是，熟鸡扔了太可惜。为了不让雷家人撞见，担心别人笑话，我一旦认准了这桩"生意"，就动了全部心思。我将熟鸡放进塑料箱子，然后用封条封严，搬到墙外，雷家别墅后院隔一道墙，就是一条护城河，白天我把箱子沉到河水里。到了夜里，我小舅子就顺着绳索把箱子拽到对岸，装车运走了。慢慢地，这箱子不只装熟鸡，还装烂一点的水果，发了毛的点心，这些东西到了农村都是宝贝。他十分凄凉地自语着："唉，人家是人，咱也活一回人，人家富人扔的比咱过年吃的都好啊！"

有一天，雷老板把我叫到二楼的书房，让我看他写书法。他笑了笑问："五可，你属什么？"我说属虎，跟我老婆一个属相。他说："我们就要出国了，走前赠你个一笔虎！"当着我的面，雷老板用大笔蘸足了墨，果然一笔地写了个大字："虎"。我惊叹道："真棒啊！"雷老板得意地说："这样吧，我教你练练字。"我怯怯地摆手："妈呀，我小学毕业，自己名字都写不好，还能练书法？"许琴大姐嘻嘻笑道："老雷，你教他练字，还真是好办法。我们一走，他就写字，还省得寂寞！"雷老板爽快地答应："好，我能教他！"我推托不掉了，想了想说："练仨字吧！"雷老板问："哪三个字？"我字正腔圆地说："虎！福！财！"雷老板仰脸笑了："好，我就教你三个字！你可得下功夫练啊！"于是，一连半个月，雷老板都教我写这三个字。我从描红开始，到临帖，最后能够在宣纸上写字了。我还从雷先生那里学会了分辨生宣纸和熟宣纸。拿舌头一舔，粘舌头的就是生宣，不粘的就是熟宣纸了。

过了两月，雷老板和许琴就去美国给孩子陪读去了。

东家一走，我就牛气多了。我打着饱嗝，一边牵着藏獒，一边迈着不紧不慢的步子。吸引了周围羡慕的目光，我的腰杆硬实了许多。但是，在这样的环境里，寂寞是家常便饭，太正常了，并不觉得多么难以忍受。

那一天，我穿上雷老板送给我的名牌西装，听说叫"皮尔·卡丹"，打了一条杏红色金利来领带，整了整头发，牵着藏獒去河边找他们。我和藏獒走得懒洋洋，感觉阳光和风推着我们。隔老远，就听见他们打打闹闹了，这伙人很爱凑在一起打扑克，然后打打闹闹，拿人开涮取乐。有一次，我们玩"拱猪"，我赢了点钱，跑黑车的王老五说我长得像人妖。还说我给××割了，再做个沟子，撒尿还用老地方。王老五是城里人，老婆嫌他窝囊，跟着别人跑了。城里人就有这种毛病，自己心里不痛快，就千方百计向别人找碴儿。我给气蒙了，觉得他在公开侮辱我，敢怒不敢言，心里骂：把你××割了，给你小子安个狗××！现在行了，我不用偷偷骂了，满可以用别的方法去羞辱这些人。我变富人了，我容光焕发，从头到脚都透出富贵人的痕迹。

王老五他们见了我吓了一跳，都认不出我了，立马咧嘴就笑。有人说："哥们儿，从哪儿发财了？中彩票了吧？"我给他们编了个谎言，说我找到大哥了。这大哥在我们村当过知青，掉山涧里，被我爹救了，如今找到我了，要报答我们。这伙人就他妈吃这套，可会装孙子了。

我把自己架起来了，他们就嚷嚷着请客。我请他们到饭馆撮了一顿。我一喝就醉，醉前和醉后是两个人，醉了之后，我胆子就贼大，敢往王老五的后脖颈灌酒，王老五也高了，跪在地上朝我磕头。大伙开心地笑。惊动了酒店服务员，人群像锅里炒黄豆，炸成了一团。花了三百块钱，破费了点，值！藏獒在身边跟着啃骨头，这狗东西哪里知道，这钱只能从它嘴里去省的。第二天上午死睡，藏獒把我叫醒了。我突然伤心想哭，哭也哭不出来，勾着腰干咳了一阵，上气不接下气，坐着呆想。后来，王老五见我遛狗，不再跟我拧巴。有一天，我和藏獒在街上走，看见两条狗咬一根骨头。藏獒轻蔑地哼了一声，那一根腿帮子，上下没有一丝肉。藏獒不去理睬，那叫档次。我不能再理睬那些拉三轮的家伙了，我跟他们还在一个档次吗？离开拉脚儿的伙计们，我显得非常不自在，人生在世，不自在都是自个儿找的。我在别墅区里受刺激了，心理失衡了。人跟人活得差距咋这么大呀？又气又恨，脑门起了一层痱子大小的红疙瘩。人的眼睛是黑的，心是血红的。自从进了别墅，眼一红，心就慢慢变黑了。慢慢地，我懒得捡省落了，添了偷东西的毛病。偷得讲究个技巧。我做得很谨慎，不能当大盗，得细吹细打，小打小闹儿。这样符合我的承受能力，更不容易被逮住。那天傍晚，挨着湖边的一家别墅敞着门，藏獒在这家门口溜达，我吆喝藏獒两声，里头没啥动静，我看准没人，就进屋顺了一瓶洋酒。有藏獒做掩护，顺点东西挺方便的。酒的标签都是英文，有一个马头。我不能喝，都说喝洋酒像喝马尿。其实，马尿我也想尝尝，只是舍不得，我到一家商店去卖，兑换成人民币，寄给老婆盖房子呢。卖酒那天，我把藏獒拴家里了。那天是周末，满街都是汽车，排出的尾气，呛得我流眼泪。我到了一家小商店，掏出酒给大胡子老板。大胡子老板拿着酒看得很仔细，伸出两手指，嘴里嘟囔了一声："哥们儿，八个！"我做贼心虚，心想，八十块钱少了点，少点也他娘的是钱啊！我迟疑了一下说："老板，这酒保真，能不能再长点？"大胡子想了想说："九个！"我点点头。他唰唰地点给我九张百元票子。我接了钱，着实吓了我一跳。大胡子脑袋进水了，他一定弄错了，趁着有人来买东西，我赶紧揣着钱颠了。我紧颠了几步，听见身后有人喊，我一个激灵，回头一看，没有喊我。我躲到一个僻静处，把钱哗啦啦数了一遍，是九百。转念一想，大胡子这么痛快，不会是假钱吧？我一张一张照了半天。钱是真的。过了几天，我又顺了一瓶洋酒，他还给了九百块。这才知道，不是人家弄错了，是物有所值。我不紧张了，还为那天的紧张有些懊恼。

有一天，我夜里摸了一家，翻了半天，翻到一个首饰盒，打开一看，有黄的，有白的，黄的肯定是黄金，白色的可能是银了。我只拿了黄金的，白的扔下了，后来听我小舅子说，现在还有白金，后悔不迭呀！记得那天我还顺了一个玉麒麟。那天夜里，没月亮，有一股神秘的味道。河风一吹，身上一阵阵打战。我不敢下河了，河底蓝火闪闪，像是鬼火。我隐隐感觉到，有一天它会给我带来灾难。一股风就架着我往河堤上走去，把晦气吹向了河底。我又把玉麒麟抱回来了，玉麒麟那么沉，可我的双脚像长了翅膀，变得很轻盈。第二天一睁眼，我还想昨夜河边的蓝光。是一只猫，饿猫鼻子尖，它能闻到食物的味道。瞎猫顺着味道来了，用鼻子把箱子里的东西吸一吸，猫一吸气，双眼就会冒蓝光。我后悔啊，大男人还怕一只猫吗？

那一天，我小舅子来了，我一边点钱，一边用雷老板的计算器算账。小舅子笑着说："姐夫，这一月大赚了嘛！"我小舅子找我要钱，我不给他，他骂道："真他娘的抠，这又不是金元宝，存着想下崽儿啊？"我刚点完了钱，电话响了，吓了我一跳。雷老板从美国打来电话，说天快凉了，让我给藏獒选件好衣裳。我满口答应："好嘞，明天一早就去！"我一有事就睡不踏实，早早就起来了。我们出发的时候，太阳刚刚出来。刚出别墅区大门，看见一个残疾小伙子卖唱。一边弹着吉他，一边唱《两只蝴蝶》："亲爱的，你慢慢飞——"我听着好听，下意识地站了一会儿，藏獒也听得入了迷，闭着眼睛，随着曲子摇头晃脑。地上放着一个瓷碗，不小心被藏獒踢翻了。碗里的钱币跳了出来，残疾小伙子瞪了藏獒一眼。我痛斥了藏獒，急忙从兜里掏钱，这把钱里有一张一百块和几张一块的。残疾小伙子望了望我，我急忙放进兜里重掏，这回掏出一张十元票，潇洒地扔到碗里。人施舍的时候，心里特别爽。想一想，过去拉脚的时候，连一块钱的水都舍不得买，跑到车站灌凉水，如今这生活质量，我也能回报社会了。我吆喝了一声藏獒，大摇大摆地走了。

有一天，我认识了大学生保姆小棉。小棉带着孩子在别墅院里放风筝，见到这女人，我的目光一扎进去就拔不出来。小棉顶尖的漂亮，瓜子脸，大眼睛，她穿一条咖啡色的牛仔裤，把苗条的体形显露出来，又圆乎又细溜。我看着入迷，忽然听见小棉一声惊叫，凤凰模样的风筝挂树上了，孩子哭了。我正牵着藏獒碰上，爬上大树，把风筝摘了下来。小棉一个劲儿地道谢。还跟我握了手，这女孩小手真软乎，真滑溜。

　　那天我感冒了，狗×的藏獒饿了，嚓嚓地咬着门边，我就知道这家伙要吃肉。每天都是这样，早晨起来，我就牵着藏獒买肉，回来伺候好这狗东西，我就喝上一口茶，抽上一支烟，然后进厨房，自己做自己吃。可那天完蛋了，我浑身酸痛，脑袋胀痛，说话都有些困难。我忽然想起了对面别墅的小棉，求助她帮我捎点肉回来。我给小棉的手机发了信息，小棉很快就回了："大哥你病了？放心吧！"我睬了一会儿，喝了一包清热止痛散，额头微微有了汗。隔了一个钟头，小棉回来了，买了肉，还给我买了感冒药"白加黑"。我一看这肉是猪后腿，不行哩，这狗×的嘴刁，我忘记跟小棉说了，我家藏獒专吃刘老三家的猪脖子肉，还吃猪心、猪肺和猪大肠。我连连道谢："你咋知道我感冒了？"小棉笑一笑："像大哥这种单身老板，除了感冒能有啥病？"我给小棉付了钱，感激地说："谢谢你啊，小棉妹妹！"小棉伸着脖子张望，我就带着她到每个房间参观一遍。原先，雷先生的卧室里有他和许大姐的合影照片。我害怕别人看见，就给放抽屉里了。我带着小棉到了宽敞明亮的大卧室，小棉说："你家的卧室比我家主人的大多了。"我迟疑了一下问："你家主人多大的别墅？"小棉说："400平方米。"我嘿嘿笑了："我家600平方米，差200平方米呢！"小棉还夸奖我的卧室收拾得真干净。我笑了说："保姆收拾，我只管藏獒。"小棉愣了愣问："我咋没看见过你家保姆啊？"我说："她是钟点工，收拾好了就走人！"小棉眼睛放光："大哥你是干啥生意的？咋这么有钱？"这话把我给噎住了。当代女孩都是物质女孩，我不能实说，如果我说自己是农民工，她还会对我好吗？我想了想说："我是开铁矿的，矿山在承德大山里。"小棉啧啧赞叹了两声，声音有些颤抖，小心地说："我真羡慕你们有钱人，想干啥就干啥！"我岔开话题，笑嘻嘻地说："小棉，你真好看！"小棉也笑了，她一咧嘴，露出牙齿上的钢套子，赶紧闭上了，有点害羞的模样。

　　我当着小棉的面，挥笔给她写了一幅字，我用洒金红纸写了个大大的"福"字。我没有刻章，只好用雷老板的闲章代替了。我把刻着"以文会友"字样的闲章一盖，字立马就有模有样了。小棉看傻了，连连赞叹，我看出来小棉挺崇拜我了。小棉将我写好的"福"字晾在实木地板上，说："大哥，你好有功底呀！你的字是有来处的，当初练的是柳体，还是颜体呀？"她真把我问住了，我直直地看着她，咧咧嘴一笑，算是回答。小棉还没完没了地问："一个柳公权，一个颜真卿，说嘛，到底哪个体？"我哪里知道啊，她说的这两个人我都不认识，支支吾吾地说："雷体，雷体！"小棉并不在意，弯腰哧哧地笑。我心里说，你个小丫头懂个啥儿？我家主人姓雷，不是雷体是啥体？我鼓足勇气对小棉说："小棉，你别小看这张字啊，拿到市场去卖，能顶你半年工资的哟！"小棉点点头，细心叠好"福"字带走了。小棉被我征服了，我很自豪，晚饭自饮了一杯酒。酒一落肚，暖暖的热流，烫烫地烧到心底。

那天晚饭后，小棉过来看我。小棉说她家主人不让她洗澡，说到我家泡个澡，我满口答应了。不知道是不是她故意的，还是让我撞上了，小棉把睡衣褪了，叉着腿仰面躺在沙发上翻杂志。我头一回看见这么白的身子，跟棉花那么白，血就轰地一下上了头，好像点燃了干柴烈火，这日子早晚得着火。我啥都不顾了，恶狼似的扑上去……她开始继续看杂志，到了关口，她受不了了，又是喊又是叫的。我老婆长得也不算黑，后来是地里干活晒黑的，一到冬天皮肤才慢慢变白，可她咋变也没有小棉白呀！小棉没有恐惧，特别自然，额头竟然有了打碗花一样的光亮。想不到，我会像搂自己老婆一样将她抱在怀里，我用短短的胡须在她额上又扎又蹭的，她妩媚地躲避着。

小棉挣脱开我的胳膊，影子一样消失了。我的眼睛盯着小棉的背影。

尽管是小棉情愿的，我觉得心中还是歉歉的。尽管她不是处女，毕竟还是没出嫁的女孩。这么容易让我得逞了，会不会是一个陷阱啊？我夜里做了噩梦，梦见我跟小棉睡觉，蹿出几个乡下大汉，瞪着眼睛问我："公了，还是私了？"我想起了雷老板和许大姐，怯怯地抱着脑袋。我吓出一身冷汗从梦里醒来。人家是冲我的钱来的，可我不是富人，只能进监狱房了。我越想越怕，几天心神不宁。我想请小棉吃一顿饭，深入地聊一聊，探探虚实。我跟小棉约了几次时间，挺不好碰的，她得看主人的时间来安排。看得出来，小棉迷上我了，女人一旦疯起来，是很吓人的。在经过了那么一次欢娱之后，她醒了，她的身体醒了。其实，我常常失眠，特别想小棉，如果这栋别墅归我多好，小棉是我的老婆多好？我这才尝到了想女人的滋味，想女人原来如此。我变得恍恍惚惚，丢三落四，出门时竟然忘了穿鞋。

那一天，小棉终于有空了。我在家里做好了饭菜，等候小棉的到来。我满面春风，嘿嘿笑个不止。小棉仰脖儿把酒喝了，脸色艳若桃花。

我夸奖小棉像天使一样美丽。

小棉说："我是保姆，我在富人眼里从来不是天使，我是丫鬟命。"

小棉吸溜着嘴，鼻尖上渗出清幽幽的汗滴。

我故意叹了一声，说了句掏心窝的话："我还不如你哩，要青春没青春，要学历没学历，不就是穷得只剩下钱了吗？"

小棉更加相信我是老板了。小棉给我讲了自己的坎坷经历。她家里在贫穷的大山，父亲瘫痪，母亲料理一个小果园，家里穷极了，是希望小学资助上学的，后来是"福彩"助学计划，让她完成了学业。听着小棉的故事，我仍然感到一阵揪心。

我跟小棉吹牛的时候，就常常想自己的身份。我是啥人？农民？没有地种了。工人？没有上班的工厂。新骆驼祥子？连电动三轮都租出去了。我就是傍大款，蹭吃蹭喝的人了。而且，我还有一个致命的软肋，贼！我真的不配跟小棉来往。

"张大哥，你想什么呢？"小棉轻轻地问。

我终于把憋了很久的话问出来："小棉，那天夜里，咱俩那个了，你不会恨我吧？"

小棉脸红了，轻轻摇头："大哥，你是好人，我咋会恨你呢？我喜欢大哥的样子，我不会给你添麻烦的，我为有你这样的朋友而自豪！"

一件窝心事，转眼间成了纯洁的友谊。这种甜蜜，传遍了我的全身，我不想偷了，小棉要是知道我偷了她家主人的东西该会多伤心啊？

人是走一步说一步的。在我饥渴的时候，迷迷糊糊，说干就干了，还没想那么多。当小棉常常找我的时候，我真的有些发慌。我几乎不知道该怎么来对待她，真的害怕有一天，她发现了我罪恶的秘密。

这一阵儿，我真的没去偷。换个偷法也许会换来更好的财运。

那天黄昏，我老婆张碗花来了。她是搭我小舅子的货运卡车来北京的。都啥年月了，老婆还穿着肥囊囊的大筒裤，散发出打碗花的气息。在我们乡下，谁家老婆丑，屋里乱七八糟，就要供上打碗花，男人自然就顺了气。张碗花给我带来了礼物，一束紫色和白色的打碗花。她说是我家院里长的。我随便找了一个瓶子，灌上了水，将打碗花插进水里，放在梳妆台的镜子前。我从镜子里看自己的脸，看镜子里的打碗花，我的心咯噔跳了一下。张碗花亲昵地说："我怕你在城里上火，喝茶的时候，放上一朵打碗花，老败火啦！"我嘿嘿地笑着，闻了闻打碗花："真香啊！"张碗花更加得意地笑了。我老婆坐月子受风落下个毛病，嘴巴有点抽，抽着抽着就歪了，笑起来显得别扭。其实，我懂张碗花的用意，这娘儿们是怕我忘记她。看见打碗花就想起她张碗花。张碗花是炮筒子脾气，不高兴谁都敢骂，骂完了就完。她在老家见了我就骂街，骂得要多难听有多难听。本来我的嘴巴挺干净，自从娶了张碗花，也学得脏话连篇了。到了城里，我身处这样的环境，说话做事难免不受影响。现在我把打碗花叫牵牛花，把日头说成太阳，把支持叫给力。我总算把她的气息镇住了，对我态度明显好转。她一把抱紧了我，在我的腮上亲了一口："五可，我想你啦！"我哼哼唧唧地配合着。张碗花说："家里的新房子盖起来了！回家看看吧，可宽敞了！都是你挣的钱啊！"我十分得意地说："老子跟你夸下海口了，拉出来的屎还能坐回去？"张碗花粗门大嗓地说："你这牛 × 算是没白吹！都说咱家是龙王爷放响屁，那叫神气哩！"我将张碗花领到了雷老板的书房，十分潇洒地写了一笔"虎"。张碗花是属虎的，一边还注上了"献给爱妻张碗花"字样。我望着老婆张碗花："你说我变了吗？"张碗花说："你洋气了，有派头了。"我得意地眯着眼睛问："还有呢？"张碗花嘿嘿一笑："变得有文化了，竟然会写一笔虎了。"

张碗花这一夸我，我就想给张碗花炫耀炫耀。

"老婆，今天我让你开开眼。"我掏出兜里的那盒"冬虫夏草"香烟，抽出一根说："老婆你猜，这一根烟多少钱？"张碗花想了想说："五块钱！"我嘿嘿一笑："土鳖虫，再往大里猜！"张碗花仰着脑袋说："别糊弄我，最多二十块！"我咧着嘴巴说："八十五块钱！这一盒烟就一千七百块！顶你卖好几头猪的！我瞎掰我是孙子！"张碗花吓得吐了舌头："我×，这么贵？"我深吸一口烟，像是吸猛了，弯了腰还不住地咳嗽。张碗花挤眉弄眼地怪笑着，然后用拳头使劲敲打我的脑壳说："你可别抽上瘾啊，咱家可买不起。"我厚着脸皮说："老婆，这可是他娘的高消费，老板给我就抽，打死我也买不起呀！"张碗花说："真的好抽吗？"我吧唧着嘴说："这烟真香，抽一口，香十里地呢！"张碗花撇了撇嘴巴："你就美吧，抽没了看你咋办，这一盒烟能抽几天？"我嬉皮笑脸地说："就给一盒，我一个月才舍得抽一支。"张碗花晃着巴掌掐了掐我的胳膊，说："死鬼，我看你变了，这么待着是好事儿啊？待懒身了，浑身都是懒筋。"我几乎有些烦躁地截断了她喋喋不休的絮叨："人都是有命数的，这是时来运转，谁说我懒了，懒人有懒福气。你掏良心说，不是我在这儿挣钱，凭你养猪啥时候能盖上新房子？"张碗花竟然不服气："别臭美啊，我养猪没挣钱吗？再说了，我一直不愿意你给人家看房子，人一闲就会变坏的！"我就知道这娘儿们会胡说八道的，一心给家里挣钱还弄出了不是，我见过无聊的，没见过这么无聊的。

我把张碗花带到了主人的卧室。

张碗花没见识过四根柱的欧式床，惊讶不已，往绵软的大床上一躺，就将一身肥肉颠起来。她把鞋脱了，裤子脱了，穿着花裤头一躺，又颠了几颠："真他妈软啊！"她拉着我的手，我随之躺倒在床上。妻子在床上吭哧一阵，揩出鼻涕，鼻涕流了多长，随手就往床单上抹，我有些恶心地说："你当是咱家呀，老毛病得改一改。"张碗花吭了一声，噼里啪啦一脱，她累极了，倒在我怀里睡着了，睡得那么踏实，像是鸟儿归了巢。不，高抬她了，她顶多也就算个猪进了圈。老婆虽然比不上小棉，但也可以欢娱一下的。我听着老婆隆重的鼾声，一点儿兴致也没有了。张碗花不仅嘴巴臭，还嘴碎，啥事情让她知道了，全村的猫狗也都知道了。所以，我在城里的秘密，一点都不能透露给她。自从老婆养了猪，她的腰身天天都在长，一日一变，真是女大十八变，越变越难看了。"老婆在老家照顾老娘，也不容易哩！"这么一想，我的眼窝就潮了。但是，细细一想，如果我在这里永远待下去，真难以想象，以后搂着这样的女人睡觉，还怎么能过下去？

早晨起来，张碗花真把我吓了一跳。

张碗花将许大姐的化妆品涂抹在脸上，口红抹到嘴唇上，跟吃了死孩子似的，描了眉，横七竖八，抹得跟花瓜似的。她还把许大姐的裙子穿在自己身上，对着镜子猛照。可是，乳罩垫得再高，身上还是一股土豆味。

"妈呀，张碗花，你可吓死我啦！"我没好气地说。

张碗花笑声很响："五可，你说咱咋摆弄，就是不如城里人洋气呢？"

我穿着衣裳，无奈地说："咱就是土坯子，没长那份骨头。"

老婆拿牛眼瞪我，瞪得比铜铃还大："狗 × 的，你真嫌我土啊？告诉你，我不在你身边，不准给我拈花惹草！"

我软了声说："放心老婆，谁能看上我呀？"

张碗花说："过去我放心，你住这儿，我可担心啦！"

我拍了拍她肥肥的屁股："担心啥？我心里只有你呀！"

张碗花说："我还没有痴呆，哪能看不清你肠子里灌的啥粪？"

我使劲搂了搂张碗花："快把脸洗了吧，吓着我没啥，别吓人外人！"

张碗花乖乖洗脸去了。待了三天，张碗花想起家里的猪了，嚷嚷着要走了，我也没硬留她。那天早上，我带着藏獒送老婆到了蝶苑庄园门前。保安小安子笑着跟我打招呼："喂，大哥，送客人啊？"我笑模笑样地应酬几句。不敢承认送老婆，谁家有钱人娶这么丑的老婆？自从当上了贼，我没少在保安们身上下功夫。我偷了几条中华烟，硬是拆了一条，分给这些伙计们。小安子挺崇拜我的，见了面就朝我龇牙笑。小安子说："大哥，听人说，你的字写得好啊，啥时候给兄弟来一幅？"我大咧咧地说："好说，没问题，不过，得等我哪天情绪好了写。"小安子笑道："不急，大哥！"我摊开双手说："老婆你都看见了，都是上赶着求字！"张碗花嘿嘿一笑："咱家对门三叉子家买了头母牛，回家等着你吹呢！"我面红耳赤，青筋毕露地吼道："胡诌八咧，狗嘴吐不出象牙来。"张碗花沉了脸，拍了一下我的脖子："你个 ×× 样儿的！不是啥省油的灯！"我说："你嘴巴文明点，这是城里！"藏獒朝着张碗花叫了两声，扑咬了过去。张碗花吓得一个哆嗦。我幸灾乐祸地笑了。

老婆来了几天,耽误了我的"生意"。我双手又痒痒了,手一痒,心也像猫抓。

初秋的一个深夜,我让尿憋醒,赤裸着爬起来去撒尿。天还黑着,别墅里的地灯还没有熄灭。我看见一辆红色宝马X6停在楼下。司机打开车门,下来看车胎,我感觉机会来了。我穿上衣裳,扑进黑影里,轻轻绕到司机身后,冲着他的衣兜麻利地下手了。谁知我栽了!啪的一声,我的手腕被抓住了。贼被捉住才叫贼,我从来没被捉住过,那我就不是贼了。今天被捉了,我就是贼了。

我被他一把摁倒了,跌坐在地,因为疼痛而挥汗如雨,立即有一只脚踩住了我的手,又是一脚,碾得手背生痛。我就是再张不开嘴,这嘴也得张了。我惨叫了一声:"哎呀妈呀!求求大哥高抬贵手啊!"我这一闹,溅起几声鲜亮的狗叫。那司机嘿嘿一笑:"跟我弄这个,还嫩呢!"我继续讨饶,司机碾了一下我的手掌,才慢慢放开我,盯着我问:"保安咋搞的?你从哪儿进来的?"我抬手一指说:"我就这家人,都是邻居,爷爷放过我吧!"借着路灯,我看清了这人,老板模样,方头阔脸,很气派。这人黑着脸说:"你是大贼呀,那是雷老板的别墅,怎么成你的了?"我对孙老板央求说:"我是给雷老板看房的,大人不记小人过,你大人大量,放过我吧。我家是贫农,扒三代祖坟都扒不出个可疑人。我从没做过恶事,蚂蚁都不踩,连蚊子都不打。"那人愣了一下,问:"好,你叫什么?"我说:"我叫张五可,求求您啦!"这人把我拽起来,说:"我叫迟志强,红州集团的董事长。"他说着友好地拍了拍我的肩膀:"走,带我到雷老板家里坐坐。"

我带着迟志强进了别墅房间。我开了灯,我发现迟老板长得高贵,挺拔,满面光辉。迟老板坐在沙发上,点燃一支烟:"你不是狼,狼有吃人的心,没有吃人的胆!其实,我跟你一样,没有吃人的胆!"他的话说得我丈二和尚摸不着头脑儿,觉得他有些怪。迟老板说:"你有两下子,为啥栽我手了?今天,我郑重告诉你,我过去当过贼!"我吸了口凉气,惊得说不出话。我一下子轻松了许多,心想:你迟老板自己一腔屎都不干净,还有脸说我?充分展露真性情的迟老板,竟然有些失神,用我后来想好的成语来解释,那叫"赤诚相见"。迟老板轻轻地苦笑一下:"小时候,我在农村长大,那时候吃不饱。我偷过玉米,一片玉米地一夜之间就掰去大半,都是我干的。这个第一次偷,改变了我。我始终为之后悔不迭！后来，进了城，我也成了大贼，跟你一样，仅仅是小偷而已。"然后他就给我分析世道人心。这家伙看别人心理真是入木三分，一桩桩，一件件，由表及里，深入浅出，说得头头是道。可是，一说到他自个儿，啥都不行了，就这疙瘩咋也解不开。迟老板继续说："老弟呀，你是农村人，小时候肯定很苦。"我沮丧地说："大哥，我没土地了，现在还挺苦。"迟老板压根儿不听我说啥，自己滔滔不绝地说："也许小时候太苦了，进了城还偷，有一天，我入室偷窃，跟主人厮打起来，一面镜子被打碎了，玻璃乱飞，一块玻璃将我左脸划了一道口子。血的教训啊！不管是生活，还是生意，皆是刺刀见红。唉，没发迹的时候，严格见人不提往事。现在我提小时候，大家都笑，都说我幽默。他娘的，老子不发家，都把我当贼看，老天爷让我成了上层社会的人。我的头像经常登载在杂志的封面上。可是，我心里的苦跟谁说？跟老婆说？跟媒体说？跟朋友说？谁也不能说，今天，我好好跟你说说，我也许会缓解一些的。"我扑哧笑了："碰着我了，你就有福气。"迟老板大声说："是有福气，你知道我这阵儿过的是啥日子吗？"我听见院里传来几声狗叫。我懒得听，肚子也痛了。但是，我不能不听，不听他说，他会举报我的。

迟老板吐了一口烟，扭皱着脸说："现在，我都是三亿资产了，我还偷呢，看见该偷的东西，我不偷到就难受，憋得满头大汗。就像犯了毒瘾！我有一天到朋友家串门，我看准了机会，把他们的手机和钱包偷了，他们很痛苦，我更痛苦。我找到他过生日的机会，给他们赞助了两万块钱，我心里才好受一点，你说，这是不是病态？"

我一把攥住他的手，狠劲抖了两下说："大哥，你有病了，人干啥都是犯瘾的，我就是这感觉。瘾也是病啊！"

迟老板脸色由青变白："偷不到的那一刻，我觉得再也无法忍受，我浑身冒汗，我会发疯，会疯了似的奔跑。我觉得有些异常，离精神失常不远了。我个人失常不要紧，到精神病院治病，可是，我工厂里还有那么多工人，他们得靠我吃饭啊！"

我鼓足勇气说："大哥，你都是大老板了，不比我这农民工，瞎混，你犯这个错儿，不值得呀！你别说了，别说了。"

迟老板泣不成声了："谁也别拦我，老子忍了不是一天两天了！你让我说，让我说……"

我流泪了，叹道："这就是代价呀，你说吧，大哥，我听着，我听着呢！"

迟老板真有本事，他说到了天亮，把我都说睡着了。他离开我的时候，推醒了我，叮嘱我说："老弟，常在河边走，难免不湿鞋。收手吧！别落下我这病。"

我诚恳地点头："我记住了，记住了。"

迟老板晃晃悠悠地出了门，开着他的宝马走了。见他走远了，我抽了抽鼻子，朝地上狠狠地啐了一口："狗 × 的！"骂归骂，听了迟老板的倾诉，我首次悟出了一条道理。贼有两种，一种是穷人，一种是富人。穷人偷了说不出话，富人偷了还明说。难怪有人说，穷人偷人，那叫贼；富人偷人，那叫幽默。我被他抓后的那几天，所有日子都变了颜色。这话无法对老婆说，更无法对小棉说，一说，这事又变成另一个笑话，被人耻笑。我跟谁倾诉呢？我就是那说不出话的人，一旦说了不管用的话，就会把自个绕进去了。话是人说的，为了一句话，能把人绕死。

我不偷了，真的不偷了，为了小棉我也不偷了。

老家的新房是我偷出来的，所以，我不愿意回家。我也有迟老板那样的痛苦。有一天，我憋得冒汗，想找他好好聊一聊。我在别墅大门口截住他，迟老板没理睬我。他说太忙了。还教给我一个偏方，说手痒了，就抓起鸡蛋往电线杆上砸。晚上，我照他说的干了，抓着鸡蛋砸了一颗又一颗。然后我烦躁的心慢慢平顺了。过了几天，迟老板看见我，说我精神不错，确实不错。我梗着脖子想：咋了？奇怪吗？不信吗？我就没希望吗？我回家对着镜子照照自己，看到那瓶打碗花了，在这大北京，我到底算哪一盘菜？

然后，我就哭了，哭得稀里哗啦的。

终究是人算不如天算，不幸的事还是找上门来了。

腊月的一天，雷老板和许琴回国了。他们回到蝶苑庄园家中，先是发觉家里有变化，似乎多了点啥东西。我实在想不起来了，也许我偷的啥东西丢在雷家，误以为是雷老板的东西。很快，雷老板两口子就被管物业的李大姐叫去了。李大姐究竟跟他们说了啥，我就不知道了。回到家里，许琴大姐对我很热情，可是,雷老板满脸的警觉和严肃。连续几天,雷老板和许琴联手上阵,女人唱红脸,男人唱黑脸,演起了双簧,轮番跟我谈话。难道我的偷盗行径被发现了?他们没有明说。难道他们嫌弃我了?还是没有说。他们那一套似懂非懂的话,把我的心绪给搅"迷瞪"了。我知道,我就是有三张嘴,也说不软他们的心了。我的如意算盘被打碎了。

雷老板夫妇铁了心要辞掉我了。雷老板上楼了,剩下由许琴跟我谈话。许琴微笑着说:"小张,你给我们照顾了一年多的家,干得很好。家里没丢一样东西,还多了东西,谢谢你哩!"我听了一愣,立刻睁大了眼睛:"多了东西?大姐你能告诉我,多了啥东西吗?"许琴抬手一指书房:"多了一个玉麒麟啊!这是你买的吗?"我的脑袋轰的一声,炸了。想起来了,我偷 5 号别墅的玉麒麟,没有来得及运走,藏在别墅的犄角旮旯儿了。我热油煎心似的苦笑了一下,尴尬地说:"买的,买的,赝品,给雷先生留个纪念吧!"许琴淡淡一笑,无论我怎样回答,许琴脸上都是那样平静,挺着胸,端着肩,凝视着我:"小张啊,我们回来过年,你也回家过个年吧!"我点点头说:"祝你们兔年吉祥啊!"许琴停顿了一下,缓缓站起来,提过来一个兜子,拿出一瓶洋酒和一个红包,平静地说:"该过年了,这瓶酒给你的父母。小张,这酒特别贵,别随便送人,顶你拉车干一年的钱哩!这红包是两万块钱,你留着用吧!过了年啊,你就别过来上班啦!你是我们的恩人,这以后呢,我们还是朋友。"

我简直听怔了,就那么傻傻地站着。

许琴的声音尖细单调,却如一阵飓风把我刮了个趔趄。她从沙发上站起来,缓缓地走到梳妆台前,拿起镜子跟前的花瓶:"这一盆干了的花是你的吧?"

我只好如实招来:"我老婆带过来的,这是打碗花。"

许琴说:"这花你也拿走吧!"

我顺手接过了这束打碗花。

我僵僵地怔了一下,还是给许琴鞠了一躬:"谢谢许大姐。"

我转身走出来,许琴将大门关上了。

我在楼下停了停脚步。我想到了小棉。这个时候,我却听见了楼上许琴与雷先生的争吵。雷老板说:"当初我就跟你说,农民就是农民,素质太低不能用。

别看这人挺面善，但是骨子里有狠劲儿，你给他一个梯子敢把天给捅个窟窿！"许琴说："咱家又没丢东西，你就少说两句吧！"雷老板说："还不如拿咱家东西呢，咱得注意企业形象，我丢不起这人啊！"许琴大声反驳说："物业不也是猜吗？啥是贼？抓住才叫贼呢！"雷老板又说了一些啥话，我都不想听了。就在这一刻，我后悔了，真的后悔了。我禁不住两手发抖，全身冰凉，一颗心再次提起来堵在喉头。我感到失落，感到痛心，可是，天下哪有卖后悔药儿的？

我最想见小棉，给她打了手机。天边的彩虹不管多么美，它都是短命的。早该跟小棉有个告别。细想起来，我对不住小棉，人家还是小姑娘，我这是伤风败俗啊！不一会儿，小棉轻轻地走出来了。我问她："你啥时候回湖北沙市老家过年？"

小棉说："张大哥，我过几天就走，火车票订好了！"

我说："小棉，兔年吉祥！"

小棉一笑："我也提前给你全家拜年了！"

我就要彻底离开蝶苑庄园了，我的身份也将彻底曝光。小棉听到我欺骗他，该多么伤心啊？我迟疑了一下说："小棉，我过了年就去美国了，得两年吧！大哥祝你好运！"

小棉眼睛湿润了："大哥，这么突然？以后能用 QQ 通话吗？"

我摇了摇头："恐怕不行了。"

小棉眼里含了泪，湿漉漉的。其实，一想到离开小棉我就心疼，一疼就想起了打碗花。我把这一束干枯的打碗花送给了小棉。

小棉拿着干枯的打碗花，放在鼻根儿闻了闻，笑着说："好香啊！"

世事多迷离，我只能无奈一叹，风没有踪迹，打碗花也破碎了。我转身离开的时候，眼泪流得汹涌了。

这个冬天格外寒冷，一场暴雪，纷纷扬扬遮盖了北京。

天色尚晚，月亮缺了一块，像被狗咬了，钻进云层不肯出来。我沮丧地走在北京的街道上，我穿着一身名牌，提着名贵的洋酒"人头马"。应该算富人了吧？我认真查看这酒，当时我没少偷这种酒，800 元一瓶出手，这时才知道自个儿吃了大亏，亏大发了。我心中打了一个哆嗦。未来的景象消失了，幻影远去，眼前又恢复了黑暗。我马上就到城边的"马尾库"了，这是城市的贫民窟，那里有我租的一间窝棚，还有我租给小龙的电动三轮车。老天爷呀，这叫一落千丈，让我在这地方咋活哩？当初，还不如不与雷家发生关系呢！雪被车轮轧得嘎吱嘎吱响，响得我心底发慌，就要进窝棚了，心情不好，我突然想喝酒，喝洋酒，我下意识地把兜里的洋酒打开了，瓶子对准了嘴巴，仰了脸，咕咚喝一口，又咕咚一口。狗×的，喝它个狗×的，洋酒就不该我们穷人喝吗？我张嘴喝酒的时候，我听见腮帮两边的脆骨发出嘎嘣嘎嘣的响声。

我双膝一软，咚的一声，跪在雪地上，竟然咧着大嘴号啕大哭起来，一边哭一边扯着嗓子吼道："老天爷啊，我算啥？我是谁啊？我是农民，还是工人？我是富翁，还是穷光蛋啊？"声音传得很远，可是，没人回答我。我嘴里的热气喷到天空，眨眼间就不见了。我不哭了，擦眼泪，可眼泪越擦越多，最后脸都冻了，冻得很痛，进而连带着心痛了。

雪住了，云彩散尽的地方，露出黑蓝的夜空。天很冷，冷飕飕的北风中，我走进了僻静的小街。整个小街人影零落，地上铺满了白雪，干燥而坚硬，地冻天寒，刺骨的寒风仿佛把我的脑袋冻僵了。我走累了，重重地打了个喷嚏，在路边坐下来揉揉脸，脸僵在半空，发呆。我怕是要死了。人死了，就不能说话了，不能吃喝了，就像凋谢的打碗花，变得无影无踪了。乌鸦哀叫了一声，飞到天上去了。我抬头在天上寻找乌鸦的痕迹，看不见乌鸦黑黑的影子，却能听见非常低沉的咕咕声。这声音听了令人心碎，还像贴心贴肺的呼唤。我伸了一下胳膊，宛若与天上的乌鸦打着默契的招呼。我搞不清楚这种神秘的暗示昭示着啥？

我转脸看见一家小酒店开着，里边有人吃饭，说话声高一阵低一阵。我一头扑进小酒店，炉火正旺，烤得我暖洋洋的。小酒店里的电视机响着，我心头一震，听见了农民工歌手旭日阳刚近乎嘶喊的歌声：

……
　　我们在这里欢笑
　　我们在这里哭泣

我们在这里活着
也在这里死去
我们在这里祈祷
我们在这里迷惘
我们在这里寻找
也在这里失去
……

苦雪

　　进了腊月门儿，雪下疯了，纷纷扬扬不开脸儿。烈风也舞得急，抹白了一片大海湾。白得圣洁的雪野里零零散散地泊着几只老龟一样的旧船。老扁盘坐在炕头上，烤着火盆儿，吧嗒着长烟袋，眯着浑黄的眼眸瞄着窗外。荒凉海滩上压着层层叠叠的厚雪，撩得他苦闷的心窝窝儿猛地来了精神儿。他心里念叨打海狗的季节到了。他别好长烟袋，挺直了腰，拧屁股下炕，打黄土墙上摘下一支明晃晃的打狗叉。他又带了拴狗套儿，便披上油脂麻花的羊皮袄，戴一顶海狗皮帽子，扑甩着一条胳膊，斜斜歪歪地闯进雪野里。

　　两溜儿深深的雪窝儿，串起空旷海滩上的无数道雪坎儿。老扁矮小枯干的身影便隐没在纵纵横横的银白光晕里。滚至冰沿儿，老扁忽然不动了，斜卧在一艘冻僵的古船板上。爬满粗硬胡楂的嘴巴喷出一团热气，就拽起拴在腰上的酒葫芦比画两下，锥子似的小眼睛依旧盯着沉静的远海。白腾腾的，除了雪还是雪。他无声地笑笑，感到一种空落，只有嘴巴寻着酒葫芦对话。雪莲湾打海狗，出自乾隆年间。小年儿的雪亲吻冰面时，海狗才偷偷摸摸地往岸上涌。毛茸茸的身子一拥一拥地爬，模样有些像海豹，又不同于海豹。海狗哪块儿都是宝，肉可食，皮可穿，若是碰准公海狗脐，算是剜了个金疙瘩了——那是一种极珍贵的药材。但这不是有个人样儿就能干的营生，险着哩，数数东海滩林子里的渔人墓庐，多一半儿跟海狗有死仇。老扁出自打海狗世家，他的祖先都是雪莲湾出了名的打狗汉子，人称"滚冰王"。这个在大冰海上自由滚动与海狗较量的强者家族着实荣耀。老扁已记不清爷爷的粗辫子了，但脑里却时时记起爹肩扛海狗"喊海"时的赏灯之夜。爹把拿命换来的海狗交给麻子队长时，村头老歪脖树下响彻了咚咚咚咚如击鼓般的掌声，鲜鲜亮亮地在夜空里荡开。随后点燃一盏盏各式各样的灯笼，挂满了枝枝权权，一盏比一盏火爆。最后老族长亲手点上一盏贴"牛"字样的属相灯郑重交给爹。爹将属相灯高高地举过头顶，绷脸不笑，心里却塞满蜜罐儿。当时老扁还穿着开裆裤，不知道爹是属牛的，却晓得这是雪莲湾人自古以来最高的奖赏。后来不久，铁牛般强壮的爹，野野的一身铁肉，却让海狗吞噬了。一代滚冰王说没就没了。

如今60岁的老扁被海狗搞掉了一条胳膊，他这个冰上鬼，若是脚步急，也早溺了埋了。在他这个滚冰王后代的眼睛里只凝固了一个永恒的仇恨、嘲讽和挑战……雪片裹了老扁的身子。海封得好死，可年年封海海狗并不都上岸，分大年儿和小年儿。今年是小年儿。狗×的迟早要露头儿的！老扁想。

天地又暗。潮就爬来了。不多时，冰层底下挤出呼隆呼隆的声如裂帛的脆响。响声里也夹了隐隐约约的"嗷呵——嗷呵——"的犬叫声。老扁兴奋得小眼睛里充了血，扭头时，蓦地看见几步远的雪岗顶端黑乎乎地袒露着什么。他这才恍然明白狗×的迟迟不上岸的原因是它见不得一丝大地的影子。老扁滚过浮雪，爬上那道雪岗儿，托一块雪团团儿，盖了被风吹秃的地方，又乜斜着小眼睛寻着嘎嘎裂响的冰面。他调动了多年获得的嗅觉和听觉经验捕捉着冰面细小的变动。他张大嘴巴吞了口雪粉，咂巴咂巴。

俄顷，碎月儿游出来了，百米远的裂冰上蠕爬着一个硕大的黄乎乎的东西。老扁揉揉眼睛，活动一下冻僵了的手脚哈腰轻跑过去。当他辨认出是一只大海狗时，就迅疾趴倒，匍匐着动，身下磨出哗啦哗啦的声响。几步远时，老扁勾头趴在雪坎儿后面不动了，又灌了几口老白干酒，身上的筋脉就活了，老胳膊老腿儿也顿时来了灵气儿。黄毛大海狗也不爬了，抽了几声响鼻，也像嗅到了人的气味儿，抬起带有花斑纹的毛头，忽闪着惶恐、善良而灼人的蓝眼睛。忽地老海狗急促喘息着往回爬。老扁细细审视，瞄定这是一只肥肥的母海狗。棕毛稀稀的肚皮下蠕动着两只小海狗。两个类若天犬般的小精灵不明真相地哀哀叫。老扁霍地爬起，螃蟹似的横着身子堵了海狗的退路。

母海狗眼前黑了景儿，扭了头"噗"的一声将一只小海狗顶出三步远，小海狗滑溜溜地滚进一张一合的冰缝。再顶下一个已来不及了，就凄厉厉叹一声，闭了眼，耷了头，死死护着小海狗。然后就一动不动了，宛如悄然拱出的一座雪雕。

老扁孤傲地站在雪梁子上，候着母海狗的拼死腾跃。然而没有。僵持许久许久，母海狗缓缓抬头，怜怜地望着老扁恼怒的血眼。老扁的身体像喝了烈酒似的一颤，攥叉的手也瑟瑟地抖了。看见母海狗眼里溢出浊泪，老扁软软地愣了，怔怔地围着海狗兜圈儿。硕大得与老扁身材不成比例的棉靴靴吱吱地踩进深雪里。母海狗几乎在惊悸的"吱吱"声里烂泥一样瘫在雪地上。老扁的胸窝儿几乎要憋炸了，厉厉地吼："狗×的熊样儿，出招儿哇！"

母海狗悲戚地喘息，如秋风吹落的一团黄柚子。

老扁又叫："滚，滚吧尿货！"然后狠狠朝母海狗踢一脚，如踢打一块破棉布团子，噗噗响。

母海狗依旧不动。老扁沮丧了，鼻头沉闷地哼一声，便悻悻而去。

茫茫雪野里只有老扁脚下的棉靴靴刮刮喇喇地呻吟个没完没了。尽管老扁一辈子啥都干过，可是杀海狗是他一生的营生。肥肥的狗肉和昂贵的狗脐是他渴望猎取的，可更合他心劲儿的是他与敌手公平地厮杀较量。

往年闯海，转悠这么多时辰，早干上了。今天除了撞上那个晦气的母海狗，还没寻着别的。他丧丧地叹口气，心里更是空落落的不是滋味儿。突然，老扁觉得脚下踩住了一个肉乎乎的东西，身子晃退一步。他以为踩的是一道雪坎子，谁知肉肉的，是一只隐蔽的大海狗。

显然海狗被激怒了，老扁还没回过魂儿来，它就哼哼哧哧地摆起身子，老扁脚下的冰排也就摇了。他脚一跳，实实地摔在冰排上。他手中的叉也脱出去，凉冰冰的海水就"呼"地漫上了冰排。冰排整个变成滑溜溜的白玉，一点抓挠也没有了。

老扁眼睁睁地瞅着自己身体往海里坠滑。海水漫过老扁的膝，他忽地灵机一动，灵巧地用扁担顶在两块冰层之间。一头儿恰恰顶住了老扁下滑的身子，就借这股子劲儿，腾地将身子从冰上硬挺了起来，一滚，搭上了对面的冰排。可是驮海狗的那块冰排却一颤一悠，笨重的大海狗冷不丁招架不住，直线朝老扁"哧溜"过来。老扁就势从冰层夹缝里撸出扁担，狠命一挑，将海狗顶起来，急急一转体，随着"嘎巴"的扁担断裂声，大海狗重重地落在老扁脚下，腾起一团扎眼的雪粉。

"狗×的！"

老扁挑衅似的吼着，甩了半截扁担扑过去．栽了一脸雪。大海狗就凶凶地扑过来，两只锋利的前爪直抠老扁咽喉。老扁没爬起，蓦地抬了两腿，一蹬，顶出海狗两米远。他倏地扑过去，攥紧海狗的后腿儿，抖腕一扭，悬空甩一个圆形的滴溜儿。

海狗又被重摔在冰排上，嗷嗷叫着，四条腿瞎扒拉乱踢腾，抖麻了老扁的单臂。老扁吃不住劲儿，晃了几晃，一头扎在海狗的怀里了。海狗的铁头"嘭"一声与老扁的脑袋相磕，撞得老扁头昏眼花嗡嗡叫，鼻头流了热嘟嘟的血。他与海狗滚打成一团了。

老扁嗅了血腥，气极了，又顺手抓了那截断茬儿的扁担，朝海狗肚皮重重一捅，扎了进去，大海狗痉挛着躺在血泊里……

大海狗死了。

老扁惬意地冷笑着。得意够了，就缓缓解下缠在腰间的青麻绳，七缠八绕地系上海狗的头。消停片刻，老扁把绳子搭在肩上，拖着战利品，一点一点地往回拽，嘴里不住地哼着野歌……猛抬头见了岸，便知该"喊海"了。祖宗留下来的规矩，凡打了狗的汉子，上岸就得喊几嗓子，不管远近不分老少，听见了就来的，搭手就分一份狗肉。老扁是小年儿第一份"开张"的，就更得喊了。他把一扇巴掌贴在嘴边，泼天野吼：

"噢，老少爷们儿，分狗肉喽——"

"噢！"

死静死静，唯有落雪声。

吼了几嗓子，老扁不见有人来，便没趣道："对不住啦，只好吃独食儿啦！"一到家，他先将海狗拽到灯下，一刀剜了狗脐儿，拿布裹了，就跪在地上鼓捣鼓捣地从柜下拎出一个光绪年间出窑的黑釉酒罐儿，揭了盖儿，小心翼翼地将狗脐放进去，里面疙疙瘩瘩的狗脐塞得满满实实。

他知道，这一罐能值几万块。小酒罐像神一样为他明鉴清白，他要用它赌一个今生来世。至于狗脐的归宿，他心里早有安排了。等他不能动了再卖，拿这笔钱立个雪莲湾"滚冰奖"。他知道这年头儿"奖"多。

老扁太乏了，斜靠在炕沿儿，眼皮一合竟搂着酒罐入梦去。

天一点一点地亮了。他起身，长长地伸了个哈欠，就去堂屋抱来一捆干干爽爽的树枝，点了灶膛。膛内的火明明暗暗，将他的憨头面孔映红。他又弄了几瓢锅里的开水倒进一只脏兮兮的旧盆里，托回炕上，架到炭火盆上，又用刀将海狗的后脊剖开，切成条条块块。他顿了顿，又往一只盛了酱油的碗里捏碎两只烤焦的红辣椒，上炕盘了腿，美滋滋地涮狗肉了。

"啧啧……老扁太爷，您老可真行啊！"邻居一个叫海子的男娃不知啥时溜进屋来，馋馋地盯着香气四溢的肉盆。海子才18岁，每年冬天都缠着老扁学打海狗。老扁虽没收他为徒，却也蛮喜欢这孩子。

海子讷讷道："太爷，也带我打狗吧！"

老扁手抓一团肉塞进海子嘴里："吃饱喝足，大爷就收你当徒啦！"

"真的吗？"海子乐得直拍屁股。挪上炕，狼吞虎咽地吃喝上了。临吃完，他的小眼珠灵活地转了转，道："老扁太爷，在我身上您老甭咋费心，帮我打一只狗就中。拿一个狗脐的钱，就足能换一支上等火枪啦！"

老扁嘴里含着狗肉黑了脸相，眼皮一眨不眨地瞪着海子，似要把他活活吞掉，红眼凶他："婊子养的，老子还没收你做徒，你就黑了心啦！拿枪打狗，有良心吗？"

海子吓白了脸，声音灰灰地说："太爷，您老太死心眼啦，叉也是打枪也是打。我绝不占您老的地盘儿！"

老扁说："路是通的，海是公的，狗×的打了还来，老子不怕你抢营生！"

"那是……"

"皇天后土，祖上规矩。好猎手历来讲个公道。不下诱饵，不挖暗洞，不用火枪，就靠自个儿身上那把子力气和脑袋的机灵劲儿……"老扁唠叨个不停。

海子听不下去，怏怏地退下炕，说："老扁太爷，你走阳关道，我走独木桥！不跟你学就结啦！"

"滚。"老扁吼一句。

海子扭身下炕，跑了。老扁却再也没了吃喝兴头儿，只觉心里慌得紧。

老扁又打了两只公海狗。"喊海"当口，狗肉都让老扁做了顺水人情，他仅捏了两个狗脐朝家赶。他的神气威风了一条街。海子双手插进破棉袄袖里，与一群孩子踩雪。老扁从他身边走过时，他贼眼瞟中了老扁手上捏的血红的东西，便知道了一切。

海子神神怪怪地哼一声。道儿窄巴，雪地又滑，一个打雪仗的孩子与老扁撞了，老扁躲孩子跌了一跤。海子在乱哄哄中发现雪地上丢了一个耀眼的红疙瘩。等老扁走远了，海子就悄悄抓起那个红疙瘩，定睛一瞧，一蹦三尺高。

没隔几天，老扁就看见海子神气十足地扛一支双筒火枪闯海了。老扁怅怅地望着海子，愣了许久，很沉地对大冰海叹口气，自顾自说话："罪孽，真格儿的罪孽未清哟……"打晚清就有了火枪，可打海狗从不用枪，祖上传下来的规矩。先人力主细水长流过日月，不准人干那种断子绝孙的蠢事儿。过去谁用枪就要祭海的。在老扁仇恨的眼睛里．海狗也是一种令人敬畏的生命。生命与生命的厮杀，才显出尊严和名声。人活名儿鸟活声，海子那小兔崽子，见钱眼开，连名儿都丢了，迟迟早早要遭报应的。老扁咒着。

"砰——"一声脆脆的枪响。

亘古以来雪莲湾大冰海上的第一声枪响，是海子打的。有一条海狗被枪砂击中，其余的海狗在灼热的枪砂追击下哀号着逃向雪野深处或跌进冰缝里。傍天黑时，海子也拖着一条大海狗"喊海"了。然而，没人来分他的狗肉。他也不觉得怎么不好，就拖至村口的酒店卖了，掠了狗脐也学老扁神神气气地往家走。枪声响过，老扁好像害了眼病，看什么都迷茫茫的一片，不见狗也不见人。他心一紧，周身汗毛竖立，胸口窝儿沁出冷汗来。夜里睡觉时脑子里也影影绰绰塞满枪声，喉咙里也撕搅着一个异样的声音。

第二天早上爬起来，老扁头沉沉的。睁眼就先吧嗒几口老叶子烟。烟叶子苦辣苦辣的，可还得抽，不能不抽，有口烟就能挺着。吃了早饭，他又"武装"了一番，就闯海了。没下雪，雾团团的空气里砸着颗粒状的小凌子，风也一阵紧一阵，寒气像贼一样地游。这时大冰海深处滚来阵阵雷声，仄了耳朵听，才知是不远处荡来的摩托车响。之后便有叽叽喳喳的说笑声由远而近，远远近近都充满了杂响。老扁扭头看见一群穿"皮夹克"的年轻人个个扛着火枪，欣欣地朝大海深处赶。一个桅杆似的小伙子看见老扁说："老头儿，还拿叉顶着哪？"

老扁不认识这群人，见了火枪脸上憋出火气，狠狠瞪他一眼，默默地走路。

"原来是个哑巴，嘻嘻嘻……"

老扁不回头，一任这些脏话在耳朵里飘进飘出。他显得很冷漠，这世界究竟怎么了，也不知哪块儿生了毛病。多少年了，雪莲湾还从没有人这样嘲弄他。人们敬重他。小崽羔子们，老子滚冰的时候，你们还不知在哪个娘儿们肚里转筋呢！你们得了哪号瘟疫，对人对狗都没了心肝。

"都闭上你们的臭嘴，你们知道他是谁吗？"老扁隐隐约约听见是海子在说话。

"是谁？"

"他就是赫赫滚冰王老扁太爷。"海子说。

"啥老扁老圆的？"

"滚冰王也不抵枪子儿快！"

"你们……"海子急了。

老扁气得身子软分分的，胡楂儿也抖抖的。干脆蹲下身，甩了手套儿，抓一团雪揉得沙沙响，皮肤凉得一惊一乍，几把雪下来就坦坦然然了。

海子说："别看咱们玩了两天枪，戳在这儿的都算着，加一堆儿也不如老扁太爷一根毫毛！"

"呸，牛的你！"一个小伙子叫。

"他年轻时是个打雁的神枪手呢！不信让他给你们开开眼。"海子踌躇满志地说着，三步两步奔到老扁跟前，递过枪，"太爷，我的话可吹出去啦，您老看着办吧！"

老扁瓮一样地蹲着不动，加重了喘息。

海子又激他："咱就这么栽啦？"

"皮夹克"们起哄了："老头儿，尿啦尿啦……"

　　老扁"嗖"地站起来．劈手夺了火枪，急眼一扫迷迷蒙蒙的天空，见一飞鸥，抬手"砰"一枪，鸥鸟扑棱棱坠地。海子龇牙咧嘴地喜叫："神啦，绝啦……"

　　"皮夹克"们木木地张了嘴巴，海子说："太爷，您老也先换脑筋后换枪吧！"

　　"呸！"老扁重重地哼一声，赌气扔了枪，两眼盯着前面的死鸥，默默的很伤感。他像是脏了手似的，又抓了一把雪，攥成实实的雪团团，揉一会儿就有水下来，如同手掌心里生出的一层老汗。

　　年轻人悄悄散开，各自晃着黑洞洞的枪口。于是，大冰海哑静哑静了。悄然无声中，一只只海狗懒懒散散地爬出冰缝了。浓浓的雾遮住了老扁的眼睛，他看不见什么，却听见了海狗蠕爬的沙沙声，顿时来了些精神儿，支撑着立起来，眼前一阵昏黑，晃悠晃悠，用叉拄着冰面，像个三条腿的怪物一样勉强站住了。他皱巴巴的老脸神情木然，像在回想，又像在等待什么。他咬了咬干裂的嘴巴，挺挺身儿，也觉得失去元气一般，忽然还有一种被侮辱遭遗弃的感觉。不多时，一排惊惊乍乍的枪响无所依附地在冰面上炸开了，传得远远的……

　　老扁打了个寒噤，四肢冰冷。过了一袋烟的时间，"皮夹克"们一个一个从雾里露了脸儿，幽灵似的。几个家伙拖着几只海狗笑着转悠过来，看见木呆呆的老扁就嚷："咋样哩？滚冰王，紧溜儿鸟枪换炮吧！"

　　"哈哈哈……"

　　年轻人又全晃进雾里。

　　老扁心头涩涩地空落，不知怎么鼻子就发酸，眼窝也有泪纵横了。他用力把无名的酸气压回去，挤进心的底层，然后狠狠揪了一把鼻涕，喘喘而去。

　　后来的一些日子，大冰海上枪声不断。就是不见了老扁的身影。老扁病了，昏昏沉沉地躺在炕上，面黄，腮凹，眼窝深陷，蒙了一层雾翳的老眼看啥东西都晃出重重叠叠的幻影。村里老少来看他，扶他坐起，也仍旧呆呆的，极似一位坐化的高僧。倒也好，村里人暗暗庆幸第三代滚冰王不会把命扔海里了。

　　年根儿的一天夜里，雪都下黑了。雪片漫漫泛泛、绵绵亘亘扬个不休。雪片与雪片摩擦出揉纸般的声音。不知吹来哪股风儿，这平平常常的雪夜竟成了大冰海最热闹火爆的日子。冰面上灯火点点，枪声阵阵。海狗的血腥气在雪莲湾越来越浓,远远近近一片海狗的吠叫声。这夜里,海子心里充满了原始生命般的旺盛东西。他与村里的哥俩儿合伙打狗,地地道道开了张。齐刷刷一排黑色枪砂铺天盖地扫过去,海狗躲都躲不及。他们跟疯了似的。雪野里闪着绿幽幽的蓝光。都后半夜了,海子他们爽得邪性,也围猎正欢。他们堵了一群滚出裂冰区的海狗。三只黑洞洞的枪口瞄正了位,海狗群里忽地腾起一片雪柱,几只海狗叽叽噜噜往大海深处逃了,唯有一只瘦小的白海狗,左突右冲躲闪着枪口朝着人斜冲过来。海子惊骇地慌了神儿。"天杀的!"厉厉吼声起,"砰——"枪声落,白海狗滚了几滚,扎在雪坎子上不动了。海子望一望两个伙伴儿,惶惶惑惑地奔过去,定定一看,"嗵"的一声跪了下去,抱起血糊糊的一团,哭了:

"老扁太爷——"

根

　　那个不寻常的夜晚，我泪水流干了。

　　我眼窝不浅，不是受一点委屈就抹眼泪的人。今天怎么了，难道就因为发生了一夜情吗？怎么也不会想到，一夜情会在我这已婚人身上发生。我难以相信，又让我无力抗拒。我永远，永远也不会无动于衷地回忆起那一刻。这是我人生中第一次"出轨"，就像刚刚交出处女那般颤抖。也许这是一个圈套，我投进了树根编织的罗网。事情发生了，而且是跟我的老板张海龙，没有办法挽回的。是福是祸由它去了。这个时候，我有了一种恨不能抽自己耳光的羞耻和懊悔。我连连警告自己：在杭州西湖，那一夜销魂的聚会，以后不会再有了。说起来，一个职场女人被自己老板搂搂摸摸，也算不上多大的事。我知道公司里不少女孩都巴结老板。公司多热闹，工作时恋爱，恋爱时娱乐，消停过吗？没有。职场有职场的规则，常在河边走，穿鞋脚也湿。可我不行，正因为我的观念传统，生活作风的严谨，越是得不到，老板才对我产生了好奇。

　　难道这是一场误会吗？还是我内心有了鬼？我叫任红莉，是北京海龙集团的财务，常蹲办公室，不外出跑业务。我长一张圆圆的的脸，梳着齐耳短发，显得清秀、聪颖。毫不吹嘘，我是个训练有素的白领，我们搞财务的不追时髦，衣着朴素，打扮中规中矩，很少过分暴露自己。我一门心思地工作，勤勤恳恳地替公司着想。事后想想，公司里靓丽女孩一大堆，我不明白老板怎么会看上我，更不清楚自己怎么就跟老板去杭州出的差？记得出差那几天，我天天化妆，打扮得挺时髦，可以说丰韵无限。我开始反思，恨自己。很显然，我已经决定在老板身上赌一把，却根本不打算一开始就赌。这使我有些不知所措，怀着无限烦恼的心情去的。到了那里，我手足无措，甚至怀疑自己的使命。我心中当时怦怦直跳，极不平静，这次杭州之行，注定会发生改变我终生命运的大事。

那个晚上，张海龙带我到宾馆的休闲中心洗了温泉，随后我们到湖边散步。清风扑面，清冽的花香扑鼻而来，在我脸上留下滑滑的清凉。湖边整排的电树唰地亮了，与远处高楼璀璨的灯火融为一体。树枝满是五彩的花朵，亮晶晶的。我站在湖边的电树旁，看灯光，听鸟的叫声。鸟的叫声妙趣横生，原汁原味的歌唱将我俘获。星星非常明亮，很久没有看见这样清澈的夜景了。炽烈灯光将我的脸涂白，扑了粉一般。那一晚，我首先被他的真诚所打动。他叹了口气，开始侃侃而谈。他说他不怎么喜欢女人，但他喜欢我，喜欢我柔软多情的身体，喜欢我聪明的智慧，喜欢我明亮的眼神。我也有弱点，他说得我羞红了脸，我讪讪地争辩说，张总，您别拿我开涮啊。张海龙瞪直了眼睛，一本正经地说，别看你职场打扮普通，但我发现，你眉眼里有一股狐气，娇艳，顽皮。我轻轻地笑了。他是谁？他是梦中的一个幻影，还是一个真实的遭遇？我在灯光下侧目端详了一下张海龙董事长。他头发浓密，黑亮，举止洒脱有力。当大老板嘛，就要有眼光和气度，有更强大的魄力。他的眼睛有神，目光像闪电一样。他的风度与气质，给他的身体罩上了一道光环。并不是他身材多好、长相多帅气，而是因为他成功了，成功男士自然就带着一层光环。他的长相最大的特点是，右边耳朵旁边，长着一个肉坠儿。他自己称作"拴马桩"。小时候我听娘讲过，长这玩意儿的男人都是藏金挂银的发财命。

我跟张海龙上床的时候，我脸上一片炽热，身心一直是拘谨的。我觉得要发生什么事情，心里噗噗跳。张海龙夸奖我身材好，皮肤好，无论从哪个方向看，都容易让男人想入非非。我有个毛病，男人一夸奖身体就软。他嘿嘿一笑，说我的乳房丰满，有弹性，像两个雪白的葫芦。我骂他："真流氓！"我们就拥在了一起。他的手掌宽厚温热，骨节坚硬。我发现他对乳房情有独钟，他认为女人的特点主要体现在双乳上。最后时刻，他抓着我的双乳叫了一声，说有一阵彻骨的快感从那地方辐射全身。事情结束之后，他还要亲我，我从他的怀里挣脱，鼻子使劲抽着。我的大脑一片空白，他的身体像一根魔杖，把我的什么东西都拿走了，甚至是被永远地夺走了。我一遍遍地骂着自己：任红莉，谁允许你颓废？谁允许你背叛？谁允许你醉生梦死？

我做了这件残忍的事，虽说是有意，但促使我这样做的却不是我的心，而是我肮脏的身体在犯怪。我的眼睛有点肿，有哭过的痕迹。我像淋了雨的小鸟，可怜巴巴，颤颤抖抖。不知道他是什么时候离开我房间的。半夜醒来，我走到梳妆台前，看见我的面孔被羞愧扭曲了，清澈的双眼污浊了，布满了鲜红的血丝。

我光着双脚，忧郁不堪地陷入沉思。

我流泪的时候，就想起丈夫阎志。如果有什么对不起，这是我唯一对不起阎志的地方。我知道，天下男人都是希望自己有儿子。阎志也一样。他是典型的四川人，矮个头，尖下巴，瘦里瘦气，一张瘦条子脸，像丝瓜。人老实、厚道，没有宏伟的理想，性格发闷，不善表达。他目光迷茫，听说落魄的人都是这样的目光。跟这种男人生活在一起，非常踏实。就算他知道自己女人有了外遇，他也不会用这种以牙还牙的方式报复。他非常爱我，我在他心中的地位，谁也无法动摇。我脾气暴躁，他就磨出一副好耐性。为了维持家庭的和谐，他在很多方面知道怎样讨好我，即便有不同意见，他也从来不跟我当面冲突。其实，他一点也不窝囊，不自卑，嘴巴笨，心里有数，甚至还极为敏感。我不用操心家里的琐碎事。生活清贫、寒酸、忙乱，但也有别样的清静、单纯。有时候，我心中就松动一些。要不就借一些钱，买一套房子，生个孩子，可是，我不愿意因此落下个背债的名声，还没到不得已一定要伸手去借的地步。我们要自己挣钱，可是，挣钱的速度远远赶不上房价的涨速。我老公阎志常说，不要好高骛远，要脚踏实地，有的放矢。话是这么说，我发现他眉宇间爬上来淡淡的愁苦。混到这步境地，他心里是什么滋味？

想想我和阎志的挣扎就心酸。为了在河北燕郊买一套房子，我和阎志拟订了创收计划。我的同学搞夏令营，我为了挣点钱，跟同学到学校拉生源。可是，忙了两个月，最后算账挣了两千块钱。请假，旷工，差一点儿被老板张海龙开除。阎志的创收效果比我强一点，他跟朋友合伙开了烧烤店，整天忙得咧嘴，年终分红了。分了三万块钱。我们借了点钱，凑足十万，在河北燕郊买了一套

98 平方米的房子。也许我们没有挣钱的命吧？那一年，我娘病了，把交了的首付款拿了回来。我娘的病好了，我的买房计划也泡汤了。我们每天都关注房价，试图重新开始。两年过去，再到燕郊一看，房价已经涨了一倍。我们乖乖退了回来。一切是那么无望。我们公司来了机会，在张家口张北县搞风能发电业务。谁到那里，每个月就可多拿五千块奖金。诱惑太大了，我第一个报名。那是夏天，还是露天作业。那儿的温差大，中午太阳很烈，我被太阳晒得脱了一层皮，第二层皮很快要蜕掉了。阎志过来看我，他心疼地拉着我的手，哭着说："你都晒成什么样了，我们别在北京混了，离开这里到我老家成都去吧！"我不甘心，抱紧了他，眼泪流得稀里哗啦的，哽咽说："别人能在这活，我们为什么不能？"阎志也哭了："好歹留在一线城市，没准哪一天就碰上机会的。"我点了点头，闻到了一种气味，那是很久没有闻到的气味。

看得出来，阎志是家里的独生子，家里逼迫他赶紧要个儿子，老人已经梦寐以求、望眼欲穿了。续上根脉，传宗接代，是阎家老人的心愿。我的感觉，阎家人在四川乐山乡下，这种传统观念更重一些。这是非常正常的愿望。可是，到我们这儿正常愿望竟成了遥遥无期的挣扎？再等下去吗？我都不敢往下想了，心中歉歉的。要个孩子的问题，阎志曾试探着跟我商量。我总是扯开嗓子跟他吼："你以为光一个人出世啊，还带着嘴呢！当今社会，在北京这样的一线城市，先不说房子，养一个儿子得积攒多少钱吗？"阎志怯怯地眨着眼，弄得他一提要孩子心里就发怵。眼看 32 岁的人了，连个后代都不敢要，日子过得灰头土脸，无滋无味。阎志鼓着嘴巴说："打头的骡子先拉车，咱是家里老大呀！"我知道这是玩笑，来自老家的玩笑。这是玩笑，也是父母给他的压力，而我却从没替阎志想过这个问题。我是不是有点儿太过自私了？在大学恋爱的时候，我们一起嬉闹，跑跑停停，相互呼应。结婚六年了，我记得只跟阎志回过一次他的老家。这让我对他心生愧疚。回一趟家，太费钱了，钱不是消耗在路费上，而是走遍二十多家亲戚。我曾劝他回家看看，他总是摇头："没钱，太浪费了。钱挣得不易，浪费岂不是罪过？"是啊，钱压得我们喘不过气来。我们当时几乎由于忧愁而得病。既然看不到钱，看不到希望，就悟一下人世天道吧。看一看自己高贵的灵魂，看一看未来的希望和梦想。这样就会更加珍惜现在了。事情往往就是这样，一旦无望了，就会掉头生出新的希望。张海龙出现了。

　　那一天公司加班，我很晚回家。张海龙董事长亲自驾车送我。我跟丈夫租的房子在老槐巷，这是一片等待拆迁的旧房子。小巷狭窄，脏乱不堪。让自己老板知道自己住在这么寒酸的地方，我有些不好意思。我不让他送，张海龙非要送。我就说送到运河会所的灯下吧，然后我再打车回家。也不知怎么就聊到了要小孩的话题。张海龙问："你和阎志结婚六年了，为什么不要个小孩儿呢？"我为难地诉苦说："说了不怕您笑话，家里的经济实在是捉襟见肘了。我俩这点工资，加起来一万三，我们还要租房子，车马费，穿衣，吃饭，朋友同事婚丧嫁娶，还得送红包白包。屋漏偏逢连夜雨，谁能想到我就这么倒霉？我娘病了，一个开颅手术费都是我们花的。老家太穷了，还是借了债，我满脑袋装的都是债，心里哇凉，想热乎都热乎不起来。如果再添个孩子，我俩就得睡马路了，喝西北风了，您说惨不惨呀？"张海龙叹息了一声："听你这么一说，对生活有点失望。"我冷冷地说："不，是绝望。"张海龙咳了一声："那就没有别的办法了？记住，车到山前必有路！""绝望过后又是希望，我想当个丁克家庭不好吗？"张海龙轻轻笑了，嘴巴动了动。后来我听清了，他在说："早说啊，女人不当母亲不算完整的女人。我可以帮你留个根儿啊！"我听见了"我可以帮你"这几个字，听得很清楚。他帮我？他怎么帮呢？没有说透，我还是被张海龙的豪爽仗义感动了。感动过去，我没有继续追问。张海龙说我的成熟已远远超出了我的年龄。

　　后来又说到了生孩子。那次去张家口张北县，张海龙带着我、公司副总过去了。在工地上，我观望工人们挖一棵老槐树。这棵老槐树，肚子烂空了，树根活动了，地面开裂了，老板就让人挖出了浅黄色的树根。工人们拽树根时，我听见嘎巴嘎巴的响声，那是树根折断的响声。一群半大孩子叽叽喳喳地围观。庞大的树根拽上来了，空气着弥漫着幽幽木香。我站在土坡下面仰望着老槐树，那是一棵真正的树王，像朝拜一处圣迹那样注视着它。我摸它的时候，情不自禁地屏住呼吸。张海龙悄悄走过来了，伸手拍了一下带土的树根，望了我一眼，问："红莉，你喜欢吗？"我深深呼吸着木香，点了点头。张海龙像当地人一样讲解开来，他的口才真好，把树根说得神乎其神。其实，看树根，我本无兴致，心里还想着家里的事，现在被他弄得兴致勃发了。我发出抑制不住的惊喜："这要做成根雕多好，多像孔雀开屏。"张海龙爽朗地笑了，对副总说："既然任小姐喜欢，就找专家雕成孔雀开屏，拉回北京的公司，放在任小姐办公室。"我有些受宠若惊，忽闪着一对鬼魅的猫眼，嘻嘻笑个不停。

张海龙说："别看你笑得挺甜，但我敢肯定，不是发自内心的。这年月，没有什么人是真快乐的。如果有人喊快乐，不是假装的，就是气你的。日子总得过，假快乐也比天天发愁强吧？"我淡淡地说："我发现您就是真正快乐的人啊！"张海龙皱了皱眉头："快乐个球，家家都有一本难念的经啊！"我好奇地歪着脑袋问："公司效益挺好的，那你还有什么难处？能不能把你难念的经说给我听听？"张海龙沉沉一叹："如今啊，有钱人没钱人都不快乐，对我们男人来讲，没儿子的人，就是没根儿！你说呢？"我看不清真相，随口说："这有什么难的，你跟嫂子再生一胎呗！"张海龙无奈地一摇头："没用，整个一废物蛋，她都给我生三个女儿了。我找人体符号学大师给看过，我这种体征的人，跟大鼻头、黄脸胖女人，只能生女儿。"我回忆着他老婆的模样，是大鼻头，黄，还胖。张海生继续说："红莉呀，我这种体征的人，只有跟鼻唇沟深的女人在一起，才能生儿子。"我撇了撇嘴说："您这大企业家，怎么还迷信啊？"张海龙说："不是迷信，这里面学问挺深的。怎么样，我看你的鼻唇沟就很深嘛！"我讪讪地说："你说的这番话，我一句都没听懂。"张海龙耐心地一笑："不懂没关系，我可以慢慢讲给你。你会为此着迷的。"我却觉得身体像石头一般沉，没有听的兴趣。张海龙却兴致勃勃："我想让你给我生个儿子！"我吓了一跳，轻轻摇头。我觉得自己能够承受许多磨难，但是，命运却给我强加了许多难题，使我对自己的力量产生了某种怀疑。张海龙后来回忆，说我当时摇头时的态度很模糊。这一点，我承认，因为我内心矛盾，含糊其词，眼神游移。张海龙已在追问，我不想就这话题展开，轻描淡写地说道："张总，别开玩笑了，别拿我们穷人寻开心了。"然后话题就岔开了。

回到北京国贸大厦的公司总部，张海龙隔三岔五到我办公室里跑。我发现他看我的时候，两眼放光："红莉，从张家口回来，我一直纠结生儿子的问题，咱就出门扛扁担，直出直入啦！我们偷偷生一个儿子，好吗？"说到这儿的时候，张海龙的目光冰冷而犀利。听得出来，他的口气里没有戏谑的成分。我喃喃地说："张总，你知道我不是放纵淫乱的女人。"张海龙说："我知道，你要是那样，我还不找你呢。你我的孩子能不优秀吗？"我咬住了嘴唇，嘴唇颜色越来越深，"这恐怕不行！"我嘴上反驳，其实，他的声音已在我的内心深处，漾起了丝丝涟漪。张海龙焦急地说："红莉，你答应我吧！"沉默了一会儿，我问："张总，我在答应你之前，想问您两个问题行吗？"张海龙嘿嘿一笑："你说！""我的第一个问题是，我都是已婚的人了，你为什么不包养一个女孩给你生儿子？"张海龙面带微笑，偶尔瞟我一眼，目光意味深长："你问得好，我想了很久。有什么说什么，追我的年轻女孩一抓一大把。可我就喜欢你，你漂亮，你善良，有知识，有智慧，会给孩子提供一个很好的教育环境。我们家有发财的魄力，可是，我老婆小学文化，她能教育出好孩子吗？当今，孩子的教育环境非常重要！你懂吗？"我一再咧嘴笑着，说不出一句得体的话。张海龙的眼神显得有点冷硬，又说："还有，你这样的少妇给我生孩子代价低。你知道，我都五十岁的人了，不能再毁了家庭。我得了几种病，糖尿病，高血压，冠心病，哪还有精力哄小姑娘？再说，姑娘总要嫁人，儿子留给我会失去母爱的，那样代价太高了。而我们的儿子，表面还是你阖家的。"我沉了脸："什么代价代价，你们商人干什么都在搞成本核算，我讨厌！"张海龙急忙插话："别生气嘛，我在自己儿子身上绝不吝惜钱的。跟你说，你要是给我生个女儿，我出 20 万奖金，以后我来养着。生了儿子嘛，奖 30 万，除了养着，将来长大成人继承我大部分财产！"我苦笑了一下。张海龙说："你不相信我？这都可以签个合同，其中一份放在银行保险柜。只有你、我，还有我的私人律师知道。"简直像做梦，我的嘴唇哆哆嗦嗦飞快地嚅动，却发不出声音来了。张海龙轻轻一笑，说："你还有一个问题没有问我呢！"我忽闪着一对大眼睛，好像不大明白他的提问。张海龙一脸喜色："你不问了，就说明你同意了？"我忽然想起来了，说："张总，我看您平时对三个女儿非常宠爱，为什么非要得个儿子呢？"张海龙叹息了一声："重男轻女的倾向，男人都有。可是最最触动我的，还是老朋友董清泉的经历。你可能不知道，我的发迹，双流集团老总董清泉大哥可是帮了大忙啊！他就是两个女儿，一个女儿病逝，一个女儿招了倒插门女婿。这老兄过早地交权了，女婿掌权了，把他们两口子晒起来了。他女儿整天吵闹，不管用，女婿拿钱到澳门赌博，输了两个亿了。董老兄含着眼泪跟我说，海龙啊，汲取你老兄的教训吧，女婿毕竟是女婿，怎么也比不上自己有个儿子。你赶紧生个儿子吧，那才是你的正根儿啊！"我恍然大悟。张海龙动情地说："唉，红莉呀，你就长点心吧，好好珍惜机会吧，女人婚后要注意增值，一不小心，就会从炙手可热的绩优股变成无人问津的垃圾股。你碰着我这样的老板也不容易哩，这都是缘分哪！"我眼圈红了，哽咽道："我知道，我知道老板一直对我好。"张海龙静静地看着我，他安慰我的话，我听不进去。过了一会儿，他眼里有泪水涌上来，为了不让泪水流下来，他仰起了脸，望着长安街的滚滚车流。我心里虽然烦乱，最容不得男人落泪。我声音沙哑，断断续续地说："好吧，您让我好好想想，好好想想……"

张海龙转身走了，晃晃悠悠的。

我这样差不多呆坐了一个小时，许多念头浮出脑际。

几天后，张海龙带我到燕莎商城逛了一圈，买了几件名贵衣裳，还碰上了电影明星呢。换上新衣裳，我容光焕发，从头到脚到透出富人的痕迹了。他把我惯出了毛病，逛商场希望有人陪，谁陪谁买单，这样一来谁还愿意唱独角戏呢？

张海龙让我考虑考虑，他说他是认真的。我随口应了一声，但还是反应平淡。可是，我和阎志经济上的无望残酷地摆在眼前。如果我撅了张海龙面子，他会很难堪，会辞掉我的。那时候，我和阎志会叫天天不应，叫地地不灵，想哭都来不及。过了几天，我漫步街头，看见一对年轻夫妇带着儿子玩耍，马上就有一种强烈的渴望突然涌上了心头，渴望看到新的事物，渴望浏览新的景观，这种渴望太强烈了。换个角度看问题，一种更为广阔的真实出现在我的视野。刹那间，我想通了，如今人活着，并不只有道德一个标准吧？并不是违背道德的人都是坏人。我心里储满了世俗和轻狂。我和阎志的爱情变得那样脆弱、轻薄。我们的生存面临困境了，牟利是前提，人们现在无处不在地相互掠夺与赚钱。赚钱的方式，是否卑鄙可耻，这另当别论了。他没有本事，我怎能袖手旁观？从那一天开始，恐惧从我的心底消失了。这一时期，我特别讨厌以任何道德尺度来衡量自己的思想和行为。可是，有另外一种诱惑吸引着我。资本像个传说，虽然隐约，却风一样无处不在。一种致命的、丧失理智的诱惑，突然向我袭来了。我似乎抓着了救命稻草，我要给张海龙生个孩子。

怎么动了这个心思？我自己都吓了一跳。我的胸口疯狂地跳跃了，好在我有了经验，很快将心稳住。我越来越发现，我跟老板的关系日渐紧密了，而这不是我有意为之，仿佛有一种神奇的力量在暗中推着我。仔细想想，除了我心里煎熬一些，各方面都不会吃亏。也许，从此改变了窘迫的经济压力。我坚定了一个念头，抓住这青春的尾巴，赶紧挣钱。等将来富了，再给阎志生一个，留个真根儿。我将自己的胆怯当作明智，并以此自我安慰，自我欺骗。这样一来，有什么沉重得不可忍受的东西被轻轻卸掉了。其实，我真正恋着的人是阎志，我是走投无路时才做出这样的选择。

杭州浪漫一夜，我竟然怀上了。

不管怎样，细节要盘算好，回家讲起来要有根有叶。为了保证血脉的纯正，张海龙煞费苦心。过去他叮嘱我跟阎志过性生活时，一定要用套的。我严格执行，怀孕以后，他让我跟阎志甩了套儿放开一回，然后就安排我到海南出差一个月。我回家跟阎志开放的时候，阎志担忧："怀上怎么办？"我赶紧跟他铺垫，说："张总可能发我一笔奖金。"阎志问："有多少？"我说："可能有三十万！"阎志吓了一跳："我×，老婆你行啊！"他咯咯地笑着，我也跟着笑，我发笑的时候，也会显出迷失的模样，只是阎志粗心大意罢了。在海南，我给阎志的印象是给老板卖命，其实，我除了玩还是玩。张海龙业务缠身，他只是偶尔陪一陪我。我一下子觉出孤苦伶仃来了。我突然想海龙了，真的想他了。我不知道，为什么会想他？漫长的一个月总算过去了，我从海南出差归来，真的拿钱回家了，拎着一只大密码箱，密码箱放在桌面上，我竟然说不出话来了。这里可是三十万块钱啊！阎志搂着我的脖子亲了又亲，大声说："这是人比人气死人的时代，谁不服吗？没个屁用！"我没有明白他要表达什么，我就跟他装傻充愣。阎志的两只手对握着，带着他惯有的慎重："老婆，这不是挪用的公款吧？"我使劲摇头。阎志开始美美地安排这笔钱的用处。留十万给孩子，那二十万存起来，交房贷首付。我还继续装傻。傻老公啊，你知道肚里孩子的使命吗？还用你交房贷款首付吗？他的出世会给你带来一套大的房子。以后，无论我怎么耍他，他都容忍我，纵容我，我就以居高临下的口气说话："钱是我挣的，我拿意见。"阎志点头哈腰："对，听老婆的。"我看着他的样子，很难过，我第一次跟阎志撒谎了。他信了，至少表面信了。可是，我欠他的了，生活，是没完没了的亏欠。我对阎志的感觉悄悄起了变化。那种美好感觉没了，原本曾经重要的东西无影无踪。他伸出胳膊，用手抚摸我的腮，我的腮在他的掌心蹭了一下。有钱了，女人的变化让人费解。那一阵，我不准阎志大声说话，睡觉时不准他碰我一个指头。

大概是我梦中说漏了嘴，夜里，我常常用梦话跟他交谈，他问几句，我回答一句。后来他不问了，我自己还不停地嘟囔。阎志竟然没问出个什么来。我心里很清楚，这一切都源于他那颗童心。我不知为什么有些慌张，嘴巴不那么流畅。我最害怕阎志发现我的改变，我不用眼睛看，凭着耳朵听，从一声叹息、一个喷嚏就能判断出阎志的情绪变化来。阎志没有变化，他细细的呼吸，我听得很清楚，甚至能听到他噗噗的心跳。那天夜里，我抓起阎志的手按在自己的乳房上。阎志这才捧起我的脸，吻了一下。亲人对我很亲，可是，我却觉得自己远离了他们。天亮了。

我越来越感觉到，张海龙追我不是贪色，确实是想留个"根儿"。根是不灭的，生生不息。有钱能使鬼推磨，不假，这世界对有钱人越来越有利了。怀孕期间，我获得了丰厚的待遇，张海龙怕我不小心动了胎气，让我整天在家里歇着，工资照开。我在公司如鱼得水，呼风唤雨。我绝对没想到张海龙竟然是个难缠的角色。我感觉自己时刻都在他的监控之中。他关心我睡得怎样？营养配餐吃了没有？我今天的心情好不好？我跟阎志的关系如何？等等等等，一大堆问题。我有些烦，但还要配合他。有时候，我烦恼了："你烦不烦呀？"他电话里的声音楚楚可怜："红莉，我不是担心你嘛！"可是，我不知道怎样面对阎志，总是开心不起来。我的欢乐一下子被什么东西掠走了。看到阎志那么爱我，一种锐利的痛楚，撕裂了心肺。我一声不响，只是用力在黑暗中挣扎。会不会有败露的那一天？败露以后，阎家人怎能承受？我独自一人待在办公室，成天琢磨最多的就是这事。张海龙看出点什么，就过来劝我："你可得珍惜自己，爱惜自己，关爱孩子。"我的眼珠就像蒙了一层雾气，渐渐泛出泪光。我的心里从来没有阴影该多好。五个月了，我到医院"超"了一把。竟然是个儿子。我把喜讯告诉了张海龙。张海龙拥抱了我，他兴高采烈地大声叫喊："苍天有眼，我有儿子啦！"他的手没有拍下来，只是揉了揉眼，然后做了一个夸张的动作，双手摊开，仰天长叹。

孩子出世了，一个男孩儿。

孩子哇地哭了，我被他尖锐的哭号声惊醒。我的心里仿佛滚过一阵雷。根儿是一个肩负使命而匆忙来到人间的孩子。面对这个无辜的孩子，我羞愧，我扪心自问：妈妈是一个可怕的欺骗者吗？根儿蹬着腿又哭了两声。我仔细端详根儿，跟张海龙长得一模一样。我哭笑不得，忽然，我发现孩子右耳边也长了一个小小的、肉乎乎的"拴马桩"。一想，坏了，这个"拴马桩"会惹祸的。阎志说他老爹早就给孩子起好了名儿，叫根儿。大名阎炳根。我以为，孩子姓氏随阎家，后边两个字，还应该征求张海龙的意见，毕竟是人家的血脉。我担心张海龙不同意，谁知他异常高兴。"这名好，叫根儿好啊！谁起的，太有才啦！"张海龙开怀、得意，哈哈大笑，嘴巴咧到脑后去了。到了这个年龄，还有什么比看见胖乎乎的儿子更让他欢喜的？

一切都很美好，谁也不知道发生了什么事情。那是春天，槐树扬花了，一片片花粉扬起来，在阳光下闪烁着细密的光芒。我父母来到北京，给孩子过了一个隆重的满月，满月礼上，婆婆和公公想放烟花。阎志就买来了一些烟花。张海龙要求参加根儿的满月庆典，我犹豫了一下："你来？让我想一想。"张海龙急了："我是根儿他爹，我不参加成何体统？"我迟疑了一下，望了望张海龙的耳朵。他马上明白过来，不好意思地揪了一下耳边的"拴马桩"，爽快地说："女人就是心细，你担心这个呀，等到那天，我用白胶布贴上。就说刮脸刮破了，打个马虎眼，蒙混过去吧！"我满意地点点头。到了那天，放过响炮，张海龙就直奔孩子房间去了。他从我怀里抱起了根儿，眼神异常明亮，说明亮还不准确，眼白通红，像是炙烤着孩子的脸蛋儿。根儿哭了，舞动的小手，竟然抓掉了张海龙耳边"拴马桩"上的橡皮膏，让我的心惊了一下。张海龙好像也感觉到了，亲了亲根儿，夸奖了一番，就从兜里重新找了块橡皮膏贴上了。

生过孩子，我的身体走了形，饱满，臃肿。以前我最讨厌胖，讨厌自己胖，也容不得别人胖。俗话说心宽体胖，我心不宽怎么还胖了呢？既然这样，没有必要再给自己增加心理负担了。张海龙的话虽然不中听却不无道理，是啊，如今干什么都不丢人，穷了才丢人。我强迫自己快乐起来，也必须快乐起来。可是，我还是不高兴。那天晚上，婆婆抱着根儿出去了，我坐在家里，电视也没开，由于内心的痛苦而半死不活。忽然停电了，屋里黑洞洞的，伸手不见五指。屋顶和窗户上响着呜呜的风……

我说心都碎了。人家都不信，同事羡慕地说，你任红莉运气来了，挡都挡不住，提职了，穿戴越来越高雅，得了个胖儿子，还口口声声说心碎。心怎么那么容易就碎的？真矫情！你就别恶心人了！有人背地里说得更难听，如今怎么会是这样呢？当婊子还能立个牌坊。我闷闷不乐的时候，曾千百次翻来覆去想象跟阎志看根雕的感觉。我仿佛听到人们背后的窃窃私语以及不怀好意的笑声，一睁眼，甚至看见一张张鄙夷的面孔。我感到非常沮丧，以至于想马上去见阎志，请求他的原谅，与他言归于好。这从哪儿来？我们没有冲突，一直很友好，又谈何言归于好呢？

月亮哗地洒了下来，夜空就白蒙蒙的。如果完成心灵救赎，一切还都能挽回。于是，我开始感到了希望，精神渐渐好起来。

我甚至努力去忘掉过去的一切，忘掉一切，一切……

孩子长得疯快，像一棵小树，鲜嫩，挺拔，茂盛。有一天，孩子把我的脸抓了几道印子，三天两天都不好意思见人，至今还落下个小疤痕。我骂了根儿："小杂种，你想成精啊？"根儿就咧着嘴巴笑，那得意的样子很像富人的种儿。张海龙隔三岔五地过来，到我办公室坐坐，还放下一张建行银联龙卡。他说这里有十万块钱，留着给根儿加强营养的。我推托说："那次，你不给钱了吗？"张海龙笑了笑，说："我上辈子烧了高香，碰见了你任红莉，给我生了个大儿子，我还不该当菩萨供着你呀。"我狠狠地瞪了他一眼说："我还不知道你吗？你哪儿是供着我，你是心疼你的宝贝儿子！你要是对不起我，我就狠狠心，把你的根儿给拔了！"张海龙开玩笑说："任红莉呀任红莉，我看错你了，你长得艳若桃李,却心如蛇蝎!"我笑了笑:"我心如蛇蝎,那好,等有一天我狠给你看!"张海龙仰脸大笑,过了一会儿,他严肃下来:"红莉,有了根儿,我们就是一家人了,你对我别虚伪客套,有什么事情直来直去地跟我说。这样我更喜欢!"我感觉很温暖。我一离开公司,张海龙的电话短信就不断,问我怎么样?问根儿怎么样?我哭笑不得,但也有一些感动。张海龙给我找了一套130平方米的新房子。我们终于住进了新居,暮色四合时,我的梳妆台是金色的。老板对我好,公司的人都嫉妒起来,背地里嘀嘀咕咕说闲话了。我皱起眉想了想,跟不跟张海龙说呢?我跟随张海龙的应酬多了起来,他的朋友我都熟了,还有一些客户。尽管我还是以财务主管身份出现,感觉不一样了,好像我是他的女人。我讨厌这种不明不白的感觉。"你以后别这样好不好?"我形容不出自己的声音里都有哪些复杂成分。有一天,张海龙带着公司朋友给我过生日。蜡烛点燃了。唱生日歌。这是我生日的烛光。飘忽不定的烛光直接照着他的侧面,把他高大的身影映到墙壁上。喝酒,摇摆,大学毕业,严格说是婚后,几乎没有这样轻松地跳舞。张海龙请我跳舞,他的眼睛滑在我脸上,上下翻飞。

那天过生日,我从来没有喝过这么多的白酒,而且酒的品牌庞杂,五粮液和板城烧锅酒。我自然而然地喝高了。我深情地呕吐,吐了个肝肠寸断。张海龙也喝醉了,他带着我开了宾馆。夜里十二点半,我立刻酒醒,凭借自己的力气挣扎着回了家。进了屋里还跌跌撞撞的。阎志还在洗尿布。他问我为啥这么晚,我说公司有应酬。因为这个事情撒谎,我习以为常了,一点儿不脸红。阎志弓着腰,守着木盆,搓着那些尿布片,噗叽噗叽地响。他没有因为我身上明显的酒气给我脸色,还给我沏了一杯茶,小心翼翼地递到我手上:"老婆,喝一点,解解酒儿!"然后,阎志给我脱衣裳,他知道我有个习惯,四肢舒展了,方能安然入梦。他把我的双腿摆平,我有了轻轻的鼾声,他继续洗尿布去了。

睡梦中,丈夫一个嘴巴抡过来,我的鼻子流着血,咬住嘴唇。天亮醒来的时候,我的意识虽然处于模糊状态,但是,我已经感到面临着可怕的深渊。

吃晚饭的时候,我回家了,那是我们一家最热闹最快乐的时候。

婆婆脸上漾起了少见的喜悦。她抱着根儿在他耳边喃喃叙说,句句叮咛。享受其乐融融的天伦之乐。可是,我发现婆婆身上有一股馊饭的气味,她大概很久没洗澡了。她把这种气味带给根儿，再传导到我身上。到了公司，张海龙就撇着嘴说："你身上怎么有馊饭味啊？没有钱就说话，可别给孩子吃劣质奶粉啊！"我苦笑说："放心吧，我亏待不了根儿的。"是啊，有阎志这样的好丈夫，能亏待了根儿吗？自从有了根儿，阎志连眼睛都兴奋，闪闪发亮。阎志身上弥漫着世俗的烟火气。他为根儿出钱，掏口袋，他绝不犹豫。他每天给孩子热奶，换尿布，洗衣裳。他爱闻儿子的尿液味儿。我的鼻孔里都是孩子的尿味，忍不住打了一个喷嚏。有一天傍晚，阎志回家很疲惫，他说在班上太忙了，我说你歇着吧。他没喘上口气，就洗了一堆尿布和衣裳。吃饭的时候，他就有点困了，吃了一会儿，他放下筷子，坐着歪头打起盹来。他打着盹，还缓缓说着梦话："我要带儿子钓鱼、爬山、打高尔夫球！"我给逗笑了，伸出舌头，抿抿嘴唇，嗔怪道："你胡说八道啥呢？钓鱼、爬山还凑合，哪有钱打高尔夫球？"阎志朝我温柔地笑笑，笑容里充溢着某种感动："这是我们的祝愿嘛！我儿子是最优秀的！"

我心中一疼，不说话了，抱着根儿站在窗里，孩子睁大眼睛，望着窗外的世界。

有一天，阎志带着根儿到了公司。见到根儿，一方面让我高兴，一方面多少有点出乎意料。得了儿子，阎志高兴得尽力炫耀和大声张扬。可是，我担心根儿耳边的"拴马桩"与张海龙对号啊！我没好气地瞪了阎志，严厉地说："这次算了，以后，千万别带根儿到公司来！公司有规定，不允许带小孩子上班的。"阎志被我的反常弄愣了。根儿跑进了张海龙的办公室。阎志和根儿都喜欢这个根雕，老板笑了："你喜欢就送你啦！"阎志说："不是我喜欢，是根儿喜欢！"张海龙更加爽快了："根儿喜欢，就更没问题！一会儿我派人搬回你家去！"阎志望了我一眼，似乎征求我的表态，那目光让我心里一惊。我不知道说什么，心中苦笑，很不自然。阎志就说："这东西挺值钱的，我怎能要您的东西呢？"任张海龙怎样劝说，阎志还是不要，我很欣慰，阎志身上有穷人的尊严，他比我有骨气。这时代好多人已经不讲骨气了，骨气和品格都被金钱吞噬了。我和阎志会意地对了对眼神，没有再说什么。

张海龙见了根儿，有些冲动。他从阎志怀里夺过根儿，亲了又亲。根儿挣脱着在地上跑着，跑到根雕背面玩起来。张海龙马上从抽屉里找出照相机，以根雕作背景，给根儿连连拍照。我注意到，他给根儿的面部拍了一张特写照。我一看，吓了一跳。根儿耳边的小"拴马桩"在阳光下分外扎眼，鲜亮。他拍这个干什么？我瞬间感到全身发热，手心冒出汗来。我想反驳，但当着阎志，终未开口。张海龙压根儿没在乎我的感受，他非常欣赏这张特写照片，夸奖说："根儿，这孩子将来有出息！"我让阎志带着根儿赶紧离开了。他们走后，我跟张海龙顶撞了一番："你拍根儿耳边的'拴马桩'是什么意思呀？"张海龙望着对面的高楼，霸气十足地说："这是我们家族兴旺的标志！说明我的商业帝国后继有人！"我讥讽说："看你得意的，将来这公司认不认根儿还两说呢！"张海龙说："哈哈，谁敢不认，这小小'拴马桩'就是我家族特有的 DNA 啊！"我被他说愣了，费力地摇了摇脖子。

第二天上午，张海龙派人把孔雀开屏的根雕送到我家里。

这事没有征兆，我毫无防备，措手不及，心头乱颤了。其实，张海龙在履行诺言，不再沾我身子。男女之间，失去性的吸引，还能这么亲密，也的确不容易。张海龙死皮赖脸地坐在我的办公室，连老板的尊严都不要了。有一天，张海龙告诉我，他跟他老婆摊牌了。他老婆不信，他就带着老婆到公司来看根儿。前一天晚上，张海龙约我吃饭，跟我谈起明天把根儿带到公司玩，他想根儿了。可是，当我看见张海龙与他老婆一同出现时，我心中就"咯噔"一下。张海龙老婆穿着一身名牌，黑裙配了灰外套，手里挎着个 LV 大皮包。她见到根儿就一脸假笑，特意看了看根儿耳边的"拴马桩"，送给根儿好吃的。我瞪了瞪根儿，根儿还是接了，这孩子见什么要什么，给什么吃什么，令我非常尴尬。自从张海龙老婆敏枝看到根儿的第一眼，我就感到了不妙。这样下去迟早会露马脚的。从他老婆面相看，她知道了。这个张海龙，怎么这么不讲信誉？张海龙老婆没闹，甚至都没正眼瞅我，就晃晃着走了。

是什么改变了这千钧一发的事态呢？

隔了几天，张海龙过来找我，他在我的脸上看到了失望，我知道他想跟我谈什么了。张海龙说："我跟老婆摊牌了，她哭，她闹，末了为了保全家庭，还是妥协了，她同意保密。她看了根儿，挺喜欢的，她提出我们家收养根儿。

你看，你提个条件吧！我什么都答应你！"我怎么也不会想到，张海龙已在自己捅破的窟窿里迈出无可挽回的一步。他什么时候涌起了一个想占有根儿念头的？是见了孩子之后吧？还是那次在公司给根儿拍照片的时候？这弄得我措手不及，全身战栗。我觉得这太可怕了，太不应该了。原先都是红嘴白牙说好的，怎么能随随便便改约定呢？张海龙叹息了一声："其实，我也不愿意被老婆发现，可是，这婆娘给盯上了。你知道，我老婆多年对我不放心，怕我在外边生儿子。没办法，女人防范男人久了，心思缜密啊！那一天，我想根儿了，就在别墅地下室投影机播放根儿的照片。你说也他娘的凑巧，正放到根儿的'拴马桩'那张，这娘儿们闯进来了，揪着我的'拴马桩'质问，这孩子是谁？是不是野种？她敢侮辱我们的根儿，我一下子火啦！"

"张海龙！"我终于忍不住了，厉声吼道，"你别太过分了，我们是有协议的，这个孩子是你张家的根儿，但也是阎家的苗儿。你要是得寸进尺，非要把这个孩子夺走。我们阎家就会大乱，我也没法活啦！我不活了，根儿没了亲娘，他能幸福吗？"张海龙表情平静得恰如其分，笑笑说："看你紧张的，谁说跟你抢孩子啦？"我倒吸了一口凉气，继续说："你不夺孩子，还想让你老婆见根儿？你什么意思？"张海龙打了个寒噤，接着搓了搓手说："我回家说，你生了个胖儿子，非常可爱，动员她认根儿做个干儿子。这不是为了将来嘛，等根儿长大了，好继承我的部分家产啊！"

我声嘶力竭地喊道："尽管我是搞财务的，但我一向喜欢抓住问题的主要矛盾，没有根儿，就没有这倒霉该死的欺骗！既然有了，你得配合我把戏演下去。至于根儿继承你遗产的事，都是以后的事，现在要让根儿茁壮成长。你知道吗？"

"好啦，我不提了。你这个倔人，真是心硬如铁！"张海龙嗦嗦地笑，这笑声像刀子戳在我的心尖上。

"真的，红莉，没什么，没什么，我尊重你的意见。"张海龙总是劝我，"我只希望你开心地活着，不必人为地为自己设置心理障碍。"

我大声说："明明是你无理取闹，还说是我设置心理障碍。有你这么不讲理的人吗？"

"啊，你说什么呢？疯啦？"张海龙给吓得够呛，嗓子都变尖了。

我突然意识到自己的过分，没有必要生这么大气。

我一生气嗓子就坏了，说话用的气声："我有些激动，对不起。不过，你这大老板可不是耳鬓厮磨、腻腻歪歪的人啊！到我这儿，怎么就变了个人？"张海龙低头一叹："是啊，自从有了根儿，我发现自己变了。你知道我多爱三个女儿，可是，如今再看她们都不顺眼了，她们都比不上根儿。我梦里喊的都是根儿哩！把根儿给我吧，你提什么条件我都答应你，真的！你说吧！"说着，他两眼放出精光。他的反常举动，真的把我激怒了，我声嘶力竭地吼："你总以为疼爱根儿，以为很懂我，实际上，你压根儿就不了解我，根本不知道我是个什么样的人，你根本不顾及我的内心感受。根儿是一个生命，他是我儿子，不是一个什么东西，能随便说给你就给你的吗？"张海龙的眼睛湿润了。可是，我一点儿都不感动，甚至无动于衷。

张海龙颇为无奈地点燃一支烟，吸着。

那一天傍晚，龙卷风袭击了美国两个州。同一天，龙卷风突然袭击了中国的张家口，当时，我正在那里的风能发电现场。天忽地黑了，地上的事物看不见了。风轮安装暂时停止了，这场龙卷风把树连根拔起来。我白了脸，顺着龙卷风的方向，看到太阳在诡秘地微笑。我侧目望了望，嘴角拉出一线笑。龙卷风过后，街道一片狼藉。这天下午，张海龙温柔地朝我走来，我却毅然转身，用冷冷的背影警告他——孩子的事免谈！张海龙说："你真是一根筋，根儿跟着我，他不照样是你的儿子吗？我和我老婆能亏待他吗？求求你，把根儿给我吧！"我倔倔地说："别逼我，我不能离开根儿！"张海龙无奈地往外走。走到门口，他忽然转身说："你别逼我，我会诉诸法律的！"这是屁话，法律能夺走我的儿子吗？有一股浩然之气又回到了我身上。我大声喊："我不怕你，大不了鱼死网破！"我一急就这样，以表现痛心与愤怒。张海龙转回身，丧失理智地跟我争吵起来。我可怜巴巴地说："我都这样了，你就别再羞辱我了。"他对根儿的思念，到了变态的程度，这是我没有想到的，连他自己都吃惊。最后我急了眼："呸，臭嘴，臭嘴！你想把我逼疯啊？"乌鸦飞来了，我们的声音淹没在乌鸦的叫声中了。后来我一想，富人的血脉是自私的。我想张海龙不会善罢甘休。他是一个没有畏惧心的人，不畏惧，才让他发了财。既然这样，我不愿意就此问题跟他展开讨论。实际上，我在公司的美好人生越来越不值得期待了。我想从这种环境投入到另一种环境。我想带着根儿远走高飞了。可是，到哪里去呢？怎么跟阎家说呢？这时候张海龙离开了。我接了阎志的一个电话，询问龙卷风伤没伤到我，伤没伤到张海龙？我心中一热，后来我的记忆模糊了。我放下手机，然后背靠在一棵树上，眯上了眼睛。我总是这么累，累极了。我的心不可逆转地，再一次，碎掉。

从张家口回京，到家天黑了。我什么都不想吃，饿着肚子就睡着了。半夜醒来，我发现台灯亮着，阎志守候着我在一边呆坐着，静静地望着我，声音像蚊子一样叫："红莉，吃点吧！"我支撑着坐起来，看见床头柜上摆着鸡蛋饼、小米粥和咸鸭蛋。我流泪了："你怎么还没睡？"他淡淡一笑。我被他丰富细腻的感情打动了。我沉浸在秘密的悲伤里，迎风流泪。我后悔，后悔不该背叛阎志。他永远都不会知道，他的老婆曾经怎样地面临万劫不复的深渊？天哪，怎样做可以洗刷我的良心？一个女人，在她背叛丈夫之后，还得到丈夫的钟爱和欣赏，这是一种怎样的折磨？

墙壁上的挂钟嘀嘀嗒嗒地响着，黑夜静极了。

我把阎志的手拉过来，他洗尿布的手冰凉冰凉。我用双手焐着，久久不放，我要努力暖热它。我喃喃说："阎志，跟着我，你幸福吗？"

阎志诚恳地点头，一笑："幸福啊！怎么会不幸福呢？"

我想跟阎志说出真相，以减轻我的压力。可是，这个念头一闪，马上又被我否定了。因为我一点也对付不了那样的后果。我的眼睛在灯的强光下，黑得发绿："你幸福就好。我这样在外奔波，你不怪我吗？"

阎志笑了笑，像个做错事的孩子："你没有做错什么，我怎么舍得怪你呢？我还要感激你哩！"

我更加内疚，问："为什么？"

阎志说："从没房到有房，从没孩子都有了根儿。都是你的功劳呀！"

我的眼睛一刹那布满忧伤："功臣，我是功臣吗？阎志，你知道我多爱你吗？你知道我多么想当个小鸟依人的贤妻良母吗？我多么希望你主外，我主内呀！可是，我没这命啊！唉，我娘常说，小时候我就像个男孩子，跟一群男孩子玩耍，爬树，钻荷塘，打猎。其实，我不愿意当女人。"

"为什么？"阎志的手动了动，从我手心挣开了。

我说："我要是个男人多好，因为男人的生活方式更接近我的理想生活。"

阎志说："老婆，你是不是想让我还得干点什么？"

我轻轻摇了摇头："不，我不是这个意思。"

阎志的手在我蓬乱的头发上轻轻抚摸了一阵。他站起来，轻轻吻了我的唇。他走了，仿佛带走了什么。好像他把我体内的热量撕走了。

我翻了个身，泪水渗进枕面。

阎志上班去了，我睡得寒冷而凌乱。我做梦了，梦中狠狠抽了自己三个嘴巴。三个巴掌让我永远长个记性。这是什么？是命！我算是明白了，靠傍大款能吃饭，可是，那是一笔良心债，驴打滚儿的账，欠账早晚要还的，其实，求天求地不如求自己。一连几天，愧疚感重新在我的心中燃起，而且一下子笼罩了灵魂。我想象着各种不同的情形，不由得浑身颤抖。在这一瞬间，我意识到，如果世上还有一个人令我感到羞愧和恐惧，那就是我的根儿。这成了我没日没夜的焦虑，根儿是我的宠爱，更是我的病。可是，阎家人一点儿不知情，他们对张海龙感恩戴德。上次根儿过满月，张海龙特爱吃老婆婆做的霉干菜扣肉，老婆婆又做了一碗让我带给张海龙。我生气地说："不用，人家大老板什么吃不着啊？"婆婆微笑着说："人家有是人家的，他对你、对咱家不错。咱是表达一点心意哩！"说完就咧着没牙的嘴巴笑了。我只好给张海龙带去了，让他吃，让他也受一点良心的谴责。可是，这家伙吃着我婆婆做的霉干菜扣肉，竟然吧唧着嘴，吃得心安理得。他心里装着穷人的疾苦吗？他会为自己犯下的过错忏悔吗？我看不出来。转念一想，人家付出了金钱凭什么不心安理得？

我常常幻想，某一天，事情败露，张海龙老婆闹起来。我家庭的结局会是什么样的？我真的不敢往下想了。有一天，我发现有个女人跟踪我，我回头一看，特像张海龙的老婆。我吓得掉头就跑，以为撞见鬼了。其实，这是幻觉。"我真的坚持不住了！"回到家里，我自言自语地说，随之便有气无力地瘫坐在沙发上。这个疑团困扰着我，让我干什么都打不起精神来。也许是心绪烦乱的缘故，公司的事情做得极不顺手。我知道，这是老天在惩罚我，让我梦里背着树根行走，永远不能解脱。我愚蠢的忧伤，在时光的碎片中爆炸了。我突然不知道我想要什么了。根儿是谁？他是谁的根儿？即便回忆那个夜晚，我的记忆到此中断了。不知道那以后我去了哪里？

　　一种末日的感觉笼罩着我，比死亡降临还要恐怖。绝望像一盏灯，每天带着我在悲剧的气氛里闪跳。我突然对生活丧失兴趣，对根儿也不愿多看一眼。有时候，我对着根儿发出咬牙切齿的咒骂："滚，滚，小杂种，小害人精，小魔鬼，能滚多远给我滚多远！"根儿呆愣了一下，就抱着我的脖子哭了。一个时期，我不愿带孩子了，忽儿哭，忽儿笑，根本不像个女人样了。我听到了婆婆亲口说了的，在红莉的身上有魔鬼附体，可以用桃树拐杖来驱赶。阎志就真去找来了桃木拐杖。怎么个驱赶法？用拐杖打我吗？我太了解阎志，他绝对下不了手。婆婆说就让我睡觉时压在枕头底下吧。阎志就悄悄做了。过去，我一听就会暴跳如雷。如今，我是对不住阎家，只好乖乖地忍受了。可是，这并没有减轻我灵魂的痛苦。"我身上没鬼，鬼在根儿身上！你们别再羞辱我！"我大声嚷过之后，就赶紧敛口，摇摇晃晃地跑到楼下。我劈手抢过一个孩子怀里的塑料娃娃，咧嘴端详着，用手掏着娃娃裆里的小鸡鸡，送给众人，然后哈气似的小声说："你们不都要根儿吗？给你根儿，给你根儿！"然后我就大笑，笑声在我耳边飘荡着，经久不散。人们笑了笑，吓得屁滚尿流，很快跑散了。婆婆颠颠地追出来，气得白眼翻动，跌在地上吐白沫子。我没在意，望见了远山的红霞，我从未见过如此浓烈的云彩。

　　一无所有的富贵，掏空了我心灵的全部。我疯了。

　　我被检查出患有严重精神疾病，强行送进精神病院治疗。

　　日子就这样一天天地过去了。张海龙有点失望了，自动偃旗息鼓，开车到精神病院看我，他极力想看出我变化的痕迹，还是没看出来，就说他不再动根儿的心思。他站在背对我的地方守望着，望见了我灵魂的另一面。我发现有钱人一旦发现我们穷人没有他们想象的那么傻，就很惊慌。我的心松软了一些。

　　阎志母子精心照顾着根儿，我开始了枯燥的治疗程序。那天夜里，雨很猛，房顶呜咽不止，窗子的玻璃上还冲着斜斜的水流。在这样的气氛里，我把积压在心头的话，都跟周玉荣大夫说了，她给我进行心理治疗。周大夫说人的一生，总会有犯错误的时候，有让自己感到羞愧的时候。可是，她还是给我宽心，她说人活着不是只有道德一个标准吧，不是违背了道德就死路一条的。放下包袱，你会被拯救的。我如释重负地长出一口气。周大夫休息了，我怎么也睡不着。半夜里，我牙痛了，我冒雨从医院跑了出来。为了驱赶烦恼和疼痛，我奔走，我寻找，一个单薄的影子在月光下晃着，摇着，忽然觉得自己像个飘荡的鬼魂。我感觉到处都有一个声音在呼唤，在诅咒。一座座高楼被我抛在身后，一辆辆汽车把我甩在后面。我走着，不知不觉拐进了原先租房的地方——老槐巷，我怎么重新回到这来了？我和阎志租住的房子拆掉了；过去的小巷面目全非，已经变成工地了。工地一片漆黑，我疯了之后，有了特异功能，我的眼睛越到天黑看东西越真切。我真正盼着妖魔鬼怪出现，它发出召唤，我就走过去，如实讲出憋在我心底的话。可是，鬼怪没来，我无处诉说。走着走着，天就亮了。这是一个夏日的早晨，模模糊糊的晨雾笼罩了我。我东张西望，像是在人群里寻找着什么。我总是情不自禁地对人微笑，笑得行人发毛，躲闪着我。这时候，我的想象力非常活跃，半是自醒的悟想，半是难掩的羞愧。我想到出家当尼姑，听寺庙里的暮鼓晨钟。我太爱快乐了，如果再这样会导致我下地狱。我的出走很诡异，我想起来就想笑，可是，刚一咧嘴，眼眶就红了。

周大夫发现我失踪以后，给阎志打了电话，我走了一宿，阎志慌慌张张地找了我一宿。他哪里知道，我正往家里走呢。

别人看不清真相。我的心病，阎志不知道，也想不到。跟周大夫谈话以后，我病情更加严重了，我的倾诉和她的劝慰，是那么苍白无力。其实，我也能反省自己：这是我内心魔鬼造的孽呀！涉及利益，涉及前程，都是一个有理想、有私谋的人的创意。但是，对于旁人的圈套，失去免疫力。那是因为，你想坠入他的圈套，那一定是你人生中最贪心的时刻，而不是恐惧和害怕的时候。这是私谋和圈套的魅力。魔鬼通常扑向喜欢它的人！我就是喜欢魔鬼的人，魔鬼你好！

雨停了，天还阴阴的。我有了准确的听力，耳朵痒痒的，心里也痒痒的。谁都无法想象，我情不自禁地走回家去了。太阳出来了，婆婆抱着被子翻晒。

根儿在床上爬着，根儿一抬头，嫩嫩地喊了一声："妈妈！"然后眼睛里闪动着大朵晶莹的泪花。我的心里忽地一疼，根儿也会流泪，这个小家伙竟然还能淌下泪来。根儿的眼泪没能触动我，我一把抱紧了根儿，伸手抓着根儿的小鸡鸡，顿了一下，就把手扬开，嘻嘻地笑着："给你根儿，给你根儿！"根儿哇地哭出了声。婆婆即刻傻在那里，合不拢嘴巴。

我猛地抬头，冷不丁看见站在门口的阎志，身子钉在了那里。

过了片刻，阎志扑向我，夺过我怀里哭叫的根儿。我继续喊着："给你根儿，给你根儿！"我转身就疯跑起来。恍惚之间，沉重的包袱，一如既往地压着我。我晃晃悠悠地奔跑，边跑边喊："给你根儿，给你根儿！"一抬头，我仿佛看见一根被无限放大的树根，雕成了孔雀开屏的根雕，美丽的白孔雀瞬间飞腾起来。根穿越万劫不复的历史，在善恶美丑中延展着无限生命的根……

醉鼓

一

过了年破了五儿，醉鼓节就跟着来了。

节前一个落雪的黄昏，老鼓带领家人到海滩的泥铺里验鼓。前晌雪下白了后晌，正稠，像春日里飘舞的柳毛子，铺在滩上一层绒平，抹掉了大海与陆地的界线，极阔极远。老鼓露着一脸的兴致，哼着渔歌子，欣欣朝滩上走，雪坨子在他脚下脆脆地扭着。老人胡子拉碴的宽黑脸枯皱着，就像一张揉皱了的鼓皮。几乎褪成灰黑颜色的青布棉袄，懒懒地披着。酒葫芦蹭着袄角嘀里当啷地晃荡着。老人在苍白的天地间走得消消停停，眼睛昏花了似的发迷了。见没见？哪一个是咱验鼓的铺子？老鼓被烈酒腌粗的嗓门响起来。儿子鼓生没搭话，却有女人咯咯的笑声。老鼓扭回头，见儿媳玉环挺着怀了七个月的大肚子跟在他身后，儿子鼓生早没影了。玉环光是笑，以至于她腋窝夹的那捆头毛纸颤索索地响，当她看到老人的脸像落帆似的呱嗒撂下来时便赶紧打住了。老鼓问，鼓生不是跟出来了吗？玉环摆脱不开里头的说道，知晓验鼓对这个打鼓世家来说是很重要的。她说，大富贵把鼓生拉走了。老鼓骂，这杂种，都野得收不回心啦！跟大富贵打连连，能学出好儿来吗？玉环脸上肃肃的，不语。她知道老爹埋怨她没管住男人。老鼓知道儿媳性子肉，有孕在身，也知道不会打诳语。可她贪小钱呢,大富贵有钱,说不定丈夫能"蹭"点钱回来。她就这么想的,老鼓猜到她小样心里去了。她总嫌鼓生窝囊,骂,你光会击鼓还要给俺窝囊到几时去!老鼓听了,就吭吭地咳几声,声音威严而重浊,玉环听见便蔫下来。她还不敢跟老爹破脸儿,老人闯海能赚钱呢。而且老鼓爷俩是雪莲湾响当当的鼓王。俺爷俩醉鼓节上的风光,拿钱能买来吗?俺不直说,响鼓不用重锤敲儿,意思你明白就成。老鼓想,就不再紧问,连连摆手,罢罢罢,咱爷仨到铺子里等鼓生吧。一提爷仨,玉环就觉得肚里的小家伙也在击鼓呢,便眉开眼笑了。

风忽大起,雪成团团,扑扑闪闪滚在滩上,发出亮生生的碎音。转悠了半天,老鼓终于将玉环领进泥铺里来了。老鼓把门闩住了,雪团子就飘不进来了。尽管泥铺子里脏兮兮的辱眼,老人一看见摆在地上的六角木鼓,情绪就好了。多大的鼓哇,玉环惊得咂舌头。她慢慢蹲下身,拿手掌抚摸刻在鼓棱上的字,嘴里轻轻念叨着,醉鼓擂响呈吉祥,大将军八面威风。明眼人才能看出这鼓是刚修补好的。人老了,击打了一世的鼓也老了。这鼓有年头了,造于光绪年间。祖先一代一代传下来,到老鼓这辈儿已修了两回了。第一回是"大跃进"开始那年,鼓生娘怀着鼓生;这一回是儿媳怀着孙子。多少年了,打鼓世家的后人都要在醉鼓声里呱呱坠地。那样家族才旺实,人世才有活头。老鼓的目光一点一点移到玉环的肚子上,眼睛湿了。他猜想里边的小狗×的准是一个打鼓的好料子。老人严肃得像个将军,让玉环坐下来。玉环笑笑,笑出两排细碎的白牙。她知道老人又要给她讲家史了。她觉得,在老人嘴里,死人的故事永远比活人的故事好听。老鼓拿鼓教育了一代人。他说,醉鼓节自古以来是咱穷苦百姓自己的节日。又说,醉鼓节催人正,醉鼓能镇邪。老人看见鼓,手掌就痒痒,心也跟着痒了,痒到嘴皮上,就想教育人了。这会儿好不容易抓住了儿媳,就像讲古一样说开了:咱打鼓世家,凭良心行事,走得正行得直,老天爷不瞎眼呢!老人掏出酒葫芦灌了一口酒,老脸润出红红的酒晕,说,就说咱的先人……玉环受不住了,她记不清听了多少遍了。她觉得老人不是跟她讲,而是讲给她肚里的后人的。她就有些懊恼,埋怨鼓生还不快来。她故意给老人打岔说,爹,您老不冷吗?

不冷不冷,俺有酒。老鼓说。

玉环问，爹，您不累吗？

不累不累，守着鼓。老鼓说。

爹，这鼓为啥叫醉鼓？

喝醉了酒，方能击鼓！

老鼓放下酒葫芦，躬起身，说，天快黑了，俺先将木橛儿揳上吧。玉环说，爹，俺也赶紧糊窗纸吧！鼓生来了就可以立马验鼓啦！老鼓说好，就弯腰干起来。他身子几乎伏在地上了。砰砰几锤下去，木橛就揳好了，然后又哼哧哼哧将木鼓挪上来，六角稳稳地顶住六根橛子。无数颗汗粒儿滚落下老鼓的面颊，砸在光光展展的鼓皮上。这是绝好的鼓皮，老鼓宰了两条雄壮的犍牛。为修这鼓，老鼓啥都豁出去了。鼓里装着老人的念想，他估摸自己那颗跳不了几年的心，也能击出最后一声响鼓来，给后人留下个好名声。验鼓自古以来就很有说头的，在空海滩上搭一架泥铺子，方格窗棂上要糊三层毛头纸，当鼓手喝醉了酒，抡起牛腿粗的鼓槌子，砸出第一声爆响，三层粉莲纸在鼓声里炸碎，飞成白白雪片，鼓就过关了。老鼓袖手看儿媳糊完窗纸，嘴角便衔一支烟斗，有滋有味地咂巴着。心里就盼儿子来，时不时探出脑袋张望。老人心里越急，就越不说话，吸得唑唑有声，心里大骂这杂种。

天将黑未黑的时候，老鼓实在熬不住了，说，没他臭鸡蛋咱照样做槽子糕，验鼓！老鼓独自摆好供桌，燃一炷香火，五体投地磕了几个响头，嘴里说，鼓神酒神，酒神鼓神，顶天立地，福佑族人！然后站起身绕鼓一圈洒了酒。泥铺里立时充斥了烈酒的气息。老鼓站起来，咕咚咕咚灌酒，眼红了，身摇了，就扔了酒葫芦。又脱去老棉袄和油渍渍的汗衫，露着黑红的脊梁，干皱皱如一块树皮。青筋粗壮滚圆，勃勃地涌血。老人抓起牛腿粗的鼓槌儿，说，玉环到屋外看炸窗花吧。玉环巴不得，她怕鼓声震了胎。她一扭二扭地出去了。老鼓运足了满身的力气，一只胳膊高高扬起来，手掌攥得鼓槌吱吱响。短吼一声，鼓槌落下来，嘭！满屋颠颤了。嗡嗡的余音里，老鼓走到窗前看毛头纸。不知怎的，竟没炸开。玉环在屋外捂着肚子笑得闪腰岔气。是鼓不成，还是俺老朽啦？老鼓心里嘀咕开了，老脸阴住。他心里一兜火气冲头，又走至鼓前，嚷着不同往年的吆喝，眼里也笼罩着不同往年的茫然。不能在儿媳面前将老脸扔了。他想，再次击鼓。鼓声连珠炮似的响起来。他摇着脑袋击鼓，屋里一轰一轰地响。他身心便全陶醉过去，眼皮叠合起来。老鼓入境了，哪儿都是开始，哪儿又全是结尾。少顷，老鼓觉出鼓声的异样。他身边晃着一团影子，鼓声浑厚、凝重、火爆，像滩上落炸弹，墙上泥皮唰唰直落。玉环在屋外欢呼雀跃地喊，窗花开啦！窗花炸啦！老鼓这才住了手，但是鼓声没止，他蓦地睁开眼，看见儿子鼓生光着脊梁击鼓正来劲儿。他横鼓生一眼没吭声，慢慢挪在窗前。毛头纸正如裂帛似的炸开，映出各式各样的图案，如飞二月梨花。老鼓鼻头一酸，喉咙一热，说，俺老了，老了，鼓生行啦，真的行啦！他更加老相了，看啥都迷白白一片。

鼓生醉迷地击鼓，击在劲头上就扭脸朝外看，故意生动着脸相。他粗壮的骨架透出往日健壮的轮廓，青茬子头皮上汗光闪闪，后脖梗耸出一块疙瘩。他刚才被大富贵叫去喝酒了，又带他去赌钱，他没去，说得验鼓。此时，村里首富大富贵正站在窗前听鼓呢。天黑黑的，白雪映着一拨村人的脸相。老鼓顿时来了精神，老胳膊老腿也活顺了，抄起鼓槌子，狠狠击鼓，一副神神气气的样子。

鼓生，咱爷俩先给老少爷们开开眼。

息鼓的时候，泥铺子都被震歪了。

茫白的雪套子依然莫名地摇荡着。

二

夜里，大雪如席。小两口只睡了一觉，玉环就捅醒了鼓生，该去了，别把正事误喽！鼓生揉揉眼，清醒起来，撩开窗帘，说，雪太猛，等一等再去。说完又倒头大睡了。玉环再也睡不着了，有点烦心，就翻出一堆事儿来。她知道，老爹舍出血本修鼓，不单单为参加醉鼓节，而是在她生孩子的分娩时刻，击鼓助威。鼓王世家几代人都是这么诞生的。她不信，老人信鼓信神，她也不好拒绝。但是六角木鼓总是在她眼前晃荡。这年头来钱的路子多了，没承想这鼓也能来钱。昨晚验鼓回来，鼓生神神秘秘地跟她商量，说，大富贵看上咱的鼓了，他想高价买过去。玉环激动了，说话声音都颤颤的，还等啥，卖吧！鼓生阴眉沉脸地说，说得轻巧，爹会跟咱玩儿命的。玉环撇撇嘴，就不信咱爹不爱财？

鼓生说，爹是本分人，他喜欢凭力气从海里捞钱。爹喜欢祖上传下的木鼓，鼓里装着爹的魂儿哩！就没有别的招了吗？玉环说。鼓生的脸松活了，说，来钱的招子有哇！大富贵说啦，要是咱在赛鼓节上夺魁，又将他厂里的产品"富贵牌松花蛋"写上鼓帮，他就出广告费。玉环眼睛红了，问，他出多少钱？鼓生说，三千块！玉环一拍手，俺的天神哩，干哪，等于吃白食儿。鼓生说，怕是爹不会答应的。玉环不耐烦地说，这事你夜里偷偷去办，爹又不识字，别说就罢了。鼓生终于被媳妇点拨得开窍了。这时候，对屋房里传出爹哑哑的咳嗽声，玉环一把推醒鼓生，快去吧，爹走头里就啥都完啦！鼓生心里毛毛的，叽里咕噜下床去了。鼓生走出村口，去了小学校，碰上校门扫雪的马老师，就求他写了两幅大字："富贵牌松花蛋真好吃，富贵牌松花蛋销量第一"。鼓生夹着条幅，走上海滩的时候，天就快亮了。他觉得，只要心路活泛，这年头动动就来钱。他躁躁地走，很快就进了泥铺子了。昨晚上验鼓，泥铺子给震哗啦了，四处露风跑气，雪粉在鼓面鼓角落了一层，鼓生拿大掌胡噜胡噜，就将新写的条幅贴上去，喜兴地笑起来。他瞅了半晌，眼里没鼓，如望一座金山，心跳了眼红了，越瞅越像自个儿的财。一叹，这鼓才他妈真正称得上鼓啦！

　　吃罢早饭，六角木鼓被运到街里来了。

　　地上浮白，蒙蒙如罩。拉鼓的马车出现在街头的时候，村里就沸沸扬扬地传开了。瞧哇，老鼓来了。老鼓神神气气地站在鼓旁，袖手看着，说，鼓生，多停一会儿，让乡亲们看个够。鼓生怕人看出条幅来，在装鼓时做了点手脚，可他站在两头披红的青骡子跟前，依然不放心，就拿鞭杆子捅骡子的屁股，骡子就一拱一拱地动了，雪地吱吱响起来。鼓生边走边骂牲口。老鼓无奈，朝村人抱拳致礼，咱赛鼓场上见吧。老人心情特别好，哼哼唧唧唱起来。酒葫芦又沉沉地坠在腰间，系在上面的红绸布被风抛起来。来来往往的村人朝老鼓摆手致意。

　　鼓生蹿上车辕子，甩鞭，马车就颠起来。一袋烟的时间，就到那片场子了。远远地，老鼓就看见赵老顺和两个虎虎生生的儿子试鼓呢。鼓从车上抬下来，脚下的雪被他们踩成稀泥。天就要放晴了，东边透出白日头，天空仍是苍灰的模样。老鼓让车在西边的一块场子停下来，说，鼓生，叫你三舅四舅来打锣，顺便接玉环来。于是，老鼓和鼓生就将六角木鼓抬到一块雪场子上。鼓生赶车又走了。老鼓披着老棉袄，瓮似的蹲在鼓旁，吧嗒吧嗒吸烟。他觉得老赵家爷儿几个击鼓的样子好笑。别看打得响，缺一样气韵。醉鼓击一股气，气在鼓在，气泄，鼓就完了。他心里想着，人们就一拨一拨地来了。不一会儿，就拥拥塞塞地挤满了车和人。县里乡里村里的头头脑脑都来了，见到大富贵都很客气。唯独老鼓不尿他，扭着脸吸闷烟。他最瞧不起大富贵这号人，肚里屎包一个，坑蒙拐骗发起家来。他上赶着跟老鼓一家套近乎，是相中这鼓了。他的小媳妇也快生孩子了，也巴望拿醉鼓助产，讨个吉祥。偏偏碰上老鼓，钱也不灵了。而他唯一的优势就是钱。大富贵在老鼓跟前站住了，仔仔细细地看鼓，看清两幅字了，就扭歪了马脸笑了，笑得老鼓心底冒出一股子凉气。大富贵说，老爷子，用把力气当鼓王，俺的宝可押在你们爷儿俩身上啦！老鼓闷着嘴，喉管里咕咚咕咚响。大富贵又说，俺领拨人给你助威！老鼓实在受不住了，扭头吼，滚！大富贵又大模大样地走了，不气不恼。

鼓生、玉环和两个舅舅挤进场里的时候，醉鼓节就要开始了。各路人马都来了，乡长站在一块泥岗子上讲了一通。讲毕，几串响鞭噼啪炸响。老鼓在鞭炮声里，仰脸将一葫芦酒灌进肚里，老脸就红通通放出豪光来。鼓生也喝了酒，爷儿俩对望了一眼就披挂上阵了。两个舅舅在一旁配合。老鼓侧着身子，脱掉上衣，吼了一嗓子，就开鼓了。鼓一响，人们就奔这头来了。老鼓觉得观众的脑袋，像许多灯笼一样晃晃悠悠地悬在那儿。灯笼烤得老鼓火烧火燎的。他十分注意自己击鼓时的形象，手举得高高的，落槌时带一股狠气，红绸子哗哗抖起来。

各路鼓都响了，人群流动起来。老鼓知道起鼓时观众选择自己满意的鼓手。老鼓闷闷地吼了句，今日就是今日了。然后拿姿拿势亮出"把作"来。老人的骨节嘣嘣裂裂，折断了似的。两只鼓槌在他手里抢活了，一会儿抛出，一会儿抓住，鼓点也越来越骤。鼓生年轻气脉足，都有点赶不上趟了。老鼓真正晃出醉态来了，左三步右三步，身子拧得活，步子也活。观众一片喝彩声。鼓生的心思不在鼓上，他边击鼓边瞄着大富贵的影子。大富贵没过来，在那里跟乡长侃上了。一个小时之后，有十几家已息鼓了。没人围看，就算败鼓。场地上，只剩老鼓和赵老顺的鼓还在轰鸣。老鼓的气力到底不行了，浑身淌虚汗，还咬牙挺着。鼓生被爹的样子感动了，亮出他的绝活来。爹老了。鼓生似醉似舞地打起梅花点，鼓槌如织网梭子在空中编花，十分惹眼。哄——人群涌过来不少。鼓生又让玉环将酒瓮子灌上水，放在头顶，继续击鼓。任他扭腰提胯，水竟然一滴不洒。一时呆了观众的眼。观众齐声叫，绝！老鼓吼，息鼓！在大人腿缝缝里钻来钻去的孩子齐齐拍手叫，松花蛋赢喽——松花蛋赢喽——孩子们一提醒儿，大人们细瞅，指指点点地笑了。老鼓心情陡然变糟了，骂，你狗×的才是松花蛋哪！孩子家长指着鼓，看，这儿写着呢！不是孩子们造口孽。然后，有人念出声来。人们哄笑了。

老鼓横着头一听，脸就白了。

老鼓觉得一张脸皮被撕扯下来了。

三

许多年过去了，老鼓仍不明白。他每跟儿子闹一通，就想起过去多年的事情来。老鼓独自坐在船板上吸烟。雪化了，到处滴滴答答，舵楼檐上直吊线线。老鼓怕雪水渗进舱子里糟蹋了木鼓，就一撅一撅地钻进船舱，找一块旧塑料布将鼓包起来。玉环的月子还得些天，就将鼓抬到船舱里来了。老鼓又爬上舱了，枯树根似的坐着吸烟。晌午的时候，玉环来叫他回家，他倔倔地不应声。鼓生又来了，老鼓没轻没重地将他骂走了。天生没骨气，顶不住一片天。

鼓王世家个个都曾是顶天立地的好汉。

祖先的故事熬成了盐。祖上的事情，老鼓小时候曾听老辈人说过。醉鼓是蔑视金钱和权势的，鼓声催人醒催人正。家谱里写着，他们的先人奎安曾是滦州府上打鼓的，升堂击鼓，活活有一股威势呢。击鼓也弄出点名堂来了，除了府上审案击鼓，每逢过节也都以鼓助兴。奎安击鼓音量大姿势美，很得老爷赏识，就提升他为鼓队领班。可他偏偏栽了一个大跟头，差点爬不起来。那是一个闷熟的中午，奎安在府上当班，当差的传呼说有小女子告状，奎安就出来了。一个干瘦的柴火妞子手托状子跪在门口的石狮旁哭泣。这场面，奎安见得多了。

奎安吼了一通，这柴火妞一动不动。她实在冤哩，她说，她家宅院被土霸强行夺走，爹和哥哥不干，又被活活打死。她咽不下这口气。奎安心软了，气愤了，又勾起了他爱打抱不平的性子。奎安吼，土霸该杀！奎安脑子一热，啥也不怵了，扭头对手下喊，升堂击鼓，请老爷公断！奎安抡起鼓槌儿，铆足了劲儿，二目圆睁，嘭嘭击鼓。击了半响，老爷那头没有回出话来。再击，鼓声搅得府院乱哄哄的。总管慌慌张张地来了，老爷发怒啦！老爷正搂着四姨太睡午觉，你不懂府上规矩？奎安说，这丫头要死在门前，救人一命嘛！总管说，你救她一命，谁救你一命？瞧老爷咋处罚你！说完甩手走了。傍晚的时候，老爷升堂问事，没让那头进堂，却将奎安的领班撸了。撸就撸吧，不当领班，还是鼓手嘛。谁知那柴火妞被赶走之后，夜里又回来了，僵僵地跪在衙门口。天亮了，奎安又看见她，见她脸色蜡黄，目光呆滞，眼睛干巴巴没得一滴泪水了。奎安又难受了，一阵热血撞头。穷人家的姐妹呀！他又抓拿不住自己了，抓起鼓槌子，频频挥舞两条胳膊，闷闷地击鼓。柴火妞感激地朝他叩头。老爷又怒了，还是见了柴火妞。老爷收了土霸的钱财，只连唬带蒙地将她打发了，回过头来处置奎安。上一回老爷开了恩，这一回怕是凶多吉少。在府上击鼓是开堂时老爷下令，私自击鼓是要杀头的。奎安被五花大绑押到老爷的堂下。老爷说，让你击最后一次鼓，头顶一只装满烈酒的黑釉大酒瓮，酒瓮不掉酒不洒，再击出梅花十六点鼓来，就可免你一死。奎安的两撮黑眉毛绉出疑问，老爷说话算话？老爷说，算话！奎安的腮帮子鼓成两个半紫球，说，俺也有个条件。俺成了，俺带走这只鼓，再赏俺这瓮酒！老爷说那现成的！然后吩咐道，来人哪，松绑，备六角木鼓，备酒！下人就忙活开了。奎安抓过鼓槌子，心咕咚咕咚跳了，深吸一口气，缓缓运气，一股神气都拱到他的天灵盖儿上。他吼，放酒吧！两条汉子将百斤重的大酒瓮放在了他的头顶。奎安"嗨"一声，一点一点顶了起来，稳稳地站在鼓旁。他觉得头痛欲裂，狂跳的心脏仿佛要胀破胸膛。他暗暗抽了口凉气。全场人都大气不喘。奎安结结实实地击鼓了。鼓声阵阵，沉重的闷响鼓动在他的心膜上。他眼窝里忽地泪珠闪闪。他头顶酒瓮，敲起梅花十六点，走起梅花十六步，鼓点越稠，身子越摇得厉害，酒瓮里满满的酒竟一滴没洒。息鼓的时候，两条汉子十分吃力地将酒瓮抬下来。奎安就势跪下去，仰天浩叹，捧住酒瓮，咕咚咕咚灌起酒来。老爷冷冷一笑，来人，砍掉他一只左手，发落雪莲湾！当他睁开眼睛的时候，只见一片大海滩。泥滩很阔远，一片灰白，起了一层麻麻点点的牛皮碱。奎安看着蛮荒的海滩，心里空空，感到从没有过的孤独。他遥遥听到几声呼唤，抬头，看见柴火妞站在面前，他愣了。柴火妞跪下了。哭着，大哥你是好人，都是为了俺哩！俺伺候你一辈子！奎安上前扶起柴火妞，激动了，哭了。从此之后，红柳树的地埝繁衍成小村，小村独有的醉鼓节也便传下来生生不息了。小村百姓以醉鼓节为豪。十里八庄都高看一眼呢。

奎安活到百岁方在一片醉鼓声里埋入鼓坟。六角木鼓就是奎安老祖留下来的。

风凉起来，雪就不怎么化了。一锅烟早吸尽了，老鼓也没立马回过神来。想想老祖，老鼓就舒筋展骨豪气顿生。可是想起眼前的事，老鼓真提不起神儿来。奔波劳顿一年，就盼醉鼓节寻个乐子。连醉鼓节也走邪了，怕是这鼓镇不过来了。

天黑下来，老鼓站起来，拖着一条沉沉的影子走了。

四

赛鼓过后的第二天晚上，鼓生去找大富贵要钱，大富贵晃着油光光的脑袋笑笑，笑得鼓生心里没底。鼓生讨厌大富贵的样子，却喜欢他腰包里的钱。鼓生说，你是知道的，俺们在醉鼓上为你的松花蛋做了广告，应当付俺钱。再说，老爷子差点活活气死！大富贵不是不给钱，而是在他身上打新主意呢。大富贵说，鼓生，你又有来钱的路子啦！只要你答应，俺立马就付钱！鼓生缩了缩肩胛问，啥路子？你个家伙别坑俺！大富贵啪地甩出一沓票子，说，数数，三千块！俺大富贵在商界里混，凭的就是义气！鼓生接过钱，一张一张数好方装进兜里。他觉得他为松花蛋做了广告，应该得这笔钱。大富贵披上毛皮大衣说，走，到你家的船上看看！鼓生不懂他的心思，问，干啥？大富贵深不可测地一笑，反正是给你送钱，到那儿再说。鼓生糊里糊涂地跟着大富贵下了楼，坐上摩托车，往海滩去了。

海滩一片浑蒙,幽幽船影没入夜的帷幕。鼓生和大富贵登上泊在滩上的老船,碰碎了舵楼檐狗牙般的冰碴子。走到舱门口,大富贵说,把舱门子打开!鼓生就乖乖打开了锚头大锁。两人一哈腰,就钻进舱里来了。大富贵拿手电一晃,率先扑入鼓生眼帘的就是六角木鼓了,他心头轰地一震,笑着骂,你狗 × 的八成又在打俺家这鼓的主意呢。大富贵摇摇头说,此话差矣!实话跟你讲,俺想租你这船舱用一阵子,月租金五千块,咋样?鼓生低头默想了一阵儿,算不准里头的深浅,问,你租舱子干啥?大富贵鬼鬼地说,干啥你甭管,坐等拿钱,捕捞期一到,不误你闯海。这会儿闲着也是闲着。鼓生想想也对,五千块钱真不少啊!鼓生的经济脑瓜又活了,响脆脆地说,先付一半租金,明天这船就归你享用啦!说着将舱门的钥匙甩给了大富贵。大富贵接过钥匙走到木鼓跟前,兜了一圈儿说,这鼓就放着吧,不碍事,说不定来了兴致学学击醉鼓呢。鼓生说,别他娘给鼓捅漏喽。大富贵说,你可别让你家老爷子来添乱啊?鼓生说俺知道。说说笑笑,两人就下船回家了。回到家里,鼓生怀里揣着票子直奔玉环屋里去了。玉环挺着肚子看电视,见他喜颠颠的样儿就料定拿回钱来了。她问,钱呢?鼓生拍拍鼓囊囊的胸脯子笑。小两口在静静的冬夜里着实激动了一阵子。

小两口的笑声将对屋的老鼓闹醒了。传来老人哑哑的咳嗽声。老鼓屋里的灯一直亮着。老人刚才做了一个梦,梦里拾到很多很多的钱。他抱起钱看见四周都是坑,稍不留心就要掉进去。正六神无主的时候,他醒了。老人松皱的左眼皮子还突突地跳呢。他想,也是该多挣些钱,挑盖挑盖房子,再给未出世的后人落个好家底。老人想明天就去冰海上打洞捉鱼.那可是他的拿手戏。

第二天,老鼓扛着铁钻头闯海了。

茫茫冰海上响起了沉闷的破冰声。

五

一连好些天,老鼓都在冰海上捞鱼。

老鼓说这是挖窟窿打洞捞钱呢。一天累死累活能抄上十几斤鲅鱼,到老河口小市上一卖,钱就到手了。赚得不多,大小也算个营生吧。好多天没见到鼓了，老鼓心里空落落的。这天夜里老鼓又梦见醉鼓了。醒来心里老不踏实，拉亮灯，懵里懵懂地穿上衣裳，慌慌张张走出家门就奔海滩上去了。

四野灰黑，生了雾，水雾悄悄落着又悄悄凝成白霜。寒气在凝结的霜层上滞涩地流着。老鼓在寒夜里走，犹如一只笨拙的老熊。他看见暗处卧在滩上的老船了，心脏一热。他拿大掌撸了一下脸，胡子和眉毛上的白霜就抹掉了。然后，他就一伸手摸棉袄兜里的钥匙。摸索了半天也没找出来，他哪里知道儿子早给偷走了。找不到钥匙，老鼓以为丢炕头了，埋怨自己老了不中用了，就颤颤悠悠地走上翘板，笨拙拙地爬上船板。老鼓一上船，就觉出舱门的异样来了。他蹲在舱门口，看见舱门没锁，心就悬至喉结处了。他用力推舱门，死死的不动，他猜出是里边闩上了。活见鬼了！肯定有事儿了，老鼓满身的冷汗就下来了。静伫，他遥遥听到一些声音，像来自地狱里的声音。老鼓感到不妙，站起身，慢慢将心静住，运足一口气，想将舱门踹开，脚都抬赶来了，他脑里忽地打个闪，想起舵楼里的暗窗了。舵楼里的暗窗打开就能瞧见舱子。老鼓轻手轻脚地挪到舵楼子，挑开暗窗，率先扑入眼帘子的是一扇光团，是桅灯的光亮。细瞅有一群汉子围着六角木鼓打麻将。腾腾烟雾使人脸模糊得难看。透过烟雾，老鼓还是认出掷骰子的大富贵来了。大富贵龇着黄马牙，戴满金戒指的手十分张狂地抬起来，将一只骰子一丢，骰块儿落下来，砸在光溜溜的鼓皮上。骰子在弹性极好的鼓皮上蹦蹦跳跳，末了落在旁边一摞很厚的钱票上不动了。老鼓的脑袋轰地一炸，再也看不下去了。尽管骰子敲击鼓皮的声音很轻，可是落在他心上却很重很重，几乎将他的心敲碎了。杂种，造孽呀！这等神鼓竟被做了赌桌，如同太阳掉进粪坑里，狗屁不如了！老鼓瞪得铃铛大的眼里闪出骇光，腮上的肉抽抽地抖了。告他个兔崽子，告！让公安局的人没收他们不义之财钱，再叫他们蹲几天小号儿。俺的鼓是委屈了，可是仍能镇邪呢！老鼓想，就跟撵贼似的，累得呼哧乱喘了。他稳了稳神才叫醒门卫，拍响了派出所马所长的宿舍门。老鼓说，俺报案。马所长问，啥案子？老鼓威风凛凛地昂起头说，是一桩大赌！俺家的船舱被赌徒弄开，俺家的鼓被当赌桌了，这还了得。马所长问，你认识赌徒吗？老鼓顿了顿便留了一手，他说，烟气大俺看不清是谁。马所长喊了两个助手，武装了一番，就骑上了挎斗摩托，带上老鼓。三轮摩托喷着黑烟子，朝老河口方向疾驰。摩托停在离老船不远的泥坨子上。马所长说，老鼓哇，你先找个地方避一避。俺们对每个报案者都保密。老鼓的脸像舒展的鼓皮，带着一团正义的豪气说，俺只求你们别将俺家的神鼓弄坏了，那是俺的传家宝。马所长说，放心！俺们保证保住你的鼓。说完扭头领着助手朝老船走去。老鼓咳了咳，稳了心，蹲在泥岗子上吸烟。也不知过了多长时间，老鼓感觉船板上晃起了黑影，声音也杂乱起来，嗡嗡的像海匪。老鼓瞧见一个一个的赌徒蔫头耷脑地走过来，就灭了烟袋，躲在黑暗处，长长地呼出一口恶气，心里骂，狗×的知道不？神鼓有灵啊，神鼓镇邪呀！千不该万不该在俺的鼓皮上犯张狂。两个助手押着赌徒们走远了，老鼓方站起身，迎着马所长走过去，问，俺的鼓……马所长说，鼓完好无损，谢谢你老鼓！你老人家快回去歇着吧。说完骑上摩托走了。

老鼓心里踏实了，想扭头回家走，又不放心那鼓，就掉头朝老船走去了。进了舱门，老鼓就被烟油子呛得咳起来。他伸手摸摸索索地找舱壁的桅灯。抓住灯点燃了，舱子里就亮堂多了。老鼓提着灯，一步一步移到鼓前。鼓静静地坐着，烟雾在鼓旁盘盘绕绕。老鼓手里的灯和脸同时围鼓移动，点点滴滴细瞅一遍，没找出啥异样来，就将灯放在鼓边的木箱上。舱里凌凌乱乱的简直没了下脚的地方，老鼓就拾掇起舱子来。他一边鼓捣，一边在心里骂着这些赌徒。拾掇好了，老鼓又坐下来看这鼓，大掌抖抖地抚摸着鼓皮，慢慢攥成一个拳头，亲昵地擂了一下子，嘴里喃喃道，好家伙真有你的！鼓响了，破破碎碎的声音，老鼓十分警觉地听出来了。老鼓惊骇地瞪大了眼，跪在舱板上，将鼓一点一点拥起来。他马上瞧见底下鼓皮的一角割了一块三角口子，牛皮翻翻着。狗×的，还是把鼓给糟蹋了。老鼓心里憋着一团乌火，心疼地摸那块碎皮子。轻轻一摁，鼓皮里有黑乎乎的东西滚动。老鼓迅疾地将胳膊伸进鼓里，抓出一捆东西来，细瞅是百元一张的票子，再抓，又一捆儿，还是百元一张的。老鼓哗哗啦啦快数一遍，是四万块。巨款，老鼓头一回见到这么多的钱，痴眉呆眼地愣住了。肯定是赌徒的赃款，老鼓猜想，派出所的人冲进舱里的一刹那，哪个家伙割漏了鼓皮将钱塞进鼓里的。等腾出身儿来再回来找钱。赌徒不憨不傻够鬼精的，可他也有算计不到的地方，自古以来，这神圣的木鼓就排斥金钱。老鼓捧着钱，像捧着一盆热热的炭火，提不起又扔不下。胸膛里如塞了沉沉的东西堵得慌。撞上外财了，这么多的钱得出多少次海才能赚来？单单钻冰窟窿捞鱼恐怕一辈子也捞不来的。他瞅着鼓，鼓慢慢幻化成奎安老祖宗的脸。为了钱。连名声都扔了吗？老祖宗不容呢。再说，外财不富穷人命，坦荡无私天地宽。鼓王世家的良心也不容哩。老鼓背得起金钱债，却背不起良心债，一辈子啥时候想起来都会犯心病，走在街上也会有人戳脊骨的。不能窝下钱，得立马交公。主意已定，老鼓眼睛亮起来，将钱放在一块塑料布上，卷巴卷巴，夹在腋下，灭灯，哼哼哧哧地爬出舱子。他一路风地颠回家时，已是后半夜了。他将钱包塞在炕头的老褥子底下，糊涂着躺下来，眼皮就是不往一处合，脑袋里轰轰的，眼巴巴地望着钱包挨到天亮。

天大亮，老鼓就睡着了。

六

睡到日头拐弯儿，老鼓被慌慌张张的儿子鼓生摇醒了。老鼓睁开眼，鼓生急赤白脸地问，爹，昨夜里你去船上没有？老鼓啥都明白了，没回话，不慌不忙地穿衣裳，又拿大掌摁了摁褥子底下的钱，软软的还在。鼓生说，爹，你昨夜里去船上啦，肯定去了，不去不会睡到这时候。老鼓看见鼓生的样子心口就窝上一股气，问，你问俺，俺倒问你，咱家的船舱咋招赌了呢？舱门没拧没撬，他们的钥匙是咋来的？鼓生说，是俺租给大富贵的，他们干啥俺不知道。老鼓气得脸都寡白了，抖抖地吼，你个丧门星，这大事你就私做主张，你爹还没死呢！没有家鬼，招不来外贼！你知道不，这是犯法！俺家的名声都让你给败坏啦！鼓生觉得爹头脑蠢得可笑，一脸轻蔑地说，你别看见风就是雨的，你把人家告了，人家啥事没有，人都放了。你老糊涂了。大富贵说了，看你儿子的面子不为难你。老鼓愣住了，浑身冷得像骨髓里结了冰，老脸也变成冷灰色，久久不语。鼓生见爹的锐气被挫下去了，声气也就软下来，说，爹，这世界大着呢，无须你去操心。爹，俺跟你老商量个事儿。老鼓看也不看儿子说，又出啥幺蛾子？鼓生嘿嘿地笑了，爹，据可靠情报，咱家的六角神鼓被那群狗 × 的捅漏啦！

鼓生边说边观察老鼓的神色。老鼓终究稳不住劲儿了，气呼呼地说，鼓都弄漏了，你小子还笑！鼓生眼儿热得快冒出火来了，神神秘秘地问，爹，鼓漏了再补，里头还有钱哪！咱家又撞财神啦，爹，多少钱？老鼓脸上现出极度的迷惑。他猜想大富贵又回到舱子里找钱找不到，就料到是报案的他拿来了，又找鼓生追钱。鼓生说，爹，快把钱拿出来吧！太富贵说啦，派出所只缴了三千块钱赌资，算小赌儿，教育教育就把他们放了。咱的鼓帮他大忙了，他也不亏待咱，说那笔款跟咱家对半分！神不知鬼不觉，就挣大钱啦！老鼓听得腻烦了，慢慢闭上眼睛想心事，任鼓生说破天，也没一点儿表情。鼓生知道爹脸酸心硬一时恼了六亲不认，软的不吃，就拿一句硬话压压他，爹，你老可别钻死理儿，不是吓唬你，大富贵心狠手辣，你不应他，他会想法儿整治你的，黑道白道一块儿来，那时俺可救不了你啦！老鼓蓦地睁圆眼，脖子落了地梗住，倔倔地吼道，你小子听着，告诉大富贵那狗×的，俺没见着一分钱！鼓生蒙了，蔫头耷脑地走出他爹的屋。玉环忙将鼓生拉进屋里，哧哧地往肚里咽着气笑，说，鼓生，你真傻蛋，这事太棒啦！钱在爹手里没跑儿，他说分文没见，这笔钱不就落咱家啦？大富贵理屈，不敢把咱咋样。爹的钱，不就是咱的钱嘛！一句话又使鼓生心扑扑跳荡了。于是，小两口儿百般恭维老人，嘴巴抹了蜜，叫得老鼓好心酸。他们不错眼珠地盯着老鼓的一举一动，一走神，还是没盯住。鼓生知道爹又乱了性子。

傍晚，老鼓神秘地失踪了。

鼓生村里村外都找遍了，也没寻找到老鼓的影子。他哪里知道，天黑之前，老鼓携着巨款悄悄搭上去县城运海货的汽车，到县城的时候，电影都散场了。旺白旺白的街灯，刺得老鼓两眼生痛。他小小心心抱着黑皮包走，路过闹闹嚷嚷的夜市，就闻到香喷喷豆腐脑儿的味道了，肚里咕咕叫唤，老鼓实在饿了，想起这一皮包钱，又忍住了。走进公安局大门，老鼓又热又渴，看见灯下的水龙头，老鼓就走过去嘴含水龙头灌了几口，又拿水溚溚的大掌撸了几把脸，就清醒多了。当他面对公安局值夜班的王副局长，搭话就格外麻溜利落。老鼓叼着老烟袋，呷巴着，一边将昨夜里抓赌的情景说了一遍。王副局长用十分敬佩的眼光盯着老鼓，数完了钱，就乐乐呵呵地说，老鼓哇老鼓，你真是一位优秀的好农民哪！老鼓脸红了心里受用，嘴上却说，俺是鼓王！王副局长忙说，对对对，鼓王。老鼓说，俺鼓王世家素来都是走得正行得直，把名声看得比命都金贵！

记录的女公安哗哗翻弄笔记本，之后，抬起头来问，老鼓大爷，当时你从鼓里抠出这笔巨款的时候，有人看见没有？

没有，绝对没有。

你跟别人说了没有。

老伴早没了，跟谁去说？

你满可以吃独食啊！

老鼓说，不是自己挣的钱花了背良心！俺穷死，也不会花这鸟钱！

好，说得既实在又有力量！今天，你这样的人越来越少啦！让拜金狂们看看，这儿还有比金钱更珍贵的鼓神！王副局长插言说。

老鼓就爱听这宽心话，满心美气。

王副局长带老鼓去夜市吃了饭，就亲自陪他到了县政府招待所。第二天，王副局长就将电视台、报社的记者"拘"来了，全力以赴地宣传老鼓。同时公安局还派人调查案情、重新拘审赌徒……下午，日头西斜的时候，老鼓坐着王副局长的小轿车回了家。

七

老鼓回到村里的时候，天都黑了。他背着手，欣欣往家走，路过村委会恰巧碰上村里开群众大会，是建设文明村的事儿。村支书不知怎么这么快就知道了老鼓的事儿，在会上可劲儿表扬老鼓一番。村支书说，鼓王世家的凛然正气生生不息呀，老鼓一家人劳动致富。不贪黑财，是心灵美的新农民，为咱村争了光，这才是真正的文明之家呀！接下，村支书又批评了村里一些向钱看的坏现象。老鼓躲在暗处听着，心里热乎乎的，鼻梁发酸，深黑的眼骨窝里汪了泪。

老鼓一看见家门，就真觉出累了，腿脚发锈，迈进老屋就再也不想动了。他坐在炕沿儿，蹙着眉头子喊了一句，玉环，在屋吗？玉环在西屋里躺着哼也没哼。冷屋冷灶的，屋里才隔了一宿，就显得隔了一世般久远。外面没风，屋里干冷干冷的，冻得老鼓的脸没颜少色的。他呆坐着，双手像树杈一样叉巴着。他就这样干坐着眯了一觉。饿了，越饿就越冷。老鼓知道玉环闹情绪呢，要在往常，玉环早颠儿颠儿过来生火做饭。老鼓坐不下去了，蹶跶蹶跶走到后院的草棚子里，抱来一捆棉花秸，点燃了灶膛。膛火将老人的憨头面孔映红。他煮了一锅棒子粥。熟了，就盛了一碗端进屋里，然后弯腰从灶膛里扒了一盆炭火，对着热热扑脸儿的火盆子，慢慢地吃起来。已经很晚了，鼓生也没回来，门响一回，老鼓就探出脑袋望一回。前几回都是风，这回看见鼓生没精打采地进院了。鼓生，你进来！老鼓眼眶子抖抖地喊。他想跟儿子讲讲道理，讲讲在县城里的风光。鼓生进屋的时候，看见老鼓吸着烟斗，身子端端正正地靠着被烟火熏黑了的土墙。鼓生忽然觉得爹的脸很怪，既熟悉又陌生。鼓生一肚子的火气都被这气息镇住了，想给老爷子几句，就是没说出来。老鼓将烟斗在嘴里含着，瓮瓮地说，鼓生，俺知道你和玉环都怨俺！你爹不管这个，做了就做了，你爹自有道理！今天会上，村支书说的你听见啦？那是咱家祖上的造化！你说是不？

鼓生没有应声。

啥时候也不能丢了咱鼓王的尊严。

鼓生一句话也没说，扭身出去了。

第二天早上，鼓生跟老鼓说，爹，玉环快要生了，大夫检查过，胎位不正，得去医院坐月子，不能击醉鼓了。玉环娘家离医院近，就先去她娘家养几天吧。老鼓心凉了，愣在那里半晌说不出话来。玉环默默地走了，鼓生也夹尾巴狗似的跟着媳妇走了。怎么啦？跟死了人似的。老鼓站在空空的院子里，拿烟袋锅唧唧地敲着鞋底吼，都走，都走吧！他吼得喉结都颤了。天阴沉沉的，又是有天没日头的样子。老鼓心里憋屈，就像这阴眉沉脸的天。他觉得太孤单了，他拽着空酒葫芦出来，想去街口小卖部打酒，又想在街上寻个伙伴串串门，讨个知音。老鼓晃晃悠悠地走在村街上，朝村人憨憨笑，笑是硬撑出来的。这趟街门口稠，三步五步就闪出一个人来。可是门口的人见老鼓笑过来，都蔫蔫地缩回去了，像躲避瘟疫般地躲他。俺做了啥对不起乡人的事吗？老鼓心里嘀咕开了，开始默默地反省自己。俺老鼓不是过去的老鼓了吗？丑了？恶了？臭了？

他一时摸不着头脑。还是努力笑，笑得异常僵硬，也很笨拙。老鼓看见一群玩耍的孩子了，孩子们看见老鼓就哄地散了。老鼓又朝街口小卖部走。没进小卖部的门，老鼓就瞧见一群人窝在那里咬耳根。老鼓收了脚，听出村人对他议论纷纷。老鼓那老爷子，该死不留念想，乡里乡亲的干吗把人往局子里推？听说公安局处理这帮赌徒时很严，又打又罚呢。又一个说，老鼓真是老糊涂了，往后谁还理他？儿子儿媳咋劝也不听，气得玉环回娘家去了。又一个说，十个鼓王九个怪，一个不死都是害，说不定哪天老鼓又该捅出啥了。村里乡里的头儿，都不在他眼里呀！有一个村支委说，你们知道啥？老鼓不憨不傻，可是酒醉心明，鼓声里滚出来的人精。人家这一手叫名利双收。钱在手里窝着，赌徒们不会饶了他，钱一交，就抖了。听大富贵他们说有六万块钱呢，老鼓只交了四万，留两万当提成，又有钱又有名啊！众人齐齐点头。老鼓全听耳里了，气得一兜火气撞头，拿烟熏酒腌的粗哑嗓吼，狗 × 的，少他娘给俺放闲屁！老鼓的骂声在小卖部屋里嗡嗡山响。众人十分尴尬地僵了片刻，就率先有人喊了一句，老鼓来啦，让他请客！人们就有台阶下了，呼啦围住老鼓，嬉皮笑脸地要老鼓请客。人们这么一闹，老鼓的火气消了不少。老鼓仍旧恼着一张猴腚脸说，告诉你们，俺没得钱，都交公安局啦！

还装穷呢，提成也是应该的。

老鼓说，谁提成谁是龟儿子！

别咒自己，提了就提啦，没人借。

俺说没提就是没提！老鼓凶了。

小气，越有钱越小气。人们躲了。

老鼓不再争辩，拿出酒葫芦打酒。酒是散白酒，价钱低得可怜。老鼓摸着兜里钱不够，就说先赊一葫芦。老板笑说，赊就赊，反正你是大户啦！老鼓弄得哭笑不得，摆摆手，晃晃着走了。老鼓几天没沾酒了，走在街上就忍不住喝了几口。到了家里，又独自喝闷酒。一盘放软了的花生米当下酒菜。酒是好东西，没有酒的日子委实不好过。老鼓将一葫芦酒咕咚灌进嘴里，喉咙口搅着"噢嗬噢嗬"的怪声，是哭还是笑？都是命里该着，前世注定欠了谁的，轮到今世遭难。跳进黄河也洗不清了，老鼓仰天长叹一声：天灭俺也——

　　一连好几天，老鼓窝下两万块钱的话儿，在雪莲湾沸沸扬扬地传开了。人们还说，鼓王的良心，屁！鼓王的良心顶不上一截狗杂碎。人们说着还指指戳戳瞅着老鼓冷笑。老鼓灰突突地走，像做了贼似的，魂魂儿都搅散了。他有一种被社会遗弃的感觉。这一阵子，老鼓看见村人就恶心，干脆不回村里住，就住在滩上的船里。老人心里有股说不来的难受，眼窝潮潮的想落泪。老鼓猛然间苍老了，两眼昏花，浑身无力，老得朽朽的。几天里不吃不喝不睡，终日坐着，望着远海愣神儿。就这样，老鼓又在船板上满满坐了一宿，日头在雾里透了红，老鼓的目光移开西天的弯月，落在鼓身上。一股浓烈的欲望，莫名地浸漫到他的心头。像是着了魔入了咒，老鼓将一瓶子酒一口灌进肚里，醉迷双眼抓起鼓槌儿。走至鼓前，他眼一直，连打两个酒嗝，酒气和冤气一块儿喷出来。他得了大赦一样，制造了庄重而圣洁的气氛，慢慢闭上眼。这鼓，这老祖传下的圣鼓曾一度使他活得不踏实了，不那么理直气壮了，他要在今日找补回来。老鼓手一抢，割出一串冷飕飕的声音，鼓槌一落，鼓响了。鼓声使冬日里死气沉沉的大海滩喜颠了。老鼓相信这鼓声会被海风送到很远很远的地方去。老鼓将憋了多日的羞辱和愤懑全凝在两只手上，把鼓激活了，鼓声阵阵……此时的老鼓明显没有以前的力气了，双腿索索地抖，吭吭地咳起来．眼前一片茫白，茫白里飘飞着钱票。他有一种恐惧，一种失去依托的恐惧。钱票慢慢幻化成一张张村人的脸。变形的脸和叽叽咕咕的嘲笑一股脑儿朝他压来，压得他喘不上气来，身子斜斜歪歪地摇了。老鼓竭力将心静住，拼命击鼓。这鼓是打给自己的，打给家族的。打打打……再也不能停歇了。

夏天的最后一朵玫瑰

这个早上，耀眼的金光洒满窗口，窗玻璃上晃动着绿色的影子。今天是2010年八一建军节。早上一睁眼，我一眼就看见了叠在五斗橱上的军装。

那是童刚的军装。可是，童刚却竭力回避着什么。他疲惫不堪，心灰意懒，反反复复说着一句话："我是废人了，不配穿军装了。"这句话是我听了很多遍后才弄明白的。我抓住他的胳膊说："这得说说，好好说说。"童刚苦苦一笑，"说说，啥叫说说呢？"他将轮椅摇到镜子前。他望着镜子里的自己，目光太怪，怪得我心里没底。这便是很难撕开的军人情结，这情结会永远缠绕在心中。他喃喃地说："一个军人，就是要冲锋陷阵的，当他不能战斗了，就不再是军人了！"我再次把军装放在他眼前。他愣在那里，默默地摇了摇头。他不穿，他不会穿的。仿佛这庄严的美好，瞬间变成一种责难。

我没有化妆，妩媚中自有一种芬芳。为了如此寻找，我耗尽了许多如水的岁月。我是一名羌族姑娘，北川羌族民族歌舞团演员，我叫宁晓岩。我热爱我的民族，因为我们民族的每一个人都是凤凰的化身，雄鹰的灵魂。

每当我围绕着"舞蹈纹盆"翩翩起舞的时候，总会觉得自己的一个美丽的灵魂离开我美丽的躯壳，乘风扶摇直上九云霄。从我知道自己是一个有别于男孩子的女孩子那一刻起，我就懵懵懂懂地感觉到我见过的那些出嫁的大姐姐迟早会变成我。妈妈抿嘴笑我不知羞臊；爸爸摸着我的头发不说话光抽烟，眼睛里有一种我看不懂的神情，长大以后我才知道，是一种依依不舍。从此，那种眼神就在我心底里生根开了花，啥时候想起来我啥时候暖融融的，叫我无比恋家。我就在心底里对自己说：宁晓岩啊宁晓岩，你要么就守着爸妈过一辈子，不要出嫁了，要嫁就嫁英雄。

童刚就是我心中的英雄。他曾经是一个多么健壮英俊的小伙子啊？他是汶川抗震时写下遗书、跳下死亡谷的军人，他救了我的命，玉树地震，他救了大喇嘛，可是，不幸降临了，他在玉树被砸伤了，下肢瘫痪了。谁能想象，我们经历了怎样刻骨铭心的爱情啊！过了一会儿，我开始给他穿军装，他湿了两眼对我说："我都这样了，不能侮辱了军装。"我也湿了两眼，我说："你是英雄，是军人的骄傲，你最有资格穿上它！"童刚还在拒绝。童刚慢慢地把轮椅摇走，离开了镜子，脸色红了，几乎要骂人："童刚，你不是军人，不是！你无能，你是懦夫！"他好像要把所有的积怨都释放出去。当我无法阻止他的时候，就要歇斯底里。我不顾一切地狂吼道："你不满足已获得的骄傲，你不满足已赢得的光荣。可是，你不满足能改变什么？你不想改变了，你这样做对得起谁？你是混蛋，是懦夫！"

童刚怔了片刻，被我骂蒙了，额头上的汗冒了一层。他简直想象不出，我这个年轻美丽、温柔得像猫儿似的女人，何以变得这样暴烈、坚决？他紧紧抱住脑袋，身体在轮椅里痉挛着，像一座迅速消融的冰山。

我真的生气了，跺着脚喊："童刚，你听着，你要是不穿，我就瞧不起你。你压根儿就没当过兵，压根儿就不是男人！"

童钢胆怯吗？说实话，他的心底里真正怕过谁？一个曾经写下遗书敢跳死亡谷的人，又有谁敢说他胆小，无能，懦弱？

我不管三七二十一，往他跟前一蹲，命令道："穿上！"他就像是鬼使神差一般，猛地抬起头来。我无力开启了苍白的嘴唇，近乎哀求地说："童刚，别这样好吗？你曾经是军人，今天是你们的节日！国家有规定，节日里，退伍的军人也是能着装的！"童刚不由自主地把胳膊伸出来，机械地配合着："你给我穿吧！"我硬是把军装给他穿上了。我心里顿时盈满了感动。我还他一个军人的威武和尊严，这是对他最有力的安慰。他没有动，不敢到镜子跟前照一照，他的心怦怦跳着，可他没动。可是，我看不出他后悔，就是后悔也来不及了。童刚只说了一句话："晓岩，真欺负人啊！"我淡淡一笑，诧异地说："谁欺负你啦？"童刚就再也没说什么，他什么都不说了。他觉得是那样痛苦，清醒了，却不知道路在哪里。在很长的时间里，他一直认为，自己是对军人的一个侮辱。那是一个误区，是一种心病。我治疗他的心理疾病，帮助他回忆过去。在他的记忆中，当了军人以后，懦弱的迹象是模糊的，脑海里一点儿印象都没有。是啊，他像祖先参加淮海战役一样，永远是冲锋陷阵的。他终于明白，承认了自己的过失，为自己的想法羞愧。他跟我说过，刚当兵那阵儿，还是充满幻想的年龄，可是，家里穷，人活得自卑，连敬礼都不规范，战友哄堂大笑，笑他敬得不标准。后来，他一天天地练习敬礼，练得胳膊都疼了，日子就是这么疼，可是，他不能怕疼。他成功了，一举一动！一招一式都让人羡慕。这个时刻，他心中猛然生出一股气，那股气一下子把他顶了起来，心站立起来了。今天，他瘫痪了，英雄的人格应该永远屹立着，在我心中屹立着。童刚望着镜子里穿军装的自己，慢慢地流泪了。我劝他："你是军人，不能哭，你要笑，你也有资格笑，我常常想，是时候了，是我们四川人应该替解放军遮风挡雨的时候啦！"童刚深情地望着我，咬了咬牙，抬了头说："晓岩，谢谢你，你说得对，我要笑，我永远是军人，脱下军装还是个军人！"我心里顿时涌上一股暖流，不禁扑哧一声笑了，然后把脸靠在他宽大的胸前。我听见他咚咚的心跳声。他的心中还揣着夏天的火热，期待着一场前所未有的电闪雷鸣。

童刚一把抱紧了我，泪水飞快地涌出他的眼眶。

我推着童刚来到院子里，有一朵红玫瑰插在门上。我们都愣了一下。这是夏天，不是落花的寒秋，怎么会有花儿呢？陡然间，迷迷糊糊的我，似乎明白了一种含义。我喜欢一种寻找美丽而庄严的感觉，夏天的玫瑰给我美丽，军装和军徽给了我庄严。我拾起红玫瑰，由衷地赞叹说："我老公好帅啊！"童刚没能阻止我，我又看见了他当年的作为军人的雄姿。这种雄姿让他长时间保持下去势必很艰难。他挺着，在他看来，军人走向死亡和走向荣誉都需要仪表。

天光亮起来了，弟弟宁伟和一群孩子在那里立着。童刚激动地说："小伟，他怎么在这儿？"他说话的时候，两臂像翅膀一样夯开去，喃喃地对着天空自语："天哪，这枝玫瑰是他送的！"我看见童刚笑了，他的表情给我极大的安慰。我感到一种快乐，一种解脱的快乐，一种释放的快乐。

想起往事，总是令人断肠。

对于我与童刚的婚姻，母亲叶文娟一直反对。可是，自从老家的罗族长找到母亲，母亲慢慢地转变了。她真正理解我了。这一瞬间，她彻底了解了自己的女儿，我宁晓岩需要的不仅是一个男人，更是一份爱情。

结婚前的一天，童刚有好多喜事，这原算是我们婚礼的预热吧。我们北川孤儿院落成了。这是军民共建的孤儿院，我们给它起了一个好听的名字：北川儿童乐园。上级任命童刚为院长，还被北川县长授予北川县的荣誉公民。小龙、朵朵等孤儿，由于童刚出面协调，玉树也来了230名孤儿，都被集中到这里。

儿童乐园成立的这天，正好是八一建军节。好多军人都来助阵。这个乐园是老范亲手组织建设的，童刚的姐夫张二柱曾经在这里劳动。可是，老范没有到来。老范是童刚的战友，两年前转业到济南城建局，山东对口援建北川，他累病了，晚期肺癌，眼下，他还躺在济南医院的病床上，等待生命的最后时刻，不，不是等待，这是一场战争，没有硝烟，同样残酷，他与死神进行着最后的搏斗。这让童刚感到了彻骨的悲伤。他准备给老范打电话，后来一想，他已经不能说话了。他想到马上发信息，就是在他举着手机的时候，忽然接到了老范的信息。好朋友真是心有灵犀呀！老范发来的信息说："童刚，好兄弟，在我即将离开这个世界的时候，衷心祝贺你的重生！祝贺汶川的重生，我不行了，我干不了的事，都由你替我完成吧！敬礼！"童刚泪流满面，赶紧擦拭着眼睛，回信息说："老范，今天是我们的节日，我替你把军旗和国旗升起来！大家都为你祈福！"发走了信息，童刚身体一晃，险些栽倒。我把他扶住了，他最懂他的心，老范是他一生中最好的朋友，就要离开这个世界了。连我也不敢往细里想，往深处想，一想就不寒而栗，悲痛欲绝。

仪式终于开始了，军旗缓缓升起，那是一道奇异的风景。

我看见他闭上眼睛的时候，有了一种神圣的陶醉。他轻轻地说："当个像样的军人，多好哇！"说着长长地吐了一口气。

童刚亲自升旗，我看见军旗和国旗缓缓升起。

童刚慢慢转过头来，也就在这一瞥之间，嘹亮的军歌响起，他看到了一抹火红，那是军旗，还有国旗，都是火红火红的，庄严而飘逸，火红的后面，是无边无际的绿色。这一切他太熟悉了，这一切又太陌生了。啥是甜，啥是苦，只知道认定了就义无反顾。他笔挺地坐着，缓缓抬起右手，朝着光辉的旗帜抬了起来，凝成了一尊雕像。

第二天早晨，我们的车队出发的时候，太阳还没有出来。

路途并不遥远，可是，这是我一生中的长途跋涉。遥远的回顾，爱情与岁月相互倾诉与倾听，我非常满足。再怎么美丽动情的倾诉，在经历过灾难的人面前，总是苍白的，日子总是要复归于沉寂。往事毕竟是往事，想想也就过去了，是的，我的爱，一切水落石出。爱没有先于我的抉择，我就是这样爱着恋着，我无怨无悔，此心不移，我的灵魂究竟没有在折腾中老去。

我侧目看了看童刚坚毅的脸庞，过了一会儿，他用双手捂住脸，仰面躺了一会儿。他在想什么呢？他内心的波澜我能猜想出来。只要心思对了，闭着眼睛，我都能看见常人看不见的东西。他的喉咙咕噜了一下，静静地坐着。我太了解他了，他从没有过怨言，从来都是那么达观豁达，信念坚定。毫无疑问，纵使已经踏上了幸福之路，却无人还我以无伤的大地。

我们的巴蜀大地，曾经是那样满目伤痕。如果没有恩人的帮助，我们能很快走进今天的生活吗？

母亲叶文娟一声不吭，眼睛里闪烁着泪花。她是在思念父亲，还是替我忧患？按理说，母亲啊，父亲离开了我们，我应该孝顺母亲。可是，你为我规划的幸福，并不等同于我要的幸福。要怎么才能让你相信，我和童刚以后真的会很幸福？娘啊，拯救我灵魂的，是爱。是爱，将我从消解中拔出；是爱，给了我活的感觉；是爱，让我有了自我；同样是爱，使我有了铭心刻骨的相思。这就够了，我说过，一个女人一生中如果没有爱过，那就是白活了。现在是物质社会，人们沉浸在物质狂欢里。觉醒的现代人，把人性看成欲望，把欲望看成人性。晓岩见识多了，多少个家庭，没有性爱，没有亲情，灵与肉都落了空，最后再也爱不起来了，只能靠孩子建立相互的意义。这看不见的爱，真的能够支撑我的幸福吗？这个问题，我对自己内心问过无数遍了。女人青春一去不复返，这是真的，灿烂的花结不出果实，这也是真的，可我是有梦的女人，既现实也浪漫，我始终觉得，在那遥远的地方，有我生命的源泉。我知道，他需要我，我也需要他，既然如此，我们总能找到在一起的理由。这场隆重的婚礼过后，面对着烦恼琐碎的生活。我要用心体察，日日夜夜，一点一滴，不动声色，耐心热情。我要对得起这份爱，我终于找到了超越人性之爱，人间的大爱啊！

看见了车窗外的鸟群，母亲轻轻笑了两声。她的笑声太及时了，像阳光，很温暖，童刚陪着母亲一起笑了笑。

我们的车队穿越森林，中午在森林里的小酒店就餐。

我推着童刚进了一座羌寨后面的小树林，风扑腾着翅膀迎面而来，我们闻到了原始气息。四周都是树，童刚惊奇了，他从没见过这么粗、这么密的树。树林里叽叽喳喳的，听不出有多少种鸟叫。那里散发着野花和太阳的香味。可我一笑起来，香味就跑了。也不知是哪来的马匹，马嚼草的声音很好听，咯吱咯吱。我把马给轰跑了，童刚疑惑不解，我告诉他，这是羌寨的神树林，神树林禁止砍伐，也不能在里面放牧或割草。山民每年对树林进行祭祀，仪式也很隆重的。"你看，那是一堆白石头！"童刚抬手指了指白色的石头。他发掘羌族文化，算是知道羌族人的白石崇拜。羌族部落没有铜像，以石头为象征，供在雕镂屋顶或塔顶，屋里的神台上、火塘旁都供奉着白石头。屋顶的白石代表天神，火塘边的白石头代表火神，田地上的白石头代表地神。每年春天，山民都要燃香祭拜白石。树林一旁是一个为旅游者开辟的小市场，摊位上摆着琳琅满目的菩萨铜像、灯台、翡翠和佛珠。

我们在小市场转了一会儿，有人吆喝，车队就要继续出发了。这个时候，我有一种幻觉，我还是忍不住想象着一个意外的惊喜。

一群孩子跑得奇快，如风卷起的一团尘土，滚动着翻越山坡，跑回村里去了。这之后，惊喜果然出现了，在川流不息的人群中，我搜寻的眼光终于发现一个奇特的队伍。我既兴奋又茫然不知所措。我们遇到了碰见了迎接来宾的罗族长，还碰见了从青海玉树步行过来的喇嘛祈福团。赤巴大喇嘛带队过来的，大喇嘛满面红光，双目炯炯有神。有三十多号人，喇嘛表情单一，神情严肃端庄，稳重而神秘，他们的热情是埋在心底的。他们身穿红色僧袍，嘴巴吹着"筒钦"，一路吹奏过来。我知道，藏语"筒钦"为大号的意思。蒙古族称"毕利"，汉称大号筒、长角号、小铜角等。它是喇嘛教乐队中十分重要的低音乐器。这种乐器在藏族地区至少有七百多年历史，它是随喇嘛教一起广泛流传的。还有的喇嘛手拿经轮，哗哗转动着，经轮转上一圈，就等于念了一遍经。这太让人意外了，亲爱的喇嘛怎么知道我们结婚？听说徒步行走了七天七夜，经历了怎样的艰辛？这是怎样的赤诚啊？我和童刚的泪水就流淌下来，喃喃着："大喇嘛都来了，我们怎么担当得起呀！"

青海是藏传佛教的重要传播区。沿唐蕃古道行走在青海高原上，凛冽寒风迎面吹来，古道上的号角钟声时隐时现，仿佛那风也因此而古老。羌族人对藏传佛教十分敬重。

罗族长也很吃惊，给大喇嘛跪下了，颤抖着声音说："大喇嘛啊，你们辛苦啦！你们到我们羌寨来，欢迎欢迎啊！不过，这场小小婚庆，何以惊动了尊贵的赤巴大喇嘛啊？我们心中不安啊！"

赤巴大喇嘛将罗族长搀扶起来，平静地说："童刚是你们的恩人，也是我们的恩人，对于恩人的祈福，是我们众僧侣自愿做的。对英雄的敬仰，不分民族，不分宗教，我们是一家人！"

全场人都惊呆了，唏嘘不止。

我眼前变得一片模糊，似梦非梦。我抓紧了童刚的手，激动得说不出话来。信众沐浴佛光的日子来了，我们也沐浴了佛光。

罗族长微笑着说："是啊，大喇嘛说得好哇！其实，我们羌族传统的宗教信仰是以白色石英石为表征的天神为主神的多种崇拜。除此之外，羌族还信仰道教、佛教、藏传佛教、基督教、天主教等宗教，尤以道教、佛教信徒广众，并与天神为主神的多神崇拜相互融合，相互补充。就羌民而言，将道、佛的诸神、规仪吸收入传统宗教中混合为用，都视为羌族自身的信仰，不分彼此。"

那些羌族人的脑袋，像许多灯盏，晃晃悠悠地悬在那儿，微微发笑，慈祥无比。

赤巴大喇嘛对罗族长说："我们的一切都是围绕着佛祖的意志的轮回，新的一天在六字真言的默诵中开始了，我们的使者代表着所有生命和自然的福音。是给这对不平凡的新人祈福的，其婚礼依旧按你们羌族礼节举行！"

罗族长作了个揖："好，那么请大喇嘛进寨吧！"

　　双方的乐器都奏响了。真是菩萨开眼，惊喜的事情不断发生。羌族的鼓号和喇叭的"筒钦"交织在一起。熙熙攘攘的人群给我壮胆。我惊慌而兴奋的情绪渐渐平和下来。我看见寨门了，长长的迎亲的队伍停在寨门外。要是往常，新郎站在院坝里凝望门外，"释比"则在门口放着做"撵煞"（法事）的条桌。到了男方家村寨后，新娘则由迎亲的人从车上背下来，后面长长的送亲队伍则背着新娘的嫁妆跟着新娘一起到男方家门口。我们没有严格执行，但是，还是有一个羌族小伙子将我从汽车里背进了山寨。

　　这消息比山风覆盖面还大，传得沸沸扬扬，不光是我们的羌寨，周边几个羌寨的乡亲们也来参加这场盛大的婚礼。

　　乡亲们都出来迎接我们。他们的服装太鲜艳了。羌族的传统服饰为男女皆穿麻布长衫、羊皮坎肩，包头帕，束腰带，裹绑腿。羊皮坎肩两面穿用，晴天毛朝内，雨天毛向外，防寒遮雨。他们纺织自古就有，以麻和棉为原料，用牙齿撕麻和右手拉伸纤维相配合，左手启动纺锤纺线织布。羌族无论男女老少都喜欢穿自家编织的麻布或棉布长衫。羌族尚白，以白为吉，以白为善。在他们的多神崇拜中，尤其崇拜白石和羊。服饰上，无论头帕、羊皮坎肩、麻布长衫，还是腰带、绑腿，都喜用白色。即使采用挑绣工艺，也大都是在蓝布上挑白花，或在白布上挑蓝花、红花，总是以白为主色。

　　是爱伸出充满巨大魅力的无形巨手，施展出善的魔法，将不同信仰、不同语言、不同生活习俗的人们聚在一起，喧闹，嘈杂，却带着和谐。一进羌寨，我就看傻眼了，现实的景象大大超出了我们的想象，怎么家家户户都贴了大红喜字？婚宴整整摆了一条街，家家都做饭菜，那热火朝天的场面让我一辈子都忘不了。

　　羌族人结婚又有"女花夜""正宴"及"谢客"三道仪式。"女花夜"，由女方备咂酒两坛招待前来庆贺、送礼的客人，男女各一坛，大家跳舞、唱歌庆贺。"正宴"即娶媳妇，男方备三匹马前来迎亲，一匹新娘乘骑，另两匹伴娘骑，伴娘系内亲闺女。新娘穿着特制的红嫁衣，脚穿由家嫂做的红绣花鞋，由其亲兄弟背出大门上马，新娘手蒙脸而大哭，有的哭得悲悲切切，有的仅是走走过场。父母将平日为新郎做的鞋、袜等塞进背篼，让女儿带到男家。拾掇停当，乐队吹起唢呐相送，送亲者背起箱子，抬起柜子，热热闹闹送新娘出嫁。罗族长替我备好了两坛酒，由我的母亲开启封盖。

人们落座喝酒了。风摇晃着山地，森林挥臂欢呼。整个羌寨沸腾了。

锣鼓敲响，唢呐吹响，连乡亲们的掌声也是有节拍的。

仪式进行到向女婿赠枪了。砰的一声，罗族长朝着瓦蓝的天空放了一枪。

所有人为之一震。罗族长交给童刚的不仅是一把猎枪。童刚双手接过猎枪，身体颤抖了一下。他知道，这不是军队的枪，是一把猎枪，还不仅是一把猎枪，族长交给他的，还有我们从来都不同的生活，以及我们祖祖辈辈传延的虔诚的信仰。他接枪的姿势很像军人，他还给了罗族长以军礼。

"真英武！"我啧啧赞叹了一声。

童刚将酒咕咚咕咚一饮而尽，明亮的眼睛半睁半闭，眼眸却更加深邃。喝了羌寨的米酒，童刚似乎有了几分醉意。眼睛亮亮的，鼻头红红的，竟然忘记了自己的身份，抓着族人喝酒。我咯咯地笑个不停。姑娘们唱起了酒歌。这是"咂酒"对唱的一种传统的歌唱形式。唱时主客并排而坐，轮流对唱，节奏缓慢而旋律优美，声音高亢，拖腔婉转，具有典雅朴素的优美风格。歌词长，多表达吉祥，祝贺与酬谢谢意或叙述家史与追忆祖先业。我们羌族的民间歌曲主要分为山歌、劳动歌、风俗歌及巫师歌。民歌把整个气氛托举出来，我知道，今天演唱的所有的民歌，都是为我们祝福的。

过了一会儿，我看见罗族长带着羌寨干部给赤巴大喇嘛敬酒。赤巴大喇嘛彬彬有礼，用无名指蘸了一点酒，仰脸弹向空中，连弹三次，以示祭天祭地，接着，他轻轻喝了一口酒，罗族长让我给及时添了酒，大喇嘛喝一小口，再添，大喇嘛连喝了三口，我在第四回添酒的时候，看见大喇嘛端着酒杯，猛抬头一饮而尽。

夜幕降临了，整个羌寨喜气不减，人们点燃了篝火。为了答谢各方宾客，我和童刚合作了一个舞蹈。大喇嘛吹奏着筒钦给我们伴奏。童刚学着我的样子挥动着双臂，我推着轮椅，双腿频频摇动，就像唱双簧似的，舞姿异常优美。我们默契的配合引发在场观众一片喝彩。我推着他的轮椅跳舞，幸福无比，我轻轻地说："老公，咱俩就是一条命，我的腿就是你的腿，我的手就是你的手，我的命就是你的命！"童刚说："那我们不就四只手了？"我深情地说："不是四只手，我们是千只手，我们要多多做善事，做千手观音啊！"童刚嘿嘿笑了，那样憨厚，那样诚挚。

以往羌寨的夜晚很幽静，今天变得热烈无比。篝火熊熊燃烧，纷乱，多彩，一片朦胧的灿烂，各种灯光交相辉映，各种声音杂糅在一起。人们的笑声如夜空的银色礼花，在月光下迸散，顷刻间变成无数闪烁的星星，发出金属般的撞击声。深夜了，锣鼓停息了，简钦停息了，欢笑声还在。我们被羌族姑娘簇拥着抬进碉楼新房。几乎所有碉楼都在地震中毁掉了，这是我们羌寨最后存的一座碉楼，经过修缮，现在完好如初。这是罗族长给我们按羌族礼节布置的洞房。我脱光了身上的衣裳，洁白娇美的身体，流淌着难以言状的魅力，就像弟弟送给童刚的那一朵红玫瑰。童刚感觉有些愧疚地说："晓岩啊，世界对你不公平哩，你这么好的身体给了我，对不住你啊。"我不高兴了，郑重地说："童刚，这个时候，你还跟我生分？你说错了，我美吗？我知道我美，但是，请你听我一句真心话，如果没有你，我这美丽的躯体早变成烂肉和白骨了！我愿意把一切都给了你！"童刚终于明白了，啥都明白了，他真正触摸到了一个羌族姑娘金子般的心。两人紧紧地拥抱在一起，两个高尚的灵魂，像一只美丽的凤凰起飞了。

山谷无言，群山寂静。除了星星，夜空似乎什么都没有。小河从羌寨脚下流淌而过，融进了前方的大江。

船

祭

　　黄大船师翻箱倒柜找两样东西：红腰带和旧毡帽头。那是从先人手里传下来的，摆开阵势造船的时候，他都带着。老人常年束着那条红布条子腰带。带上的红已褪尽，成了黑腻腻的布条子。灰乌乌的毡帽头，风化了似的，仿佛抓一把就要灰散，可老人一直戴着它。两年多没揽住造船的活儿，老人才将这两样传家宝藏起来的。

　　过去，无论是在船厂还是出村做活儿，老人总是神神气气地戴上毡帽头，帽檐儿里零零散散地插溜儿自己卷的喇叭筒烟。烟是土黄色的烧纸裹的。天热了，老人就将毡帽挂在白茬子木板上，高高地晃荡着。即使老人去撒尿了，儿子和徒弟们见了毡帽会说："爹在呢！师傅在呢！"于是他们的活儿就细了。

　　在许多个平平常常的黄昏，黄老爷子回到村口总要默立一阵子，像是歇脚，又像是表示点什么。老人头顶洒满霞辉的毡帽头，就引来老老少少的村人。"黄大船师回来啦！"村人叫着，端出蓝色花纹的粗瓷大碗忙不迭地向老人敬米酒。老人的身上似乎罩着一层仙气，举手投足都能撩起村人十足的敬仰。老人造的大船更是引发一片啧啧赞叹。

　　村人凭啥要高看他一眼，黄老爷子心里明镜儿似的，均是祖辈的造化。老人抖抖索索地系上红腰带，又拿鸡毛掸子扫去毡帽的灰尘，就很庄严地戴在枯白的头上，颤颤地颠出了耳房。老人直杵杵地站在门口的歪脖子槐树下，等着回来添坟的儿子。秋熟的日子很缓。狗叫了两声，钻了。猪又嗷嗷嚎起来，漫来一股发酵饲料的酸涩味儿，花母鸡咯咯地在老人脚下钻来钻去。日光洒下来，透过被风摇动的树伞，漏一地碎碎的影儿，老人眼迷离了，有点头晕，慢慢扶着满是节疤的树干，坐下来。坐到天黑时，老人朝海边走去了。

拢船号子嗨唷嗨唷地响着，缠得懒懒的红日头在远滩上一滚滚的，便在遥远悠长的钝吼声里恹恹地跌落下去了。于是，天就黑定，逼出一溜儿桅灯幽幽地睁了眼。黄老爷子勾着老腰，颤巍巍地提一盏桅灯，在泥岗上站了很久了。又吼风了，风头子赶寸劲儿扑打得老人两眼生疼。秋风阵阵，海里是没几日捞头了。褐灰混浊的浪头子呜呜溅溅地邪涌，怕是俗风暴潮呢。雾浓浓的，抓来挠去也翻不出啥花样来，黏在黄老爷子周围扑脸儿地折腾。

透过桅灯淡淡的一扇光团，黄老爷子切切地盯住一脉航线。远海苍灰，看不真切，微白的脉线像脐带似的在他眼前飘飘悠悠忽隐忽现，使老人感到大海的原始和神秘。老人混浊的目光一截一截探远，慢慢就影影绰绰地瞧见了泥岬。岛上明晃晃的灯塔和一座高高的老坟。坟顶渐渐塌陷，细看，恍惚就是抛了锚的大船。

老人将桅灯举过头顶，划一道亮线，牵着老人沉甸甸的心思遥遥走远。他呆定定地朝大船坟好一阵子张望，很沉地叹了口气："海脉，大船坟——"老人又进入神圣温馨的回忆了。

日子很久远了，那时黄老爷子还小。爹娘叫他小柱子。中原家乡发大水，爹用独轮车推着他跟随族人逃荒。在这次迫不得已的大迁徙中，他们伴随老祖走了八十八天，大水卷走了一半族人的生命。他们蒙头蒙脑地走进冀东平原的一片无边无际的大草泊里了。

像遇了鬼打墙，老祖实在走不动了。这个威震中原的木匠世家就这样完了吗？老祖不甘心呢。黄昏的时刻，老祖泥塑木雕般地呆坐着，周围跪着三支的族人。

小柱子不知出了啥事，他随爹娘朝老祖跪着。他们都盼望老祖能在最后一刻给他们指出一条出路。然而，任族人叩头、磕拜和祈唱，老祖也没睁一下眼。老祖寡白的脸像一团揉皱的火纸，却十分清晰地显现一条红胀透熟的血脉，血脉风干了似的绷紧。

在夕阳落下的最后一刻，老祖缓缓伸出枯手从身边的纸盒子里拿出三个毡帽头和常年系在老祖腰间的断成三截儿的红腰带。老祖干瘪的嘴角嚅动了一会儿，族人们跪着，对天盟誓：从此以后，不管走到哪里，凡有这两样物件的，就是族人的血脉！发誓要一代一代传下去。老祖一声长吼，就直挺挺地倒下去了。族人们大哭，匍匐在地，轮着去吻老祖血脉的印痕。

黎明到来的时候，三支族人奔三个方向去了。小柱子跟着爹娘，携着吉祥的毡帽头和红腰带，一步一步向南走了。在一遮天蔽日的芦苇荡里，他们像野兽一样瞎撞，独轮车上仅有一把老锯、一把刨子和一把板斧。昏天黑地挣扎了七天七夜，他们终于听到潮音了。从此，他们这支儿就在雪莲湾安营扎寨了。

造船！黄家的槽子船威震雪莲湾了。

爹成了赫赫有名的黄大船师。跟爹造船的小柱子一天一天长大，手艺也很精到了。大船师的故事遍地走。爹总是谆谆告诫，黄家船同人一样正。爹戴毡帽头造船的样子，他永远忘不了。爹的心野着呢，发誓黄家船一定要闯进白令海。爹没说大话，他是要用先人的光辉来照耀他的余生，照耀黄家后人的风光日子。大船师赢得了渔人的拥戴。就在大船师五十四岁那年的初秋，雪莲湾发了一场蟹乱，小柱子娘被吞了。

那是初秋，气候特别反常，天气闷热，雾大，天和海被雾爪子搅浑了，一会儿黏住，一会儿撕开。一天夜里，天景红红的，像烧着了一样。从远海和老河道里荡来一股奇怪的嗡嗡声。眨眼的工夫，大蟹群就忽忽涌涌漫漫泛泛张牙舞爪地爬上陆地。海蟹河蟹都有。喊喊喳喳的响声整齐而尖厉。

人们给闹醒了，提着马灯出来看，都目瞪口呆了。满街筒子院里房顶都蠕爬着大大小小的螃蟹，青青的一片连一片，没了下脚的地方。人们从没见过这阵势，吓坏了。螃蟹越聚越多，大的驮小的，呈宝塔形的一摞四五个爬上房顶。立时有老旧的泥铺子轰然倒塌下来。

村里老人说是闹蟹乱了，让家家户户打碎了灯。入乡随俗，爹也将灯打碎，家里黑黑的了，娘不敢出屋。后来泥屋也顶不住了，嘎嘎裂响着。渔人家都纷纷卷上铺盖和锅米去了船上，开到很远的岛上躲避一时，大船师是造船的，家里却没船，现造也来不及了。爹带他们娘俩到了造船的木垛上。爹拿木板来回扫蟹，扫开一块空场儿。一家人就在木垛里窝着，煮螃蟹吃。

那日天还不算黑，娘独自回村到老房里给柱子取衣裳，在海滩上试试探探地走，一色青螃蟹，分不清哪儿是岸哪儿是水，一失脚踩空了，掉进了泊船的深洞里。娘被卷走了，头上爬满螃蟹。她在没顶的一刹那间，探了一下头，留下对人世无尽的依恋。

爹和小柱子拼命寻娘，也只在五天后蟹乱退去，才找回娘泡烂的尸体。爹跪在娘的尸体旁边，捶胸顿足地哭着："俺要是有条船，你就不会死的！"埋了娘，爹就对柱子说："咱爷俩给你娘造条船，雪莲湾最好的船！"小柱子声泪俱下："给娘造船！"于是，爷俩拉开架势干了。

满打满算月把光景，大船就造成。五寸厚的红松板子做成，没上漆，白光光的茬子，木纹细如银丝，蚕茧般环绕，没一星疤点，没一丝裂痕，就像一座淡黄色的金屋。龙骨各雕一龙一凤，接榫处龙头凤脑相衔，取"龙凤呈祥"的意思。最后合卯那天，他觉得爹的老脸很怪。老人定定地望着大船，手抖抖地抚摸着大船板，眼眶子一抖，流下老泪来。

"爹，合卯吧！"小柱子端着鸡血碗说。祖上规矩，合卯是要洒鸡血的。老人"嗯"一声，看也不看儿子一眼。抄起一把板斧，将左手一截手指插入榫缝，落斧一砍，老人的手指就掉了，又一凿，血淋淋的手指就揳进缝里去了。爹扯下一条子布裹了手指根儿，说："柱儿，灌胶！""爹——"小柱子惊呆了。随后一杆大桅威风凛凛地竖起来。带着老人沉甸甸的心思遥遥指天。

从此之后，爹将红腰带和毡帽头给了小柱子，再也不造船。成天独坐在大船旁，与老船默默地对话。来往的渔人都要情不自禁地对大船啧啧赞叹一番。爷俩怎么也不会想到，这艘大船日后会招来大祸呢。

黄家来雪莲湾的日子浅，压根儿就不知道这儿的海霸孟天贡有烧船祭祖的习俗。孟天贡鱼肉乡民，跺一脚，雪莲湾颤三颤呢。可他对大船师却格外敬重。那天孟天贡将船师爷俩请到府上，摊牌说："俺孟天贡看中你们的船啦！俺想重金买过来,还望大船师赏脸！"黄大船师问："孟老爷也想出海打鱼吗？"孟天贡微微摇头一笑："俺孟家要烧船祭祖！"黄大船师顿时黑了脸相,道："俺那船千金不卖！"孟天贡一惊："为何？"黄大船师说："那是为柱儿他娘做的！"孟天贡压住火气说："那俺请你们爷俩为俺造一艘，要同那艘一模一样！"黄大船师站起身，凛然道："俺黄家船是闯海的，不是当纸烧的！你还是另请高明吧！"说完拂袖而去。孟天贡"啪"地一拍桌子："他妈的，别敬酒不吃吃罚酒！"黄大船师把孟天贡撅了，立时在雪莲湾传开了，众人无不赞叹大船师的浩然正气。

那天夜里，孟府家丁横眉竖眼地闯进黄家，将鼓鼓的一条钱褡一甩："孟老爷说啦，念你是大船师，才给你网开一面，给你钱！要不给就干抢，你神招儿没有！还是知趣吧！"说完就有百十号的家丁船工嗨唷嗨唷地喊着号子把大船拖走了。

祭祖的那天晚上，天阴得好沉。雾浓浓的，偏就散不去，人身上的汗毛孔都让湿腾腾的水雾堵个严实，汗都憋着，一身的黏汗。孟家老坟场围着黑压压的人。除了披麻戴孝的孟家人，就是被迫来陪祭的村人。金屋般漂亮壮美的大船上，挂满了各式各样的纸人和灯笼。孟天贡一身缟素，惨白面皮。他手捧着写有祖先生辰八字的黄表文书，叩头、磕拜、祈唱之后，鼓乐班子就配合上了。鲜鲜亮亮的鼓乐夹杂清脆尖厉的短喇叭，哇儿哇儿嘟啊嘟啊地响个不停。船上洒了煤油，孟天贡手里的城隍牒就点着了，接着"轰"的一声，船头的雕龙画凤的龙骨先燃烧起来。孟家人纷纷跪下磕头。

就在这当口，有人一声长吼："天理不容！天理不容——"人们看见一个老汉扬甩着钱褡，跌跌撞撞地朝大船扑去，纷纷扬扬的钱票漫天弥散。老汉爬上船板，端端正正地坐在舵楼旁，闭上双眼，像坐化的高僧一样。闪跳的火苗儿映红一张庄重威严的老脸。在场的人马上认出是黄大船师，都惊得咋舌头打冷子。

"爹，爹——"小柱子凄凄地哭叫着，被人拽住了。人们刚回过神儿来的时候，忽忽窜窜的大火苗子就将大船师涌盖了。好一个顶天立地的汉子！"天神哪——"村人齐齐跪地。后半夜，闪电雷鸣，雨水倾泼。小柱子泪人儿似的在那里站了一夜。天亮时不远处海神庙的老僧劝小柱子的时候，惊异地发现燃烧过的灰烬里有亮晶晶的白粒子。"啊，舍利子！"老僧惊叹，这是几代高僧坐化也很难烧出的圣物，居然出自黄大船师身上。奇哉，怪哉！老僧跪下了。

再扭头看，被雨水冲走的大船师骨灰和船灰，流向海里了，呈一道弯弯曲曲灰蓝灰蓝的带子。蓝带起起伏伏地伸向泥岬岛方向，钻向很深很幽的远海。"海脉，福佑渔人的海脉！沿这条脉线出海，定能顺风顺水发财发人！"老僧连连叹道。

不长时间，这景观在村里传开，村里男男女女老老少少都来了，在海滩上跪了黑乎乎一片。从此，黄大船师的故事遍地传。渔人的虔诚终于有了依托。村人在泥岬岛为黄大船师造了一座高高的大坟。那条神秘的蓝带子便成了海脉，成了渔人出海拢滩的航线。黄家船也就更抢手了。孟家自此走向衰落，解放前夕，席卷细软，逃往香港。

黄家船怎么就衰败了呢？先人不容哩！啥事都是天撮地合的吗？黄老爷子许久也咂摸不透这里的玄奥。一代大船师颇为难堪的尴尬局面，对于老人来说是始料莫及的。本来该是拧出花来的风光日子，就这么丢掉了。人们疯了，世道变了，海也捉摸不透了。天也不遂人愿，年景怕指望不上了。活该着他败兴，兴衰由命，怕是天数。他想，唉，世间啥事无论折腾到何种程度，都耐不住岁月一层一层地磨。磨久了，有多少风光和恩怨岂止淡了薄了，甚至都颠倒了。黄老爷子苦苦经营的造船厂五年前就不景气了，不景气归不景气，老人还巴心巴肝指望儿子黄大宝重整旗鼓。不知为啥，那狗杂种惑了本性，飘飘然入了邪门。愣是将造船厂改成了个拆船厂，与村里联营，成了村办企业。黄老爷子死活不应，顶又顶不住，活活叫儿子开除出厂。

不造黄家船他心里就难受，这几天闲得老人没着没落，心口又疼了。他本指望在入冬大干一场，可他又没揽来活，简直窝囊透了，老人被盘盘绕绕的烟雾罩住，呛得咳了，喘成了一团，一把老泪圈在老人深黑的眼骨窝里。

"爹，爹——"

黄老爷子看见儿子大宝和乡长站在他身后。

"爹，俺给您老报喜来啦！"

"哼，怕是你狗 × 的又调歪啦！"黄老爷子扭脸不看儿子，朝马乡长笑笑。

"是呀，黄大爷，请您老出山啊！"马乡长说。

"又给俺出啥幺蛾子啦？"

大宝说："是造黄家船！"

"政府出资造一艘漂漂亮亮的黄家船！"马乡长又补充说。

黄老爷子立时将咳嗽噎成笑了。

"这可是真的？"

"那还有假！"马乡长说着笑了。

黄老爷子昏花的老眼里立时充了神儿，连连发出喜气的浩叹："啊，苍天有眼，政府开明，俺黄家船本是雪莲湾船行正宗，按说就不该衰败的嘛！"老人将脸笑成大菊花了。

大宝憨憨地笑了。其实，他是骗老爹的。那次与港商谈业务，碰上仇人孟天贡的孙子孟金元了。他早就听说孟家后人在香港成了大亨。孟家不断在内地投资兴办福利的义举使他十分感动和自愧。

他恨孟家。可日子久了，孟家发达了，而黄家船却大势已去了。那天晚上，孟金元和女秘书来到黄大宝栖身的小旅店。孟金元紧紧抓住黄大宝的手，心悦诚服地说："黄先生，咱故乡有句土话．不是冤家不聚头，聚头一笑泯恩仇哇！我佩服你的骨气和胆识。看见你，我就感到雪莲湾有希望啦！"黄大宝一副不卑不亢的样子，笑道："咱雪莲湾笑迎天下客！"

他说话的时候，细细打量着孟金元。孟先生长得并不像巨富阔佬那般臃肿、肥硕。地道一个矮小精干的中年人，腮帮深陷，下巴翘着。脸相黑了些，还是很润展，很有神采的。

孟先生眼窝里忽地泪珠闪闪，叹道："世界真是太小了，人总有见面的时候。我爹我娘在香港去世的弥留之际，总是含泪追忆故乡的日子。他们都想将骨灰移到故乡祖坟上去，并希望我再买一艘漂亮的黄家船，祭祖！可我说不出口哇，我爷爷欠黄大船师太多太多啦！"

黄大宝听着，胸膛里风起云涌。孟先生心神不定地瞧黄大宝一眼，又说："我说句心里话，不论啥年月，黄大船师都是咱雪莲湾顶天立地的汉子！我的父辈太霸道了，欠下故乡人民的债太多啦！我就想，有一天回故乡，还了父母遗愿，更替先人赎罪！不知黄先生和政府赏不赏脸呢！"黄大宝蒙了，万万想不到海霸的后代有这样的胸怀，他活活冤枉了一个好人．心里歉歉的。他抖抖地说："实不相瞒，俺听说过你的爱国义举！但耳听为虚，眼见为实。欢迎你回去看看故土，俺想，政府更会敬你如宾！"孟先生泪流满面了，喃喃道："来日方长。啊，好席不怕晚啊——"

黄大宝大模大样地笑了。

孟金元真的回故乡了。为给家乡和工厂引进外资，黄大宝算算利弊，说："他奶奶的，干！只好委屈老爹啦！"他先瞒着爹，等日后知道了，劝劝就罢了。三角旗杆一竖，造船就开工了。

死气沉沉的大海滩被尖厉的电锯声带进了喜颠了的日子，大海发出一阵远古的呓语，木垛上落满了海鸟，叫得十分好听。老阳斜斜地挑着，弯弯勾勾地晃荡，海浪头变得无棱无角地柔顺。

早上是黄老爷子独自来这儿选场子的。这场地界是海脉的源头。他将三角旗竖起来了。大宝来了。言多必失，两代人谁也没跟谁打招呼，都按原来的样子默默地干活儿。黄老爷子腰扎红带子，头戴毡帽头，蹶跶跶地刨船板子，老人额头汗粒儿淡白，累了，枯瘦的手像鸡爪一样，合不拢也伸不展了，老腰像灌了铅一样沉沉的。老爷子挺挺腰，喘一阵子，再干，几乎是干疯了。

再苦再累，老人心里喜呀。两三年没碰着造大船的活路了。这回可揽着了，而且是给政府干。告慰先祖，黄家船重整旗鼓的日子来了。老人想，手里的活路就格外精细。老人喘歇的空儿，扭头就瞧见大宝鳖样地蹲着，正在安一块切斜了的木板子。黄老爷子气得腿杆子发颤了，吼："你这欺师灭祖的孽种，糊弄政府有罪呢！把那块板子换下来！"

大宝没回嘴，赶紧换板子。

老爷子渐渐气色平和了，说："日后咱爷俩造船的日子不多啦！这也许是你爹最后一件营生，咱们得造一艘最好的槽子船，也对得起祖宗，也不负政府的器重！记住啦？"

"记住啦！"大宝答。

黄老爷子抹抹汗珠子，才放心落胆地在一边歇着去了，走前，将毡帽头摘下来挂在旗杆的枝杈上。那是给儿子看，老人走了，魂儿还在呢。老人散架似的坐在一块泥岗子上看海，看着看着就迷糊着了。老人又梦着先前的事儿，老坟，海脉……

　　醒来了他的脸上仍挂着荣光，他着实怕好梦会跑了，顺着梦尾一步一步往梦头追去，可就在老人打盹儿的空儿，大宝又偷工减料了。紧追慢赶月把光景，大船有模有样了，日光一照，遍体闪光。安好龙骨，末了合卯安楔的时候，黄老爷子才看出破绽来了。

　　龙骨竟是泡沫塑料做的。"杂种！"老人顿时黑了脸相。大宝因厂里有事被叫走了，老人就叫人将一根红松圆木抬上船板。老人要将圆木做龙骨，在龙骨上雕一龙一凤。天越发热了，老人就光着瘦瘦的脊梁干。日影里，老人戴着毡帽头，一手扶凿子，一手抡斧头，雕龙雕凤。他弯曲着身子，投影在船板上的影子很弱很丑。灰白的毡帽头凝着光泽，又圆又白，庄严而神圣地颠动着什么。他的枯手一下一下剜着，味道很足的木香疏疏升起来，渐渐化在日光中了。

　　活干完了，乡长来验收，港商孟金元也来看了，都是一片赞叹。三万元的工钱也拿到手了，黄老爷子很知足了。就在验收的当天夜里，黄老爷子终于挺不住，病倒了，但病得很踏实。

　　没隔几天，孟金元烧船祭祖的日子到了。大宝见老爷子病在耳房里也就不忧啥了。那个祭祖的夜，孟家坟地里摆着那艘大船。孟金元先生披麻戴孝由村里没出五服的家人陪着，去坟地了。黄家人和乡里村里厂里的头头脑脑一个也没露面儿。只有村里一些爱热闹的歇船渔人和蹦蹦跳跳的孩崽子来了。

　　没了过去祭祖的神秘和庄严，人们都像是看乐子。此刻，黄老爷子正躺在小耳房里发烧，烧得要死要活。天黑下来，老人清醒些了，依稀听见窗外街上踢踢踏踏的脚步声和说话声："走，去孟家坟地看看热闹儿，孟家祭祖又烧黄家船啦！"黄老爷子一听就炸了，昔日咂摸不透的一切全进了眼里。

　　狗×的，俺活了这把年纪被骗了，被这个欺师灭祖的杂种骗了，骗得好惨，还有何脸面去见列祖列宗？黄老爷子这一怒，似乎神神怪怪地凝了最后一口真气，诈尸般挺起身来，从门后抄一把木匠斧，五迷三道扑扑跌跌地奔孟家坟去了。

　　天好阴，风跟着，雷跟着，云跟着。老人走着，忽地泛起一个神气的念想。只要船还没烧，他就有像爹一样的豪气，将船劈碎，或是坐在烈焰里。那么，不仅证实了黄家人代代不息的尊严，也好给村人再留下一个神圣的念想。六十年了，也不过就是春秋之隔，啥事都像梦。苍天有眼，黄老爷子风风火火地赶到孟家坟时，孟家后人还在摆搭仪式，没有烧船呢。

船前只燃着一些香火，周遭儿是墙一样的人脸。黄老爷子抡着大斧，闯了进去，闷雷似的吼一声："姓孟的，俺与你们势不两立。这船俺劈了当柴烧也不卖你！"然后老人抡圆了板斧，砍在船帮上，砰砰砰砰响着，木片四溅。孟金元惊呆了。黄老爷子头昂着，嘴大张，再也喊不出话来，喉咙里有一团火球样的东西喷了出来，腥腥的，是血。周围的人惊讶了一下，哄地笑了。人们当小丑一样打量他了。"这老爷子，准是疯啦！""钱也赚啦，还较啥劲儿呢？"

有个小伙子紧紧抱住黄老爷子，夺下他手里的板斧，生拉硬拽地将老人拖出来。黄老爷子又骂开了："没血性的东西，你们的良心呢？"他那个神圣的念想全打灭了。黄老爷子发现散在四方、远远近近向他射来的那些轻视鄙夷的目光。他怎能容得村人像盯怪物一样地盯他呢？他是一代大船师啊！他在村人的嘲笑声里天旋地转了。老人的精气神儿像叫这阵势给吸得精光，"呕"出一口浓浓的血痰，塌坝一样地垮倒了。那小伙子将昏迷不醒的老人背走了。

之后，大船点燃了。

夜深人静，黄大宝十分孝顺地守着老人。医生走后，黄老爷子撩开沉沉的眼皮子，双目无光，却仍在心里大骂这个杂种。过了好一会儿，老人像是睡着了。大宝看老爷子的脸，号号脉。觉着没啥事儿，就往炕上一偎，迷迷糊糊地睡着了。

等他睁眼醒来，看见爹的床上空空的，没了人影儿。他慌了，慌慌张张地提着桅灯，满院子寻来找去也不见人。大宝脸相苦苦的，"吭吭"地说："爹会不会去爷的坟上？"于是，他急匆匆地往海滩赶，借着灯亮儿，发现滩上远远近近叠着一串身坯印子，心里阵阵发寒。一低头寻到了那条黑腻腻的红腰带，不由得惊颤了："爹在呢！爹呀——你老咋想不开呢？"说着，眼眶子就湿了。大宝感到不妙，惝惝地凑过来。抓过红腰带，眼眶一抖，愧疚的泪眼凝睇海滩，款款朝古老脉线的源头走来，就到造船的那片场子了，他蓦地看见灯影里有一条歪歪扭扭的拖痕，心都提到喉咙口了。又寻十几步远，他看见滩上黑黑地耸立一团黑影子。那是爹，是爹哩。"爹，爹——"他凄凄地喊着。

　　黄老爷子面朝远处的老坟，静静地斜跪着，双眼墨线一样叠合在一起，抬头纹开了，脸都起灰了，嘴里流着一线哈喇子。他的双手死死抠入泥滩，老人膝前烧掉半截儿的毡帽头，被海风打灭了，疏疏地冒着黑烟子。大宝轻轻一碰老爹，老人就"噗"一声倒下了。浑如鱼目的眼睛大睁着直视苍天。大宝跪下去，抱住冰凉僵硬的老人，哭了。后半夜，大雨如注。

　　黄老爷子的葬礼极为简单。他的死并没有像父亲那样甩下一道海脉，也没有赚走村人多少泪水，唯一留下来的是一声沉沉的无可奈何的叹息。这是老人家生前所没有想到的。

　　明天黄大宝和马乡长要跟随孟金元先生去香港考察。孟先生叹服黄大宝的胆识。所以不仅向拆船厂投了资，而且还要在雪莲湾建一个生产火碱的大型三资企业。黄大宝和马乡长这次赴香港就是考察学习制碱工业。爹的死，使黄大宝心里好一阵难受，觉得对不住老爹，可新生活的刺激又使他处于一种亢奋状态。

　　第二天，他们默默地钻进轿车，走了。红红的轿车在弯弯曲曲的乡道上背离大海而去。黄大宝慢慢扭回头，只见村口的天景极为壮丽。他忽然觉得小轿车驶上脉道了。脉道看似很短，又很长很长，长得没有尽头，就像日子一样……

滹沱喇叭

冬天啦，毕竟这季节，滹沱河净刮北风。

北风拍打着太行山人平平淡淡的日子，风紧，却不见一叠浪响。这个季节，是滹沱河人吹喇叭的时刻。老薛在村头遛弯儿，看见耿老亮提着喇叭，晃晃悠悠走出来，分明像一醉汉。老薛听见山民轻轻低唤了声，老亮哥，吹喇叭呀？耿老亮得意地一笑，吹喇叭，这日子真他娘的憋屈，吹一阵滹沱喇叭辟辟邪。他走了，身后还跟着一批凑热闹的山民。

老薛叹息了一声，独自往家里走，他爱听滹沱喇叭，但是，他又不好意思去听。他跟耿老亮有过"过节"。老薛当乡长的时候，耿老亮有事情求他，他没有办，算是给耿老亮的面子撅了。老薛知道，偎冬的山民躲在屋里喝酒打牌，看女人在灯下哧哧地拉麻线花糕。更有聚群儿的山民在老河口的理发铺谈天说地。他在自家门前，停了一阵，隐隐约约听见清脆的滹沱喇叭声。

老薛知道，薛家与耿家祖上有过一段"过命"交情。滹沱河畔的五家坡耿家唢呐也叫"滹沱喇叭"。在山城县，耿家唢呐是有名的。他们吹出来的调调儿悠悠扬扬，像春天里房檐下掉的雨丝线线儿；嘹亮得像百鸟一起在蓝天上啼叫，全山城县的唢呐手都吹不出这动静来。这种从阿拉伯传入的乐器，形状像篱笆上盛开的喇叭花。耿家的"滹沱喇叭"杆儿用的是滹沱枣木，红亮亮的，像太行山农民的肤色。薛家的喇叭七个音孔，背后多出一个圆洞，被行家称为"滹沱八孔"。那碗状的扩音喇叭，是铜的，灿灿耀眼。哨子的簧片，不是金箔，也不是竹皮儿，而是取自滹沱河特有的芦苇——细纹儿芦——做成的"咪儿"，像画眉的巧嘴巴，吹起来发出水音儿。逢集市庙会，这里都有各色各样的玩具唢呐。滹沱河流域有一句歇后语："背着喇叭赶集——找事儿！"民间的事儿，无非红白两种：婚媳妇和治丧葬。说来也怪，五家坡人以喇叭的音调区别，作为红事和白事的代指："嘀嘀嗒嗒！"自是喜乐；如果吹出"呜呜啦啦！"自然就是哭号发丧的声调。一九三九年十月，日寇企图从山西黄河东岸西渡黄河进攻陕甘宁边区，一场保卫延安保卫党中央的严酷战斗即将拉开帷幕。老薛的爷爷薛长根和耿家贵都是八路军。这年秋天，晚庄稼还没收，青纱帐显得很幽深。为战而战，战火的烽烟，燃起了闹春的枝头。可是，狡猾的敌人却一直没有露面。

眨眼进了初冬，黄河两岸的草木全都在寒风中瑟瑟抖动。枯黄树叶不时从树冠上飘落下来，像蝴蝶翩翩起舞。黄河依旧不屈地咆哮着，怒吼着，奔腾着。薛家铺子坐落在低洼处，避风却不避雨，几场绵绵秋雨尽落，老老少少就都蜷缩进窑洞，准备挨冬了。这是个神秘的季节，这个季节里什么都可能发生。

这天早上，薛长根出村接哨，刚走到村头，就见营部通讯员策马奔来，他心头一紧，知道来了紧急情报。小罗认识耿家贵，朝他喊了一句："鬼子来了！"便奔着连部猛跑。连长报告给陈团长，陈团长让号手吹集合号。偏偏赶上号手拉肚子，喊了半天不见人，耿家贵掏出身上的唢呐，代替军号，吹了起来，不到五分钟，战士们纷纷集合起来。这个机会让耿家贵露了脸，都知道他是滹沱喇叭世家。

为了摸清鬼子的底细，陈宗尧团长决定派出侦察员深入敌营掌握确切的第一手情报。他把任务交给了三营，任营长交给了八连，周连长交给了三排，张排长交给了耿家贵这个班。耿家贵决定和薛长根到鬼子占领区瑞平镇"山羊"交通站接头，获取鬼子有关渡河的情报。天亮的时候，耿家贵和薛长根跟着一拨卖菜的商贩来到了城门口。几个日本兵和伪军端着上了刺刀的步枪，吹胡子瞪眼睛地严格盘查每一个过往行人。他俩正寻思着咋混进城去，身后不远处来了一帮人，手里拿着锣鼓家伙，一看就是群吹鼓手。薛长根眼睛盯视着敌人，悄声对家贵说："哥，咱俩的家伙事儿该派上用场了吧？"家贵点点头，从怀里掏出唢呐，说："走，跟上那帮人进城。"他们等那帮人从跟前过去了，悄悄尾随上去。进了城，两人与这拨吹鼓手分手后，开始寻找交通站站址。由于是敌占区，大街小巷里到处充斥着残暴与凶险。不时有日伪军耀武扬威地横冲直撞，随便欺辱老百姓。有便衣特务看谁不顺眼，任意抓捕所谓的抗日分子。所以说，街上行人并不多，冷冷清清的。

"敌占区的乡亲们可是吃苦了，狗 × 的日本鬼子……"薛长根压低嗓音骂道。

耿家贵悄声制止道："嘘，别说话。"

迎面走过来一个年轻女子，细眉细眼的，穿着比较入时，她的胳膊上挎着一个白色皮包，皮包口露出一条香烟，香烟是蓝色包装。耿家贵眼睛亮了一下，这不是山羊交通站的联络暗号吗？难道这个女子就是这个站的交通员？薛长根也注意到了这个女子，耿家贵一样没有动声色。

那个女子若无其事地与他们擦肩而过。

在走过去的一瞬间，耿家贵听见女子说了三句话："我们抽旱烟，你是买洋铁壶的吗？跟我走。"薛长根说他没听见。耿家贵看着女子背影说："我真听见了。"薛长根问："咋办？"家贵说："你说呢？"长根说："你是班长，我听你的。"家贵想了想说："先去交通站看看再说。"两人继续向交通站走去。他们咋也没想到，这个时候，山羊交通站已经遭到了敌人的监视。坏了，难道有人叛变泄密了？

水波街 23 号，山羊交通站站址。门口西侧有一个修鞋摊，东边有一家宏利当铺，就是这里。这一条街是一条繁华街，生意商铺不少，行人大多是身穿和服的日本人。耿家贵与薛长根站定门前，稍作观察，耿家贵让薛长根进站，他在门外做接应。薛长根从踏进院门的那一刻起，心里头就有了一种不祥的感觉。他的脚步开始有些犹豫，警惕地攥紧了怀里的唢呐。他扫视了一下院子里的环境，院子不大，正方形的，左右各有一间耳房。正中间是一溜平房，一共是五间。院子里静悄悄的，没有一个人。

薛长根朝中间那间房走去。"有人吗，请问有卖洋铁壶的吗？"薛长根开始说暗语。

屋子里响起一阵稀里哗啦的响动，接着是呜呜的声响，像是从被子底下发出来的。情况异常，长根转身就跑，但已经迟了，屋门哐当一声打开了，冲出来几个日本宪兵，薛长根未来得及反抗就被按倒在地上，来了个五花大绑。紧接着，薛长根看见，他要接头的黄翠兰大娘被日本宪兵推搡了出来，她的嘴巴被毛巾堵着，额头上流着鲜血，同样也是五花大绑。他想到了门外的耿家贵，故意高声叫喊道："你们干啥，我买洋铁壶，我是大大的良民啊！"一个身材胖胖的鬼子上前就抽了他几个大嘴巴，嘴里还骂着："八格牙路,八格牙路……"

薛长根忍住疼痛依旧高声叫骂着，被两个日本兵捂住了嘴巴押出了院子。

耿家贵刚才听到了薛长根的呼叫，一闪身，进入人群中，暗中焦急万分地盯着薛长根和黄大娘。他真的后悔了刚才没有理会那个女子，后悔也晚了，现在唯一要做的就是尽快采取补救措施。他装作没事人一样，上了一辆人力车，悄悄尾随在鬼子宪兵后边，一直跟到了街头，迎面来了一支队伍，他仔细一看，真是无巧不成书，竟然是那个祝寿的队伍。两支队伍面对面而行，祝寿队伍慌忙给日本人让路，看热闹的群众见到凶神恶煞一样的鬼子，吓得六神无主，像河水般乱退到两边，给鬼子让出了一条道。

奇特的变故，加重了耿家贵的恐惧，甚至连他这样有意志的人，情绪上都起了波动。耿家贵一时慌了手脚，稍微稳定下来，趁机混进了祝寿队伍。他掏出自己的唢呐跟着两个鼓手吹起来。两个鼓手见不认识他，要赶他走。耿家贵笑笑，不说话，只是狠狠地吹喇叭。鼓乐队与鬼子队伍擦肩而过，小鬼子鼻子下边的仁丹胡子看得清清楚楚的了。耿家贵还看见薛长根大义凛然昂首挺胸地走着，他趁着鬼子没人注意他，将手里的唢呐对着长根身边的两个鬼子轻轻一抖，"嗖嗖"两声，两个暗器从唢呐里飞射而出，两个鬼子应声倒地，口吐鲜血见了阎王。薛长根这才知道耿家潭沱喇叭里有暗器。鬼子兵见死了同伴，野兽般吼叫着朝群众就开了枪。人们慌忙奔逃，人群大乱，耿家贵拽住薛长根的胳膊撒腿就跑，边跑边割断了他身上的绳索，转身又割断了黄大娘身上的绳索。三个人一起疯跑起来。

鬼子发现了他们，呜哇呜哇怪叫着追赶了上来，黄大娘拉着他们的胳膊下了河堤，钻进了河边的一个隐秘的窑洞里。鬼子追下来，以为他们浮水逃走了，不停地朝黄河里打枪，打了一阵，见没啥动静，气急败坏地走了。

薛长根伤愈归队，与耿家贵结拜为生死兄弟。有耿家贵的呵护，薛长根是该扬眉吐气伸展一下腰腿的时候了……

耿老亮的职业是理发，开着理发铺。理发店的布幌子鼓满了，猎猎有声。一条黄狗冲着幌子叫了两声，颠颠儿地顺着干枯的河道跑了。这条狗是被老薛的咳嗽声吓跑的。老薛站在理发铺门口的蛤蜊皮堆上，看看狗狂奔的影子是歪斜的。这些日子，老薛从乡政府退休回村觉得是害了眼病，为啥看村巷和村人都是歪斜的呢？他不时地揉揉眼睛骂，这球眼！然后就忆起当乡长时的种种风光，陈年旧事便翻出新的花样儿来了。老薛带着行李回乡是悄悄进村的，并没怎样声张，可村里的人早就知道他退了。他躲在家里看闲书从不愿出门走动。他是从山民当的村支书，后来一步一步熬到乡长的，这块地埝儿地皮早踩熟了。就是不愿出门。这种颇为难堪的尴尬局面，对于老薛是始料不及的。

老伴儿见老薛萎靡不振的样子很着急，怕他憋出病来，就说，你不是爱听耿家的滹沱喇叭吗，去外边听一听，散散心吧。老薛不哼也不争，冷着脸子，直愣愣地不吭声。老伴儿又说，退休咋了，又不是当贼啦。老薛依旧不语地抵挡，挡她，也挡自己的心。老薛自有老薛的想法，自己走在街上碰着乡人总是很难办的。人家对他热情了，他心里不安。这光景的热情也是装出来的。人家对他冷淡，他更难受。任外面北风吹拂，他守着家人过冬。这心态调整一冬，明年开春儿兴许就会好起来。老伴儿见老薛头发长得像鸡窝，就催他去村口理发铺找耿师傅老亮理发。

即便有"过节"，老薛有歉意，但是耿老亮对老薛一直很好。老薛当乡长的时候，耿老亮有空儿时就去乡政府为他理发，还给他吹滹沱喇叭。有一天，老薛还是乡长，有一家老板求他办事，给他塞了二十万块钱。神不知，鬼不觉，你不说，我不讲，可是，怎么让耿老亮知道了？耿老亮给他理发，理完了，吹了一通滹沱喇叭，吹得老薛胆战心惊。耿老亮说："莫伸手，伸手必被捉！想想咱们的爷爷，他们是咋活的？"老薛一惊，脸白了，眼直了："是的，是的！"但是，他心中一直嘀咕，这耿老亮能掐会算吗？后来，一打听，是耿老亮的喇叭发现的。这几天，耿老亮的喇叭传递一种感觉，让他冒汗了。老薛立马将赃款退给了老板，老板不收，老薛火了："你不收我就交纪委啦！"老板把钱收回了。老薛感激耿老亮，还多了一分恐惧。当年，这滹沱喇叭救过他爷爷的命，今天还警示着他的后人。神喇叭呀！耿老亮不光会吹喇叭，理发的许多绝活儿令老薛赞不绝口。除了刮净面术，他还有"拿晕儿"揉摸的把作，他捏搓后背处的暗穴，人就像飘升入仙境似的。爽身解乏，而且还治病哩。去找耿老亮理发？老薛慢慢将心静住，眼睛就亮了起来。找耿老亮理发是会上瘾的。他觉得自己冥冥中向往的也许就是那个地方。而耿老亮也把给老薛理发视为荣誉和骄傲。那是过去。老薛一直想象耿老亮现在能够怎样待他。老薛站在理发铺门口，远远地瞧着里面乱哄哄的人。这里永远都有说笑声、喇叭声，总是有人扎窝子。老薛喉咙里灌进北风了，一痒就咳了起来。边咳边往铺子里探脑袋。薛乡长来理发吗？过路的村人朝老薛打招呼。老薛支吾说，不，随便走走。几十年了，老薛从没上赶着来到这地方。来了又不敢承认。花钱理发有啥理屈的？老薛自己埋怨自己。于是他就不好意思往理发铺凑了，紧紧围脖儿，往村口的河滩上走了。泥滩冻得硬实，走上去觉得挺踏实。北风刮一阵歇一阵，傍晚时方停了。老薛发现傍晚的河湾呈深灰色，四野灰得不见别的颜色了。盯久了，河湾和船也是歪歪斜斜的。掌灯时分，老薛就悻悻地朝家里走了。

　　老薛回到家里边吸烟边看书。老伴儿过来好一阵埋怨。老薛不回话。吃晚饭时老薛独自喝闷酒。老伴儿盯着老薛乱蓬蓬的头发说，吃完饭俺拿剪子给你剃头。老薛说谁要你动手，跟狗啃似的。老伴儿叹口气说，那俺明天去把耿老亮请到家里喝酒。老薛冷冷的脸就笑了，对对，请请耿老亮。往后谁最有用？耿师傅对俺更有用！说完老薛连喝了几杯酒，红红的酒晕满了脸。

　　第二天上午，让老薛惊喜的是，没等老伴儿去请耿老亮，耿老亮拿着剃头家伙来家里找他了。这时候日头已升起，耿老亮高高的影子在老薛眼前晃来晃去。耿老亮窄窄扁扁的身子像河带鱼，老脸冻缩得像一块风干的老木。耿老亮笑道，薛乡长，愣啥？坐下来理发吧。老薛给他递烟。耿老亮看见老薛头一回给他递烟，竟有些受不住。他连说，别客气，薛乡长！老薛凝视耿老亮良久，然后轻轻叹一口气说，这年头像老耿这样的好人不多啦！耿师傅，别看俺退了，可瘦死的骆驼比马大，有啥事就说话！俺给你跑。耿老亮倒有些露怯了，连连笑着，别客气，真的不客气，往后少不了麻烦薛乡长！理了吧！老薛不急，静静地审视耿老亮。这些年他总是为自己理发，竟完全忽略了老师傅的形象。他在老薛面前是一团淡淡的影子。耿师傅现在出现，使老薛产生了许多联想。耿老亮又催老薛说，理发吧，理完了俺去铺子里开门。老薛坐下来披好脖领说，你铺子里人真多。耿老亮问，你去过铺子？老薛说了说那天的情景。耿老亮心咚咚跳了，老脸突然红了说，都怪俺，咋能让你去铺子里呢？往后，你理发就叫孩子们喊俺一声。耿老亮说着，电推子的嗡嗡声就在老薛头上盘旋。老薛很感动，颤了声音说，耿师傅，你心意俺领了。不过，日子长了这样不行，俺这会儿是平头百姓，这样做不好！耿老亮笑嘻嘻地说，你退与不退一个样，你这官当得让俺服气，俺们自愿这么做，谁管得着吗？这是咱老哥俩的缘分。老薛扭头再瞅瞅耿老亮。他脖子歪着，瞅人的脑袋倒挺正的。他忽然觉得耿老亮的笑里藏着东西。耿老亮会说话了，耿老亮会做人了。老薛退休之初，确实碰着很多能说会道的聪明人。其实他们心里不这样想嘴偏往甜里说，实实在在打动了他，随后就有求于他了。事儿办妥了就不会再理他了。乡镇干部群儿里这样的人不少。老薛研究了一辈子人啥没见识过？连过去是闷葫芦的耿老亮也学会了。世道练人。不过，耿老亮这种善意的举动，使老薛觉得挺舒服。即使耿老亮张嘴求他，他都会认真去做的。老薛意味深长地说，耿师傅哇，咱两家过去有过"过命"交情，咱老哥俩儿还是好兄弟。过去我当权的时候，我都没给你办成啥事，这阵还有点余热，有啥事求俺办，就明说吧。耿老亮呵呵笑着泪眼凝噎，眨出一片水雾来了，连说，那是那是。

老薛总觉得老师傅笑得不真实，总觉得耿老亮有事情求他又难于开口。老薛说，你别跟俺玩虚的，这把年纪的人了，实实在在的嘛！耿老亮又呵呵笑着点头，那是那是。老薛不耐烦地说，说呀！有事儿吗？光说那是那是，那是算啥？耿老亮又附和地笑，那是那是。老薛有些憋屈，就无奈地闭目养神，等老师傅亮出他的推拿绝活儿。耿老亮理发推拿从不看人，全身全心地沉进"把作"里。他缩缩地矮下身，谛听手指按揉骨节的声音。老薛长出一口气，全身心地陶醉过去了。他不睁眼，很想长久地挽住这段时光。老薛身下热乎乎的，北风吹不进来，屋里的土暖炕烧得正旺，他斜躺在靠椅上，躺着躺着就睡着了。等老薛睁眼醒来，发现老伴儿已摆好酒菜快吃午饭了。不见了耿老亮，老薛就急着向老伴儿要人。老伴儿说耿师傅还得理发呢，光守着你人家喝西北风啊？老薛醒醒神儿说，给耿师傅钱了没有？老伴儿为难地说，咋塞他都不要。老薛越发证实自己的判断了，耿老亮有事情求他。老伴儿又说，俺又拿出一条香烟给耿师傅，他还是不要！老薛愣了愣，脑袋像布幌一样悬在半空。末了，他胸有成竹地摇摇手说，甭费神啦，耿老亮肯定有事求俺去办。俺给他办事就是啦。老伴儿问他，啥事哟？老薛摇头，他没好意思说，下回该说啦！别急。老伴儿满脸迷惑困倦地嘟嚷说，耿老亮会有啥事儿呢？老薛也想。

北风的呼哨，搅得老薛常常夜不能寐。睡不着觉的光景，老伴儿也跟着倒霉。他捅醒老伴儿让她帮着自己分析耿老亮的家庭。耿老亮的五口之家，日子过得宽余滋润。儿子儿媳搞一个生产铆钉的家庭工厂。自家有辆双排座汽车往返运货。房子也是新挑盖的，小孙子上学了。耿老亮十分满足，他的理发铺挣不了几个钱儿，儿子几次劝他歇着安度晚年。耿老亮没有答应。老人理了一辈子发。他从理发铺里跟父老乡亲聊天，寻了乐子，也体味着一种安恬的劳动美。山民出河拢岸就到他的理发铺聚群儿。他爱听山民河上的故事，爱嗅他们身上的泥腥气。老薛启发老伴儿怎么也找不出耿老亮求他干什么。老伴说别猜七想八的了，也许耿老亮不求你做啥。老薛总是想着自己那套，执意认为耿老亮的笑面里藏着东西。老伴儿说睡觉吧，耿老亮啥时张嘴就啥时办。老薛连翻几个身才睡着了。

老薛高血压病范了，耿老亮十分焦急。

耿老亮放下了手里的理发活儿，提着溏沱喇叭过来了。天一冷耿老亮的喘气就不太顺畅，喉咙里呼唤着："老薛啊，我知道你病了，给你吹喇叭祈福吧！"老薛一听，眼泪就落下来了。耿老亮拿出一捆削好的竹签，有的长，有的短，有的尖，有的圆，一小捆儿一小捆儿用皮筋扎起来。耿老亮递给老薛竹签说："这是喇叭曲目，你抽，抽哪个，我就给你吹哪个！"老薛紧紧攥住耿老亮的手："谢谢你，我爱听《百鸟朝凤》。"耿老亮就摇头晃脑地吹了起来，老薛听得着迷。病慢慢好了。

耿老亮要走了，老薛让老婆给带上两瓶剑南春酒。耿老亮死活不拿，嘿嘿笑着走了。耿老亮走后，老薛就跟老婆分析了："你说，这耿老亮为啥对我这么好？"老伴儿说："他是不是有事求你？"老薛点点头说："恐怕是，他不好意思说出口。我赶紧问问他，要不咱也不落忍啊！"

第二天，老薛到耿老亮的理发店逼他快把求自己办的事说出来。耿老亮感觉不舒服，没想到自己的行动会招来老薛那么多的猜想。他心里烦，脸上还是笑着说，那是那是。老薛没法戳破耿老亮的花招儿，就生气地说：你别那是那是的，你小瞧俺啦！耿老亮笑说，看你说着说着又离谱了，俺看你是小瞧俺啦！老薛扯下白围巾，拿手摁住耿老亮的推子说，你还不实在，不说，俺就不让你理发啦！耿老亮弄得哭笑不得，摇头叹息，唉，真是的，俺说，你让俺理完发，喝上口茶，一门心思地跟你说。老薛就松开手静待耿师傅理发。耿老亮小曲一哼就解他心宽了。理完发也推拿完毕，耿老亮背起剃头箱子斜斜歪歪地走了。老薛站起身喊他拽他，他只是憨憨一笑，扭身走了。耿老亮到门口碰上买菜回来的老薛的老伴儿问，咱薛乡长有病了吧？老薛老伴儿摇头说没有哇。没有就好，没有就好！耿老亮念叨着走到村巷里去，丢下一串脚窝子。老薛望着耿老亮的背影愣神，很沉地叹了口气。他觉得耿老亮越不开口事情难度就越大。然后，老薛吩咐老伴儿去耿老亮家里打探一下，耿老亮家里有啥当紧的事情求他。俗话说人走茶凉，他离岗才几个月，趁茶杯还存点余温，有些事还是能办妥的。老薛十分自信地想。老伴儿是吃罢午饭后去耿老亮家里的。在那里，老伴儿没见到耿老亮，而旁敲侧击地做了一番侦察工作。据耿老亮儿媳妇无意透露，耿老亮家里过冬的煤不多了。另外还有一件扎手的事，耿老亮儿子办的家庭工厂陷入困境。厂里做出的铆钉卖给乡家具厂，交了货一年半载收不回钱来。他们找了几次厂长，厂长总是死拖。家具厂厂长叫马会武，是老薛一手提拔起来的。老薛和老伴认真地分析，种种迹象表明，耿老亮求老薛第二件事可能性较大。老薛心里有了底，就急火火地去村口理发铺找耿老亮。路上，他就暗暗叹服耿老亮的手腕够高明。想求人却不张嘴，勾得人乖乖为他跑腿儿。这年月傻人也都练奸了。不过，老薛心里挺兴奋的，替耿老亮办事他心甘情愿。站在理发铺的门口，看见里面乱哄哄的人，老薛情不自禁地站住了。雪住了，天气冷得厉害，他脚下的雪堆被人踩成黑泥了。他又不想进去了，当着那么多村人，他上赶着跟耿老亮套近乎，多少有些丢身份。过去他毕竟是很有威严的一乡之长呢。另外他要把事情偷偷办了，给耿老亮一个惊喜不更好吗？这么思思索索地转悠着，老薛掐灭手里的烟头，扭身往回走了。雪地里留下了人们行走的足印。村巷的苦楝树旁堆着很大的雪人。雪人看着和善慈祥，可老薛却觉得雪人也生了心眼儿。看着看着，他又觉得雪人很像耿老亮。憨人自有憨福气。

雪融得很慢，北风劲吹。

年根儿底下是管闲事的季节。过去在位的时候，老薛这阵儿最忙。去村里厂矿协调关系，准备年货，给上级报表，去敬老院看望老人们等等。当时他就想退下来，一定在年根儿时候好好歇着，眼下没有人给他派任务，他也照样沉不住气。这天很早的时候他就去家具厂找马厂长去了。远远地他就看见披雪的船垛了。家具厂很冷清，几只河鸟在雪上觅食。在厂门口，老薛见到门卫老康，老康说家具厂的船卖出去收不回钱来，被迫停产放假了。工人们也有半年没发工资了。老薛心里不禁打了一个寒噤。老薛知道时下三角债很厉害的，但想象不到闹到停工的地步。没有见到马厂长，老薛就蔫蔫地退回来了。走到河口，老薛远远地看见耿老亮的理发铺了，红红的布幌儿被风摇得直响。他又站住了。耿老亮的脸面在他眼前晃荡。想想耿老亮，老薛又有些不甘心了，转了身，顺着老河道朝马厂长家里走去了。恰巧马厂长正躲在家中与一伙人打麻将。见老乡长来了，就紧着找老婆替他，陪老薛到另一屋里说话。老薛不紧不慢地说，无事不登腊月门，今天俺问你一件事，俺村的理发师耿老亮知道吧？马厂长点头，有啥事你就直说。老薛说了说耿老亮的家庭铆钉厂。马厂长很快就明白了，是耿家托老乡长索账来了。老薛发现马厂长的脸色一时变得很难看，就说，来痛快的，办不办？人家小门小户可禁不起浪颠雨打的。该过年了，也该兑现欠款啦！年根儿了堵门要钱的太多啦。俺呢，也疯啦，死猪不怕开水烫。兵来兵挡将来将挡，就是一条，姑娘穿娘鞋——钱紧！

老薛寒了脸像判官一样审视他，家具厂的报表俺看过，也不亏损呀！而且你们是出席县里的先进呀？马厂长眨巴着眼，脖子直了半晌，最后笑了说，老乡长是真不知情还是跟俺装啊？这会儿乡里的哪个企业不是虚报呢？报产值算上库存，闭着眼再码个数。越亏损越他妈硬气。老薛憋了半晌不说话，听马厂长一席话，仿佛就一懂百懂了。过去乡里经他手往县里报表，虚话连篇自然有，但没想到手下的经济实体也整天哄乡里的头儿。马厂长说，老乡长在位时，俺们没好直接捅透啦，怕您老工作没信心。老薛瞪马厂长一眼说，那时俺都撤了你们！马厂长又笑说，你还没入流呢！越亏损你越没法撤，撤了俺们谁愿接这笔债？谁愿坐这根大蜡？再说这空头厂俺们真干够啦！回家自己开一号，那有多滋润？到时俺聘老乡长给俺当顾问。老薛的心思跟这儿不搭界，眼却早花了。越听越气，竭力将肚里的火压回去说，别跟俺胡扯乱拉的啦！俺不在其位不谋其政，不管咋难，欠耿老亮家的这笔钱，年前就堵上。你有啥难处，由俺去乡里直接说。马厂长呼哧喘气，嘿嘿笑着，不回嘴，一时竟忠厚起来，支吾说，按理儿俺不该跟你出难题，可俺实在没招子啦！乡里为烟台定做了两艘机帆船，是经现在赵乡长的手，钱欠着呢。听说乡里要回了 8 万块，但也没给厂里，说过完年再说啦，年前乡里往县里上供用钱，这你老还不知道？你要是能要回一些，就先堵耿老亮这笔款！咋样？在乡里，还是您老面子大呢。老薛想了想说，那就这么说定，你小子要变了卦，别怪俺整你！马厂长说那是。老薛喜欢这样一还一报的交际方式。你求俺，俺求你，老薛习惯了。像耿老亮那样豆干饭闷着实在让他难以适应。

老薛走后，就回到家里跟老伴儿合计了一番。

晚上他就马不停蹄地跑开了，先是找到新上任的赵乡长，又找了乡里第一把手金书记。金书记和赵乡长对老薛十分客气，毕竟是老领导了嘛。其实，在老薛找他们之前，马厂长的电话已经打过来了。他们分析是老薛在耿老亮家庭工厂里入了股的，所以对老薛的意见不可忽视。但老薛主动搜寻卖家具事件，赵乡长和金书记心里着实不悦，因为他们在里边都拿了好处了。他们甚至疑心老薛抓到了什么把柄，退下来不甘心而犯了红眼病。他们心虚，客客气气地说了说乡里的经济困境。这大半年形势急转直下，乡政府也该放长假了。老薛被马厂长一竿子支到乡里，大腊月跟着他们发愁讨没趣儿。他心凉了，后背处冒起北风。他发觉牵扯到经济，幕后的勾当多着呢。别让他们认为他背后挑刺找事儿，就将他与耿老亮的关系着实解释了一番。说白了，不就理理发还个情儿吗，还犯得着这么折腾？他们怀疑老薛不安分了。老薛越解释他们就越疑心他了。老薛无官一身轻，故意糊涂着，只死盯家具厂这笔钱。赵乡长和金书记说研究研究，就将老薛打发回来了。老薛感觉自己捅了马蜂窝了，不过他不怕。可是有怕的，送走了老薛，赵乡长就将马厂长叫到乡政府，狠狠地训了他一顿。马厂长不知道赵乡长为何这样怕，他说俺本想糊弄糊弄老乡长的，退休的人了，别惹！赵乡长骂马厂长肚里装着小九九，关于耿老亮的款别指望乡里，挖窟窿打洞自己想辙去！马厂长被赵乡长骂蔫了，忙点头应承，再争执就肯定殃及全身了。马厂长一走，赵乡长就捎信给老薛，说马厂长答应给办了，盯紧马厂长即可。老薛得到回话很高兴，晚上独自举杯喝了几盅。边喝边骂耿老亮有福气。老伴儿问他，他憨笑不语，人间苦乐唯有自己细品了。他告诉老伴儿说，让耿老亮他儿子直接找马厂长拿钱吧。

　　第二天，老伴很早起来做花糕。她说等花糕蒸熟了给耿师傅送一些。老薛心里喜，哼着皮影小调儿看老伴儿做花糕。人活着就是图享福的，啥算享福呢？退下来的老薛对享福的理解往往使自己吃惊了。老伴儿专心做花糕。滹沱河的腊月二十五，家家喜欢吃花糕。老薛的老伴儿在村里做花糕是有名的，好多人家求她帮着做，或跟她家要一些。她想着早上做完花糕，下午像喜神一样串串门子，帮街邻四坊做花糕。花糕是用发酵后的白面和红枣做成的。圆形花糕主体上，用面捏成一棵生命树，树的一头是龙一头是凤。龙凤的四周还要拿面捏一些小小的吉祥物。如百合和葫芦等。老伴儿在给耿师傅做的花糕上捏制了一些桃、佛手、月季和鱼之类的小玩意儿，表示祝愿耿老亮长寿安康的意思。老薛这几年从没来家里吃花糕，更没细心瞧过。眼下他看着，感到少有的新鲜。灶膛旁加火，显得老薛气色很好。火亮的时候，老薛仿佛看见了耿老亮的脸，还有很多别人的脸。火光一灭这些脸就都不见了。花糕蒸熟的时候，老薛催老伴儿立马给耿老亮送去，顺便把喜讯告诉他。他想象耿老亮高兴的样子让他怎么也忘不了。老伴儿将热乎乎的花糕放进篮子里，颠着大脚片子走了。老薛望着老伴的背影，叮嘱说快回来。他会觉得时间太漫长了，有些让人熬不住。老薛的心情愉悦，绝对想象不到老伴儿见到耿老亮的情形是很吓人的。老伴儿赶到耿老亮家的情形是很吓人的。老伴儿赶到耿老亮家门口，正巧赶上耿老亮一家子打架。耿老亮儿子儿媳瞪着眼骂爹了，连耿老亮老伴儿也是向着儿媳儿子。

耿老亮委屈，火气十足地打了儿子两巴掌。老薛老伴儿掩着花糕被尴尬地堵在门口，当她弄清原因的时候，耿老亮从她身边而过，气哼哼地瞪她一眼说，求求你啦，求求你们饶了俺成不？俺造哪辈子孽哟！然后跺跺脚蹶跶蹶跶地走了。

　　老薛的老伴当下腿一软，花糕就从她手里滑落，骨碌碌滚到地上去了。耿老亮老伴儿说，耿老亮求你们老薛整治乡里家具厂的马厂长，马厂长动怒了，不仅欠款兑现不了，而且明年的货也不进啦！气得儿子儿媳跟老头子闹。他理他的发家里事瞎掺和啥？老薛老伴儿心里不免有几分怏怏的了，十分憋气地往家里走。路过村巷苦楝树时，还听人家议论说老薛在耿老亮家里的厂里入了股儿。这都哪儿跟哪儿呢？一进家门，她就跟老薛一说，老薛就被气糊涂了。负疚的沉重叫他喘不过气来。老伴儿嘤嘤地哭泣起来，咱不找他理发了。理个头发还把命搭进去？老薛中了邪似的直着眼，猛地咳嗽起来。老伴儿跟老薛说句话，他仿佛没听见。过一会儿她又说，他还是仿佛没听见，依旧默默地伤感着。正是晌午，北风减弱了，可天阴得居然像是昏暗的傍晚。

　　才下过雪，村巷里积聚着碎银般的雪粉。过去正月就算早春了。老薛感觉到这早春比冬天还要冷一些。仍然是北风。老薛在正月里说话极少，想的事情也很多。从村口走过的时候，老薛最怕见到的是耿老亮理发铺的幌子。布幌子红得刺眼，歪斜的样子悬吊吊的让他不舒服。老薛怕见到耿老亮，像做了贼似的。耿老亮又像往常没事人一样敲门了。老薛正侧卧在炕上吸烟，见到耿老亮就慌了，麻溜儿地下炕对老伴儿说，就说俺出远门啦。然后他打开后门躲在后院。后墙根儿阴得很，冻得他喷嚏连天。耿老亮走后，他乞乞缩缩地颠回屋，隔窗望见耿老亮一晃一晃的身影，心腔一热。耿老亮走了，又朝这边回头三望。老伴儿侧着脸，看见老薛冻红的一只耳朵，心疼地说，你这又何必呢？像老鼠过街似的躲来躲去。老薛没回话，看啥都是歪斜的，仿佛满世界的人心都是黑的。他手掌伸进乱蓬蓬的头发里，痛苦地扭皱着脸相。

　　一个多雾的早晨，老薛骑上一辆自行车独自去了河对岸的下新庄。这村的村口也有一个理发铺子。老薛过去下乡蹲点在这里理过发。他走进理发铺，师傅能认出他来，满口喊他薛乡长。老薛笑笑说，日后就在这理发啦！那师傅问，俺是耿师傅的徒弟，耿师傅活儿好哩！老薛板紧了脸说，别拿鸡毛当令箭，理发吧！那师傅愣起眼开始理发。老薛脸朝南窗坐着，后对着北门是河口，理发铺的门掉了，北风吹进来的时候，老薛不禁打个寒噤。这个有雾的上午，将留给老薛永久的记忆。老薛从椅子上站起来的时候，突然发现脖子歪斜了，怎么摇也直不起来，他沮丧地承认自己中了邪风了。都是命里该着，老了还出这么个洋相。他骑不了车了，推车走，走到村口时，老薛竟惊异地发现歪着脖子看世界蛮有意思。眼里的景景物物正道了。老薛进了家门，老伴儿就发现他脖子歪了。一连几天请医看病，吃西药扎针灸，一个疗程过去老薛的脖子依旧是歪斜的。老薛脑袋也扯落得别别扭扭，害了大病似的难堪起来。那天耿老亮听说就赶来看老薛，老薛拿怯懦恍惚的眼神儿看他，心里一虚，脑膜下便涌出一溜汗来。耿老亮仔细瞧着老薛的脖子，想笑却没笑，嗓子眼儿痒得很，却哑口无言。耿师傅，是不是风吹斜的？老薛问。

是风，这几年中邪风的人不多啦。耿老亮说。

有啥办法吗？

耿老亮没吭声。

老薛心灰了。

风入骨，病入口。

老薛释然了。

耿老亮说，老乡长，你不该哩。

老薛梗着脖子看他，理亏地眨眼睛。

你说，俺真没想求你做啥。耿老亮说，人为人做事，偏偏为啥要一报还一报呢？当年咱们的爷爷，他们冒死救命，想啥了吗？想报答了吗？没有哇！咱乡间应该都有一颗血疙瘩心，有福同享，有难同当，别的还有啥呢？老乡长，你做官的时候，俺不也这样吗？俺看中你这人好哇！人正啊！

老薛听着眼眶子一抖，唰地落泪了。

耿老亮"啪"一铁砂掌落在老薛的脖颈上。老薛的脖子落一排红手印子。耿老亮扶了扶老薛歪斜的脑袋。他惊诧了。老薛的脑袋依旧歪着，他的铁砂掌不灵验了。以前耿老亮治这类病都是冷不防一掌。一掌下去就会好起来。老薛浑身的肌肉收紧了，苦笑着求他，耿师傅，就再来一掌，俺挺得住。耿老亮十分泄气地瞧着老薛的脖子，看哪儿都是毛病了，也就看不出毛病在哪里了。看久了，脖子不像人的脖子，脸也不像是人的脸了。耿老亮宽宽心说，别急，我再来一把。耿老亮让老薛闭了眼睛，偷偷掏出滹沱喇叭，冲着老薛的耳朵根子一吹，哇的一声，老薛吓得头发都支棱了。他当即一摇脖子，嘿嘿一笑："妈呀，好啦！"耿老亮收了喇叭，悄悄地走了。

高兴是短暂的，忧愁是漫长的，短也罢，长也好，那是随着人的心气变的。烦恼的冬天过去了，温暖的春天来了。毕竟这季节，老薛觉得冬天与春天交接的北风变幻无常，使他的脸显出某种苍老和痛苦。耿老亮告诉他，春捂秋冻不生杂病。每当老薛出门走动时就穿上很厚的衣裳。老薛不再让耿老亮吹喇叭，耿老亮就偷偷躲到树林里吹，老薛隔了老远就偷偷听。滹沱河边的树影浓密起来，也许是它们阻隔了最后的北风，风将耿家喇叭吹走了调儿。北风渐渐萎缩渐化，最后消失或转向了。

老薛在春天的心境中想象来年滹沱喇叭的调子，可惜怎么也没有想出来。

千村月

　　燕山深处的千村，有一个养鹿场，那儿还真有点故事呢。一天夜里，月亮被云彩埋了，天地昏暗，鹿场被野狼攻击了，一只梅花鹿被狼撕碎，肉掉了骨头扔那儿了。鹿场场主老河得到凶信的时候，千村被大雾笼罩了。雾稠得实，偏偏散不去，伸手抓一把雾，手心就黏黏的。老河盘腿坐在炕头上，捏着酒盅，独自喝酒，不时用浑黄的眼眸瞄着窗外。

　　老河后脑勺出了两块秃斑，明晃晃的，像生了两只眼睛。老人精明过头，眼骨窝像两口深潭，连他孙子狗蛋也说不上那两口潭有多深。狗蛋惶惶地跑进屋来报信说，爷爷，咱家鹿场又被狼围击了，梅花鹿丢了一只。老河的脸泛着隐隐青色，眼眶子抖了抖，久久不说话。老人将短粗的枣木烟斗插进烟袋里抠着，装满烟，叼在嘴上，发狠地抽一口，死死闭住两眼，肩胛就有了种被撕裂的感觉。狗蛋刚刚十岁，却未老先衰，邋遢，颓败。这一夜，本来是他看鹿场，贪吃贪睡，狼来了都不知道。狗蛋急了，问，鹿没了，我们咋进城啊？老河瞪了孙子一眼，进城，进城，就知道进城，这千村才是咱的家呀！狗蛋说，这是个狗屁鹿场，再也不是家了。老河被噎住，猛地想起，千村几十户人家都搬走了，有的进了省城，有的进了县城。老河爷孙是最后一户了。春节时候儿子儿媳回来说好了，等鹿卖了，狗蛋就去省城读书了，老河也跟着去，搬家到城里找儿子儿媳去生活了。老河对未来的日子慌得紧。他吭吭了两声，没说话。狗蛋吼，爷爷，您说话呀！老河低头呆坐，依旧没吭，脸像一座山。狗蛋越发没主意了，嗓子快吼裂了。老河爷爷知道孙子进城心切，吼叫、跺脚是在逼他。过了一会儿，起风了，树叶哗啦啦响过来。老河瞪起被酒泡红的眼，目光冰冷、犀利，吼了一句，打狼！他拧屁股下炕，从石墙上摘下双筒猎枪，披上一件黑夹袄，晃晃地扑进雾气里。

爷爷，我还有话说哩！狗蛋乖乖地追了出去。

老河怔住，扭了脸说，有啥事啊？

狗蛋额头急出汗，说，打死了狼，卖了鹿，就去城里呗？

老河说，打了狼就去，如果不敢打狼，你小子到了城里也是稀泥软蛋。你小子到底敢不敢打狼？

狗蛋咬牙吼，敢！

老河憨憨一笑，这还差不离，你要是不敢打狼，去城里也是个吃货！咋活命哩？

狗蛋点点头。

老河走在雾天雾地里，满眼是懒懒漫漫的雾，他鼠灰色的上衣被山雾打湿了。走到鹿场栅门，狗蛋在他身后喊一声，爷爷，你往脚底下瞅。老河爷爷愣了愣，感到脚底踢到了肉乎乎的骨头，地上渗着丝丝血迹。老人缓缓蹲下来，嗅到一种气味，那是很久没闻到的气味，鹿血的腥气。天杀的！老人愤愤地骂了一句，心里被挖掉了一块似的。雾气在他脸上盘盘绕绕，浓浓的，他就不住地咳嗽，咳得他把头低下去了，老眼里就有两行晶亮的东西爬出来。

过了一会儿，老河吩咐狗蛋从场房里找来铁锹，然后爷孙俩顶着大雾将鹿皮、骨头埋在山岗子上了。

千村是个空村，到处都静静的。今晚没有月亮，春夜山梁缓慢而忧郁。远处水库点燃了篝火，老河爷爷和狗蛋愣了许久，火的集会渐渐散去，他对着黑幽幽的大山忧伤地叹了口气。沉默中，他们听见了呦呦鹿鸣，很远的地方有风和狼的跑动声，老河爷爷扭头往回走，狗蛋蔫蔫地跟着。狗蛋眼下没了主意，他想从爷爷那里讨个主意。爷爷又黑着脸不说话，他想给城里的爹娘打电话，可是，村里没有信号，破手机该成废铁了。老河他们走进鹿场，雾仍没散去，鹿群在雾气里疯狂地奔跑着，不时回头朝有响动的地方张望。望后，依旧叽叽噜噜地奔跑。老河有些诧异。老河嘴里狠狠地吹起口哨，口哨像游丝一样被鹿蹄声吞掉了。

狗娘养的！老子的口哨都不灵验啦？老河眼睛里的火焰熄灭了，悻悻地骂了一句。

这天早上有雾，天一截比一截亮，河水纹丝不动。狗蛋有些迷惑，一双小米黄眼在雾天里时隐时现地转动。鹿蹄声很响，一阵阵声浪卷来卷去。他忽然明白，鹿是被狼群吓惊了。他对鹿群的奔跑并不陌生，鹿场经常被狼惊扰，狼吃鹿叼羊的事也是常见。他缩缩地矮着身，谛听鹿群奔跑的声音，感觉山梁的影子慢慢向北倾斜。

狗蛋，打起精神来，跟俺打狼！老河吼着。

狗蛋并不说话，眼睛盯着山顶。

没耳性的东西，走哇！老河又吼。

狗蛋抬起左手，一指鹿群说，爷爷，你听，鹿跑动的声音多好听！

老河爷爷骂，你小子疯啦？不怕阎王吊磨眼？多好的鹿，说丢就丢啦！你狗 × 的是听声儿，还是办鹿场？美得你不腰疼！

狗蛋被噎住，神态窘窘的。他屏了气细想，觉得自己真的很失败。昨天晚上，爷爷让他看鹿场的，爷爷答应过他的，这群鹿养大卖了钱，就卷铺盖进城了。

老河爷爷边走边嘟囔，唉，造孽，造孽啊！

狗蛋后脚跟紧了爷爷，他不明白爷爷这句是骂狼还是骂他。他瞅见爷爷怪模怪样地走路，圈子腿弯弯的，裆里能溜狗。老河爷爷倒提着猎枪，两眼寻着山路上狼的踪迹。雾渐渐淡下，狼的踪影也丢了。他们几乎无法辨别山路上是狼的蹄印还是鹿的拖痕。又走了一阵儿，老河摁住狗蛋，伏在山岩上的草丛里不动了，等待狼的出现。

没有声息，山风款款拂动。

日头升起来，天暖融融的，雾散了，露水消失了。老河朝着山的深处张望，眉心拧出肉疙瘩。他的情绪十分低落，微笑也很勉强。他感觉狼在暗处鬼笑，捉弄他，羞辱他。这一带谁人不晓老河爷爷？他是千村一带响当当的猎人，才敢在山根儿办起鹿场的。当年，老河打狼从不找帮手，他黑洞洞的枪口仿佛能穿透树林，狼就没了藏身地，连狼的气息都闻得到。当年，老河瞧见过狼撕咬小鹿的情景，狼先咬断鹿的脖子，然后狠狠扯开美丽的鹿皮，鹿血洇湿了黄土和山草。鹿被咬后的嘶鸣像猫，声音微弱，却使老河整个心颤动起来。从此，老河知道，狼不仅吃羊，还吃鹿，没有打狼的本事咋敢开鹿场？老河找不到狼群，心里蓄满了恶气。他干瘦的喉咙动了动，很费力地咽了一口唾沫。他发现孙子狗蛋伏在山梁上吸烟。这杂种忘得很快，好像自家鹿场什么也没有发生过，一副祥和悠闲的神态。

老河疑心狗蛋谎报军情呢。老河歪着鼻子，没好气地骂，你看见是狼吃了咱家的鹿？狗蛋脸上不悦地说，是狼啊，村里连个人影都没有，难道是有人朝鹿下毒手吗？老河爷爷脸上冒出火气，把手生硬地一甩，骂，那你小子跑这儿荡啥野魂？跟俺到山野追截狼群。狗蛋歪歪鼻子，做出一副怪模样。他不看爷爷，不看山，不看林子，只是看天，看一些虚幻高远的东西。过了一会儿，他说，爷爷，你跟狼打了几十年的交道了，咋还这么糊涂？这几天，狼肯定不敢露头啦。老河爷爷脑袋耷拉下来，眼睛把山峦固定在酸酸的眼眶里，眼底湿了。

婊子养的！老河骂了一句，完完全全是自嘲。

黄昏了，老河爷孙脚步熟稔地往回走。

到了鹿场，天黑了，月牙缓缓爬上来，爷孙俩不知不觉走散了。狗蛋站在鹿场门口愣着，听见一阵紧似一阵的脚步声，感觉背后站着人，同时惊闻一股花香。扭头细瞧，是小伙伴暖玉送饭来了。暖玉是邻村瓦岭村的一个女孩，娘死了，爹去城里打工了，跟着兰花奶奶生活。那一年，镇里小学招生，狗蛋和暖玉搭伴上小学，路途太远，每天要走几十里山路，两孩子都逃学了。暖玉比狗蛋大两岁，狗蛋从不管她叫姐姐，暖玉却喜欢狗蛋赖赖的样子。

暖玉，鹿场闹狼啦。狗蛋说。暖玉心里惊了一下，抿起嘴巴问，伤了多少鹿？狗蛋说就一只。暖玉冷冷地看狗蛋，蒙着。狗蛋望见暖玉，这丫头发育起来，大眼睛，小酒窝，胸中挺挺的。他觉得她像一只梅花鹿，她身上的东西丰富而令人玩味。看见她就像守着鹿似的，能够遐想、解乏和养神。暖玉劝他，鹿没就没了，没了再养，人平平安安的就成啊。狗蛋摇了摇脖子嗫嘴说，再养？那我啥时候进城啊？暖玉愣了愣，说，你真要进城啊？狗蛋说，当然，我爹我娘在城里租好了房子，等我上学呢。暖玉垂着头，不吭声了，眼睛慢慢红着。狗蛋知道自己的话，戳着了暖玉的痛处。暖玉奶奶信佛，半夜里还偷偷地跪地念佛。娘活着的时候，跟着暖玉的奶奶念佛，这个苦命女人不念佛倒好，一念佛就念出病来，半年没下炕就死了。暖玉哭红了眼睛，不明白娘为啥糊里糊涂就死了，后来她把娘的死因怪罪在奶奶身上。暖玉觉得奶奶害死了娘，狗蛋却劝说，别瞎想了，你奶奶挺面善的。暖玉瞅瞅狗蛋就不说话了。

　　月亮贼亮，是五颜六色的，还有一个金色的边。月亮刺痛了暖玉的眼睛。暖玉揉揉眼，打开饭盒，狗蛋见是热热的猪蹄，山风一激，表面结了一层白油。狗蛋肚里响了，伸手抓起一只放在嘴里嚼着，嘴里"吱"的滚烫声十分清晰。暖玉瞪了狗蛋一眼，别急，别噎着！狗蛋嘿嘿笑了两声，几下就吃光了。暖玉说，狗蛋，你啥时去城里找你爹娘啊？狗蛋说，把鹿卖了，我和爷爷就走了。你呢？暖玉说，别看我恨奶奶，奶奶活着，我就得陪她。狗蛋说，把你奶奶也带着啊！暖玉说，她不去，我只能等着她死了，再去城里找爸爸了。狗蛋叹息了一声，等你奶奶死了，你就可以去城里读书了。暖玉揣摩着，陷入了茫然。

　　过了一会儿，暖玉问他爷爷为啥还没有回来？狗蛋心上打了个哆嗦。狗蛋说，我得找他了。他让暖玉赶紧回去，暖玉眨眨眼睛，赖着不走，安慰狗蛋一番。狗蛋心里还是悬吊着，擦着油渍渍的手，他朝黑黑的地方张望，吼了两声：爷爷……

　　爷爷没有回音。

　　狗蛋的心沉下去就没个底儿。

　　雾散了许多，鹿群也停止了奔跑。鹿场里浮着淡淡的腐烂气味。夜风吹来，吹来一股血腥气味。狗蛋脑袋嗡地响了一下，自语说：爷爷，你在哪儿？你不会出啥事儿吧？他不是故意想，而是有些控制不住。暖玉有些生气了，埋怨道，大黑天，你就不该离开你爷爷！狗蛋说，爷爷眼花，会不会迷路啦？暖玉，你回家吧，我得找他。暖玉还是不走，狗蛋预感暖玉有心事。狗蛋说，暖玉你给我送吃的，是不是有啥事啊？暖玉伸出舌头，抿抿嘴，说，有事。狗蛋急了，说，有事就赶紧说啊！我这都火烧眉毛了！暖玉使劲抽了抽鼻子，说，一时半会说不完的。狗蛋知道她有心病，这心病除了她奶奶没人知道。狗蛋吼，你走吧，改天好好说！

暖玉迟疑了一下，说，好吧，我走了，你路上小心啊！

狗蛋点点头，望着暖玉消失在暗处，扑扑跌跌地走了。

山里的春夜多雨。浓雾也是常常从遥远的地方袭来。狗蛋分不清夜天里落雨还是下雾。走几步，他头发和衣服都湿了，整个人像踩在雾上，四周啥声音都没了。一种深切的孤独感扩散开来。他不断长吼，爷爷——爷爷——没有回音，他悄无声息地翻过沟沟坡坡，双眼逡巡。后来，他累得走不动了。他顿觉腹下胀胀的，便哗哗撒下一泡酣畅的尿。尿完了，狗蛋心里慌得紧，两腿打战，失了章程。他嗅到了一股腥气，因为他弄不清，那股血腥气是从哪里飘过来的。

狗蛋脑袋轰地一响，哎呀，爷爷是故意甩开自己去打狼了。当时，他见狗蛋晃晃地走远了，便又折返回崎岖的原路。老人心里骂，这小子，顶不住一片天！这话在老河嘴边转了一圈儿没有出嘴。他吃力地爬上一个高坡，瞅见孙子的背景渐渐融进无边的昏暗里。他从前就瞧不上狗蛋，平时对他爱答不理。他想把这小子捽打成好猎人，可孙子不争气。狗蛋漫不经心，并不把千村看在眼里，没有人的村庄还算个蛋。当年，村人纷纷离开的时候，老河张罗着办起了鹿场。爷爷是个猎人，养鹿不是行家里手，日子久了，学会进料、卖血、杀鹿的活计，样样精通了，跟油滑的贩子打交道，也是从不吃亏。狗蛋逃学了，爹娘想把他弄到城里读书，狗蛋巴不得进城哩。爷爷不依，狗蛋理应陪着爷爷，爷爷还想教会他养鹿、打狼。狗蛋心中有怨气，从此，狗蛋更不把老爷爷放在眼里。有狼可打，爷爷是英雄，找不到敌手，便是一个废人了。好久没打狼了，爷爷老河在狗蛋眼里就是一个酒鬼了。有一次老河喝了假酒，额头冒汗，浑身哆嗦得像得了疟疾。

狗蛋用草药掺鹿血灌进爷爷的嘴里，老河才恹恹地平顺下来。老河这阵子闲得慌，一直回忆过去自己打狼的辉煌。他梦见打狼了，醒来时静静地坐着，生怕好梦会跑了，顺着梦尾一步步往梦头追去。狼吃了鹿，撩得老河苦闷的心窝猛来了精神儿。他要在狗蛋不经意的时候，风风火火干一把。他走着，天黑了，天空飘着游丝般的小雨。树林很厚，一层层地叠着，有一只毛茸茸的多脚虫鬼鬼地爬上他的身子，声音像蚕啃桑叶。

老河躲在一棵千年白果树下避雨。坐着坐着，他就有些迷糊，似睡非睡，似醒非醒。可他手中的枪没有倾斜，十分清醒地以一种仇恨的状态站着。这条枪，使老河威风了十几年。他想就这样呆呆地坐着，只有在这块狼经常出没的地方候着才能碰上狼。冷风飕飕，他一点儿也不觉得冷，脊背处还热热地涌出一注汗来。

不多时，山风刮来一股腥气。树丛里发出嗷嗷的声响。老河清醒起来，小眼睛兴奋地充了血，扭头时，蓦地瞧见山沟子里有狼群蠕动。狼是结队而行的，狼行成双。到底几只分辨不清。老河揉揉眼睛，迅疾趴倒，慢慢将枪口顺过来，这才看清有四只狼。他从兜里摸出扁扁的小酒瓶，可劲灌了几口，顿觉心劲儿一下鼓了许多，老脸泛起猪肝色，手心也沁出油汗来。他身上的筋脉活了，老胳膊腿儿也活动自如了。领头的灰狼眼睛很亮，耳朵竖着。老人这才真切地认出了狼。他对狗蛋的无知感到可笑，更为自己险些上了孙子当而懊恼。狗蛋懂个鸟？他打过几只狼？他想起这些，喉管咕咕地响了，他缩着肚子，两臂如鸡翅膀一样死死夹住，用枪口瞄准了领头的灰狼。

砰！老河的枪口喷出火苗子。

灰狼嗷一声倒地。老河眼睛瞪得像铃铛，又连续放了几枪，没有击中，狼们朝林子里钻了。老河追了几步，没追到踪影，就慢慢走回来。他走路时轻轻飘飘如腾云驾雾一般。看见灰狼，他在黑暗里听见狼身上流血的声音，还瞧见狼闪着蓝光的眼睛。老河狠狠踢了灰狼一脚，灰狼凄厉厉叫了一声，就耷拉了头。狼的眼睛里滴出一滴泪水。老河愣了，摆出骂天骂地的架势，厉厉地吼：狗 × 的，你撕了俺家的鹿，俺也撕你的皮！

灰狼悲戚戚地喘息，如一块旧棉布团子。

老河又往灰狼头上补了一枪。狼血喷溅到他脸上，他顿觉头皮一阵麻胀。老河撒了一泡尿，系上裤带，扑扑跌跌地往山里走。此刻，老河不能自持，欢喜得忘了形。他要找那几只狼。走着，老河又从裤腰摸出酒葫芦来，掂掂，舌尖在葫芦口一卷一卷的，很有滋味地咂巴几下。

狼们不知钻到哪里去了。

夜雾和细雨，使山梁上荡起潮乎乎的沤腥气。老河深一脚浅一脚地走着，脚下突然被细藤绊住，狠狠地摔了一跤，他的老腰挨地时，发出一声肉质的暗响。老河在湿湿的山石上稳了一会儿，艰难地爬起来。

突然，老河眼前一黑，林子里飞来一个肉乎乎的东西。他从气味上断定是狼。他一闪身，狼爪子只撕掉他衣服的一条。枪口没掉转过来，另一只狼又扑上来了。老河就势抡起枪杆，狼命一挑，将那只狼顶了起来，急急一转体，随着枪杆子"嘎巴"的断裂声，狼重重地落在岩石上，溅起一窝草滩的积水。

狗×的，今日就是今日啦！

老河挑衅似的吼着，举着半截枪杆捅过去，狼就伸出锋利的前爪直抠老河的喉咙。他的枪杆捅在岩石上，他赶紧松了枪杆，攥住狼的后腿儿，抖腕一扭，悬空甩了一个圆形的滴溜儿。

狼又被摔在岩石上，噗地一响。狼嗷嗷叫着。另一只狼扑上来，老河扑倒。老河的脑袋撞在岩石上，老河眼冒金星，肋上流出热嘟嘟的血。他与狼厮打成一团了。老河闷着嘴，喉管里的血咕咕作响。他目光很倔地射向狼眼。他吼了一声，嗓音嘶哑得古怪。他划拉岩上的石块，没有抓到，却找到那柄半截枪杆。他抓紧了那枪杆，朝狼的肚子厉厉一捅，又一搅，又一捅，狼痉挛着倒在血泊里了……

那一只狼伤得很重，老河狠狠砸下枪杆。

千村的山梁，死静死静的。

老河吐出一口浓血，嘴里像含着橄榄般口齿不清，两只狼……两只，狗×的，加上那一只，共打死了三只狼，那一只呢？肯定是跑了。

如果不是狗蛋惊扰，老河还会打死那一只的。

狗蛋跪在地上，抱起满身是血的老河爷爷，泪流了一脸。狗蛋说，回家吧，爷！老河痛得咧嘴，垂头咕哝了一声，嗨，狗×的，让那一只狼跑啦！狗蛋说，跑就跑吧，保了命啊。狗蛋背起了爷爷，闻到一股腥气。也不知狗蛋哪来的力气，他憋了气，可是，老河仍然听见狗蛋的嫩骨头咕咕脆响。这爷俩在半夜进了村，威风了一回。可惜，村里没有人了，自然没有响应。天黑了，月亮仍没有出来，老河在狗蛋的背上呻吟，看来伤得挺重。如果是几年前，他会面对乡人的脸，老河神神气气地抬起头，像大英雄一样微笑。他挣扎着张望，愣了许久。狗蛋知道爷爷的心思，说，瞅啥？没人。老河失落地叹息一声。老河嘟囔说，这山梁可能就四只狼，算它命大，跑了一只，要不是有雾，老子会一锅端！狗蛋说，爷，你不能吃独食啊，给我留一只吧，我要打死它！老河气得骂，别听爷爷骂你是软蛋，真的打狼，我还不放心哩！狗蛋龇了牙，说，我不小了，我行。老河吼，你逞能是吧，那只狼真留给你，瞅你小子的啦！狗蛋说，爷，我不是稀泥软蛋，我是男子汉啦！老河撇嘴，人不大，到挺能吹牛啊！狗蛋嘿嘿笑了。爷孙俩斗嘴儿一直持续了好些天。

老河在家里歇了下来，养伤的时候，鹿场的事由狗蛋掌管，老河不放心，更不想一个人老待在屋里。狗蛋常常跟暖玉玩耍，压根不管爷爷。老河躺在炕上，愤愤地骂，狗蛋，你小子跑哪去了？狗蛋说，他找暖玉一起照看鹿场，说完嘿嘿一笑，没影了。老河身子不动，看不到地面，也看不到天空云朵，只有夜晚来临的时候透过窗口看见月亮的白光。月亮擦着树顶缓缓飘过去，灰蒙蒙的。他常常怀念往事，过去村里人多的时候，他打狼归来，算是他风光的时候，脸上都带笑相。每天有乡亲们来串门子，问他打狼的招招式式。老河总是将自己的举动说得神乎其神，离谱了，连他自己也下意识地哆嗦起来。该做的事情多着呢，也许这辈子做不完。今天好像精神一些了，他想找人说话，可是空荡荡的没人倾听，他就想对着鹿说话。

那天早上，老河的伤口凝结能下床了，就晃荡着身子去了鹿场，他听说鹿不再惊怕地奔跑，心里就高兴，望一眼才能落个踏实。雾散尽了，鹿场里一派祥和，他唠唠叨叨说了很多话，鹿们好像听懂了，踢踢踏踏地奔跑，向老河点头致意。山风不那么硬了，山上挑着春日里少有的暖阳。柳絮在鹿鸣声里从容容地落着。老河竟被纯粹温和的世界给融化了，他懒散地躺着，有气无力地吸着烟斗，狗蛋却若无其事地吹着口哨。

狗蛋，爷爷来啦，赶紧说啊。暖玉催促狗蛋。

狗蛋有些紧张，讷讷道，爷爷，跟你商量个事呗！

老河翻了狗蛋一眼，啥事？

狗蛋说，爷，你养伤的时候，来了牲口贩子，他要买我们家的鹿。卖了算啦！

老河像是又一次被气着了，恼怒地说，你是急着去城里找你爹娘，还是担心那只狼？

狗蛋抓着后脑勺说，我是担心狼，这只狼会找你拼命的，我们赶紧卖了鹿走人吧！

暖玉说，是啊，赶紧离开千村吧！我也要走了。

老河磕了两下烟斗，问，暖玉，你也走，你奶奶也跟你走吗？

暖玉摇头说，奶奶不走，她死活不愿意去城里。

老河叹息一声说，你走了，奶奶咋办啊？奶奶不走，你要是走了，她腿脚不灵便可咋过啊？

暖玉眼里火花熄灭了，低头不说话。老河自顾自咕哝了一声，唉，城里就那么好吗？

狗蛋说，城里就是好，不好为啥那么多人都走了？

只要你爷爷俺硬硬朗朗的，就没啥好怕的！俺又添了一杆猎枪。

你不硬朗，俺也不怕。狗蛋说。

老河有些恼，耸起弓一样的眉毛骂，你小子翅膀硬了，是不？不是鹿死了，那天你小子哭鼻子啦？

暖玉嗔怨地说，狗蛋，爷爷舍了命打狼，还不是为你家的鹿场挣钱？还不是为了你早日进城？

老河笑了，对喽，暖玉是个明白人。

狗蛋不吭声了，默默地拌料，动作很娴熟。

老河沉闷地坐在石碾上，静静地盯着鹿。一杆烟明明灭灭地烧下去。吸了一会儿，他感到舌尖涌出一股酸酸的口水。他忽然打了一个盹，隔了层厚重的眼皮，老人依然能感到鹿的存在。时间不紧不慢地流着，他睁眼无声地笑笑，感到一种空落。

狗蛋轻轻问，爷爷，你愿意看鹿卧着，还是愿意看鹿跑起来的样子。

老河直杵杵地挺着身，说，鹿嘛，还……还是跑起来好看！

狗蛋插嘴说，卧着长肉，跑着活血！

暖玉歪着脑袋问，狗蛋，鹿血贵鹿肉贵？

狗蛋说，鹿血贵！鹿肉嘛……

老河爷爷支着耳朵没说话，觉得无聊。他觉得还是打狼过瘾。打狼的凶险有大起大落的酣畅，比空落落一条直肠好受。他这几天明显觉得体力不支，转身抬臂，笨手笨脚，像中风的病人，脸相也怪怪异异地扭歪了。

爷爷，你困啦？精神精神！狗蛋喊。

暖玉说，爷爷伤没好，让爷爷多歇会儿吧！

老河斜靠着身子，依旧迷迷瞪瞪。

狗蛋的眼睛不是黑的，有点鬼火似的蓝绿。这孩子啥时变这眼神啦？老河马上清醒了，喊，狗蛋，你眼睛咋啦？狗蛋乖乖凑过来。老河端详一阵，看得狗蛋有些慌。狗蛋赶紧打岔说，暖玉，去把那群鹿轰起来，不跑不动的，跟猪有啥两样？

暖玉去轰鹿群。

鹿们站起身，乖乖地躲着。暖玉又拿棍子赶，鹿群依旧没有真正奔跑起来。

暖玉天真的举动把老河爷爷逗笑了。老人嘬嘬牙花子，抬大音量说，这些鹿啊，跟人一个德行，越待越懒啊，逼着不走，打着倒退！

狗蛋木然地愣着，脸上结了一层灰气。他也扑进鹿场，与暖玉继续追打鹿们，鹿们奔跑时将土地刨酥了。

隔了几天，儿子儿媳从城里捎信来，说城里房子收拾妥当，狗蛋的学校也找好了，过几天要接老河和狗蛋进城。狗蛋听了连连蹦着，巴掌拍得山响。老河哼了一声，望着大山张望了很久。暖玉几天没来鹿场，狗蛋带着一个牲口贩子来了鹿场，狗蛋催老河爷爷赶紧把鹿卖掉。老河知道狗蛋心切，还是没答应，牲口贩子把价格压得太低，狗蛋急得抓耳挠腮，鹿不卖，爷爷就离不开千村，爷爷不走，狗蛋就得在村里陪着。后来老河发现狗蛋骂骂咧咧，离精神失常差不远了。老河与狗蛋好几天不说话，家里的事像干柴烈火，这日子早晚得着火。

没隔几天，山梁又落下大雾，雾把绿树染成苍褐色。鹿场里的棚子、草垛和槽子在滴水，雾水和鹿粪搅和着，使年迈的老河爷爷摔了一跤。老人身上溅满浑浊的鹿粪。狗蛋将老人搀到棚里，最后问，爷，卖了鹿，咱就走吗？老河扭皱着脸说，卖了鹿，让你爹回来把你接走，爷爷还有事。狗蛋愣了愣，有啥事？老河说，你说爷爷有啥事？狗蛋想了想，一拍脑袋说，那只狼，你想打死那只狼再走！老河说，你小子挺鬼啊，对，爷爷打了狼就去城里找你们啊！老河呵呵地笑了。狗蛋脸色跟天色一样晦暗。老河爷爷没理他，鼻子一酸，不禁又想起死去多年的老伴儿。这似乎成了一个顽症，凡是遇上不顺心的事就想起狗蛋的奶奶。他撸撸鼻头，举动古怪。老人皱巴巴额头直挺挺地仰望苍天，突显城市高楼的幻影……唉，城里到处是高楼，那里生活是啥样啊？未来的景象消失了，幻影远去，眼前又恢复了黑暗。不知道天是啥时候黑的，花花点点透一些微光。

有一天，狗蛋夜里没回家，老河在鹿场喊，在山梁吼，没有狗蛋一点儿动静。这狗东西好像失踪了，老河慌得紧。他想这狗东西是不是去了暖玉家？

云彩一疙瘩一块，瓦片云晒死人，老河顶着暖阳去了山下瓦岭村，山路烤得老河冒了汗。

瓦岭村比千村还破败，空无一人。村人都走光了，唯一有人气的就暖玉奶奶家，院里杂乱，有鸡钻出来，伸着脖子咯咯地叫。歪斜的木门半掩着，老河喊了一声暖玉，屋里有了回应。暖玉奶奶脸色苍白，气喘吁吁地坐着，感觉是惊魂未定。她忽然很凄凉地自语着，这个门啊，是暖玉给锁上的，这丫头黑了心了，变得狼心狗肺啦！老河吸了口凉气，平时瞅着暖玉这孩子挺好的，这孩子咋啦？暖玉奶奶气愤地说，暖玉急着去城里找她爹，整天咒我死，一门心思进城，唉，我就是顶风咽浪的命死不了，有啥办法哩？老河说，是啊，俺家狗蛋也想进城，这城里有啥好啊？暖玉奶奶唠唠叨叨地说，孩子们都疯了，你家狗蛋跟暖玉一起走的。临走的时候，我拦着暖玉，暖玉给我反锁了门，想活活饿死我哩！这个白眼狼，咋变成这样啦？老天长眼啊，有一只狼来了，她没锁好门就吓跑啦！老河一愣，狗蛋也掺和了？等我找到他非打折他的腿不可！暖玉奶奶说，多亏这只狼啊，救了我一命哩！老河慨叹一声，唉，咱这山上就这一只狼了，吃了我的鹿，我正找它狗 × 的呢！

老河暗暗吐了口气，觉得后背凉津津的，说，算您命大，跟我去千村住吧！万一狼来了，我能替你打狼！暖玉奶奶眼圈一热，说，一条白布一把谷，打发老人去享福。老河啊，甭替我操心了，死了算啦！老河一瞪眼，瞅瞅，你这是啥话？我的鹿场养得起你！你过去了，就算你们瓦岭村跟千村合并啦！暖玉奶奶摆手说，合并啥，没了好，我别拖累你，你赶紧去城里找儿孙吧！老河陡然升起一腔的愤怒，继续瞪眼，大声吼，我不去城里，那日子消受不起啊！老婆子，赶紧收拾收拾，跟我走吧！

老河用独轮车将暖玉奶奶推到了千村。到了家里，暖玉奶奶瞅见灶门口堆着柴草。老河搀扶她到柴草屋，说，暖玉奶奶，你住这屋吧。暖玉奶奶嘴角微微地笑了，笑着就咳嗽了，咳出一摊血来。老河杀了一只鹿，端来一碗热腾腾的鹿血，递到暖玉奶奶嘴巴边，喃喃说，喝吧，这鹿血喝了你身子骨就壮了！暖玉奶奶仰脸喝了。老河望了望夜空，圆圆的月亮升起来了，他又扯着嗓子嚷道，有月亮升起的时候，就不信老天爷不睁眼！

暖玉奶奶嚅动着嘴巴，满脸泪水了。

老河坐在棚子里想狗蛋了，听见了呦呦鹿鸣。远远近近都有鹿蹄敲打山地的声响。隔了雾，老河也能看见那久违的鹿回头。养肥的鹿们被什么东西追击，叽叽噜噜地奔跑，刚健、灵秀，充满了原始生命般旺盛的东西。老河心提起来，贼贼地瞅着，抓起猎枪扑了出来。他朝鹿奔鹿跑的相反方向而去——他料定是狼来了。

杀狼！杀个狗 × 的！

狼在山坡上跳舞，一只孤狼。狼的影子同雾一样虚幻。老河的枪口瞄准了这只孤狼。在老人扣动扳机之前，有一股躁气吞进肚里，躁气涌到他肠子里的咕咕声都能听到。他活动活动酸疼的手腕，握紧了猎枪，突然想到暖玉奶奶的话，要不是狼来了，暖玉和狗蛋就把房子点着了，她也就没命了。老河手软了，猎枪咚一声掉在山岩上，滚到山下去了。

狼望了老河一眼。

老河也望着狼。

狼没有出声，竟然摇着尾巴走了。

老河抬头望了望天，天空阴着，却有一线白色，白色像晴空中的云朵，细瞅又不是。老河回到家里，暖玉奶奶将热腾腾的馒头端上来，问，狼打死了？老河轻轻摇头说，没有，俺放它走了，枪也丢山里了。暖玉奶奶眼前一黑，长长叹息一声。

后来的日子，狗蛋和暖玉也没回来。狗蛋爹从城里捎信过来，孩子在城里上学了。老河想念狗蛋，却不愿去城里，继续养鹿。他们生活得挺安宁，狼也没再骚扰他们。听说那只狼住进了瓦岭村，竟然像人一样安营扎寨了。老河苦笑了一下，想去看看，终究还是没去，眼前的日子，像月亮一样，时明时暗，数是数不清的。天黑透了，月亮升起来了，老河没有听见狼的动静，更没有人的声音，千村更安静了，静得老河心头发慌。忽然，村街的树上落了一群鸟，鸟们对着月亮唱起了歌，对着月亮唱，唱得十分好听。老河听了一会儿，转身消失在茫茫月夜里了。

过山车

呼隆一声，我被父亲拽下去了。

这是个随时都会爆发危机的黄昏，天空澄澈，也许根本与落日无关。过山车缓缓驶到山谷，我欣赏美景，没有一点预感，一扭头，却发现父亲的眼神非常恐怖，他铁钳一样的手指，被迫将我松开，我的衣袖被拽碎了。父亲真的疯了，他嘶喊了一声，扭曲着脸，拽出腰里的小铁锤，敲碎过山车的玻璃，将手伸出去，当啷一声，门子开了，凉风灌进来，我还没弄明白，他就拽着我跳下去了。我的心咚咚狂跳，眼睛睁不开了。生命如风飘散，风呼啸而来，把宁静的山谷撞碎了。我飘在云彩里，飞腾着，朝着山谷坠落。一群鸟在我身边盘旋了一圈，仿佛受了惊吓，飞得无影无踪。

"俏俏……"父亲大吼一声，刹那间消失在我的视线里。

我长得不算漂亮，但是，我的皮肤很嫩，仿佛轻轻一碰就掐出水来。我的鼻子有点俏，父亲给我起了小名叫"俏俏"。我是北京语言大学大一学生。灾难来得太夸张，太突然了。我张了张嘴，却喊不出话来，飞速坠落的过程中，我的心被风穿透了。我掉在山谷的树丛中，树枝弹了我一下，我才落地的。落地的一刹那，我什么都不知道了。晚风带来朦胧的气息，枫树叶子相互摩擦，沙啦沙啦地响着。母亲说我是精灵般的蝴蝶。蝴蝶就能飞吧，我才有幸活了下来。我苏醒过来，脸上和身上都是血。我滴血的心被人无形的大手攥住，痛得难以呼吸。我不希望自己浑身是血的时候，有一群傻瓜蛋伸长脖子望着我。我听见有人议论，我的父亲死了。我心中一痛，身体像触电般地震颤。然后就惹起新的猜疑："是不是情人关系，双双殉情啊？"救助我的叔叔说："不，是父女。"一个女人叹息道："虎毒还不食子呢，自杀还有带着亲闺女的，怕不是亲生的吧？"还有人怀疑是不是父女在感情上有染啊？流言带着阴沉之气，我还听到他们发出虚伪的惋惜声。我顾不上生气，痛得脸色紫胀，暴咳不止。我大脑里不时地闪现刚才那可怕的一幕。

我又昏厥过去了。

我被送到医院抢救，第二天早上彻底苏醒。我喃喃地说："爸爸呢？爸爸怎样了？"医生还是告诉了我真相，其实，我已经知道他走了。为什么呀？这个谜团困扰着我，可是，我再也不能从父亲嘴里得到谜底了。这样，我想见到母亲，我想见她的愿望比任何时候都强烈。因为，答案只有母亲知道。护士说，母亲守护了我一夜，刚刚去锅炉房打水了。还说，我母亲听到这个恐怖的消息，一下子变了个人，她失魂落魄，一下子瘫在地上。她瘫在地上一句话也没说，脸上的泪水越流越猛。护士喊我的母亲，说我苏醒了。母亲提着暖壶过来，疯了一样扑过来："俏俏，我的俏俏。"母亲摸了摸我冰凉的手，我的手还在抖。可是，母亲的惨样把我吓得够呛，她的哽咽之声让我心痛。母亲捂着自己的脸哭："唉，造孽啊，造孽啊！"我继续追问，母亲没有再跟我说什么。母亲少言寡语，像一堵墙。

我的悲剧惊动了媒体，记者怎样询问，母亲脸色惨白，目光呆滞，始终缄默，默默地流泪。记者转过来问我，我真的不知道谜底。他们失望地走了。父亲的影子在我梦里闪现。我在尖声惊叫中醒来。母亲李凤珍过来安慰我。我对母亲说："妈，这是为什么呀？你要不说，我就绝食，就拒绝治疗！"母亲还是默默泪流。我一生气，一手拽掉输液瓶，母亲急了，终于喃喃地说："俏俏，没办法，妈有罪，都是那个时代的罪过呀！"我怔了怔，继续追问："你的罪？为什么？"母亲脸一扭，一副痛苦不堪的表情。她欲哭无泪地说："俏俏，你不是爸爸的亲生女儿。"我被砸蒙了，五雷轰顶："为什么呀？不是的，不是的。"我无法接受这样的打击，昏厥过去。

我被抢救过来，怎么也弄不明白究竟是怎么回事。

我的父亲叫王怀林，北京太阳能科研所的高级工程师。父亲瓦刀脸，瘦筋

亲说道："你瞧，委屈孩子了吧。闺女做得对，不能因为自己要解手而耽误了整个比赛，没有集体观念还行！"父亲的这番话说得母亲哑了口，寻思了一会儿后把我揽进她的怀里，揪着我的翘翘鼻子，不好意思地说道："原来是这么回事啊，委屈闺女了，对不起了，是妈妈犯主观主义了。"父亲竟然让一向不肯服输的母亲承认了自己的过错。从此，我对父亲不光是爱，还有敬佩了。

在我的潜意识里，父亲给了我两次生命，一次是他把我带到了这个世界，另一次源于我十岁那年的冬天发生的一次历险。那年的寒冬，天寒地冻，白雪皑皑。星期天下午，我和几个同学在冰面上滑冰，滑得正带劲的时候，我突然看见前面有一个大冰窟窿，想停住已经来不及了，"扑通"一声我掉进了窟窿里，一边惊慌失措地挣扎着一边大声喊救命。很快，岸边聚集了十好几个人，他们焦急地朝我这张望。有人用绳子、钓鱼竿、木板往冰面上抛，试图营救我。可离我落水的地方太远，加上一部分冰面开始融化，所有的努力全都白费了。

冰冷刺骨的河水浸透了我全身的衣服，我被冻得要失去知觉。就在我绝望无助的时候，只见一个人影朝我这跑了过来，猛地一头扎进了冰冷的水中。我哭喊道："爸爸，救我！"父亲喊："俏俏，别怕，坚持住，爸爸一定救你上来！"我抓住冰沿咬紧牙关看着父亲向我游来，只见他用手掌猛力地拍打着冰面，冰层嘎巴嘎巴应声而破。冰层越来越厚了，父亲就用自己的胳膊肘砸开冰层。随着冰层的增厚，他的气力越来越小了，再后来他已经没有力气，无法砸开冰层了。他就爬到冰面上，用身体把冰面压塌。就这样，随着一分一秒的推移，他一点一点地靠近了我。终于，我的手抓住了父亲伸过来的大手。我紧紧地箍住了父亲的脖子，两腿用力地夹住他的腰身。由于我太紧张太用力了，父亲被我的惯性压进了水底，但很快用力浮出了水面，他抱紧我，抖抖系在腰间的疙瘩绳子，使劲朝岸上大喊："快拉我们！"岸上的围观者惊呆了，赶紧往回拽系在父亲腰上的绳子，我趴在父亲的肚子上，父亲背朝后被绳子拖着向岸边靠拢。大家七手八脚地把我们父女俩拖上了岸。事后听我母亲说，那天她闻讯赶到医院，把父亲身上的衣服脱下来一看，浑身上下都是被冰划伤的痕迹，有的伤口很深，周边已凝固成血块。母亲有点心疼地问："疼吗？"父亲笑笑说："不疼。"母亲的眼泪却"哗"地流了下来。我抱住父亲呜呜呜地哭了。

过了几天，我的体征稳定下来。我请求母亲把过去尘封起来的秘密讲给我听。母亲一直回避，我却咬唇皱眉，像是下了天大的决心，吼道："妈，你们也太自私了，要知道，对此我有知情权！"母亲愣了愣，侧脸凝视着白墙。沉默了好一会儿，他才转过脸看着我，眼含泪水诉说起来："我和你父亲的婚姻啊，说不上是父母包办，可说得上是父母督办的。我是京郊通州第二铝锅厂的普通工人。年轻的时候模样长得挺不错的，经常有人到家里提亲，可你姥爷姥姥都不接受，他们是舍不得我早早嫁出去的。我记得那一年的春节过后，开工的第二天，中午的时候我正在和两个要好的姐妹吃饭，过来一个流里流气的小子色眯眯地看着我，我瞪了他一眼低头吃饭。谁想这小子竟然凑近了我，满嘴喷着酒气熏得我倒憋了一口气。我一把推开他就要躲，那小子从背后搂住了我要亲我，我拼命挣脱大骂他流氓。那两个姐妹跑到门口那儿，你爸爸就是在听见喊声之后跑过来的，他一拳头就把那个流氓揍趴下了，满嘴是血。那小子爬起来要跟你爸爸拼命，你爸爸飞起一脚踹倒了他，把他的俩胳膊往背后一扭送保卫科去了。"

我伸出舌头，心被揪紧了。

母亲目光颤抖了一下，继续说："嗨，第二天你姥爷到我们厂子，给厂领导送来一封表扬信，用大红纸写的，你姥爷的字写得可好看了。你姥爷握着你爸爸的手感谢的话说了一火车，你爸爸光知道傻笑，一句话也不会说。就这么着，我和你爸好上了。我喜欢他这个人老实实在，还聪明内秀。他是我们车间的技术革新能手，年年有两个三个的技术小发明。你姥爷姥姥听说我俩好了，可高兴了，天天念叨着叫我请你爸上家来吃饺子。你姥姥调的馅一绝，做出来的馅香而不腻，百吃不厌，你爸他可爱吃了。你爷爷奶奶做饭都不在行，只能说可以凑合着吃饱。"

我听着，来了兴趣。母亲说："你爸爸家在通州亮马村，离我们厂子不算远，五六里地的样子。我常去你爸爸家。你奶奶知道自己做的饭我不爱吃，她就把她在食堂当过厨子的哥哥请来帮她做，真是难为她一片心意了。我就只好经常去了，不忍心扫老人家的兴。一天黄昏，我下了班骑着自行车去你爸爸家。正是六月天，道两边的庄稼长得可茂盛了，像无边无际的海洋。晚风一吹，庄稼叶子沙沙响，飘过来一阵阵清香。这条路我走了无数回了，穿过一个低洼处的玉米地，就可以看见你爸爸家院子里头的那棵大核桃树了。一看见你爸爸家的灯光，我的心头就暖和了。我加快了骑车速度，只想着快快见到你父亲。突然，我身后的玉米地里哗啦啦一阵乱响，还没容我反应过来哪，一只大手便捂住了我的嘴，顺势把我从车子上拽了下来。我的心一下子提到了嗓子眼，挣扎着从口袋里摸出随身带的手电，照了一下那个人的脸，那人的目光里带着无赖的笑意。我的手电立刻被这家伙抢过去扔了，但是，我看清了他下额的一个标志，一个痦子，痦子中间有一撮毛。我感觉到有只手在解我的裤带，我顿时明白了他要干啥坏事，拼着命地跟他厮打起来。那个家伙人高马大，力气也大，我很快就折腾得没劲了，浑身软绵绵的，心里绝望地喊：完了完了，王怀林你个该死的，快来救我呀！我哭了，眼泪唰唰地流。我就这样被那个坏蛋拖进了玉米地里，我死命挣扎不肯顺从，那个家伙又气又恼，照着我的脑袋狠狠地打了几下，我一下子晕了过去，啥也不知道了。"

听到这里，我的心提到了喉咙口。

母亲神情麻木了，说："我醒过来的时候，已经是繁星满天了，星星神秘地眨着眼睛。我一动身子，感觉浑身钻心地痛，我知道自己被那个畜生糟蹋了。我趴在地上哭。你爸爸的家我不敢去了，更不敢回自己家了，我不想活了，就想一死了之。我跌跌撞撞地走到了运河边，冲着天空大声叫喊几声：'爸，妈，闺女不孝，下辈子再伺候你们啦。'一头跳进了河里。说来也巧，一个捡破烂的老头听见喊声朝我这边一看，正看见我跳了河，赶忙也跟着跳进去把我给拖上了岸，我想死没死成。更巧的是，这个好心的老爷子还认得我，连哄带劝地把我送到了你爸爸家里。我那副模样可把你爸爸吓坏了，连忙问我出了啥事。我哪敢说哪，也不能说啊，说了我这辈子就没脸活着了。我也怕失去你爸爸。我只能把自己遭受的耻辱深深地埋在心底，让它烂在肚子里。可心里边的那团阴影却留下了，咋抹也抹不去。我也不能跟你姥爷姥姥说，说了他们还不得气死啊。我恨死了那个长痦子的坏蛋，可惜叫他跑了，再也没遇见过他。要是碰见他，我一定拿刀捅了他，叫他不得好死。是他害我失去了女人最宝贵的东西，让我从此变得那么自卑，只要单独遇见男人心里头就紧张得要死，浑身出虚汗。"

　　我能体谅母亲此时的处境。母亲脸色灰暗，喘了喘说："你爸爸和你奶奶一家人一点儿没察觉出我的变化，我也是掩饰得好。他们对我都挺好的，有口好吃的都留给我。他们越是这样我越是心里不好受，就觉得对不起他们。可我不能说出实情，不能失去你爸这样的好男人啊。我只有背着人的时候，趴在被窝里痛痛快快哭上一阵子。我想好了，今生今世一定好好侍奉你爸爸还有你爷爷奶奶，甘愿给他们当牛做马。平日里，只要我有空，不管多累也要去你奶奶家帮着干这干那。你爸心疼我，不叫我干。你奶奶也不让我干，还给我做好吃的。我感动得不知说什么才好，更想多干点活报答他们了。那阵子，我在你奶奶家可真幸福啊，慢慢地就把那事给淡忘了。半年后，新年元旦这天，我跟你爸爸拜堂成亲了。你爸他待我可好了，不会说个话，可他心细实诚，处处让着我。有一口好吃的，他宁肯不吃也要看着我吃到嘴里。就连我来了例假他都想着给我冲红糖水，不叫我沾凉水。慢慢地，我开始淡忘了那件屈辱的事。可是，随着夫妻生活的深入，我对你爸柔弱的性格，在我面前的慢声细语起了反感，有时候竟然不由自主地回忆起，那个下巴上长着一个瘊子和长毛的坏蛋男人，竟然还会产生一阵兴奋。我暗自骂自己不要脸，可我就是控制不住去想那个人，我因此难受死了。"母亲说到这里，抬起头看着我，已是满眼泪花。

　　我吸了一口凉气，相信我这个时候的脸色一定是蜡黄的。母亲竟然还有这样的遭遇，这可是我始料未及的。母亲擦了下眼泪接着往下说："好长时间我都没能调整好自己的心情，我有了一种罪恶感，总觉得对不起你爸爸。我真担心有一天你爸知道了这件事，那样的话他一定不会再和我生活在一块了。哪个男人能够容忍自己的老婆有这样的屈辱呢？我就祈祷自己怀不上孩子，因为如果你爸不要我了，孩子不论是失去父爱还是母爱都是一件悲惨的事啊。结果我如愿以偿，跟他真的始终没有怀上孩子。"

　　"什么？始终没有孩子？"我连珠炮似的发问，火力很猛。

　　母亲停顿了一下，模样怯怯的。我惊讶地问，"那这么说，我不是爸爸的亲闺女了？"母亲迟疑了一会儿，歉疚地看着我，轻轻地点了点头。我急了，一把抓住妈妈的手说："这到底是怎么回事啊？妈，你是不是疯啦？"母亲摇摇头说："我很清醒，孩子，我没有胡说，你听我往下说。"我的眼泪一下子喷了出来，急促地咳嗽着。母亲给我喂了点水，继续诉说："其实，妈妈也是一个受害者，如果没有后边发生的故事，这场噩梦也就过去了，永远过去了。可是，有那么一天，偏偏我认出了那个坏蛋，而且后来还跟他产生了感情。糟就糟在这里，这是妈妈最不能原谅自己的啊！"母亲说得很肉麻，我都有点不好意思了。可我还是想知道，母亲究竟怎样发现那个坏蛋的呢？母亲太虚弱了，身子晃晃悠悠的，几次险些晕倒。医生进来了，检查了一下我的身体，说多休息休息就会好的。

医生出去了，我让母亲躺一会儿。母亲不肯躺下，只是停下来喝了一口矿泉水，然后开始了她新的诉说。她贴近我的耳朵，不住地把她嘴里的气味往我脸上喷。闻着这气味，我就不困了。"妈妈，那个家伙是谁？"我皱着眉头问道。母亲说："他就是你马劲风叔叔。他才是你的亲生父亲！"我不知所措地喊："天哪，竟然是马叔叔？"我真的不敢相信，马叔叔会是我的亲生父亲，我的生命居然是他给的，简直是天方夜谭。

这一突然的变故勾起了我的回忆，这是我的一块心病。我认识马劲风已经有好多年了，直到现在我还依稀记得第一次见到马劲风的情景。马劲风长得又黑又胖，说话总爱露出一口黄牙。母亲说他很霸气，原先在厂里说一不二，吼一声，地动山摇。如今在房地产界，更是强硬派。他是北京绿都房地产集团的董事长，企业做得很大，是一个不折不扣的成功人士，常常出现在媒体上，是我崇拜的偶像。他怎么会是强奸犯呢？在我很小的时候，马劲风叔叔在京郊铝锅厂当厂长。他对我很好，记得有一次，他还带着妈妈和我到欧洲五国旅游哪。马劲风说话有点粗俗，但是，对我真的挺好。可我无论如何也不能接受她竟然是我的生身父亲这个现实啊！

"你是怎么和他在一起的呢？"我的语气里有了不解和怨恨。母亲不敢看我的脸，沉沉一叹说："那时候，刚刚改革开放，还都穷啊！北京一铝和二铝搞兼并，马劲风承包了两个铝锅厂。这时我才知道，他是第一铝锅厂的工人。模样傻大黑粗的，说话瓮声瓮气的，一点儿没有引人注目的地方。我自然也没多看他几眼，更不用说往后有一天和他生活在一块的想法了。当时我只是觉得这个人胆子够大的，敢承包一个兼并的企业，好几千人的吃喝拉撒睡可不是闹着玩的啊，他有这个本事能力吗？我表示怀疑。厂里有不少人都信不过他。可谁也没想到，就是这个其貌不扬的人，竟然通过两年多的努力，让一个名不见经传的企业成了明星企业。"

我对马劲风有了兴趣，我问："他是怎么让企业腾飞的啊？"母亲说："他就是从设备到人才都做了很大的投入。厂子的设备很陈旧，检测技术也落后，他就搞集资入股，加上上级拨给他的款，买来一些实验设备。他还改善机制引进好几个人才，配备精兵强将。企业新设立了两个部门，其中一个用于集中研发，企业科研力量越来越强，使企业以前掌握的夕阳产业老技术，转为朝阳产业的原创技术，整个企业建立起了一套人才机制和研发机制，不断有高科技人才、专家加盟进来，企业越来越红火。这个马劲风可真是了不起啊，全厂上下没有不敬佩他的。"

我白了母亲一眼说："这有什么呀？"

母亲知道我对马劲风还不能接受，并没有介意，缓缓地说："人啊，涉及情感问题，总是拖泥带水，纠缠不清。我敬佩马劲风，可从来没往那方面想。有一天，他给我们工人开会，我坐得离他很近，他盯着我的脸，目光贪婪。我躲避着他的目光，这样把他看个清清楚楚。他下巴上有一颗痦子，红红的痦子，上面还长着几根白毛。我的脑袋轰地一响，就想起了那个恐怖的夜晚。接下来他讲了些什么话我一句也没听进去，满脑子全是那可怕的一幕了。我一遍遍在心底里对自己说，不会是他，不会是他，怎么会是他呢？他可是一个让人敬重的好厂长啊，怎么会是一个流氓坏蛋呢？长痦子白毛的人多了，一定是巧合了。后来，我单独和他接触过几次，从他的身材到呼吸发出的声音，和那天的那个男人十分相像，我的心乱了。"

我还算冷静，耐心地听着。

病房的灯光半明半暗。母亲的脸映着一道阴影。她说："有一天，我在厂门口拦住了他，突然向他发问那个害我的坏蛋是不是他，他的脸色立刻变了，眼睛也不敢直视我了，连声矢口否认。从他的慌张神情看，我猜想毁了我幸福的那个坏蛋就是他。我抓住他的胳膊要拉他到派出所，他急忙一把甩掉我的手威胁我说，你要再诬陷我看我不开除你的公职。我怒不可遏，为他的无耻行径愤恨不已，我哭着抓他的脸，他猛地一下把我推倒在地上跑了。后来一连好几天他都没敢来单位上班，可惜我不知道他家住哪，要是知道非堵着家门口骂他去不可。隔了几天，我正在车间干活，他来找我请我单独跟他谈一谈。我毕竟是个女人，加上事情已经过去些日子了，自己也不想把事情张扬出去，就跟他去了他的办公室。一进屋，他就给我跪下了，鼻涕一把眼泪一把地说，求求你，原谅我吧。憋了这么多年，我也快崩溃了。你听我把话说完，不管你恨我，还是举报我，我都接受。我身子颤抖着，抡起胳膊扇了这个流氓几个耳光，打得他身子直侧歪。他没还手捂住脸可怜巴巴地看着我。我坐到椅子上，瞪着他说，有屁快放。马劲风低下头对我说了起来，他说，谁天生愿意当流氓，不是穷嘛，我们家穷，老爸多病，哥三个都没娶上媳妇。后来，我大哥娶了老婆。我大嫂是我姐从承德大山里换来的。我糟蹋你之前，绝对没沾过女人，真的，一个也没有，我对天发誓。后来，我常常不由自主地回忆那天的情景，那一刻，那真是别有滋味啊，简直叫我销魂睡不着觉。听他说到这，我抽了他一个嘴巴，骂了句禽兽不如，就哭着跑出了屋子。"

　　母亲讲到这里停顿了下来。我没看母亲，却听到啜泣声，眼泪坠落的声音。我却只有愤怒，不明白母亲为什么讲到这里流泪。她的神态与她讲述的这一段故事极不协调。我懂得母亲的心思，她是多么希望把岁月拉回到那一刻，并对悲剧根源进行反思。一缕缕阳光从窗口照射进来洒在她的身上、她的脸上，就像一幅人物素描画，这让我尽管对她的情结不理解，甚至是替她有了一种羞耻感，还有一种莫名的同情。我这是怎么了？因为我也是个女人吗？还是因为她是我的母亲？我说不清楚。

　　其实，事情到这里结束，也就过去了，说明我的出世跟这段往事没有一点儿混账关系。可我常常控制不住自己那么想：一个巴掌拍不响，母亲可以不起诉马劲风，但她完全有能力远离他。她为什么不但没有远离他，反而投进了他的怀抱呢？是命运安排两个人走到了一起，还是两情相悦情之所至呢？

　　看来，只有他们两个人说得清楚了。

　　我心中积满怨恨。又一个夜晚降临了，一缕柔柔的月光遍洒人间，拂过人的脸颊是那样舒适。我坐在轮椅上等候母亲的到来。今天的月光真美，池塘的水面上月光点点。池塘很小，平时活蹦乱跳的小鱼，现在也安静下来，也许是美丽安静的夜晚使它们进入了甜蜜的梦乡吧。一阵清风拂过，平静的水池上划过一道道淡淡的波痕，水池微微漾起。我抬起头仰望着美丽的明月，细细地体味着大自然的无穷魅力。"俏俏！"母亲来了，站在我身后轻轻地唤了我一声。她手里拎着一个食品袋，一定是刚从超市给我采购回来的。我淡淡地一笑，心里还在为她和马劲风的关系而不痛快。

母亲自然明了女儿的心思，她轻轻挽住我的胳膊，柔和地说："这么好的月亮，咱们散散步吧。"我点点头，和母亲并肩而行。我能感觉到母亲的目光悄悄地在我身上扫描，她在试探我下一步的态度。我实在不忍心叫母亲这样劳神，便主动打破了彼此间的寡欢。我说："哪天上街给你挑选身衣服吧，秋天该来了。"母亲显然很高兴，一脸的灿烂："还是给你选两件吧，我都这个岁数了，再时尚的衣服穿上也不如你们年轻人好看。"我说："最老莫过于心老，你刚多大就一脸沧桑啊。"母亲笑笑说："那天我看到一本时装杂志，上边详细介绍了十几款女孩系列秋装。首先是斑驳纹样的牛仔裤,说是时下最流行的单品。后口袋的设计使用的是褶皱的方法，显得特别有立体感。还有一款是印花裙，精致的玫瑰印花俏皮可爱。现在刚好拿来单穿。等到天气再凉一点儿，套件外套还能继续用来搭配。我比较喜欢经典的款式，加上时尚的雪花风格，深灰色水洗牛仔布穿上身显得亭亭玉立。"母亲一口气说了这么多，我心头一阵温暖，她是为女儿用心准备的这些时尚款式啊。我真想搂住她的肩头，在她耳边悄悄说一句很有温度的话："妈，我爱你！"可我没有这样做，脑海中老是浮现着马劲风的影子。

我忍不住问母亲："你和……马叔叔是怎么发展起来的呢？"我真的很好奇，马劲风怎样成为我的生身父亲的呢？母亲的情绪瞬间低迷了下去，她长嘘了口气，缓缓说道："马劲风承包铝锅厂以后啊，在厂里进行了一系列改革，清仓处理铝锅。我在家里跟你姥姥随便说了一句处理铝锅的事，你姥姥图便宜就到厂里买铝锅去了。马劲风看见你姥姥来了，过去跟老人亲热地打着招呼。他亲手把铝锅低价给了你姥姥。我替你姥姥结了账，你姥姥欢天喜地抱着铝锅回家了。你姥姥走了以后，马劲风悄悄找到我说，凤珍，快去追你娘，她买的铝锅里有东西，告诉她千万别送回来。我没好气地说，你别得寸进尺啊，你就是打我母亲的主意，我也不会原谅你。马劲风苦笑着说，你放心，我哪能干那种事哪。下了班我到了家，问你姥姥铝锅放哪了，你姥姥拿给我，我亲手打开，一下子就傻了，那里包着一大沓钱，数一数整整五万块。你姥姥和我哪见过这么多钱啊，全都傻了眼。你姥姥差点摔个跟头，她说这准是卖锅人弄错了，赶紧让我送回去。否则，卖锅的人就遭殃了。这在当时，可不是个小数目啊！金钱像子弹一样，总能快速击中目标。这一刻，我有了贪心。我阻拦母亲说，留下吧，咱家这么穷，哪不得用钱啊？我明明知道是马劲风设的圈套，可我还是瞪着眼往里钻。对于旁人的圈套，失去免疫力，那一定是你人生中最贪心的时刻。马劲风真是会耍手腕的人，他干了一箭双雕的事……"

"马劲风设了个圈套等你钻？还一箭双雕？到底是怎么回事啊？"我气恼地说。我真没想到，事情比我想象的要复杂得多。母亲接着说："仓库主任胡梅的丈夫肖海林曾经当过车间主任，因为工作上的分歧跟马劲风一直不和。本来工作上的矛盾不应该牵扯到个人恩怨，可谁想到，马劲风始终怀恨在心。都怪我人穷志短贪下了他收买我的那笔钱，给马劲风创造了一个整治胡梅的好机会。几天后，厂里传开了一个新闻，说仓库丢了二十多个铝锅，警察接到报案在现场反复查看了好几次也没发现什么蛛丝马迹。厂务会认为胡梅负有不可推卸的责任，研究决定撤掉了胡梅仓库经理的职务，提拔我当上了仓库经理。起初我不想干，一是仓库重地责任大，二是胡梅前脚丢了官后脚我接班，怕人家说我的闲话。既然组织上这么安排的，咱只有服从的份儿啊，只好硬着头皮走马上了任。其实，我也想到过马劲风是不是在巴结讨我的好，对我心存不轨呢？后来又一想，他都已经结婚成了家，不会把我怎么样了。谁知他还是对我贼心不死，一直在寻找机会接近我想占有我。早晨给我偷偷拿几块点心啊，隔些日子给我买个小礼物啊，我不要他送我的东西，他就故意大声说话，我怕叫外人听见招惹是非，只好悄悄收下，心里边除了担忧，还多了一些疙瘩。"

"这个马劲风，他怎么能这样呢？这不是依仗权势欺男霸女吗？"我气愤地说道。母亲说："起初我也很气愤，几次想把这事告诉你爸爸，可又怕你爸爸的脾气暴找他拼命惹出乱子来，就只好忍气吞声。马劲风并没有对我做出格的举动，感觉挺尊重我的。随着时光的流逝，我越来越体会到，他其实是一个有情有义的男人，不然，我也不会放弃仇恨，转而敬佩他的。他把精力都用在了企业上，常常很晚回家甚至是不回家。渐渐地，我对他有了好感，有了新的体验，愿意和他在一块儿聊天。一个下着大雨的下午，马劲风来仓库检查防雨情况，和我聊起他的老婆，聊着聊着像个孩子似的趴在我的怀里哭了，我想推开他，可没能推开，他反倒搂紧了我的腰。我鬼使神差地对他动了情，身不由己地和他上了值班室的床。事后，我后悔死了，觉得太对不住你爸爸了，发誓绝不跟他有第二回。可是，我真的不知道就那一次，我后悔呀……"

母亲的脸立刻涨红起来，红得鲜艳无比。其实，她真的一直不知道我的确切身世，如果知道，她不会让父亲单独一人陪同我去体检的。我对母亲的恨减轻了一些。我眼中的火焰熄灭了，低头咕哝道："妈，我累了，想睡上一会儿。"母亲叹息了一声，轻轻地点点头，起身离开了病房。之后，我很快就迷迷糊糊地睡着了。在梦里我看见马劲风独自坐在一棵树上流泪。他的四周全是爬满了毛毛虫的树叶，阳光从树叶的小洞中穿过来，大地上洒满了斑斑点点细碎的光。

这一天下午，我的大学同学过来看我，病房里叽叽喳喳。他们走后，我睡着了。我醒来的时候已经是深夜了。母亲躺在我对面的病床上睡着，神态痛苦。窗外刮起一股风，卷起乱七八糟的东西呼呼啦啦乱响。我坐起身想去卫生间，突然骨盆一阵丝丝拉拉的痛，我以为起猛了，慢慢躺下想等一会儿再下床。可越来越痛，痛得我有些发蒙，记忆产生了短暂的混乱，过去的能回忆起来的一切都错了位。我只好躺下来一点点梳理。

病房有一股怪味，我不由得抽了抽鼻子。

从过山车掉下来之后，我心底总有一种奇怪的失踪的感觉。总觉得自己好像远离了红尘，与所有的亲人、同学和朋友相隔千山万水似的。我知道这是一种错觉，源自心里的巨大落差。我费了好大的努力，终于捋清了我的记忆头绪。我想起八月份里的一天，我终于接到了大学录取通知书。那一天，下着淅淅沥沥的小雨，我要去医院参加体检。母亲工作太忙，没时间陪我，是父亲陪同我去的，我很高兴。在医院里，父亲拉着我的手，他的手厚实而温暖，让我想起小时候被父亲牵着手的情景。现在想起来，手心里还存留着父亲的体温。我把这样的感受告诉了母亲，说我欠父亲的太多太多了，可惜没有报答他的机会了。母亲狂躁地吼道："报答他？有他这样的父亲吗？虎毒还不食子呢！"我被母亲骂呆了。过了一会儿，母亲平静下来，轻轻说："你不知道，就是你做体检的那一天，你爸爸发现了你的血型有问题，对你的身世开始起了疑心的。"我问母亲："我的血型有什么问题啊？"母亲抿抿嘴唇，说："你爸发现你的血型和他的不一样。但他并没有声张这事，他只是怀疑我背叛了他红杏出墙了。他向我提出要和你做亲子鉴定。我知道自己做了越轨的事，坚持说没必要做，要他相信我。后来，我偷偷请教了一个朋友的舅舅，姓张，是个从医三十多年的老大夫。张大夫告诉我，血型和血缘，也就是遗传有关系是肯定的，但血缘关系并非仅仅从血型是否相符就可做出判断。根据孩子的血型与父亲不符为由怀疑妻子有外遇未免太绝对。他给我讲了这样一件事，他的一位朋友因为婚后五年没有生育，夫妻俩就领养了一个女孩。说来也怪，一年后妻子竟然怀孕又生了一个男孩。待女孩长大上大学时，听到传闻说自己是领养的，便回家问母亲自己的真实身世。母亲骗她说，你小时候身体多病，怕不好养活，就申请生了二胎。女儿对自己的身世仍有怀疑，便到医院去化验血型。结果和父母的血型相符，于是便打消了怀疑，深信自己确实是父母的亲生女儿了。"

我眯着眼睛说："这么说，亲子鉴定也没什么必要了？"母亲缓缓说："张大夫说，利用 DNA 亲子鉴定判断血缘关系准确率是挺高的，但做亲子鉴定一定要慎重。因为，一是会给孩子的心灵造成严重创伤。二是鉴定确定没有血缘关系了，结果是大部分家庭解体，原本幸福的家庭一下子垮掉了。即使确定了有血缘关系，也会因为怀疑和不信任造成情感上的危机。只要一家人相亲相爱，做不做亲子鉴定又当如何呢？"我疑惑地问："那后来爸爸做没做亲子鉴定呢？"母亲摇摇头："在我的一再表白下，加上张大夫的讲解，你爸他最终放弃了鉴定。一个人能骗过一个人，但不能骗过所有人。那天吃晚饭的时候，你爸爸突然问我，那个马劲风到底跟你是什么关系？我被他问愣了，回答说，过去是领导，现在是朋友啊！怎么啦？你爸让我少跟这样的人来往。我很不理解，说他是我的领导，我是人家的下属，怎么可能不理不睬呢？再说了，这些年人家没少帮衬咱家，对咱们不是挺好的吗？不能知恩不报啊。你爸说，我不是知恩不报的人，我只是想提醒你当心他别有用心。我不爱听了，反驳说，你怎么把人家的好心当驴肝肺了呢？父亲变了脸，啪地一拍桌子喊叫起来，我就是不许你再搭理他了。我被他气得直哆嗦，眼睛冒火，起身钻进对面屋里不理他了。"

　　父亲后来的举动是我难以理解的。我感觉父亲肯定偷偷去做亲子鉴定了。我发现父亲不再和母亲争吵了，不但不争吵，平日里本来就话少，如今变得一言不发了，他开始一根接一根地抽烟，抽得凶极了。他还经常站在镜子前，看着自己在镜子里做出凶狠的样子，那样子古怪又瘆人。这种改变不知意味着什么，让我心里阵阵发冷。母亲坐看着父亲冰冷冷的脊背，难过得流出了眼泪。我看出了父亲和母亲的冷战，猜不出什么原因，问父亲他一句话不说。有一天，天已经很晚了，我回到家见屋子里漆黑一片，以为家里没人，拉亮灯一看，父亲就坐在沙发上一动不动，吓了我一跳，连忙走过去问父亲怎么了，是不是病了。父亲摇摇头说："俏俏，你坐下，爸爸有话跟你说。"我坐在了父亲身边，说："有什么话你说吧。"父亲的目光冰冷而犀利，死死攥住我的一只手，问道："要是你妈有一天不和我过了，你跟着谁？"我奇怪地看着父亲，大声喊："我不要你们分开！我跟着你俩！"父亲颓然呆坐，叹息。我安慰他道："爸你别胡思乱想了，妈妈怎么会离开你呢？"父亲不说话了。他的脸上泛着隐隐的青色，一副挨打的样子。

　　人生是那样充满着戏剧性。过了一段时间，我发现父亲变了个人，常常熬夜，未老先衰，邋遢，颓败。我很吃惊，故意跟他说话，他的反应明显迟钝了，经常呆呆地坐着或站着，眼睛直勾勾地看着一个地方，好长时间也不动一下。导致他改变的深层原因，我无法知道。但我意识到，这样的状态发展下去会很危险，便悄悄地去心理诊所咨询了徐教授。徐教授听了我的讲述后，对我说："从你父亲目前的精神状态看，有强迫症的可能。强迫症是一种常见的精神疾病，主要表现可以归纳为情绪低落，兴趣减低，思维迟缓，自责自罪，饮食、睡眠差。"我担忧地问道："我爸爸真要得了这种病该怎么治疗呢？"徐教授说："目前中药和西药对于强迫症都有一定的治疗效果，但强迫症是心理疾病，必须配合心理治疗才能彻底治愈。你们家庭成员之间关系是否都融洽呢？"我实话实说：

"最近一段时间，我父母的关系一直比较冷淡。"徐教授说："那应该先想办法改善他们的夫妻关系，增强夫妻之间的感情。切记，你作为他们的孩子千万不要轻易介入到他们的中间，否则，适得其反，对他们、对你，都是一种伤害。"我叹了口气问："那我就对他们视而不见吗？我怕我难以做到啊。"徐教授安慰我了几句，然后亲切地拍拍我的手背说道："这样，你哪天带你父亲来我这里一趟，我跟他好好谈谈。你放心，从你父亲目前的症状来看，应当是轻度强迫症，可以不用药物治疗，我会对他实施心理疗法进行治疗的。"

徐教授还给我讲了，心理疗法治疗强迫症可以通过几种途径，帮助病人从抑郁中恢复，这些途径包括认知上的、动作的、人际间的、心理动力的和其他种类的"谈话疗法"。我的一颗悬着的心落了下来，不再那么忧心忡忡了。回到家，我把咨询徐教授的事对母亲说了，母亲听了深看了我几眼，想说什么的，最终一句没说出来。我知道，此时此刻她的心里一定很乱。因为我看到她的眼神是零散的，有些心不在焉。我怀疑她和马劲风还在往来着。但是，当时我认为他们只是朋友关系，打死我也无法想象马劲风竟然是我的生父。所以，我没有朝着那个方向追问。

但是，我的内心委实焦虑。我爱父亲，我必须医治好父亲的病。两天后，我对父亲撒谎说，我认识一个姓徐的心理医生，他要搞一项常规心理调查，想找些熟人配合一下。"好啊，好啊！"父亲表面唯唯诺诺，心中却不以为然。父亲终于给我面子，跟着我去了徐教授那里。那天我的电话出奇地多，我怕打搅他们，老上外面接电话了，没听到多少徐教授和父亲谈话的内容。事后，徐教授在电话里告诉我，父亲得的确实是轻度强迫症，只要及时进行心理治疗是完全可以康复的。我很欣慰，有一种如释重负的感觉。后来的日子，徐教授为了不引起我父亲的怀疑，经常来我家以各种名义和父亲交谈，探讨人生的方方面面，引导他正确地看待世间万物。徐教授还叮嘱我和母亲，多给父亲吃点全谷食物、糙米之类的多纤维食物，防止他暴躁易怒的情绪。他还特意嘱咐我母亲，要多主动和我父亲沟通交流，多站在对方角度考虑问题，多理解宽容对方。母亲点头表示接受，可我观察发现母亲并没有落实到行动上。她很少与父亲交谈，经常很晚才回家。我让母亲尽量早点回家，母亲总是说我何尝不想哪，可我是个车间的一把手，千斤重担压肩上，能不顾集体只顾家吗？我无语了。

　　我悄悄跟踪过母亲，看她下班后是直接回家，还是和马劲风在一起。结果我看到的是，下班后的母亲总是独自一个人骑着自行车回的家。如果太晚了，她也是独自一个人打出租车回家，从没发现她和马劲风同行。至于班上他俩接触到什么程度我就不得而知了，这样的事情不宜拜托给别人替我监视的。我只能在心底里一遍又一遍地想象他们在一起做些什么了。可是，我不知道，父亲的心死了，人生之哀，莫过于心死。一直很和善的父亲，心头正悄悄酝酿着毁灭一切的愤怒。谁知道，他不声不响地做着周密的复仇谋划。他的强迫症一直没有减轻的迹象，这让我重新忧虑起来。每次父亲离家锁门的时候，明明锁好了门他都要反复看好几遍。下班回到家，他也不做饭了，而是拿着一把小铁锤蹲在阳台上，不厌其烦地轻轻敲打着一块块小石头。父亲有收藏石头的爱好，他把心爱的石头砸得一疙瘩一块的。然后，他把那些石头用清水洗干净，神秘地藏进壁橱的一只大木箱子里。他那些石头有白色的，有褐色的，还有红色的，经爸爸的敲打有了各种各样的形状，有的像动物，有的像景物，真的挺好看的。我问父亲："爸爸，你这些石头真好看，给我看看行吗？"父亲摆摆手，伸出一根手指放在嘴上，对我做出一个不要说话的手势，反反复复地开关壁橱门。我以为父亲这是在进行自我解压，哪里想到，就是这把索命的小铁锤，将我们家彻底砸烂了，把我的命运彻底改变了。

　　出事那天，我发现父亲腰里鼓鼓的，可是，我还是傻里傻气的，自得其乐，丝毫没有觉察到一场灾难性的变故正向我悄悄袭来。

　　……

　　那一天，我的生父马劲风来到医院看我。

　　我眼巴巴地看着马劲风一个人抠鼻子，总不免有点恶心。马劲风说："俏俏，你能原谅爸爸吗？"

　　我目光像寒光凛凛的刀片，朝他劈去。

　　马劲风惊讶了，用一种异样的眼光看着我："孩子，你的养父走了。他是个好人，谁也不愿意发生这样的悲剧。以后我就替他照顾你了！"

　　我大声骂道："滚，别看你有钱，我永远都不认你！你这个强奸犯！"

"俏俏，你听我说……"马劲风呼喊着。

"我不想听，滚，给我滚！"我的嗓子快吼裂了。

马劲风抱住头，放声痛哭。

马劲风的哭声，痛苦悲壮，却没能打动我。他是我的耻辱，我永远都不会认他的。母亲让他出去，马劲风转身离开病房，母亲开始了重复诉说，神情迷离。我再也懒得听了，真的，一场梦似的，这个故事动人极了，险些要了我的命。我奇迹般地活了下来，医生说，我以后再也不能生孩子了。我知道，这是一种关于孩子的报应。我想不明白，父母的个人私事，演化成罪恶。为什么都要我来承担啊？父亲那么好的人，为什么不原谅母亲呢？不原谅我呢？我常常想，父亲是怎样的心理呢？知道我不是他的亲生女儿之后，父亲内心深处的"过山车"发生了故障，他一度患上了强迫症。他害了我，也把自己害了。他为什么不伤害母亲？我终于想明白了，父亲拉我下去，为的是惩罚母亲，让她灵魂痛苦，生不如死。父亲啊，你哪里知道，你的女儿同样生不如死啊！

我这一生里，再也不会坐过山车了。

月亮太亮了，亮得我无法入睡。天经地义，女孩子都有一颗善良的心。我要转变思路，换一种角度想事情，以此来消解内心的恐惧。我必须放弃仇恨，恨这个恨那个，恨着恨着就恨我自己了。我又思念父亲了，一想到父亲是死去的人，就原谅了他，也原谅了母亲。母亲很感动，轻轻地啜泣着，绝望的情绪渐渐消逝了。我喉头哽咽了一下，叫了声："妈！"母亲应了一声，晃了晃。我颤着声音说："我不恨你了，也原谅了父亲。"母亲一把抱住了我，抱得紧紧的，哽咽着："孩子，我们对不住你呀！"母亲捧着我的脸，吻我的额头。她的额头散发着月光一样柔和的光泽。我的心滚烫，泪水流了一脸。那寒到心底的伤，是透骨的。母亲的拥抱没能使我放松。尽管达成了和解，我的身体却一刻都不能放松，眼前又闪现那个坠落的瞬间。也许，在我的一生中，会常常回忆起父亲那双恐怖的眼睛。我的眼圈忽然红了。猛抬头，看见一只黄色蝴蝶飘进了窗口。天晴了，万朵红霞，通过窗子照射到我的脸上，我苍白的脸慢慢泛出红晕了。

黄昏动作

老黄是带着一个枣木烟斗回城的。

那天傍晚,河水浸着落日无声地流淌着。小河是从山林屁股底下甩过去的,宽宽窄窄,已经不成河的模样了。水面上漂浮着树叶和野花。

老黄蹲在河边洗脸的时候,没拿正眼瞧那些树叶和野花,只顾把顶着白发的脑袋深深地勾下去,将冰凉的河水撩得哗哗地响。

猛地,他的手指在水中触摸到一个硬硬的东西,便缩回手,撸了撸脸上的河水,看见那物原来是漂过来的一段枣木树根。老黄愣了愣,跳进水里将黑黑的树根捞上了岸。

老黄蹲在树根旁吸烟瞧着,竟有了一个想法,他想用这个枣木树根雕一个烟斗。

他接到了林场的通知,他退休了。

他知道自己这个守林人早就失去其原有的意义了。山林被伐光了,还守个鸟林?这个枣木烟斗也许会成为他对这山的唯一念想。所以,老黄整整雕了一宿。黎明的第一声鸟叫了。老黄的烟斗雕成了。

老黄坐在山顶上拿着这个烟斗吸烟。望着光秃秃的山,他手里的烟斗不住地颤索,一阵隆隆的雷声从远处滚过来,屁股底下有一阵颤动,他向远处好一阵张望……

又是一个春末夏初了,城里比山上暖和得多。

老伴儿给老黄换上了一身新衣裳。老黄穿上新衣裳,板板棱棱的,觉得浑身上下不自在。老伴儿说这些衣裳都是前些年做的，给你送上山你也不穿。老黄嘿嘿地笑着，说我在山上穿啥衣裳也穿不出好儿来。老伴儿说，这回到家养老了就穿着吧，这把年纪的人啦，该享个福啦。老黄听了老伴儿的话心腔一热，枯树根似的坐着，掏出那个枣木烟斗，撒上烟末儿，吧嗒吧嗒地吸着。心里想，我这个人天生是顶风喧浪的命，哪有福可享啊！

就说去年夏天吧，老黄接到林场的通知，让他告老还乡。可是这个夏天很特别，雨水大得像屋檐吊线线，山上的泥沙打着卷儿朝山下滚去，老黄心里丢不开，就在山上搭了不少石坎子，挡住了一些泥沙。可是他的努力并没有保住山下的家园。他望着那一片汪洋，老脸青乌乌的，害了大病似的难堪起来。如果有那片林子，情形就大不一样了。老黄的心情陡然变糟了。他喝着酒，自责地骂着：你是守林人，你守的林子哪里去啦？他摇摇晃晃地立起身子，朝寂静的黄昏里嚷。大山静静的。起风了，风打屁股透心凉。老黄初秋的时候栽下了一片小树苗。回城时，他留在大山里的是小树苗儿，他带走的是这个枣木烟斗。

鸟叫的声音很好听。

老黄瞅见阳台上挂着的鸟笼子。笼子里有一只画眉鸟，蹦蹦跳跳啼啭。他觉得笼子里的鸟声没有山上野鸟儿叫得好听。老伴儿说，这是你老儿子孝敬你的，怕你回家寂寞，让你没事到楼下小公园遛遛鸟儿。她说话时的脸相变得柔和生动了。

老黄说："这只鸟儿叫得不好听。花里胡哨的！"

老伴儿瞪他一眼，说："你别不识抬举，难得小三儿还想着你这老没用的！"

老黄长长吐出一口烟雾说："我老了吗？我没用了吗？"

老伴儿笑道："没有？你以为你是谁呀？老不中用的！"

老黄也跟着笑，他忽然觉得自己没笑好，嘴角有一种拉不开移不动的感觉。他晃了晃枣木烟斗说："我不闲着，人一闲就生病！"

老伴儿愣了愣："那么多人都下岗啦，你想不闲又能咋着？"

老黄说："萝卜和白菜，各取心头爱！我老头子在你眼里没有用了，可我在百强眼里，还是一个有用的人呢！"

老伴儿问："你啥时见到百强啦？百强用你做啥？"

老黄吸了一口烟，两边的腮帮子深深下陷。老黄不知道百强会让他干啥，但他心里是有了底的。百强是他的干儿子。当年他和百强爹一同走进那座山林的时候，百强还没有来到这个世界。百强和他的哥哥百军是双胞胎，他们就出生在山林里。百强哥俩是在老黄眼皮底下长大的。百强之所以成了老黄的干儿子，是因为老黄对他有救命之恩。当年林场职工子女上学是很难的，百强哥俩上学要走很远的山路。那年冬天，一场大雪封山，百强和百军上学时迷了路，冻在雪林里。傍晚的时候，家里人不见孩子回家，就慌了。当时老黄在林子里砍柴，回来的路上瞅见了冻成雪人的孩子。老黄回忆当时的场景，两个孩子呈烤火的姿势蹲在雪地里，浑身已经冻僵了。老黄扔掉木柴，立马将两个孩子背回了林场。百军死去了,百强被暖过来了。百强爹就让百强做了老黄的干儿子。百强眼下当上了不夜城娱乐公司的经理。他听说干爹退休了，就想请老黄到他的娱乐城里来。老黄就答应了。老人知道自己退休之后不能闲着，因为他听说儿子儿媳都要下岗了。再说，他还总是牵肠挂肚地恋着山林，眼下不管乐意不乐意，寻件事情做，就能把心分开。

老伴儿说："老头子，你可不能满指着百强，人家如今是买卖人。"

老黄胸有成竹地说："我的干儿子，能差哪儿去？别说我还能给他干点儿，就是待在家里，他还不管我？"

老伴儿不说话了，轻轻叹息：但愿这孩子还有良心。

老黄端着空烟斗，蹶跶蹶跶地走出去了。

县城里的天空灰蒙蒙的。老黄走在大街上，感到来来往往的行人像一些晃动的树枝，带着黝黑的韵律。他对城市没有感觉，年轻的时候，他在山上就盼着探亲假，老了又不愿回城了。时光是日子的背景，又是生命的埋葬者。老黄眼前又幻化出山林的影子。这阵的山林啊，正以最后的沉寂向世人诉说着生命消失的沉重。老黄闷闷不乐的脸上透出一层暗淡的阴影。走到新华路拐角处，老黄瞅见了儿子小三和媳妇正在叫卖背心和袜子。老黄收住脚,扭头望了很久。他听老伴儿说了，小三和他媳妇所在的县第一针织厂被人买断了，说要转产，他们就下岗了。厂里分给他们一些背心和袜子就算是生活费了。这种颇为难堪的尴尬局面是老黄始料不及的。与他们分家另过的大儿子和二儿子日子过得也很紧巴。这日子活活是一把糊涂账哩。

老黄走了，扑扑跌跌的。

老黄走进百强经理办公室的时候，百强经理正在勾画室内游泳池的图纸。百强的确有了老板的派头，头发很亮，肚子挺挺的。他见到老黄很亲切，让女秘书沏茶，自己为老黄递烟点烟。老黄没有接百强递过来的烟，而是从兜里掏出枣木烟斗，摁上一些老烟叶子。百强给老黄点上了烟斗，笑着说："干爹，晚上我为您操办一桌，您明天就上班吧。"他说话的时候，眼睛一直瞟着桌上的图纸。

老黄说："百强，你想让我干啥？"

百强说："您想干啥呢？"

老黄说："力所能及的呗！"

百强说："那就在舞厅看门儿吧！"

老黄问："你小子给干爹每月开多少钱？"

百强说："每月五百块，行吧？"

老黄说："那忒不少啦！"

百强在图纸上勾画完了，就扭转脑袋，瞅着老黄笑。老黄一直笑着，叼着烟斗的嘴角也松活了。他怀着一种激动的心情，等待着新的工作岗位。

百强说："干爹，往后您就是我们公司的雇员啦，没人的时候，我叫您干爹，上班的时候，我就喊您老黄。"

老黄喉咙里发出一阵含混的声音："眼下是干爹求你，叫啥都成！"

百强试着喊："老黄，老黄——"

老黄愣了愣："哎，哎。"

百强红着脸笑："干爹，真不好意思。"

老黄嘿嘿笑着："这不挺好嘛！"他说这话的时候，眼圈儿有点发红。他顿了顿，又说："唉，我真没想到哇，你小子成大老板啦。你爹你娘，还有你哥，他们要是还活着该多好哇。"

百强也显得很难过："干爹，不提过去的事儿啦！是林场害了他们，林场，我再也不想见到它啦！"

老黄说："别提林场啦，这场大洪水，林场也有罪哩。"

百强的眼神落在了老黄的烟斗上："干爹，这个烟斗挺好看的。是您自己雕的吧？"

老黄点点头，抬起袖衫擦擦眼睛。

百强的手机响了。他手下人告诉他，晚上的那桌饭定好了。

老黄被百强拉到大酒店的时候，有些瞠目结舌，许久没有咂摸透干儿子的心思。到了酒桌上，老黄才明白百强是给他接风洗尘。老黄一激动就喝多了酒。夜里是百强派司机将老黄送回家里的。老黄早上醒来的时候，发现自己的枣木烟斗丢失了。他没吃早饭就去那个酒店去找。酒店服务员说没有瞅见他的枣木烟斗。老黄悻悻地去上班了。一进娱乐公司的门儿，老黄就瞅见百强经理钻进小汽车走了。他想问问百强，看到他的烟斗没有。谁知百强连理都没有理他。老黄骂了一句，就走进警卫室。年轻的保安说，经理的意思是让老黄值夜班。老黄说值夜班就值夜班。他弓着腰，坐在门口的木椅上歇息，他想抽支烟，一摸兜儿空空的，就思念他的那个烟斗。他有些困倦了，来来往往的车和人都变得模糊了，模糊得像裹了层厚厚的雾幔。

老黄迷糊着了。

老黄做梦了，梦见了山林。疯狂的舞曲都没能惊扰他。

也不知过了多少时辰，老黄被人摇醒。老黄闻到了一股女人的香气。一位很漂亮的小姐说："您是老黄吗？"

老黄愣了愣问："你是谁？"

小姐笑了笑说："我是经理的秘书，叫葛小红。"

葛小红拿出一个枣木烟斗："这是您的吧？"

老黄眼睛一亮："我的枣木烟斗，咋在你手里？"

葛小红咯咯地笑着："经理出差啦，他走时让我把这个烟斗交给您。"

老黄一愣，接过烟斗，心里十分茫然，这个烟斗是啥时到了百强的手里呢？也许是他喝多了酒掉在他汽车里的？老黄走神儿的时候，葛小红朝老黄摆摆手走了。老黄不再多想，急忙摸出烟袋子，端着烟斗吸了起来。他不能没有烟，有口烟就能挺着。他吸烟的时候，心里总是想事情。眼皮子前边的事怎么也记不住，脚后跟跺烂的事怎么也放不下。

老黄记得自己有过一个烟斗，是不是枣木的记不得了。这个烟斗被山火烧焦了。那一年的夏天没有闹洪水，却来了一场很大的山火。老黄救火的时候头发和眉毛都烧掉了。烟斗装在那件蒜疙瘩背心的兜兜里。背心和烟斗都被烧成了碎粉。老黄还被记了功，受到了林场领导的表扬。过去是守林，眼下是看舞厅。老黄感到很滑稽，很唐突，很惶惑。坐在山顶上喝酒，是从心里朝外舒服，可在大酒店喝酒，心里却是不安生。老黄又劝自己：人哪，就是走哪步说哪步话了。于是，他就朝身边的每个人笑，笑得很温和，嘴角和眼睛都弯着。

老黄回到家里吃午饭。他瞅见老伴儿又把一些老烟叶子晒干。老黄吃过饭，蹲在屋外的窗台下搓烟叶。儿子小三和他媳妇过来跟老黄说话。老黄一想起在街上看见他们叫卖的样子，心里就酸酸的。小三说："爹，我和艳荣都下岗啦，你能不能跟百强说说，也给我俩找个差事干干？"艳荣也凑过来说情。老黄没有吭声，依旧默默地搓烟叶。老伴儿也走过来说："老头子，孩子说的话你都听见啦？咱们都是黄土埋脖儿的人啦，就得给孩子们想想。"老黄的脸木在半空，说："唉，咋说呢，你们别以为百强是我的干儿子就说啥都成。别以为你爹救过人家一命就像狗皮膏药似的贴上人家。我要不是百强上山请我，我才不去给他当这个门卫呢！"小三摇头说："娘，我爹在山上待傻啦！这年头谁不是削尖了脑袋挣钱？百强这小子是人窝子里滚出来的人精，不求白不求！"老伴儿说："你就老老脸，张嘴三分利，不成也够本！"老黄闷闷地不吭声，心底深处有一块地方硬不起来。他觉得一求人，人就矮了，就活得不那么踏实、不那么理直气壮。小三和媳妇不高兴地走了。老黄端起枣木烟斗，将新晒的烟叶捏进去，点着，颤巍巍地吸着。过了一会儿，老黄对老伴儿说："你跟着瞎掺和个啥？百强那个地方是舞厅，年轻人准待坏喽！你不是把小三和艳荣往坑里推吗？"老伴儿不说话了。老黄淡淡地笑着，老伴看出他的笑是硬撑出来的。老黄自言自语地说："如今我老头子是吃蹭饭的啦，这人心险恶，谁知往后会闹出什么事来呢！"老伴儿眼睛红红的。老黄发出一声轻得恍如隔世的叹息。

这个下着小雨的夜晚，老黄在城里值第一个班。

　　老黄感到黑夜的沉重，仿佛小城全部夜的分量都压在他弯曲的脊背上。出出进进的红男绿女，使老黄觉得那么陌生，甚至是生厌了。可人们是那么落落大方，眼睛亮亮的，亮得像汽车上的灯。他头一回知道城里人眼下是这种活法。夜里一点钟的时候，百强媳妇的汽车停在门口。老黄认识百强媳妇。主动跟她说话："是不是来接百强啊？"

　　百强媳妇打扮得很艳，走进警卫室："干爹，听百强说您来了，看看您。"

　　老黄呵呵笑："别那么客气，老了老了，是废人啦！"

　　百强媳妇说："干爹，您老是长辈，瞅着百强点儿，他如今可不像从前啦。做着这种买卖，周围都是些勾人的骚货！"

　　老黄说："百强不是那种人。你放心！"

　　百强媳妇说："您老不知内情。有空跟您细说。"她说话时，两眼不时地瞟着窗外。有了百强的身影，她就跑出去了。

　　老黄又坐下来吸烟。他在第二天才听说，昨夜百强媳妇跟百强打了一架。百强的女秘书葛小红的漂亮脸蛋儿被抓得一条一条的。老黄这才知道百强跟葛小红是那个关系。老黄责备百强太不应该了。老黄就这么埋怨百强的时候，百强走进了警卫室。百强将两条红塔山香烟递给老黄："干爹，您抽点好烟！"老黄连连推托说："这烟多贵呀，不，不，留你招待客人吧。"百强将烟放下说："干爹，我有个事儿跟您说说。我的秘书小红是东北人，她是我的好助手。可我家那位不容她，总来这儿闹腾，我就在花园街给小红买了一套房子，晚上下夜班的时候，得有人来送她。我是不行了，我想来想去，就得劳驾您了。这样，我每月给您多加三百块钱。您看行吗？"

　　老黄默默地不说话，眨眨困惑的眼。

　　百强愣了愣："干爹，您老别为难。"

　　老黄说："百强啊，不是干爹不愿替你办事。你媳妇找过我了，你为啥这样？"

　　百强说："您别听她瞎咧咧。我是为工作。"

　　老黄说："噢，你是为工作呀，那我答应你！"

　　百强说："您得保密呀。"

　　老黄点点头。

　　百强转身走了。

　　后来的一些日子，老黄的主要工作是在后半夜送葛小红。

　　开始，老黄并没有觉得怎样的不好。葛小红也是一个挺有人缘的孩子。她每天帮着百强处理事务，夜里还要到舞厅陪舞。送走了她的客人，老黄的工作就开始了。过了半个月，葛小红对夜晚行走的路线也熟悉了，她跟老黄说，您这么大年纪了，真让我不好意思，往后我就自己回吧！老黄不知道她是怎么想的，他要听百强的话，可他不知不觉还是被人牵着鼻子走了。那天下大雨，到了葛小红的房子，雨就下疯了，哗哗的不透缝隙。葛小红把老黄请上了楼。老黄坐在她屋里避雨的时候，葛小红给他沏了一杯茶水。小红问老黄的那个枣木烟斗在哪里。老黄从兜里摸出烟斗。葛小红拿在手里仔仔细细地瞧着，竟有了莫名的感动。老黄不解地望着她。葛小红说："老黄大伯，其实我也是林场里长大的。"老黄等着听她下文的时候，葛小红却不说了。老黄也不往下追问，他早已如坐针毡，盼着大雨停下来，他好回去睡觉。雨小多了，老黄站起身走了。老黄走下楼，看见一辆出租车停在门口。他看见百强从车里走下来，很急地进了楼。老黄一愣，一闪身，没有让百强瞅见。他想起百强媳妇的话，就很警觉地上了楼。他听见了百强和葛小红打情骂俏的说笑声。葛小红说："你说，你啥时跟你老婆离婚？"百强嘻嘻笑着说："别着急，容我一段时间。"老黄的脑袋轰地一响，百强媳妇的一番话是对的。他又听见了小红的声音："跟你说了多少回啦，别让老黄送我回家了。你是不是想让老黄监视我？"百强说："老黄是我的救命恩人，我相信他。我不是怕你出事嘛！"葛小红说："你这人真让我捉摸不透！告诉你，你可能在干一件弄巧成拙的事。"百强问："为什么？"葛小红说："我发现你干爹不会接受我们的关系！他一定反对你离婚！"百强笑说："你真是个多疑的小花猫。婚姻大事亲爹都管不了，干爹能那么自讨没趣？"小红说："我看老黄不是省油的灯！"百强说："你这人是怎么啦？"老黄听着听着就气恼了，悻悻地走下了楼。他打着雨伞走在大街上的时候，心里怏怏的。百强和小红的谈话使他很失望。这孩子怎么能这样呢？他想明天要找百强谈谈，不然他这个挺好的家庭就毁了。老黄回到娱乐城的警卫室，没有一点儿困意，吞了几口酒，热辣辣一直烧到心底。

第二天上午，老黄把百强叫住了。老黄说："百强，你干爹嘴碎，你别介意。"

百强脸色难看地笑笑："干爹，咱们是谁跟谁呀？您说吧！"

老黄咳了两声："百强，我今天是代表你爹你娘跟你说话。我们不准你跟媳妇离婚！你媳妇宝娟哪点比不上小红？啊？"

百强尴尬地说："干爹，您听见啥话啦？"

老黄大声说："我实话跟你说吧，昨天夜里听见你和小红说话了。"

百强说："您既然听见了，我也就不瞒着您啦。我跟您说一个秘密，我媳妇宝娟活不长了，她得了癌症，是晚期肝癌。她本人不知道。"

老黄心头一紧："啊？这是真的？"

百强伤感地说："其实，宝娟也是您看着长大的，她的父母也是咱林场的职工。我们结婚这些年，感情一直很好。可她得了这个病，我有啥办法？"

老黄叹道："宝娟，可怜的孩子呀。可这，百强，她既然这样了，你就更不该伤她的心啦。你就不能不跟小红来往？"

百强认真地说："您不懂年轻人的感情。"

老黄说："你小子别跟我来玄的。等送走了宝娟，你再那什么——"

百强说："我是真心喜欢小红。她能够打动我内心深处的东西。说了您也不懂！眼下有人追求她，我不能让别人从我身边将她夺走！"

老黄摇了摇头："你呀！"

百强说："我把小红掩护起来，就是怕让宝娟知道，我不想伤害她。干爹，求求您，千万别跟他说呀！"

老黄说他知道。

百强说完走了。

后来的几天，老黄碰见百强媳妇宝娟，心里就难受，喉咙口发堵，眼角发酸。他觉得人真是禁不住折腾的东西，脆弱得像一株树苗儿，说完就完了。半个月过去，老黄就听说宝娟住进了医院。宝娟一住院，百强就不让老黄夜里去送葛小红了。老黄又获得了一个新的差事，百强让老黄每天到医院给宝娟送些东西。老黄不解地问，为啥要用我呢？百强说是宝娟提出来的，宝娟跟您心近啊。老黄就每天跑医院了。在医院的病房里，老黄瞅见了日见枯瘦的宝娟。宝娟见了老黄挺亲切，不时用十分微弱的声音问这问那。宝娟竟然问起了林场的事。她说："干爹，我记得您还送过我们上学呢！那时我九岁，您划船送我们过河。听说现在山上没有树了，那条河还有吗？"老黄一听她提起山上的事，眼里就酸酸的想落泪。他点点头说："小河，还有，还有。"他说着就掏出兜里的枣木烟斗："你瞧，这个烟斗就是我雕的，枣木树根就是从小河里捞上来的。"宝娟蕴着一脸的兴致说："给我看看。"老黄就把烟斗递给宝娟。宝娟苍白的脸上有了一丝笑意，她忽然觉得回到了大山里。人世真有活头，这世界也真有看头。也许人生的路走到尽头的时候，才那么思恋出生的地方。老黄从她的眼神里看到了这一切。他从宝娟手里接过烟斗，突然感到了它的分量。他马上将宝娟和小红做了一下比较，他更加喜欢的是宝娟。尽管小红也出生在林场，可她见到烟斗时的表情是装出来的。老黄忽然想起了什么，说："孩子，等你病好了，我带你上山。"宝娟笑着点头，浑身竟下意识地哆嗦起来。老黄两眼哀哀地盯着她的脸。宝娟又问："干爹，您还记得我和百强结婚时在山顶栽的那棵白松树吗？"老黄点点头："记得，记得，十四年了。"宝娟说："那棵树已经死了，死了。"老黄愣了愣问："你，你上山啦？"宝娟淡淡地说："我在梦里梦见啦！"老黄有些心焦地说："你别猜七想八的，临下山的时候，我瞅见那棵树还活着。"宝娟痛苦地摇了摇头："您别骗我了。"老黄绷着脸长时间不吭声。宝娟闭着眼，几颗豆大的泪珠子滚出来，顿了顿说："干爹，谁也骗不了我，我知道自己得的是啥病了。我这个该死的人了，就想知道百强给那个婊子买的房子在哪里。干爹，求求您了，您知道，告诉我吧！"老黄不敢看她的眼睛，支吾着说："孩子，你又想错了，想歪啦。你的病会好的，百强没有——"宝娟只流泪不说话。老黄笼罩在蚀骨的哀愁里。他愿意用老命来赢得她这两颗眼泪。

夜里，老黄心绞痛的病又犯了。

老伴儿给他服了药之后，老黄出了满身的虚汗。他脑子里全是宝娟和百强的身影。他活了这把年纪，头一回碰上这样的难事。他真担心下一步的日子将有怎么个熬法。傍天亮的时候，老黄实在忍不住了，就把这些事都说了出来。他怎么也没有想到他跟老伴儿的悄悄话会被儿子小三听见。

　　那天上午，老黄来到医院就被百强叫到了楼道口。百强的脸色十分难看，说："干爹，您是我最信任的人，我对您不薄吧？可您为啥背后捅刀子？你这不是坑我吗？"老黄被百强的话说愣了："你这是啥意思？干爹何时坑过你啦？"百强冷冷地说："小红的住处只有您知道，宝娟咋知道的？"老黄愣着："我没有跟她说啥呀？"百强说："她派人把小红的屋子砸了，还把小红人打啦！"老黄惊讶地说："怎么会是这样呢？"百强狠狠地瞪了老黄一眼："您就别来医院啦，宝娟都是这样的人了，您就别让她难过啦！"他说完甩手走了。老黄如五雷轰顶，傻傻地呆在那里。他扶着墙站了一会儿，晃晃悠悠地走进病房。老黄本来想问问宝娟，可他看见宝娟病情发作，痛得呻吟，医生正在给她打止痛针，老黄就忍住了。等宝娟镇静下来之后，老黄坐在她的身边，掏出枣木烟斗吸着。宝娟说不出话来，用眼睛看着老黄。老黄的两撮灰眉毛不时拧出疑问。他难看地笑笑，慢慢站起身："孩子，你好好养病，干爹明天就不来了。"宝娟有气无力地说："为啥？您回娱乐城啦？"老黄摇了摇头："不，我不上班啦。"宝娟似乎明白了什么，说："哦，是百强将您解雇了。干爹，对不起，是我连累了您。"老黄慢慢将心静住说："我知道你心里苦，干爹不怪你。"宝娟哭着说："干爹，原谅我，我在闭眼之前，不出这口恶气，死不瞑目哇！"老黄眼眶子一抖，淌下老泪："孩子，万般都是命，半点不由人。往开里想吧。我上山去，给你采一样草药，这种草叫狐狸腿，喝上就能止痛！"宝娟泪流满面，讷讷地说："干爹，你们爷俩都是好人。"老黄一愣："我们爷俩？"宝娟说："是小三来告诉我的，也是三弟带人替我出了气。"老黄恍然大悟，顿时一阵恶血撞头，恨恨地骂："这个狗东西！"说着就转身，扑扑趺趺地走了。

　　宝娟喊了一句："您别责怪小三儿。"

　　老黄头也没回。

　　老黄一进家门，瞅见小三和媳妇说笑。老黄劈头盖脸地就朝小三儿的脑袋打了几巴掌，愤愤地骂："你个孽种，你给我丢死人啦！"小三儿哆嗦着抱着脑袋。老伴儿和儿媳妇糊里糊涂地将老黄拉开。老黄舞着胳膊，喘喘地嚷着："没骨头的东西，宝娟给你多少钱？这钱你也挣吗？我打折你的腿！"小三自知理亏，灰溜溜地跑了。老伴儿惊讶地问："你们爷俩到底唱的哪出戏呀？"老黄前前后后说了一遍。老伴儿和儿媳妇并没有怎样生气，儿媳妇还夸小三儿长了挣钱的本事。老伴儿也说："这个百强，纯粹是钱烧的！"老黄哑口无言了，心想："他奶奶的，这世界出毛病了！人都变得不像原来的人了。难道是我老黄错了吗？"

老黄独自上了山。

老黄采到了狐狸腿。老黄站在山上，长长地呼吸着清新的空气。他真有些不愿下山了。山下有什么好的？人越活越势利了，人越活越小了。他爬到了那个山头，蹲下身，看自己退休时栽下的那一片小树默默地摇着头，哗哗地响个不停。老黄背着草药下山，还回头朝山上张望了很久。老黄回到家里将狐狸腿碾碎，然后和老伴儿熬出药水，送到医院宝娟的床头。宝娟喝了，果然止痛。宝娟感激地望着老黄，眼睛里有一种让人说不清的东西。老黄不懂她的心思，可他知道她的心是善良的。他心里骂着百强这个为富不仁的东西。过去老人总是说苍天有眼，其实呢，苍天没眼，如果苍天有眼怎么有那么多的好人受罪呢？

老黄怎么也没有想到，宝娟挺了两个月就死去了。更没有想到宝娟还会留给老黄一笔三万块钱的养老费。

老黄拿着这笔钱回到家，一个劲儿地抹眼泪。他对老伴儿说："宝娟的钱，我不能要哇！"老伴儿说："人家给你了你就接着，你伺候了她这几个月，也不容易。"老黄摇摇头说："我当时是瞅着宝娟这孩子可怜，并不是图她的钱哪。"老伴儿一边点钱一边呵呵地笑着，任老黄怎么说也听不进去。这时候，小三儿两口子笑着来到老黄屋里，说要借老爹这三万块钱做点小买卖。老黄掏出烟斗吸着，不吭声。没有多一会儿大儿子和二儿媳妇就来了。他们对老黄百般热情。老黄不拿正眼瞅他们，就知道这些不肖子孙是奔他这点钱来的。老黄生出从没有过的伤感，独独地吸闷烟。

家里人这副德行，老黄也就认了。最让老黄不能容忍的是，楼下邻居的非议。

这天老黄去打酱油，走到楼口听见有人议论，你瞧人家老黄，退休了还发了一笔财。还有人说，这钱拿得不光彩，听说老黄爷俩坑人家百强，是诈来的钱！老黄听了脑袋轰然一响。那人又说，老黄的干儿子百强养小妍，老黄又接又送的。那个得毒瘤的媳妇让老黄……老黄再也听不下去了，身架发软，眼里冒金星子。他晃了几晃，哆哆嗦嗦地走了。老黄回到家里就病了。老人发起了高烧，掺杂一些咳嗽。打针输液治了好几天，老黄才缓过来。就是从这一天，老黄开始丢魂儿。上了年纪的人常有丢魂的事。

老黄后来听说，谣言是百强传出来的。老黄骂：“这个重色轻友的狗东西！我是你的救命恩人，难道你都忘了吗？你的良心让狗吃了？呸，你小子的良心顶不上一节狗杂碎！”老黄骂累了，就觉得很没劲。

这个夏日的上午，阳光是那么刺眼，那样怪异，仿佛随时都像有白面粉落下来似的。老黄独自喝了几口老酒，就走出了家门。他不敢往天上瞅，因为他自己都为自己吃惊，他正在干一件自己都无法解释的事情。他把宝娟留给他的三万块钱都捐给了林场。他的意思是让林场用这笔钱买一些小树苗儿。小树苗儿快快活活地长在山上，恐怕这也是宝娟的心愿吧。老黄刚刚捐了钱，儿子小三儿和老伴儿就急火火地追上山来。老伴儿和小三儿一见老黄，身架就塌了。小三儿恨恨地说：“爹，这是啥年头啦？你睁开眼瞧瞧，还有你这种人吗？树怕伤皮，人怕伤心，你把家人的心全伤了！”

老黄没吭声，慢慢掏出枣木烟斗，一口一口地吸着。

老伴儿说：“老头子，在这大山里，你吃了一辈子苦，难道还没受够吗？”

老黄的两只老眼，朝山里望了望。

山风冷冷地吹着，有一片树叶打在老黄的脸上。

小三儿说：“爹，你这么做，还咋回这个家？”

老黄眨巴着眼，脖子直了半晌。

老黄不说话，老伴儿心里慌了。

老黄站起身，身子一歪，险些栽倒。老伴儿将他扶住了。老伴儿发现老头子的眼睛湿湿地亮起来。老黄将枣木烟斗里的烟吸完，就将烟斗使劲在手掌里揉了揉，抬手狠狠地朝山下扔去，用嘶哑的嗓子吼了一声：“天杀的——”

枣木烟斗像一只鸟儿，飞在空中。

老黄朝老伴儿和小三儿摆摆手，蹒跚着朝山顶的小木屋走去。母子怅怅地打量着他的背影，有些愕然。老黄用嘶哑的嗓音唱着山歌：“山神神，地神神，糊里糊涂活个人；地神神，山神神，明明白白活个人！"

老人的声音沙哑凄凉，将山梁上流动的水汽都卷走了。山上的碎石子，被老黄踩出脆脆的声响。

老伴儿和小三儿愣愣地呆在那里。老伴儿软软地瘫在那里，喉咙里挤出短促的呜咽："你这冤家——"

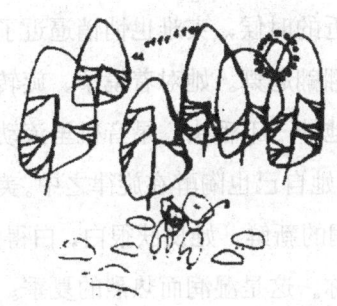

非常爱情

一

美伦与唐刚婚礼临近的时候，灾难也悄悄逼近了。

美伦一人在新房里翩翩起舞。她对着镜子，旋转着优美的舞姿，还不时朝镜子里自己的脸，怪怪地伸一下舌头。录音机里流动着舒缓优美的舞曲。美伦的舞姿的确异常优美，连她自己也陶醉在旋律之中。美伦跳出了汗水，头发湿润，眼睛湿润，满脸也是湿润的新鲜。她皮肤很白，白得像奶油雪糕，细细的腰肢，圆润的双腿，和谐而匀称。这是湿润而热烈的夏季。夏季是祖露身体和倾诉情感的季节，也是新人结婚的季节。美伦与唐刚马上要到北戴河旅行结婚了。

唐刚买到了两张当日的车票。他仔细地看了看车票，时间是 1976 年 7 月 27 日下午 4 点发车，到达北戴河海滨的时间正好能赶上晚上观潮。他欣欣地走进新房，看见大红的喜字，给人窒息的紧张和即刻要燃烧的酷热。加上美伦的红舞鞋，红色充斥了温馨的房间。鹅黄色蒲公英图案的窗帘直落地上，映出一层暗暗的光，使得蒲公英纤毫毕现，仿佛吹口气就能飘起来。

"别跳了，我们该上车站了！"唐刚说着换了军装，收拾着包裹。

"车站？噢，我们就要看见大海了！"美伦猛地扑过来，紧紧地抱住了他，还说了好多亲热的话。唐刚就势跟她躺倒了。他与美伦拥抱的时候，根本不知道兜里的火车票已悄悄地滑到了床上。结果两个人来到火车站时，唐刚才猛然发现火车票不见了。他猜想是掉在了床上，他让美伦等着，自己跑回了家里取车票。

唐山火车站简陋繁杂，上车下车的人流缓缓涌动着。美伦焦急地翘望着唐刚的身影，可是火车进站了，唐刚的身影也没能出现。美伦真后悔不该在床上跟他亲热，后悔不该让唐刚再回家去取车票，重新买两张不就够了吗？两个小时过去了，依旧没见唐刚的身影。她从路程上估算，唐刚回家取十趟车票都来得及。她的心里生出一丝从没有过的不安，连天空飘着雨丝，都毫无察觉。

雨越下越大，她的头发、脸蛋儿和衣服全湿了，也一动不动。天渐渐地黑了，她心底里不断地问着自己：他变心了？不会的！他是爱她的。要么是出了别的什么事情？

二

此时此刻，唐刚的焦急并不比美伦强多少。

他回家取车票的时候，恰巧被地震台的同学李庆西叫住了。李庆西知道他和美伦要旅行结婚，可是他的事情比结婚更着急，他要通过唐刚找到唐山市委书记唐志友。李庆西拽着唐刚去了市委，唐书记正在开会，动员全市人民大干一百天向国庆献礼。如果没有唐刚的因素，唐书记根本没时间见李庆西的面。散会后，唐书记把李庆西带进自己的办公室，唐刚就想告辞，他说美伦还在车站等他呢。李庆西是急于把地震测绘的情况报告给唐书记，但并没能做出准确的预测报告。

唐刚匆匆赶到火车站的时候，天已经黑了。开往北戴河的最后一班火车也已经错过了，唐刚只有向满脸疲惫的美伦道歉。"你这个人啊，叫我说你什么好啊？"美伦使劲耍着小脾气，冷冷地甩给他一个脊背，自己却是轻轻地哭了。唐刚心里很是歉疚，说了一车好话安慰她，并重新买好了明天上午的火车票，总算将美伦的脸颊上哄出一丝笑意。

夜里雨停了，唐刚陪美伦去看了一场电影，晚上就睡在他们小新房里。可谁也没有想到，惊天的大地震就在这一刻。无情地降临了！

地声像上百匹马一齐恐怖、狂躁地扯断拴在石槽上的缰绳，长嘶着跑上大街。远处传来轰轰隆隆骇人的地声。一团突然出现的白光把天地之间照得雪亮。沉闷的雷声自遥远的天际滚滚而来，如山洪暴发，如泥石流呼啸而下。伴随着隆隆地声的是更令人恐怖的光芒，那充满死亡气息的恐怖之光使大地陡地亮如白昼，时而又漆黑一团，瑰奇怪异，狰狞诡谲。地面卷起一阵黑色的旋风，冲天而起，伴之而来的是地下岩层大崩塌一样的巨响，几道更为骇人的亮光撕裂漆黑的夜空。就在这一刹那间，唐刚护着美伦嘶喊了一声："不好，地震啦！"大地疯狂颤抖起来，先是上下颠簸，继而左右摇晃，一道地震强波使大地如海浪一般起伏涌动，房屋建筑随之而倾、而倒。美伦在颠簸的大地上根本站立不住，刹那间她便随着那大地的涌动和房屋的颠晃，手足无措地倒了下去……

地静了，天哑了。十分可怕的寂静。

美伦和唐刚在废墟里蠕动着。

最初的时候，美伦是看不见唐刚的，她在黑暗中微弱地呼喊着："唐刚，唐刚。"唐刚受伤了，胳膊淌着血，嘴里呻吟地喊着美伦的名字。美伦伸手摸到一块水泥板，再一使劲，美伦摸到了唐刚的胳膊。唐刚也紧紧地抓住了她，惊喜地喊："是你吗？美伦？"美伦吃力地应着："是我，我们都活着，唐刚，这是地震吗？"唐刚点点头："嗯，房子塌了，是地震，看来李庆西说的是对的。可他娘的没有预报啊！"美伦问："是你爸爸不让报吗？"唐刚吃力地说："不，我爸爸让他们拿出详细资料！可他们没有！"美伦不想再说这个话题了，她摸到他胳膊附近一团黏糊糊的东西。美伦一惊，问："唐刚，你流血了吗？"唐刚颤了一下，糊弄着她："没，没事儿，我怎么看不见你！"美伦哭泣了："我也看不见你啊！"唐刚鼓励着她："别哭，美伦，我们能活着出去的！"美伦继续摸索着，向他这边靠拢着。

美伦是开滦煤矿文工团的演员。她并不像一般的女孩那样，学得浮华、虚荣，或者是好高骛远，她永远都是那么英姿飒爽，那么快快乐乐，对待情感又是那么认真痴情。美伦记得她与唐刚是在一个家庭晚会上认识的。她当时并不知道他是市委书记的公子，只知道唐刚是文艺兵，当时还有一个叫唐百灵的演员爱着他。美伦知道唐百灵与唐刚过去都是军区歌舞团的演员。唐百灵是一个很有名气的美声唱法的演员，但她十分喜欢唐刚的二胡演奏，而唐刚似乎也是很愿意给唐百灵的生日助兴。美伦是单位里的一个老大姐给拉去的。美伦也不知道自己当时是怎么一眼就看上唐刚的。也许是因为唐刚的帅气出众吧？他高高的个子，腰间很瘦，肩膀却是宽阔的。他宽宽的额角和深沉的眼睛似乎掩藏着无尽的智慧和魅力。他穿着一身黑色的衣服，配上黑色的二胡。特别是他拉奏的电影《上甘岭》的主题曲《我的祖国》，是美伦最爱听的。

曲子拉完了，美伦还沉浸在那激越热情的旋律中。忘记了秋风和寒意，觉得浑身有一股燃烧般的热力，涨满在她的胸腔里。她久久地凝视着唐刚。同去的大姐笑着捅她："美伦，你是不是看上他啦？"美伦的脸一下子就红了："大姐，我爱听这支曲子！"大姐说："你别骗人啦，你的大眼睛都泄密啦！"美伦是个爽快的女孩，她眨眨眼睛说："大姐，你说我看上他了，就算看上吧！"大姐笑笑说："那你快求我，给你们当红娘！"美伦笑笑说："不用，我敢自己找他！我还要他重拉一回这个曲子！"大姐将信将疑地看着美伦。美伦昂着头挤过人群，大大方方地走到唐刚的面前。她拍了拍唐刚的肩膀，悄声说："我叫美伦，请你再给我拉一曲《我的祖国》，好吗？"唐刚被她拍得愣了一下，然后笑出一口白牙："行啊！"然后就又很投入地拉奏起来。美伦发现唐刚拉奏时，经常扭头看灯光下的美伦。美伦的心怦怦地狂跳起来，浑身血液奔流得那样快。她不由自主地随着曲子跳起了秧歌舞。她为什么抑制不住内心的狂喜？为什么产生不顾一切的冲动？事后，美伦才觉察到自己真的爱上了这个拉二胡的小伙子了。此时的唐刚也被美伦所感染，拉奏时忘记了唐百灵。拉完时，他回过身子，他一眼看见唐百灵默默地站在树下，正用多疑的眼光注视着他。

当时，唐刚是被美伦的举动所感染，可真正爱上她，是在以后亲密接触的日子。美伦来找他，她看见他的房间里挂着一把黑色的二胡。她把他请到了自己家里，还亲自给他做好吃的。唐刚在吃饭的时候，问美伦为什么叫他"黑二胡"？美伦笑着说，因为你还没有告诉我你的尊姓大名啊！那天晚上，我只记住了你的黑二胡！你这个家伙二胡拉得真棒！唐刚马上告诉了她自己的名字。美伦毫不隐讳地说，她非常喜欢黑色的二胡！唐刚说话的声音有些不自在，颤抖而不稳定："你可是真有意思啊！"两个人四目相瞩，谁也不说话，好长的一段时间，都只是静静地对视着。唐刚知道自己也爱上这个女孩儿了。后来的一些时光，美伦几乎和唐刚热恋在一起。在城外的树林里，他的手挽着她的腰，她将小嘴巴吻在他的脑门上。唐刚终于大胆地吻她，她可从没有被人这样吻过。他的唇贴紧了她的嘴巴，使两个人的青春热力立即从唇上奔涌到四肢，心尖索索地颤动了。他把她的头揽在胸前，温柔地说："第一次给你拉二胡，我就知道我完了，我的枪炮肯定成为你这玫瑰的俘虏。"美伦撒娇地说："我的玫瑰，可从来没在枪炮面前炫耀过啊！"唐刚海誓山盟地说："我的枪炮，永远只属于你这一枝玫魂的！我要让你幸福！"美伦嗔怨地看着他："人家可早就给你种下一万朵玫瑰了，谁知道你变不变心？"唐刚将她的手贴近他的胸膛，喃喃地说："我的心永远属于你！"美伦感激地落下了眼泪。

三

美伦和唐刚之间挡着一块坚硬的木板。美伦的手不停地抓挠着碎石，终于从木板和碎石间的缝隙里伸过手去。她抓着唐刚流血的胳膊了，美伦感觉很湿，还有股腥气，她明白他受伤了，几乎崩溃了，使劲抓着他颤抖的手臂："你疼吗？"唐刚坚定地说："不疼，没事儿。别忘了，我是男人！"美伦还是不放心地说："我看不见你。"过了一会儿，唐刚问："有没有东西压在你身上？"美伦哽咽了："没，没有。"唐刚急着喊："你骗我。"然后他就艰难地伸出胳膊，从缝隙里伸过来。唐刚的手扒拉着碎石。美伦紧紧地抱住了他的胳膊："你别管我。"唐刚鼓励着她："美伦，挺住啊。"美伦说："我是怕你——"她又抓住他的另一只手，紧紧地放在胸前。美伦闯入他们这个干部家庭，并不是一帆风顺的，唐刚的妈妈是个很大的阻力，唐刚竭力说服了母亲。美伦永远感激他。

唐刚被内疚的心情折磨着。他用一只手，摸到了身边的衣裳，从兜里颤索索地摸出那两张开往北戴河的火车票。他轻轻地说着，如果自己不跟李庆西去找父亲，如果车票不丢在家里，眼下他和美伦正像一对鸳鸯，依偎在一起，充满激情地看着大海。他轻轻地说："美伦，你怎么不说话了？是我对不住你，我不该跟李庆西去找父亲！我该死，是我害了你啊！"美伦不让他这样说，她说自己只要跟他在一起，什么都不怕。忽然余震了，钢筋和水泥的废墟又晃动起来。刚刚掏出的一个空间，马上被填平了。美伦被余震的土和钢筋压住了。唐刚继续扒着："美伦，你怎么样？"美伦声音微弱："我，我被压住了。"唐刚说："美伦，你别急，不要说话了，出气要轻。我这里还能动，我马上就挪过去。"美伦担忧地说："怎么，你也被压住了吗？"唐刚大声地说："嘿，你不要说话了。"美伦淡淡地说："我受不住了，胸口堵得慌啊！"唐刚还是叮嘱她不要说话。美伦剧烈喘息着。唐刚开始用双手掏出面前的碎砖，循着美伦的方向掏。其实，就在余震中，他的一条腿断了。

美伦没有声音了。双方都不能拉住对方的手。唐刚被吓了一跳，以为她窒息了。

唐刚也无力大喊了，他抓住一块碎砖，使劲敲击着暖气管子，叮当叮当地响。美伦是被余震的烟气熏迷糊了。这会儿，渐渐被他的敲击声唤醒，她使劲哼了一声。唐刚为了给她鼓劲，他摸到那张车票，激动地喊："美伦！你听见我的声音了吗？"美伦断断续续地应着："唐刚，我，听见了。"唐刚激动地说："我摸到咱的车票了。"美伦兴奋了一下子，接过了车票："车票？我们的车票？"唐刚在昏暗里叹息着："可惜，就一张了！"美伦问："那一张呢？"唐刚说："不知道砸哪去了，我再找，再找。"他说着就翻衣兜。翻弄了好一会儿，还是没找着。美伦并不关心车票本身，她忽然睁开眼睛，神往地自语："我们就要上车了，就要远行了。"她用满是泪水的脸亲吻着车票。唐刚沮丧地说："那张车票没了！都是命啊！"他忽然生出一种不祥的预感。美伦轻轻地说："不怕，唐刚，那你就先上车吧。我再追你！"唐刚泪流满面地大喊："不，我不能丢下你！"他用满是鲜血的手捂住自己的脸。

过了一会儿，美伦听见外面有了响动。他们不知道是李庆西带着军人救他们来了。李庆西亲眼看见唐刚的爸爸唐书记死去的场面，他想，他不能失去唐刚这个朋友，如果不是自己拉他，他和美伦已经到北戴河旅行结婚了。由于没有先进的挖掘设备，地面上的救援工作十分缓慢。唐刚拼命掏着碎石，终于又能攥住美伦的手了。美伦攥紧唐刚的手哭了。唐刚难过地劝说："别哭，你怎么样？"美伦依旧哭着："我就是憋得慌，不敢动，把这个洞，掏开，就，好多了。"唐刚使劲挺了挺脖子："看来你这儿太严实，空气少。"美伦淡淡地说："来，咱俩一起掏，掏大一点。"唐刚说："你那儿离得近吗？"美伦叮嘱说："唐刚，你别把车票丢了。"唐刚愣了愣说："车票我不是给你了吗？"美伦看看手掌里的车票苦笑了："看我都糊涂了，是在我手里。把车票还给你吧！"唐刚一愣，问："为什么？"美伦说不为什么，其实唐刚明白美伦的心思，她是怕丢下他。他说："美伦，我们会出去的。"美伦使劲把车票塞给了他。她担忧地问他的胳膊还流血吗？唐刚胳膊麻木了，腿却在流血，他咬着牙说："别惦记我，不流了。"美伦说："为什么不流了？"唐刚使劲抓了一把沙土把伤口糊住了。

　　两个人昏迷了一阵，又开始求生地掏土。唐刚掏不动了。美伦艰难地翻了个身："唐刚，你说这是白天，还是夜里？"唐刚感觉空气耗尽了，叮嘱她别说话保存体力。美伦还是说着他都听不明白的话。唐刚生气了："叫你别说话就别说话！"美伦恳求地说："不说话，我害怕——"唐刚说："你害怕就把手伸过来。"美伦挪动不了，唐刚将自己的手伸过去。美伦将冰凉的手伸过来。美伦没攥他的手，而是用手抚摸着唐刚的脑袋。美伦绝望地说："死，我们也可以死在一起了。"唐刚摇着手说："我们不能死。"美伦说："你别骗我了，我知足了。"唐刚的身体一阵痉挛，这一点美伦十分清晰地感觉到了。

　　在五天五夜的时间里，尽管上面一直没有放弃挖掘，李庆西和解放军都预感到唐刚和美伦生存环境的险恶，甚至觉得他们不能生还了。可是，唐刚与美伦像鼹鼠一样两面掏着洞口。洞口逐渐扩大。是爱情的力量使他们互相看见了对方。唐刚吃力地喊着："美伦，我的身子马上就可以过来了。"美伦眼睛极为明亮："我过去，我过去！"她朝着唐刚爬过去了。她觉得，没有唐刚的鼓励，她是很难坚持下去的。她布满泥土的身体，紧紧地拥抱着他，依旧感觉到了人间从没有过的幸福和温暖。唐刚调皮地朝美伦笑了。大地又在摇撼。塌落的废墟在不停的颤动中紧密着自己的结构。洞口不见了，唐刚的笑脸不见了。美伦和唐刚感觉周围的空间更小了，一种压迫逼近他们。唐刚抱紧了她说："我听见了外面的喘气声。你听到了吗？"美伦在他怀里点点头："听到了，可我喊不出来。"唐刚叮嘱她："别喊了，要喊我喊。"美伦声音哑了，只有呲呲的喘气声。

黄昏的时候，上面终于扒出了一个黑洞。李庆西和一个军人身上拴着绳子，缓缓进了黑洞。李庆西在废墟的黑洞里喊着："美伦！唐刚！"他喊完便趴在废墟上听着，他听不到任何声音。军人也趴在废墟上听着。唐刚在里面回应着，只是他和美伦的声音太微弱，李庆西和军人听不到罢了。此时，唐刚重新扒开了一个通道。唐刚让美伦把脖子伸长一些，透透气息。美伦艰难地动了动，她的声音很微弱，连唐刚都很难听清她说着什么。美伦只感觉太闷，出不来气，身体像要沉进地狱一般。唐刚看了看新打开的空间，指导美伦怎样呼吸剩余的空气。他憋住喉咙说："听我的口令，吸气，呼气，吸气，呼气。"美伦按照唐刚的口令呼吸着。隐隐约约传来呼喊的声音，是李庆西呼喊唐刚的声音。唐刚听得真真切切，激动地说："美伦，听，有人喊我们。"美伦说："我听着也像。"美伦使劲儿喊起来："我们在这儿呢！"唐刚仔细听着回音儿，但他失望地摇了摇头："好像还没有听见。你节省力气吧。我喊！"美伦捂住他的嘴巴说："你也别喊了。"唐刚无力地躺倒了："咱现在只能等了。"

唐刚把美伦紧紧揽进怀里。美伦把她的脸贴在唐刚的脸上。唐刚安慰着她说："不，我们要活着。我们还要去北戴河旅行结婚呢！"唐刚与美伦紧紧依偎着。美伦说："我好渴。"唐刚听到了滴滴答答的滴水声。哪里来的滴水声？唐刚和美伦看见顶壁上水滴越来越急地滴下。美伦张开嘴去接滴下来的雨水。他抹着自己的脸，感觉很痛快。唐刚想了想说："可能是外面下雨了，来，你也洗洗脸。"美伦说："我不洗，留着喝吧。"唐刚不顾她的阻拦为美伦抹着脸。两个人都喝了一些水，体力慢慢恢复一些。唐刚从胸前掏出那张火车票说："今天几号？还不知待了几天呢！"美伦看着他："只当今天，是我们结婚的日子。"美伦忽然感觉自己每时每刻都能在他身上发现新的东西，她说："唐刚，让我们就这么死吧！在婚礼中死去吧！"

唐刚说："傻丫头，我们要活！"

美伦说："和你死在一起，我高兴。"

唐刚说："别说傻话。"

美伦摸索着唐刚，从他的头抚摸到他的腿。唐刚忽然疼痛难忍地"哎哟"

了一声。美伦敏感地问："你的腿……砸坏了？"唐刚咬着牙说："没，没什么！"美伦说："你别骗我。"唐刚说："我不骗你。"美伦流着眼泪，依偎着唐刚睡了。

四

　　唐刚看着熟睡的美伦，又看看周围的环境，他紧锁双眉，艰难地挪动身体，在狭小的空间里摸索着水泥块、碎门窗，在美伦周围支起一个防护架。一件很硬的东西划了他一下，他的手指流出了血，那是一把崭新的菜刀。他吮着流血的手指，紧紧攥着菜刀。他发现一处碎砖堆积的地方，用菜刀一撬，碎砖哗啦一下掉下来。美伦醒了。唐刚也已经没有力气，他的身旁是一堆用菜刀撬下来砍下来的碎砖烂石。唐刚躺着喘息，紧紧地搂着美伦。嘹亮的鸡啼传进这充满死亡的废墟。美伦睁开了她俊秀的眼睛。她听到了公鸡的啼叫。她俊秀的眼睛轻轻地眨着，静静地听着，渐渐有些湿润。唐刚没有声音，但是他手中的菜刀仍旧敲击着暖气管。美伦不让他再动弹了。唐刚仍旧没有停止，只有单调的敲击声。唐刚在枯燥疲倦的敲击声中睡着了。美伦轻轻地取下唐刚手中的菜刀。唐刚一下睁开眼睛。他看到的是一双秀美的眼睛，湿润，多情，正在凝视着他。他被这双眼睛迷住了。眼神与眼神的交流，绝望中充满生的欲望。唐刚忽然产生了不祥的预感，再次抱紧了她："美伦，你真美。"美伦说："你听。"唐刚耳朵已经听不大清声音了，可他还是仔细听着。美伦说："是鸡叫，是早晨。"唐刚笑了笑。美伦对于外面的营救不抱什么希望了，美伦悲观地说："唐刚，我挺不了多久了。我美伦这辈子爱过，就满足了。"唐刚愣着，不让她胡说。美伦向唐刚靠了靠问："唐刚，在死前我想知道，你真的爱我吗？"唐刚动情地说："我就爱你一个人。"美伦搂紧他："你爱我，爱我，我好幸福。我美伦没啥可报答你的，我想，趁我还有一口气，你就把我要了吧！"唐刚泣不成声："美伦，你别——"美伦一愣："你还嫌弃我？"唐刚摇着头："不，不！我要你活着！"美伦辩解说她是真心的。唐刚说他知道。美伦哭了："下辈子，我一定还给你做媳妇。"唐刚紧紧抱住了她，两人拥抱着再次昏迷了过去。

　　不知到了什么时候，美伦狠劲去推压住唐刚腿的水泥板，但是水泥板纹丝不动。他们已经坚持到了第七天，唐刚说话明显吃力了。他连搂住美伦的力气都没有了，但是他仍然努力地搂住她。美伦还要说话，但被唐刚制止了："别动，如今空气也很宝贵，明白吗？"美伦说不出话，她在唐刚的怀里急促地呼吸，她美丽的眼睛里汪着泪水，深情地看着唐刚，但是她说不出话。唐刚说："把心静下来，静下来，像我一样，吸气，呼气。"美伦点点头，她的呼吸渐渐地平稳下来。唐刚用命令的口吻说："我们谁也不说话，静静地坐一会儿，节约空气，嗯？"美伦点点头，她仍泪眼汪汪地望着唐刚。唐刚把嘴唇凑到美伦的眼睛上，用舌头舔着美伦的泪水。美伦仰着脸，让唐刚舔着，她的泪水因之更多。唐刚看着美伦的脸，他的嘴唇轻柔而缓缓地嚅动着，嚅动着……

　　他们都已感到某个时刻来临了。

　　美伦偎在唐刚腿上，闭上了眼睛。唐刚凝视着美伦。轻轻地，轻轻地，唐刚又一次吻了美伦。唐刚真的感觉到这里的空气不够两个人用了，他要把有限的空气留给美伦。美伦呼吸紧促了。唐刚在心里说，我的美伦，你要活着，活着！然后感动得泪流满面：来世再见，美伦。他像耳语一般说完，抓起一把土，塞进自己嘴里，然后把脸深深地埋进细土之中！他的身体抽搐着，两只手紧紧地扒着凸起的水泥碎块，越抓越紧，越抓越紧，然后突然松弛了，松开了。

　　一切都很安静。美伦半是昏迷，半是睡眠，很静，很静。黑黑的废墟的内部，唐刚与美伦静静地躺着。废墟的一角受到震动，有不少细细的沙、土由水泥板的缝隙流下来。沙土之后是一缕强烈的阳光。废墟里立刻亮了。一只黑色的蚂蚁在阳光中爬进废墟，探头探脑一阵之后，它爬到美伦的身上，爬到她的脸上，爬到她的睫毛上。美伦的睫毛动了一下，蚂蚁急急地逃开去。

　　美伦醒了。强烈的阳光使她陌生，她躲避，在躲避中寻找，她寻找唐刚的脸。唐刚脸朝下，身体已经僵硬了。美伦喊着唐刚，却不见回应。她转头，发现了睡在身边的唐刚，她推他，唐刚仍无回应。美伦扳过唐刚的脸。唐刚僵死的脸，满是沙土的脸，使美伦惊愕。美伦惊呆了，她慢慢擦拭着唐刚的脸，这个时候，她看见了唐刚右手紧紧攥着那张火车票。她要把车票拿过来，可是他攥得紧紧地，她一用力，车票被撕成了两半儿。美伦紧紧攥着手中的这半张车票，默默地说："唐刚，我们上车了！"就晕倒了。过了一会儿，美伦被李庆西和军人抬出了废墟，美伦觉得眼前一片盲白。

<h2 style="text-align:center">五</h2>

美伦一直珍藏着那半张曾凝聚着两个生命的火车票，它象征着这段非常爱情的意义。

美伦终于带着那半张车票，带着唐刚的骨灰盒，去完成两个人约定的北戴河之旅了。面对大海的波涛，美伦没有一滴眼泪，她显得十分平静，她深深地感觉到，坠入爱河的人，命运各有不同，有的被浪淹没，有的退回此岸，有的畅游到彼岸。她和唐刚算哪一种呢？

后来美伦一直未嫁，到了SOS儿童村，成为一名儿童村的妈妈。李庆西为她惋惜，问她为什么这样？美伦说她的爱已经跟随灾难埋葬了。美丽的爱与美丽的梦一样，都是可遇不可求的。埋葬的爱，已经够她享用一生的了，这一切之外，请让她静静品味爱情的尊贵。为爱而活的人，在我们之前已经有了开始，在我们之后更不会停止，而我们的来临、我们的存在却是孤独漫长的——

野秧子

这里的人管插足的第三者叫"野秧子"。冀东平原的庄稼田里，有一种最低贱的农作物，那就是糜秧子。糜秧子秆儿很单细，像一种锯齿状的草。糜子粒是装枕头的好材料。那么，比糜秧子更低贱的就算是野秧子了。野秧子自己长出来，秧秆儿却比糜秧子粗壮，头顶着一个油绿的小苞，即使农民除掉它，它自己还是野野地长出来。插足的第三者就挺像野秧子的劲头，野火烧不尽。

县城电影院的经理刘文才，就碰上"野秧子"了。

这是 1976 年的夏天，电影院里放映新片《侦察兵》，看电影的人很多，连过道上都站满了人。大门口，刘文才看见一个影迷姑娘，双手扒着栏杆张望。姑娘拉住刘文才的胳膊，求他给她带进去。姑娘叫罗小月，白净脸，大眼睛，大辫子，长得很媚。刘文才没有细致打量她，就随意把罗小月带进去了，还给她找了一把脱了形的木椅。散场的时候，罗小月找到刘文才的办公室，她的嘴巴贴近他的耳朵，轻声说："你真他妈帅！就跟演员王心刚似的！"刘文才愣了一下，没等他好好看看她的脸，她就眯着笑眼走了。

后来的一些日子，罗小月常常不花钱看电影，与刘文才来往密切，眨眼工夫，就成了刘文才的"野秧子"。刘文才那点儿男人的激情，一下子就被罗小月调动起来了，一天到晚，被迷得颠三倒四的。

刘文才与罗小月的"第一次"，就选在县城西头一块刀形的玉米地里。那里很静，还有一面斜坡。唯一让罗小月不遂心的是，两个月没下雨了，垄沟里的土很硬，土疙瘩几乎嵌进她屁股的嫩肉里，还有蚊子叮咬。完事之后，罗小月搂着刘文才的脖子，撒娇说："你个刘文才，比大地主刘文彩还狠毒哇！"她的声音软软的。刘文才四下张望，跟小偷儿似的，催促说："快走吧！"罗小月并不是听话的主儿，她赖着不动："我是黄花闺女，身子给了你，我就想跟了你。"刘文才一下子蒙头了，怕啥来啥，支吾着说："小月，事先，我们不是说好的吗？你不逼我离婚！"罗小月说："谁说啦？你们男人都是喂不亲的狼！"刘文才耐心地劝说："你说，你爱看电影，我要是离婚，电影院就待不成了，往后谁还管你看电影呢？"罗小月想了想，两只大眼直勾勾地盯着他："你永远对我好吗？"刘文才很认真地说："我会的！"罗小月就觉得很幸福了。

谁说刘文才对罗小月不好呢？以后，刘文才每次带罗小月来玉米地偷情，都带上一卷凉席，身上抹一层避蚊油。那个晚上，天气出奇地热。罗小月摇着蒲扇来电影院找刘文才。刘文才正在布置夜里民兵拉练的事，他隔着玻璃，就看见罗小月一探头，看见她的眼神很亮，就明白夜里有什么事情要干。刘文才走出去，安排罗小月先去看电影，然后回来跟民兵连长苏大卫说："老苏，我今天请个假，我得安排学雷锋的事儿。"

苏大卫是文教局的民兵连长，跟刘文才是好朋友。他看了看他说："拉练重要，学雷锋同样重要！你去吧！"刘文才跟苏大卫握了握手，感激地说："谢谢你啊！哎，你们今天的拉练路线是——"苏大卫随口说："城西！"刘文才在心里记下了，拉练的民兵什么时候出发，他就不清楚了。

电影散场，十一点左右。天气还是闷热，热得月亮都跟水洗似的。刘文才悄悄将那卷小凉席抱出来，绑在自行车的大梁上。然后驮着罗小月往城东去了，罗小月有些惊讶："文才哥，今天怎么不去老地方啦？"刘文才很吃力地蹬着自行车，不时抬手抹着脑门的汗珠子："城西那块地方，今晚民兵拉练！"罗小月不再问了，心里说，一个大老爷们家心还挺细。她掏出手绢给骑车的刘文才擦着脑门儿的汗。骑到城外，就有一股小凉风迎面扑来。

刘文才选了一块高粱地，高粱秆细，里面通风条件要好一些。刘文才弯着腰，用脚将垄沟的土踢平。罗小月还采了一抱野草，摊平铺在地上，这才把凉席铺展上去。罗小月躺上去，笑着打了一个滚儿，就紧紧抱住他的脖子，将小嘴巴对准他的嘴巴，哧溜一下，把自己嘴里的水果糖送进他的嘴里。

　　刘文才吧唧着糖果，浑身就胀了。野野地将罗小月扳倒，解她的衣服。他很有力气，先是把她弄疼，最后才把她"和"成一堆快乐的软泥。今天没有蚊子，夜风凉爽起来。他身上的汗，不用擦就被风吹干了。罗小月低语道："就这么待下去该多好哇！"

　　刘文才没说话，他忽然想起家里的妻子和孩子。

　　罗小月又说："我要你娶我！"

　　刘文才看了看她，还是没吭声。

　　"听着，我死也要嫁给你！"

　　刘文才吐出一口带血丝的唾沫。搂在怀里的"野秧子"，真是个宝儿了，可他仍然下不了离婚的狠心。

　　这时，刘文才和罗小月还不知道，苏大卫率领的拉练民兵已经把他们包围了。在地头，苏大卫用手枪指着那片高粱地，大声喊："同志们，前面就是敌人的碉堡，一排从左，二排向右，三排直插！端掉敌人的炮楼！冲啊——"

　　民兵们"唰"地散去，猫腰冲进高粱地。

　　苏大卫看了看夜光表，蹲在地头吸烟。他今天心浮气躁，想尽快结束这场拉练演习。过了一会儿，二排长颠着碎步跑过来报告："报告连长，我们今天真抓到两个敌人！"

　　苏大卫一愣，骂："别他妈拿着鸡毛当令箭，哪儿有敌人？"

　　二排长凑近苏大卫，嘻嘻笑着："没骗你，是两个搞破鞋的！"

　　苏大卫来了兴致，急急地跟二排长冲进高粱地，看见刘文才和罗小月。刘文才低着头，站在凉席上穿裤子。苏大卫不由得吸了一口凉气，不知怎么开口了。

　　二排长猛打一个立正："连长，对俘虏怎么处置？"

　　苏大卫没好气地骂："瞧你们这点能耐，都到地头集合去！"

　　民兵们懒散地撤出高粱地。刘文才瞪了苏大卫一眼，埋怨道："老苏哇，老苏！咱哥俩无仇无怨，为啥把兄弟往死里整啊！"

　　苏大卫跺着脚说："你小子说是请假学雷锋，我哪知道，你跑这儿找野秧子呢？"

　　刘文才说："你不是说在城西拉练吗？"

苏大卫叹道："我们是到城西玉米地了，可他娘的刚浇了水，根本进不去呀！我才临时改变方向。"

刘文才看了罗小月。罗小月并不怎么害怕，拍了拍衣服上的土，然后小心翼翼地卷起凉席。刘文才对苏大卫说："老苏，你说咋办吧？"

苏大卫说："兄弟，凭咱哥俩儿的交情，我该放你一马。可这不是我一个人的事儿，你只有自作自受，听候组织处理啦。"

刘文才就跟着苏大卫走了。

夜里，刘文才被关押在文教局的会议室反省，罗小月被放回家里。他们分手的时候，罗小月感到事态的严重了，替他提着心，默默地流了泪。刘文才独自反省，暗暗做了最坏的打算，撤职？双开？还是什么别的？

后半夜三点多钟，地震了，刘文才从办公桌上摇到地下，额头摔出一个很大的紫包。开始还以为是跟苏联打仗呢，傻了一会儿爬起来，钻出散了架的瓦屋，才知道是地震。他先是扒了三个呼救的人，头皮一炸，就拼命地往家里跑，跑到家里看见自家的平房塌了，母亲和妻子遇难了，儿子也受了重伤。

罗小月这个"野秧子"邪命够大的，她被埋在废墟下，整整三天三夜，愣是活下来了。她是被刘文才给扒出来的，她苏醒过来，看见刘文才完好无损，哭了，第一句话就问："那个苏大卫人咋样？"刘文才说他被砸死了。罗小月长长出了一口气。苏大卫一死，刘文才积极投入抢险救灾队伍里，他和罗小月的事糊里糊涂地遮盖过去了。

但是，他插"野秧子"的隐秘还是被当成笑料在城里传开了。

刘文才与罗小月的婚礼之夜，新郎刘文才突然失踪了，吓得罗小月声音都哑了。其实，刘文才是给砸死的妻子上坟去了。他想，他在这个世界上欠着妻子什么。

他跪在妻子坟头，眼睛瞪得喷血，野野地吐一口酒气，狠狠抽打自己的脸："你有脸吗？×你×的，你对得起谁呢？"

刘文才和罗小月婚后的日子，是美满幸福的，罗小月生下一个可爱的女儿。二十三年后，女儿考上河北师大的那年冬天，罗小月患了一场病，被邻居拉着去练功。罗小月不愿意干活，除了练功就是跪在香炉前……起初，刘文才也没有在意，后来就觉得她不近人情了。刘文才被诊断出患有晚期鼻咽癌，罗小月一直不信他要完，她说自己的天门就要开了，开了天门能给他治病。

　　刘文才压根儿就不信罗小月的鬼话，让儿子陪着，到北京的一家医院做化疗。手术过了半年，刘文才骨瘦如柴，脸很黑，眼睛也没了亮点。他忽然觉得自己要完蛋了，跟儿子说，他很想见上罗小月一面。儿子派人捎信给继母，罗小月没来。女儿放寒假，到医院看望刘文才，得知母亲一直没来看望父亲，就急着跑回老家，去叫罗小月。罗小月死活不去，她亲昵地抱着女儿说："我不能去，大师说了，我的天门就要开了。离开这地方，就会前功尽弃的。"女儿狠狠打了罗小月一巴掌。

　　刘文才在死去之前很想跟罗小月说说话。罗小月不来看他。他就不再想她了，蜡黄的脸上淌下两行老泪。好几天，刘文才都紧紧地闭着眼，不说一句话。又过了半个月，刘文才到了弥留之际，罗小月赶来了。她说她的功法练成了，说她能治好刘文才的病。在病房里，她见到刘文才的时候，眼神里有一股很邪的光亮。她抱着刘文才的脑袋，激动地说："这回好了，我的功练成了，你有救啦！"刘文才看见罗小月，睁开眼睛寻着，怎么也找不到他想着的地方，张了几次嘴巴，想说话，已经发不出任何声音来了。

　　儿子懂刘文才的心，慢慢将刘文才扶起来，将笔和纸递到他手上，让他把该说的话留下。刘文才斜靠着被窝，抖抖伸出枯瘦的手，接笔，笔从他的手心滑下去了。罗小月麻利地弯下腰，拾起地上的笔，重新塞到刘文才的手里。刘文才这次把笔攥牢了，抬眼打量着罗小月，点点滴滴看个透彻。罗小月抬起清瘦的脸，满怀期待地微笑着："文才，写啊！"刘文才拿起笔，笔尖儿颤索不止，翻滚在胸里的千言万语汇成三个字。于是，他就吃力地写下歪歪斜斜的三个字：

　　　×——你——妈！

藻王

老人没完没了地搓一根绳子。绳子一盘一盘架在屋里，没有人知道老人为什么搓这么长的绳子。

孩子没完没了地搓一根绳子。绳子一盘一盘架在屋里，没有人知道孩子为什么搓这么长的绳子。

藻王节那天，人们才真正明白了。老人和孩子都想用绳子捕捉红藻王。渔村来了一个贩子，要收购红藻，说红藻王是绝好的药材。谁捕着谁就发大财了。于是红藻王在老人和孩子眼里拨弄出无数金箔。

日头一滚，海面就起黄雾。惨惨淡淡的海面上，像患了黄疸病似的。老人从舵楼里探出头来，模模糊糊地望见了那个孤独的泥岬岛。山一样厚重的泥岬岛静静卧着，显得苍老而神秘。村庄、小泥屋和炊烟都再也瞧不见了。黄花八月起黄雾，就是潮来了。他嘬起嘴巴笑了。藻王潮为雪莲湾独有，它在渔人眼里是谜一样的灾难，"狗×的，又造孽啦！"渔人们互相叹息着，纷纷缩头缩脑拢到泥岬岛上歇脚躲避。藻王潮在海面上涌起的浪头子并不很大，它的淫威出自藻王，一股一股纵横交错的海流子，吞噬渔船击断帆桅，就像百慕大三角传闻一样令人毛骨悚然。雪莲湾不少先人死在藻王潮里。

潮来了，老人的大肚蛤蟆船到泥岬岛的水面上捕寻藻王。黄雾渐渐和海雾化在一起，使黄昏的气息越发浓了。冷冷的贼风像海鸥折断了翅膀与浪沫一同掠过海面。海底轰鸣之声可闻。老人"呱嗒"一下子落了灰不溜秋的老帆，驾着老船朝泥岬岛移去。穿透雾帘子，他瞧见拢到泥岬岛的船还稀稀拉拉，他没有直接迎上去，而是悄悄拢进泥岬岛肉赘儿似的臂弯里。抛了锚，斜腰拉胯地靠在舵楼里十分悠闲地吸烟。

　　几年前，老人看见过藻王。老人很早就听先人说，这片海域有个藻王。藻王是一个由无数红藻丝滚起来的球状藻团，很大很大，滚动起来掀起的浪花呈伞状。藻王在这块地埝上扎根儿有些年头了，传说藻王动怒，怒起来就搬家远走，寻找新的海域。老人就怕藻王搬家，藻王在，红藻就会留下来，藻王没了，那成群成片的红藻就跟着退潮的海流走了。起初，老人往船里捞一些浮起来的死藻丝，残藻明显少多了。正捞着，老人看见一片伞状的浪花来了，就愣了片刻，紧摇小船划过去，看见密密的海藻在海里涌，像一堵厚墙，隔远了看才知是圆形的一角。老人的脑袋轰地响起来，哦，藻王！前阵子海坏了，老人以为藻王死了或是逃了，没承想，厚厚鲜鲜的大家伙还在呢。红藻搅在一起长成一团的，那种凝滞、黏稠和雄浑的感觉，使老人欢喜地叫出声来了。藻王，福佑着世人，拖着一片吉祥。祖辈人说，藻王扎窝子很少移动，疯狂捕捞惊扰了藻王，使得藻王在小汛时的潮汐变动中显得烦躁不安了。藻王，安生地回去吧。老人默默地守着藻王，虔诚地祈求它安安生生地旋回海底。日错午的时候藻王缓缓沉下去了。老人目送着下沉的藻王。心里方平顺下来。想起藻王，老人的脸相像块老铜放光了。胡楂儿上挂着鼻涕，一闪一闪地亮。黄雾与落日的红晕在远海渐渐发暗，海面上涌叠着高高低低的浪头子，吼吼叫叫，荡开沉沉的暮气，带着火爆爆的力，像是要吞人。烈日烤在岛上的热气仍反反复复纠缠着，热吧，烤吧，蒸死俩仁他也不怕。他等待着，喉咙口发干了，很费力地咽了口唾沫。呼呼隆隆机帆船的马达声敲击着他的耳膜，他又朝泥岬岛望了一眼。他的目光滑至岛上斜坡龙母井口旁就惊跳了一下。他看见孩子正跪在井口旁双手合十一撅一撅地磕头。孩子平时老跟老人套近乎，想与老人联手捉藻王，想一夜之间发大财呢。老人不尿他。老人的大肚蛤蟆船晃荡过来时，孩子已经跳到槽子船上跃跃欲试闯藻王了。孩子的一双黑洞洞牛眼喷着火苗子，一副要跟老人拼命的架势。老人不气不恼，怪模怪样地笑着："小子，俺不夺你营生，俺小肚鸡肠胸无天地能混到今天？是骡子是马拉出来遛遛。"孩子不服气地哼一声，扑甩着肥大裤管下的脚片子，虎虎地钻进舵楼子。额头上的青筋勃勃跳动。

他粗门大嗓地吼了一嗓子。吼完缩回头驾着槽子船颠进疯魔似的海里,怪怪异异地扭歪了脸相,嘟哝道:"哼!哪个裤裆没系好露出这么个玩意儿!"渔人们看着远去的槽子船又看看老人,觉得他脸相有些怪,怕是要出啥子事。"大爷,那小子愣,别跟他怄气。""那小兔崽子哪是你的对手?怕是鸡毛点灯,十有九空。看他老爹的分儿上你去护护驾吧!"老人一直没说话,闪闪跌跌走到土坡子上,从裆里掏出一线尿来,簌簌流出的水线勾出一个亮亮颤颤的半圆。他一边系裤子一边说:"海有走邪的时候,人也走邪啊!"说着老人在睫毛间玩弄着万道金光,笑了,笑出威武强悍来了。他黑眼珠暴起:"狗×的,有好戏看哪!"吼完,蛤蟆船就一蹦一颠地走了,甩下咿咿呀呀的声音嘲弄着日子的狼狈。

天色灰麻重浊起来,浪头子扑扑咬咬地涌来涌去。沉闷如铆船钉的声音从大海腹中传来。老人将觑成一线的目光一截一截探出去,腮帮上就有一棱肉噗噗弹跳着。他看见了孩子的那条青灰色的槽子船如一条死鱼在海浪里跌落跃起。他知道孩子不敢贸然闯海流,来来回回试探着。"黑瞎子掉井,熊到底儿啦!"他骂着,加足马力追上去。一股浓重的油烟子味呛得他脑仁疼。他忍着,关严舵楼的所有窗子。浪头子大了,满世界轰轰闹响着,浪沫子团团片片溅起老高,又纷纷如雨砸下,冷气阵阵。老人瞪圆了眼,十分专注地盯着暴烈的海面,揣度着藻王。雪莲湾多少代人都在破译它。藻王潮海流子,能在眨眼之间让你的帆布变孝帽,也能让你腰缠万贯。在老人眼里漫天飞舞妖冶的黄雾就是层层叠叠的古铜钱。不一会儿他就模模糊糊地瞧见了孩子的槽子机帆船。孩子是背着他爹干的。在滩上人五人六挺气派,到魔口张开的当儿就成草鸡了。"狗×的,快回去!心比天高,命比纸薄!"老人重重地吼着,就灭了舵楼里的柴油机。孩子铁青着脸,冲海膘子吐一口浓痰。老人没再回嘴,弯腰撅腚拿塑料袋子将柴油机包个严严实实。孩子垫脚朝他的舵楼里张望半天也没看清他捣鼓啥。老人甩掉蒜疙瘩背心,裸着紫铜色的膀子,矮身钻出舵楼子试试风,就又扯起湿漉漉的老帆。老帆兜满风,鼓起肚子,哗哗有声。

老人站在帆下觉得自己像个率先攻上碉堡的勇士。他手里的黑袋子被抖得呼呼作响,一副很飘逸的样子。孩子眼巴眼望地盯着他手里的黑布袋,小布袋变成空幻神秘、纯纯粹粹的一个精灵。孩子愣神的一刹那，海膘子黑油油的影子像个幽灵似的，扎进滚滚滔滔的海里，丢下空船吃水很浅地晃荡着。孩子心里发空，惊讶地望着船帆在贼风里翻转着，缓缓地下沉，像吊死鬼的舌头舔着海面上的涩腥味儿。黄雾和海流子紧紧围困着孩子，苍穹沉重地压在他的背上。黛色的波涛下，传出泣泣诉诉的声音。他慌了，当下腿一软。他竭力猜想老人在水底的样子。此刻老人像一条灵巧的海泥鳅，附身在船底在海里穿行。大海醉了似的摇舞，一道道一圈圈砭人肌骨的海流子，如一群乱钻乱窜的海蛇缠磨他。光溜溜的身子被撕扯得歪歪扭扭。他的耳鼓灌满了吱吱的鸣响，如炸碎了的水晶宫。奇形怪状的海藻也来抓他，缠他，耗他的劲儿，磨他的神儿。硬硬的海草在他脸上顿时划出一道细长的血口子。他咬紧牙，运足力气，不时拽出系在腰间的氧气袋子换气儿，继而臂膀一顶一拥，抽出腰间的鱼刀连连地剁着海藻和海草。藻王呢？没有瞅见藻王。死亡的气息在他身边幽幽行走。一股子霉涩儿味儿涌进他的鼻腔和肺部，火辣辣的痛。他顿觉两只眼珠也如盐花般炸开了。他拿身子来感悟此时此刻海流子的宽度和大体流向，他的每个汗毛孔都是眼睛，都能极敏感地接收到海流子传递给他的某种信号。他欢喜地扭歪了脸相，又换一口气，眼前晃起斑斑点点万千的亮。他的脑袋里仿佛打了个闪。这一闪警告他回游闯流子。海流子一时一变，是一条很长的带子，每次闯流子，他都要十分耐心地钻进海里侦察一番。他有足够的勇气和耐力征服大海里被渔人视为谜一样的东西。但是他摸透藻王的同时也常常忍受着一个渔人游魂般的孤独和寂寞。藻王的影子又在他脑里晃了一下。欲望的火焰竟烧得他忘记了海流子冻彻骨髓的寒凉。他眼前宽阔了，水流子像银灰色的链条哗哗啦啦抖动，无情无义地抽打他的身体。他痛得鬼锥似的，一阵一阵地叫唤。他感觉身上肿起一道一道紫色的肉棱儿，鼻孔里涩涩地堵得慌，一抠，挖出一团肉囊囊的海藻。他恶狠狠地在心里骂一句，就糊里糊涂地触摸到了他那条嘎嘎裂响的大肚蛤蟆船。他降着身子，壁虎似的将身子贴到粗糙的船底板上一点一点地引船涉入海流区。他频频踢蹬着双腿，两只大掌死死托住船底，一拧一拧撑着保持平稳。一股海流子斜撞过来，将人和船冲了条斜线，拧得老船一阵痉挛。"呼啦"一下子，老船就彻底在海面上消失了。海流子时急时缓，老人发狠地擎着保持平稳，竭力使船按着探通的海路钻行，他恍然觉得自己和海流子之间存在着某种强悍的默契，也觉得体内有使不完的力气一阵一阵爆发。

"水浸的鬼，该招海神爷报应啦！这老东西也太贪啦，钱赚得还不够吗？"望着久久不露船的海流子区，孩子曾幸灾乐祸地兜着。他嫉恨孤独的老人。孩子的烂眼圈都给憋红了。"哗"的一个大浪，激溅起一道一道残阳泡透的晕虹。虹转眼就破碎了，落下一个个跳跃不定的光圈。今日不会有藻王了，老人没有让绳子派上用场，悻悻地想上浮了。远远地，光圈落下的海面上，一杆松桅斜挑着水涝涝的灰帆探出头来，继而整个大肚蛤蟆船也稳稳当当地浮上来，抖落了一身稀汤寡水，透着明亮庄重的孤傲。老人像头老海怪爬上船板，细细看一下船舱，舱里没漏水。他的舱密封绝好，花了大价钱的，遗憾的是竟没人看出来，他神神气气地走进舵楼，解开柴油机上的塑料布，"轰"一声响起来，黄雾稀了，像是有一只神手扯去了黄蒙蒙的雾帘子。他抬头都能看见远处透着深沉褐黑色平坦空阔的海滩，以及蚂蚁一样小的人影。他感觉到人群骚动了。他扭回头瞟一眼孩子的槽子船，远远地吼道："回吧，孬种！"吼完，他就依稀听见海藻的撕咬声贴着水皮儿滚过来。老人的举动对于徘徊不定的孩子无疑是无法忍受的嘲讽。他的眼睛在烂烂的眼圈里打着骨碌，莹莹地闪着疯狂的绿。"他妈的！"他骂了一句甩落上衣，也学着老人的样子扎进海里。孩子的勇猛使老人震惊，一种不祥的预感和说不明白的悲悯攫住了他。他不再前行，而是不错眼珠地盯着海流子区。浪头子一下一下涌着，孩子的槽子船也拐搭拐搭地下沉，末了就剩下一个翻花的水沟。不长时间，听见大海腹中传出嘎啦啦焦干哑闷的打雷一般的声音，一股股浪头子来回翻卷，卷了一阵子，海面上突然浮出船底板，一闪，就消失了，留下一片模糊的苍白。

老人当下腿一软，就知道出事了。他猴急地钻出舵楼，一猛子扎进海里朝海流子区游去。他的脑袋浮出海面时，看见桅杆和白帆如一块白膏药贴在浪头子上一颠一闪地漂远了。老人料定孩子的船已颠哗啦了，当务之急是寻人。他顺着海流子钻去，两条胳膊东一甩西一甩刮拉着孩子。他知道这孩子心劲太盛，他真后悔自己不该激他，这号人是逼不得的，踩着乌龟出头越逼越糟，落个船毁人亡。流动的水汽掀出恐怖的声音，贼凉的海水在他周围颤颤涌涌。他触摸到一片麻麻疙疙的海藻，伸手一扯，碰到了温乎乎滑溜溜的东西，是孩子。嘴里大口大口地灌着腥咸的海水，脖子抻得长长的，也没探出海面。老人拼命拿渔刀剁着海藻。他的胳膊阵阵发麻，被海藻划破的血口子，海水杀得惊惊颤颤。海藻被割成烂泥，他就拽过黑布袋换了口气。他又将黑布袋的细嘴插进孩子的嘴里。随后，他就十分麻溜地托起孩子粗壮笨拙的身子往回钻。孩子稀里糊涂的脑袋在海面上探了一下又耷拉下来，喉咙里呼噜呼噜撕搅着一个声音。他拽着孩子艰难地钻出海流子区。他探了一下头，发现自己的蛤蟆船晃晃荡荡颠出老远。几只海鸟在他们头顶上吱吱地叫着。天空一片苍黄转为灰青。他长呼一口气，海风将他粗重的喘息声一同吹了远处。老人连拉带拽将嘀里当啷的孩子拖上蛤蟆船时，日光变得软弱无力，淡得连影子都丢了。他跌坐在船板上，看着孩子头一歪，吐出一摊咸咸的臭水和没能消化的食物。老人恶心得想吐，紧着爬起来，扑进舵楼子。蛤蟆船黑黑地耸出一大截，大蛤蟆似的蹦进无边的昏暗里。一蓬渔火在远滩闪跳，拢滩的号子悠悠不绝。

夜里，收藻王的贩子来找老人。贩子见老人空手而归，很是焦急。他说再等两天，还是捕不到藻王，他只好回去了。老人默不作声，老人依旧搓绳子。

老人的体力明显不行了，一坐上老屋的土炕整日不想动弹，闷在泥屋里。这泥屋像个装满蛤蜊皮子的麻袋，在海风里脆脆地吱扭着。老人从不关门，让热热的阳光洒进来，让鲜润的海风溜进来，但那种很重的汗息和烟油子味老也散不去。那天早上老人爬进泥屋来的时候，嗅到这种气味儿，身体就不那么难受了，肚子里有些饿了。他不顾一切地爬到墙根儿，伸手拽下挂在墙上的干鱼片，放进嘴里嚼着。干鱼片是他拿海藻火烤过的，一嘟噜一串地挂在墙上，让那孩子偷吃了不少。到底是老人牙口不好，东西硬硬地嚼在嘴里，毛扎扎地咽不下去，牙根就酸酸的，不想再吃了。之后，老人就觉着脑袋、眼底和四肢痒痒地痛了。污水够厉害的，像海蜇蜇了似的。老人眯起眼挺着，跟挺尸一样。他想起用海葵水洗洗身子也许会管用。可惜他去年秋天从深海里捞上来的海葵都让孩子当玩物拿走了，一天一天，老人就醉迷呵眼地搓那根绳子。老人很少说话，脸相青乌乌的没有表情，端坐在炕上的身子越发矮矬了，两眼黑黏了。谁也想象不到他老得这般快。天黑下来，老人就借着蟹灯的光亮默默地搓着绳子。他连孩子走进来坐在他身边都不知道。孩子是来看老人的，顺手将一网兜水果和罐头放在炕沿上。当他瞧见老人手里的绳子心里就发痒了。明明暗暗的蟹灯将老人憨头面孔映红，就像悬着一张红藻包裹的海图。老人的身后是一堵被油烟熏黑的泥墙，很浓的泥腥味和老人身上涩涩的臭气扑面而来。他眼前的老人简直不是人了，就像坦坦荡荡的海，海里有风，有船，有帆。孩子不动声色地看着这个枯瘦矮小的老头儿，感到他的意志包括他的一切都那么不可抗拒。孩子大气没喘，喉咙一热，很久才叫了声："三爷，俺来看您了——"

老人没扭头，也没作声。

"三爷，找不着藻王，还打绳子干啥？"

老人耷着眼皮，照旧搓绳子。

老人蜡黄而虚肿的眼皮撩开一道缝儿，眼里闪出一道冷光。孩子乖乖地露怯了，僵僵地站起身来。

老人一句话也没说。孩子悻悻地走了。

老人不动声色地搓着那根绳子。

这年是个凶年，都这么传。

那天中午，老人的绳子还没搓完，孩子就惊惊乍乍地跑进来喊："三爷，快来看哪，海咋啦？"

老人跟贼撵似的跑出来，手里还捏着那根没打完的绳子。老人呆了愣了傻了。过午的日头又懒又丑，惨白地照着躁动的海浪头。那个神秘恐怖的青紫怪圈儿弥弥合合。潮水泣泣诉诉地退去，发出悲怆的哮喘声。大海的颜色在老人眼里极有层次地变换，苍白、淡灰、黛蓝、深紫、血红。红藻拥拥撞撞地随潮退去。活藻死藻扭结在一起，掀起几分妖冶的红雾，映得天景儿像烧着一样。红雾慢慢洇开来，一点一点织成蘑菇形。老人知道祖先叫它"开雾"。开雾是很有说头的，那是海龙神动怒吹来的仙气。红藻走了，它们会成群结队地退到深深的大洋里去。寻觅新的家园。他听祖辈人说，光绪年间海上"开雾"，就来过这么一回。后来红藻又回来了，这一回怕是一去不返了。老人听见了红藻撞击的颤声和深处荡来的咝咝声，愣了许久，方回过神来，抡圆了手里的藻绳，骇然地吼了一声："红藻，不能走哇——"他扑扑跌跌地奔船去了。孩子闹不清出了啥事，见老人诚惶诚恐的样子，心里也紧张起来，颠颠儿地跳上拾到的破舢板，紧紧咬着老人的舢板船。

　　大海在悲泣地翻涌。老浊的浪头裹着红藻退去，大片大片的黑色泥滩十分得意地从海里钻了出来。老人看见渔船没有准备，被退潮甩下，卧在秃泥滩上傻呆呆地晒屁股呢。老人没注意孩子在后边黏着他，孩子也不敢吱声，怕老人骂他回去。老人这回认定是海走邪了。海真没法看透，再也看不透了。大海涨潮和退潮的规律连光屁股的孩子都知晓了，可是"开雾"时红藻集体迁徙，是渔人很陌生的，连他这个守海人也是头回见着。老人已感到铆船钉似的沉闷声音荡来，有一种包孕天地吐纳日月的气势。老人觉出大海的冷峻和无情了。红雾和海雾化在一起，使海面变得黑夜不像黑夜白天不像白天。能见度就差了，使老人的目光限定在小圈子内。老人凝神去搜寻海面上伞状的浪头，他要尽快找到藻王，舍出老命也要捉住藻王。着急的是他在这片海域里能寻到藻王吗？就是碰见，凭他单薄的小老头能截住藻王吗？老人明显觉着体力不行了。退回去？回去了不还是神神怪怪地搓那条绳子吗？想到绳子，想起家园，想起藻王，老人第一回陷入进退两难境地。捉住藻王就卖给那个贩子吗？眼前的海也翻脸了，红藻也像得了大赦一样，逃得贼快，张牙舞爪地弹开了，弹出丝丝金红，网似的，忽儿探头忽儿下沉。老人的破舢板也随之一蹿一蹿，好像一匹失控的野马发疯前行，颠得老人身上的血往头上涌，老人晕得眉眼缩成一团。浪沫子不时喷溅到脸上来，流入嘴里，又将他脸上的泥灰冲出一道道弯弯的小沟儿，老人粗糙地咳了一声，吐出咸水，蛮悍阴郁的大喉结就上下滑动。水花在船帮上蹭着，不时就漫来一股儿，老人脚下湿了，铁锚和锚绳都洇湿了，这时候，老人才觉得牲口槽子似的窄舢板用着不爽手了。他使劲儿地摇着橹，寻着伞形浪花。红藻流势很大，颜色变得紫红，猪血似的，映在船板和老人脸上黑黝黝闪光，血水随着海流漂去，浊浪排排朝远海推进，在万马奔腾的喧响里，老人遥遥听到几声召唤。

　　"三爷，俺来啦——"

　　老人扭头看见划船颠来的孩子。

　　"快回吧，小狗 × 的！"

孩子很兴奋："捉藻王。发大财！"

"你不要命啦？"

"俺不是孬种！"

老人怒成一张猴腚脸吼着。抬起头，就看见与泥岬岛拉平的一道高高的海浪头，像一张银色水帘子横挂在海天之间，裹着一片哗哗的喧嚣声。老人知道这是泥岬岛北头吹来的一股邪风催起来的，就像一道天然屏障。老人扭过头来，冲孩子吼了声："你从这儿摇船上岛，快，听爷的话！"老人的话音没落，蛮横的大掌将橹一挑，船就颠过水帘子，船在水中割出一串嗖嗖的声音。老人颤颤抖抖地摇晃着，愣神儿的时候，孩子摇荡着破舢板飞鱼似的闯过来了。老人想试试孩子的勇气，这小狗×的初生牛犊不怕虎，行啦，或许拦捉藻王的时候真能搭上手呢。孩子使劲儿摇着水淋淋的小脑袋，咧咧嘴巴，又跟紧了老人。老人觉得这样在家里失宠的孩子才能在海里滚成硬汉子。他小小年纪就挑梁拿事了。老人想着将船一抹，人和船就斜斜划开，将孩子的船引入一片空当儿。孩子的船颠颠地朝泥岬岛靠拢了。孩子急赤白脸地摇船掉头，已来不及了，水流越来越紧。老人和海藻离他远了，孩子知道老人怕他吃亏跟他摆迷魂阵呢。他就像鱼精般野得抓不住，稀里哗啦脱光了湿衣裳，露出被日头晒黑的小鸡鸡，弯腰撅腚就要往海里跳。这娃子，不是拿铁锚子往老人心尖子上戳吗？老人刚拿定的主意又叫没头风给撞乱了。刹那间，老人远远地吼一声："狗×的，接锚！"孩子摇了摇身子还是挺住了，看见一只铁锚头带着一条闪光的藻绳呼呼生风地飞来，"咔"一声落在船板上。老人又用烟熏酒腌的粗嗓门说："孩子，沉住气，过会儿咱拿绳子拦藻王！"孩子乐了，脸蛋子上一片虹彩。老人没有打完的这根绳子终于派上用场了。老人和孩子的船就用一根绳连在一起了。绳像条鞭子"啪啪"地抽打着海面，不时弹起一丝丝海藻。老人将绳子头儿攥在手心里，又缠在黑炭棒似的左臂上，拿一只手摇橹撑着平衡。绳子从他后脊的肉瘤甩过去，就可以抬头寻藻王了。他知道大批的红藻还没卷走，藻王就会卷在里面。他循着小伞似的浪花。可是，他的眼睛坏了，看啥都是红红的一团，分辨浪花的能力几乎丢掉了。老人感到一种从没有过的恐慌，腾出一只大掌狠狠地碾着眼窝儿，几乎搓掉一层眼皮子，睁开，眼前还是模模糊糊的老红。"这球眼真没用！"老人愤愤地骂着，知道自己的营生做到头了。不知怎么眼睛就坏啦？当他再扭头回来的时候，又影影绰绰地瞧见那挂水帘子。逆着阳光看水帘子，红晕就淡一些，只要藻王从这里滚过去，他还能够看得出来。还有，他还可以拿鼻子嗅出那个大藻团的气味。藻王的鲜气浓重得呛人。老人没别的咒念了，唯有将一线希望挂在那面水帘子上。风吼紧了，浪头愈高愈烈，一拨一拨的红藻随潮退去，十分招摇地从老人眼皮底下溜过。老人虽然看不清爽，但鼻孔嗅到了气味，一下子涌进肺腑。一声苦苦的、近似呻吟的叹息，颤颤地从他心底涌出来："藻王，你知道要拿你换钱？"孩子拽着绳子在浪头里颠蹿："爷爷，咋还不见藻王啊？"老人侥幸地说："真的不来倒好啦！小狗×的，拦截藻王将是倒霉透顶的事啊。"老人觉得自己要拖垮了。僵了一会儿，两条打横的船吃不住劲儿了。被浪头拍得丢了模样，痉挛着随流退去。这时候，老人的脑里猛地打了个闪，红红的水帘子突然变黑了，海里轰轰地响了，转眼间水帘子炸碎，血浪花喷泉似的溅起几丈高，哪怕很远的地方也能看得见。老人嗅到浓烈的藻气，直呛嗓子眼儿。是藻王！老人明白过来。这时老人眼前的藻王不是红的，熔锡一般铅灰，黏稠，晃亮，似乎还挟裹着一股迫人的寒力。老人厉厉地吼了声："小狗×的！拉绳子——"孩子脆脆地应一声，绳子就像弓弦一样拉直，拽得嘣嘣山响。藻王滚过来了，吞天吞地的势头横扫一切，绳子像纤丝一样不显眼，轻轻一撞，就断了。藻王滚动的速度很缓，但两只舢板也被这个庞大的怪物顶翻了，又被藻王弹起来，变成了两堆飞溅着的木头片子。没想到他们败得这么快，这么惨。人在藻王面前像一只饿瘪的小鱼那样软弱无力。他顿觉藻条子像铁链条狠狠地抽打他，痛得他一阵一阵地叫，他感到身上肿起纵纵横横的肉棱子。他踩着水探头寻找着孩子，满眼浑浑血红，只听见海鸟低低地贴着水皮嘶鸣。老人拼命扒拉着身旁的藻丝，疾疾地往泥岬岛方向游移。老人此刻很想再与藻王拼一回，可他怕孩子被彻底沉下去。那样一来啥都是罪过了。他不能为索回藻王而造成新的不可饶恕的罪过。老人声嘶力竭地吼起来。哪承想，这孩子是歪腔葫芦邪路邪种命长呢，他泥猴似的探出脑袋回应着，嗖地甩出他的绳子。老人接过绳子，抖抖地钻进海水里。孩子盯着老人。老人啥也看不见了，眼珠胀胀得像要炸裂。红藻与海流醉了似的摇舞，将他身体撕扯得歪歪扭扭，耳鼓里灌满了吱吱的闹响。他喉咙里囫囵连片地咕噜着，如念一道收魂咒。他忍住疼痛，迷迷瞪瞪地抓住一块木板，竟碰在板上的铁锚头了，用力掰下来，用绳子系住铁锚，朝水流方向狠狠甩出锚头。锚头抓住藻王的尾巴了，绳子就绷直了，老人死死拖拽着，拖拽着，顺流而去。他的身上正被一层一层的红藻所包裹，裹得厚厚的，圆圆的。

孩子兴奋地怪叫一声："藻王，捉住啦，我们发财啦！"

老人确实控制了藻王，蜡黄的老脸上润了一层老红，他拉紧绳子，人一点一点挨近藻王。贩子说藻王能做治癌药。在海里，藻王就像一颗小小的瘤子。卖了藻王，这片海从此就再也见不着红海藻了。老人抖抖地抚摸藻王，心头涩涩地空落，鼻头一酸，眼窝有泪纵横，阆阆地吼："狗 × 的，今日就是今日啦！"

孩子不顾一切地扑来了，眼睛绿绿的。

老人愣了愣，用力将无名的酸气压回去，挤进心的底层。刹那间，老人突然改变了主意，他拔出腿上的鱼刀，高高举起来，狠狠割断了那根绳子。

绳子断了。藻王顺流而去。一群海鸟追逐着藻王，哀哀鸣叫着远去了。

腊月秧歌

腊月的雪天里，岩鹰忽高忽低地瞎飞。

小山嘴村的李腊梅从村口飘飘地走出来。第一茬雪早就蔫了，积雪静静地泊在她脚下的草窝里。寒流刚过，天气明显地好转了，天空开始疏淡，就像奶液掺了清水，有一抹薄薄的黄亮透在天幕上。有风的时候这抹黄亮就在她的脑顶上来回飘荡。腊梅看见雪天的小山坳，心情就格外地好起来。走到那片山地的地头，根本看不见地的模样儿，唯有一只山鹰孤零零地飞着，她的心跟着轻轻飘浮起来。飘吧飘吧，天和地都是耀眼的白啊。

往年种地或是收秋，腊梅都感到山的背影很沉，仿佛就在腊梅的后脊背上背着。今天就不一样了，山脊和它的影子都是白茫茫的，满身都轻松哩。

这是第二轮土地承包的第一个冬天。她到这里来，是等待着长庚村长还她一个心愿。是丈夫罗振广叫她来的。振广病在炕头的时候，嘴里还晕晕乎乎地说着：村上缺咱家一亩九分的山地。腊梅知道差地的缘由。正是分地的节骨眼儿上，婆婆去世了，老人没能够熬过她本命年，就撒手西去了。可老人是分地那天傍晚咽气的，所以她和振广都觉得娘的那份地是不能给削掉的。可长庚那小子一狠心就给削掉了。她找长庚要地，长庚的嘴封得很死。从秋天到入冬，李腊梅几回找乡长，还险些打一场官司，这才把地要了回来。今天，长庚村长通知她到地里来，村长要还她家的一亩几分地。

她蹲在地上抓了一把地上的雪，攥在手心里揉着，冰凉冰凉的，揉一会儿就有水滴下来，心也就坦坦然然了。她的日子里隐藏着一个拖泥带水、无边无际的岁月。李腊梅抬头往四下望望，白白的，不见一个人影。她这时就在心里开骂了：长庚这个鬼东西，你在骗俺吧？想着，她就把湿湿的双手深深地插进地里。地里的土是热的，暄暄腾腾的热哩。

忽地，腊梅听见了一些动静。雪地上有颤索索的声响。她料想是长庚村长来了。她故意不动，算是对长庚迟到的惩罚。她感到身后有人拱她，心里就暗骂：这个色鬼，冰天雪地的还有这份心思。停了一会儿，她才觉得不对劲儿了，忙扭回头，不由得哑然失笑了，因为她看见了自家的黑狗在拱她。她唤了一声："门，滚回去！"

门是黑狗的名字。它一直像门一样守候着她的家。这是丈夫振广专门为她设置的眼线。

振广是村里的罗锅，三十二岁才说上媳妇。腊梅的到来，让全村的男人都坐不牢稳了。她可是小山嘴村有史以来最漂亮的媳妇，圆圆的脸蛋儿，黑黑的眼睛，走路时嫩闪闪的腰肢一摆一摇。腚大而圆，在裤里满满当当地柔韧着。越是漂亮的女人越是不懂自己美到哪种地步。村长长庚一直瞄着她，想与她把那个娱乐事儿办了。这回少分给她家这些地，也许是盼着腊梅赶着来求他的。腊梅是来求他了，可这个小媳妇就是不上他的套儿。腊梅找乡长，是靠乡长的威力来降住长庚村长的。

此时，腊梅站起身，没好气地踢了门一脚："你呀，该来的不来，不该来的就来了！"门不气不恼，还是那么亲昵地蹭着她的裤脚。

腊梅像空壳儿一样地站着，目光迟缓地越过雪山，越过乡村的上空，像是一个找不到家门的孩子。她大睁着眼睛想，长庚要是不来了呢？这个东西是不是遛遛俺的腿儿呢？她越想越来气，她就料想这个东西不会那么乖巧。人就是这样赖，年纪轻轻的就这样赖。这个村长真是不够格的。她正恨恨地埋怨着，就听一阵车铃响。她看见长庚村长骑着自行车来了。

长庚村长才三十八岁，可人长得就是老相。人很瘦，他的脸像一条穷人的钱褡儿，干瘪而皱巴。腊梅刚刚嫁过来的时候，见到他还以为这家伙有四十七八了。长庚把车子支在地头，扑拉扑拉裤脚上的雪，笑呵呵地说："腊梅，你咋这么早就来啦？俺真是不懂，你和振广对这么点地还挺上心的。"

腊梅板着脸说："没有地，俺们一家子人吃啥？喝啥？"

长庚村长说："你们哪，就是土里刨食这点出息。哎，你知道俺为啥来晚了吗？"

"甭说，你又是到哪个娘儿们那里搅骚肉啦！"腊梅翻了一眼说。

长庚也不恼，仔仔细细地瞧着腊梅，大声说："你呀，总是把俺往坏里想，其实，俺坏吗？俺不就是找点乐子吗？你说咱这针尖都扎不到的小地方，没电灯，没电视，没——"

腊梅说："你就不会跟你老婆说说话儿？"

长庚村长咬肌一闪一闪地说："俺那老婆，是个结巴，你还不知道吗？她天一擦黑就困，没等你吸一袋烟的工夫，她就给你打呼噜，那呼噜打的，真他娘叫响！"

腊梅捂着嘴巴笑起来。

长庚村长说："你笑啥？真的！腊梅，你难道就不觉得咱这地方缺点啥吗？人这一辈子，托生在这个鬼地方，算是倒了八辈子霉啦！"他说话时眼睛暗淡。

腊梅埋怨道："你是大村长，你得想法子呀！活人总不能让尿憋死啊。"

长庚村长忽然捂着肚子："哎哟，俺真憋着一泡尿呢！"

腊梅拽住他的胳膊："你别给俺上套儿，有尿你也给俺憋着。先说，俺家那块地呢？"

长庚村长哆嗦着，抖动着身子："在那儿，在那儿！"

腊梅被长庚挣脱掉了。长庚村长背过脸去，哗哗地掏出一线尿来，把雪地浇出一排小黑洞儿。他边尿边走动，像是拿树棍在地上画出的一条黑线。他尿完了，系上裤子，笑着扭过头，瞅见腊梅在背着身子瞅很远很远的地方。长庚村长撇撇嘴说："瞧你，瞧你！还跟真的似的，都是孩子他娘啦，谁还不知道谁有个啥物件？"

腊梅还拧着身子，坚决地说："你甭勾搭俺，俺可是良家妇女！你那个家伙俺们家里也有！"

长庚村长大声说："快回头吧，俺早系上裤子啦！你再不回头俺可就不给你地啦。"

腊梅慢慢扭回头："地呢？地呢？"

长庚村长抬手朝尿线指了指："你看见这尿线啦？尿的这头儿是你家新增补的一亩九分地，那一头是老黑家的地！"

腊梅很疑心："长庚，你尿的准吗？"

长庚村长大咧咧地说："不信？你用尺子量量，要是差了一分地，你腊梅就把俺这物件给割下来。"

腊梅又被逗乐了："你呀，真是一个流氓村长！"

长庚村长赖皮笑着说："你爱说俺啥就说俺啥吧，反正俺就是这么个人。腊梅，俺是真心喜欢你。俺做梦总是梦见你。你放心，俺可不会强迫你。俺只等着你亲俺一下，俺就他娘的知足啦！走吧，到村委会去，俺有别的事跟你说。"他说话的时候两只眼睛变得和善起来。

腊梅恼恨地盯着他，脸上笼罩着一股杀气，很寒很寒的杀气。她强忍着说："你刚说了，不强迫俺，为啥还叫俺去村委会，做啥？"

长庚村长说："是村里的事。俺有个想法，俺想把咱村通上电，那样，咱就能看上电视，就能用电浇地，用电做饭。"

腊梅眼里的杀气消失了，脸上浮出了光鲜和亮丽："真的要通电？你小子早就该干点儿好事了。"她说着就一愣，"你办电，要俺去做啥？俺身上又没电！"

长庚村长像模像样儿地说："你身上是没电，可你是俺村最俊气的女人啊。今天乡长来咱村，刚才俺来晚了就是等乡长的口信呢。乡长捎话来，让你腊梅等他。他还说你是咱村的金凤凰，有能力，要重用你呢。"

腊梅说："是乡长来俺就去！"

长庚村长瞪她一眼："没想到你也是个势利娘儿们，眼睛长在额头上了。知道乡长比俺这村长官大。"腊梅笑着顶他一句："你还别不服气，人家乡长就是比你水平高，乡长对俺有恩，不找乡长俺这地能回来？"长庚村长说："俺是吓唬吓唬你的，压压你小样儿的傲气！"两个人边说边走了。

他们走出山地，就上了一条平展的小山路。长庚让腊梅坐到他的自行车上来。腊梅说："坐就坐，你还能把俺吃了啊？"她就骗腿儿坐上去了。自行车压得积雪脆脆地吱扭着。腊梅这时想起了丈夫振广说的事来——

去年秋天，也就是在这条小路上，振广他爹看见了一队扛着枪挑着钢盔的日本兵。老人吓了一大跳，扭头就往村头的娘娘山上跑，老人记得娘娘山上有一棵消息树。老人想摁倒那棵消息树，告诉村里人日本鬼子还没走呢。这时有一个日本鬼子追他，边追边喊："老大爷，您停一下。"老人也边跑边喊："快跑哇，日本鬼子还没走呢！"逗得那群日本兵哈哈大笑。后来有人告诉老人，这是北京的电影导演在这儿拍电影《鬼子来了》。导演看中老人，想让他当群众演员。这件事成为村里村外的笑柄了。腊梅和振广笑得抱成一团。笑够了，腊梅又觉得一阵心酸。小山嘴村太闭塞了。老人的确不知道外面的世界是啥样子。现今的领导人是谁老人都不知道了。

长庚村长见腊梅不说话，就说："腊梅，你想啥呢？"腊梅看着长庚村长的后脖梗儿红红的，不是冻红的，是酒里泡出来的红，黑紫的脸皮上渗着猪肝红。她默默不语，但又觉得他这么个瘦瘦筋筋的人，自行车骑得还蛮有力气。她听人说过瘦人干起那个事来，都是没完没了的驴劲儿。就这个用尿画线的村长能给小村通上电吗？

她这时看见门颠颠地跟着呢。

到了村委会，乡长果然就来了。

乡长穿着一件绿色的军大衣，戴着一顶山狐帽子。他的帽子和大衣领上都落满了雪花。他说路上还在落雪。乡长的脚步声里带风。腊梅主动上前接过乡长的帽子，接过乡长的棉大衣，在门口的房檐下敲打。

当腊梅走进屋里的时候，乡长正很严厉地批评长庚村长呢。乡长大声武气地说："你这个李长庚啊。老毛病又犯啦！你要知道你是一村之长。"他见长庚村长不吭声，还看见他的脸色有些灰暗，眼睛呈着青色，俨然一副纵欲过度的样子。

腊梅悄悄走进来，将乡长的帽子和大衣挂在石墙上。她望着乡长说："乡长，你们有事，俺先到街口的小卖部里等等。"

乡长说："腊梅啊，反正你也是结了婚的人啦，你就听着，看他李长庚脸上挂住挂不住？"腊梅就站在那里听着。乡长见长庚的反应很难揣摩，就更直接地说："李长庚啊，眼下都在抓精神文明建设，你是怎么抓的？这几天，俺那里不少人反映，说你们村男男女女的很乱。你这个村长的问题更严重。你知不知道，这种问题不仅破坏家庭，而且能诱发刑事案件。"

腊梅在一旁暗笑。

长庚村长黑瘦的脸憋得通红，争辩说："乡长，你刚到俺们乡，还不知道详情，俺们小山嘴村，没有啥，自古以来就这么……你给砍了，往后这里还有啥意思呢？"乡长想笑，可他忍着，脸部和眼神都是极严正的，大声吼："屁话，俺不信你这屁话！今年腊月，必须抓好群众的文化娱乐生活！"长庚村长将头皮抓得沙沙响："乡长，俺这儿的乡亲就会种地，种山果。他们哪会搞啥别的娱乐活动？"乡长气得使劲咽了口唾沫，连唾沫都是烫烫的。

这时腊梅竟脱口而出一句话："该过年啦，俺婆家那里过年就扭大秧歌！"

乡长终于找到了突破口，喜形于色地说："腊梅说得对，就扭秧歌，既锻炼身体又省钱！"长庚村长使劲瞪了腊梅一眼，无话可说。乡长步步紧逼："俺的长庚同志，长袖善舞，多财善贾。俺们的小山沟沟是穷，可只要俺们去拼去干，就能一步一步富起来。这不，县电力局的扶贫单位就落在咱乡了。目前咱乡没有安上电的还有四个自然村。只要你们把大秧歌扭起来，俺就让县电力局扶贫的同志来看，那就先给你们安电啦！"腊梅惊喜得几乎叫起来："先给俺村安电吧！"长庚村长大手一挥："× 他个奶奶，就她娘的扭秧歌！"

这回，乡长高兴了。

中午，大山里的雪又纷纷扬扬地飘起来了。

腊梅觉得这是同去年一模一样的腊月。往年的腊月也下雪，但今年她却有了往年不曾有过的激动，因为她今天要回了承包地，同时也确实感到这个地方以前的活法太没劲了。正因为没劲才扭一回大秧歌，这样头脑里除了生活的负累，还有一些熬盼。她这时才觉得自己不能像婆婆那样活，婆婆在世的时候，老人的眼里压根儿就没有新鲜事，她的心在头发灰白之前就已经死去了。所以，中午腊梅自愿陪着乡长和长庚村长喝酒。长庚村长搬来了火锅，炭棒是他老婆自己烧出来的。他还让治保主任麻九胜杀了一头羊。涮着鲜嫩的羊肉，腊梅立时就觉得暖和了。额头上都吃出了细汗。她举起酒杯，颤颤地说："乡长，您冰天雪地地到俺们村里来，是把脑袋掖在裤腰里啊！俺腊梅家的一亩九分地，是您给要回来的，俺敬您一杯！"乡长笑呵呵地一饮而尽。长庚村长歪着脑袋说："腊梅，你要知道县官不如现管呢！你就知道敬乡长，就把俺撇下啦？"乡长笑说："腊梅，快敬长庚，你可别拿村长不当干部啊！"腊梅就敬了长庚村长一杯。这时乡长问："腊梅，你这点地，长庚村长为啥不给你呢？"腊梅委屈地说："他呀，乡长您是明白人，这还用问吗？"乡长哈哈地笑了："长庚啊，你可得注意啊，碰着钉子了吧？"长庚村长赖赖地说："俺看您乡长的面子，就不端她这个钉子户啦。不过，腊梅，你可听好啦，你今天当着乡长嘴贱说，扭秧歌，你得带头。听见啦？"腊梅挺胸，大大方方地说："俺扭，俺愿意！"

乡长和长庚村长都喝得醉醺醺的了，腊梅连自己的脸蛋儿都没有红。长庚村长连连说腊梅是酒漏儿，还故意将腊梅往乡长身上推："乡长，雪太太，你就住下吧，今晚上俺让腊梅陪着你。"乡长酒醉心明，连连摇手："你小子是不是老毛病又犯啦？俺就等着看腊梅的大秧歌啦！"腊梅瞪了长庚村长一眼，十分得意地呵呵嘴说："瞧你那德行，就是那点成色！人家乡长就是比你水平高！"长庚村长被噎回去了。乡长也确实有点喝多了，他不知不觉地哼起了歌："女人不是水呀，男人不是缸，命运不是辘轳——"长庚村长打岔说："你唱错了，女人是缸，男人才是水哪！"乡长迷迷糊糊地瘫在那里了。火锅里的火苗子渐渐暗淡下去了。

腊梅喝酒就像喝水一样。当她走到自家小院的时候，她一点也没有醉态。

男人振广正在屋里拿着那副满是黑色油垢的扑克，给邻居的孩子算命。腊梅走进来，振广也没有瞅她，依然津津有味地算命。腊梅一下子就来了气，说："俺瞅你这病是好了，你让俺去地里，你就不会做点饭？"振广忽然扔下扑克，他比腊梅的气性还大："你做啥去啦？你别以为见了乡长就不拿俺当回事儿！"腊梅愣了愣："你咋知道的？"振广说："门早就回来啦！还要扭大秧歌。美得你，你是俺的老婆，俺不准你疯跑！"腊梅倔倔地说："你吃醋啦！俺看你是全村最大的醋罐子！"振广大声说："俺就是醋罐子，谁让全村属俺的老婆最好看呢。"两人三说两说就僵住了。振广说："你看那块地，就用那么长的时间吗？你是不是跟长庚那小子做那事儿啦？"腊梅满身的火气就蹿上来了。两人厮打成一团。

邻居五婶子过来拉开了这两口子。五婶子唉声叹气地说："你瞧，这大腊月，该过年啦。全村属你们家和美，有啥大不了的事呢？"腊梅委屈地坐着，她看见有两只岩鹰落在了屋檐上，翅膀奓着，将雪粉刮成一个小小的旋风儿，旋里有亮亮的一圈晕光。两颗泪珠从她苍白的脸上滑下来。

夜黑得纯粹了，小村就静静的，连落雪的声音都听得见了。腊梅这时躺在土炕上，翻来覆去睡不着。男人振广伸手去摸她的胸部，也就被她一手推开了。腊梅轻轻地说："孩儿他爹，你记着，俺没有做过对不起你的事，你要是往歪里想，俺就跟你离！"说得男人半天不语。男人好像是被吓回去了。腊梅就睡了。酣睡的她翻了一个身，被子竟被弄掉了，雪白柔软的臀部呈现在男人的眼前，男人心里顿时起了冲动。

第二天腊梅很早就起来了。她做饭的时候，因为柴火被雪洇湿了，弄出很大的浓烟。她并不躲避那凶狠的浓烟，让它把自己的头颅一股脑儿缠绕起来，勒紧她，勒出几丝苦涩的汗水心里才痛快些。这时长庚村长走进门来："腊梅啊，你这么早做饭啦？"腊梅扭头见是长庚村长，微微一怔："今儿个日头是从哪出来？连长庚村长也不偎冬啦？"长庚眼圈黑黑的，眼睛里还有一些血丝。他一本正经地说："腊梅，振广起来了吗？俺有事儿跟你们两口子商量。"腊梅没好气地说："那懒鬼还在睡回笼觉呢，有事你找他说。"长庚村长着急地说："让那小子睡吧，俺就朝你说，俺知道这个家是你当家！"腊梅问："你到底有正经事没有？"长庚村长说："这扭秧歌的事儿，俺说办就办，可眼下村上没钱，俺想买点锣啊鼓啊绸子啥的，你先借俺点钱！年根儿就还你们！"腊梅有些疑心地问："你真是操持秧歌会？不是偷着去赌博吧？"长庚咧咧嘴："你可别总是隔着门缝儿瞧人，俺真是上城办货，明天咱就能让你扭起来！家里的老少爷们姐们儿，你就先招呼着。"腊梅问："你要多少钱？"长庚村长说："俺朝你借五百，余下的俺找别人借。"

腊梅让长庚村长在外屋等着，自己到里屋翻出了五百块钱，出来递给长庚村长："给你，俺可等着你回来！"长庚村长接过钱，有些感动："腊梅啊，昨天你没喝多吧？"腊梅摇了摇头："没，就是回来让俺们那口子好生吃了一瓶子醋！"长庚村长骂："振广这狗东西，他是身在福中不知福啊！他再敢调歪，俺回头骂他。他小子能娶了你，是他的福气。"

腊梅赶紧弯腰去填灶膛里的火。长庚村长也蹲在腊梅的身边。灶膛里的火苗子闪闪跳跳，将他的憨头面孔映红。腊梅突然觉得村长这张脸似乎多了一种让她感到吃惊的东西，她说不清那东西是什么。

这时，长庚村长叹了口气说："你不知道，昨天你走了，俺和乡长司机把乡长抬到俺的家里，乡长是喝多了，可他酒醉心明，他抓着俺的手说，他生俺的气，也生自己的气，他哭着说，新中国成立都五十周年啦，他没想到，咱这小山沟里，还没有通上电，没有电灯，没有电视，俺这当村长的还有啥脸面？光嘴上喊当官不为民做主，不如回家卖红薯！可是民在哪儿？不在嘴上，不在报纸上，就在咱的周围，就是咱身边的父老乡亲啊。他这一哭，俺心里还真难受哇，俺可不能再这么混了，俺跪着向乡长保证，腊月里，大秧歌扭起来，电通上来。村里买个大电视，也让咱村上的老老少少看见今年的春节联欢晚会！"

长庚村长说不下去了，双手捂着红而粗糙的脸。腊梅静静地听着，感动地流下了眼泪，她不去擦，任它一直沿着鹅卵形的脸蛋儿爬到嘴角。

长庚村长走了，还真带了一股"不破楼兰终不还"的豪气。

长庚村长去城里买东西的这几天，腊梅脑子里总是晃动着这家伙的身影，还有乡长的胖脸，还有乡长饱满肥硕的声音。

长庚回来了。那条跳秧歌用的红绸子在腊梅的小手上舞起来了。可任腊梅咋劝说，男人振广就是不入伙儿。长庚村长要跟着腊梅做一对秧歌伴儿，振广又坚决反对。长庚村长熊了振广一顿，还是悄悄地退了，他是怕给腊梅找麻烦。

腊梅眼里的长庚村长变了个人，她是很想跟长庚村长痛痛快快地演上一回。可她真真没想到，这在她一生中竟成了终生的遗憾。

那天上午，小山嘴村的大秧歌舞起来了。长庚村长真把乡长叫来了，乡长又把县电力局扶贫小组的人带来了。这时没有下雪，村街上的积雪早让村人打扫得干干净净。这时的天空也很好看，一会儿是蛋青，一会儿是浅蓝，不时再来一抹橙黄，无声地变换着颜色，好像为他们的这场秧歌会不厌其烦地布景装台。

锣鼓响了，花花绿绿的扭秧歌的村人就上场了。明眼人都看出腊梅扭得最好。一般都是夫妻扭一对，既然振广没上场，腊梅就跑单帮了。她扭得很卖力，额头上甩着汗珠子。她只觉得身边有些空，这空白能拿什么来填补呢？她不知道。周围的人开始鼓掌，掌声像雨点般起落。她看出这掌声是鼓给她腊梅的。她从心底生出一种从没有过的感动。她也看见了欢扭着的长庚村长的笑脸。她此时怎么扭头，也看不见男人振广的影子。这个时候，她就喜欢了长庚村长，并不知怎地脑里还闪了一个怪念头——真想能和他睡一觉！但立马她又为自己的想法感到万分的羞愧和内疚。舞到劲头上的时候，腊梅就闭上眼睛，把一次一次涌上来的眼泪，又一次次地咽回肚里。这时长庚村长看见腊梅圆圆的脸蛋儿，像一轮放光的小太阳。

旧历二十七是小年。傍晚，刮着很大的风。雪粉和树叶被风卷起来。尽管天儿不好，可是从山那头的老岭崖牵过来的电线，还是正式接通到了小山嘴村。在这之前，腊梅和丈夫都参加了挂线的义务劳动。由于经费紧张，长庚村长还动员全村的人家都捐献做电线杆用的檩。腊梅家捐了一根留作房檩的木材。长庚村长家捐得最多。腊梅看见长庚村长把自家的厢房都拆了，那些檩就都抬到了山上。媳妇还跟他哭号地闹了一阵子。

当全村老少都等着电灯"唰"地一下就亮起来的激动时刻，压根儿就不会料到长庚村长能在那一刻倒下！

长庚村长和几个汉子本来正在扭头下山，这时卷来一股狂风，他看见有一根电线杆就要被风吹倒，线杆一倒电线就要断了，长庚村长二话没说就扑上去了。晚了，没扶住，电线杆砸在他的脑袋上，他的瘦脑壳儿被电线杆砸裂了，没有流血，只是淌出一片白色的脑浆。

长庚村长就这么死了。

腊梅知道长庚村长的死信时，她和丈夫、孩子正守着电灯欢呼。开始腊梅是不相信的。当她听见北小街传来长庚媳妇的哭声，她的身架就软了，双肩抖得厉害，只觉得自己的五脏六腑往上翻，翻上来的就是泪。她又不能当着丈夫的面流太多的眼泪，不然这个东西就会往歪里想。她看见振广也是很伤感。男人手上捏着的烟几乎烧到他的手指了，他哆嗦了一下说："你别看长庚村长人不咋样，死得还像码子事儿，就像当年雷锋似的。"男人颓废的表情中蒙着一层睡不醒的倦意，双眼萎靡，没有任何事情能让他激动起来。腊梅觉得从前的长庚村长就是这个样子，山里男人都是这样子，还有啥子熬盼？腊梅淡淡地说："长庚人都这样了，你还说那样的话！"男人双手抱头，把头深深地埋在双膝之中。

腊梅默默地走出家门，往长庚村长家里去了。她轻轻走到长庚村长的尸体旁，旁若无人地擦着他脏乎乎的瘦脸，等都擦干净了，腊梅就轻轻俯下身子，在长庚村长的额头上吻了一下。这时包括长庚媳妇在内的女人和男人都愣了。她却没有一种被人看穿的窘迫。吻完了，她抹了把泪水，却有更多的泪水涌出来。你这冤家呀，你欠下村里女人那么多的债，你刚刚还上一码，就不管不顾地走了？大山留不住你，女人留不住你，秧歌留不住你，你这天不收地不留的冤家哩——

那么，她一颗心，到底想什么呢？无人知晓。

大年三十的上午，村里扭了一阵秧歌。扭着扭着，腊梅突然感到自己的整个身子陷下去陷下去。快晌午的时候，又有零零星星的雪花飘下来。腊梅带了一些点心、散白酒和苹果去了自家的承包地。因为那里风水好，长庚村长就埋在那里。她走到坟前，风就大了。风将他坟头上的存雪揉了好久，将一片山地竟揉得安静了。腊梅将苹果、点心放在他的坟头。腊梅说："长庚啊，过年啦，今晚上就能看上电视上的春节晚会了。你看得见吗？"说着就呜呜地哭起来。细雪凄迷的天，是不能哭很长时间的。她就不哭了。她默默地站起来，扭头走了几步，却发现忘了把酒洒在长庚的坟头上了。她低头去拿篮子里的酒，不由得打了寒战，酒瓶子空了，再扭头往回看，酒自己洒了，从她的脚跟处一直洒到长庚的坟头，就像那天长庚给她补地时尿出的尿线。腊梅没好气地嘟囔着："你呀，没脸皮的东西，还想给俺画地呀？"

腊梅轻轻地笑着。可内心还不时地哀痛着，哀痛那些任谁也留不住的东西。

一个温馨而热闹的春节就要过去了，过去了，一个新的节日又在不远处朝人们招手呢。

老马工作室

一个平静的早晨，医院看守太平间的老工人忽然死了。因为家人给他收尸的时候，能从他身上闻到浓浓的酒气，所以大家都疑心这个老人是喝了过量的酒而死，或是喝了假酒。因此在老马接任这个差事的时候，院方特别叮嘱老马不要喝大酒。老马含糊地答应着，也给院方提了一个条件，就是把停尸房改成"老马工作室"。

什么样的名称无关紧要，张院长同意将停尸房改成老马工作室。让张院长好笑的是，一个在澡堂子搓澡的老马，怎么说出这样雅致的名字呢？老马说是从电视里看见的。张院长笑着说，你个老马竟来洋的！老马解释说，我从澡堂子挪到太平间看尸，家里人都反对。我是瞒着家人来的。再者说啦，这还不光是看尸，还要给死人整容，擦身子，背尸体，这不叫工作吗？张院长觉得老马说得很在理。

老马是个小矮个子，微瘦，脸黑，说话时总是拖着很浓的鼻音。他过去是火车站的搬运工，还没到退休的年龄就被下岗了。五十五岁的年纪，家里又没了老伴儿，就常年泡在澡堂子里搓澡。起初，老马的生意还行，后来南方扬州来了几个小伙子，就把老马的生意给顶得够呛。那天正赶上他给医院张院长搓澡，随便闲扯，就弄上了这份沾点鬼气的差事。

老马刚来的几天里，看见死人，头皮还真有点发紧，半个月过去，就慢慢地习惯了。每当他给死人擦洗着白白的身子，就当成是给活人搓澡。唯一有点不同的是，这里有了女人。老马还学会了简单的美容，有时，他还要帮着死者家属给死人穿衣服。像在澡堂子一样，时不时他还能得到一些可观的小费。再后来竟然还有了给老马溜须拍马的人，医院旁边有个开花圈铺的王六甲就算一个。

王六甲时常过来看看老马，跟老马说说话，甚至请老马喝上一点酒。喝到节骨眼上，老马连连摆手说："六甲兄弟，我不能喝了，真的不能喝啦！"王六甲笑嘻嘻地说："我知道你的酒量大，喝吧！"老马瞪着眼睛："不是我不给你面子，要是在澡堂子，喝上两瓶，我也敢陪你！现如今可不成了，张院长不让我喝酒。你又不是不晓得，前一个不是喝酒喝死了吗？"王六甲就不再劝了。可他有事求老马给帮忙，就是让他把买花圈的死者家属领过来。老马满口答应，不时地领着人过来，没多长时间，王六甲的生意就红火起来。

连续好几天，老马工作室都很忙，王六甲的花圈铺也跟着热闹。

这天傍晚，老马本想到王六甲的花圈铺坐一会儿，可刚一迈脚，就听见外科的徐医生喊："老马，快来背尸体啊！"老马急忙换上那件专门背尸穿的黑褂子，悻悻地走上楼去。像往常一样，在家属的哭号声里，医生将死者的脸一盖，老马就尽快把人抢出来背走，安放到自己的工作室。老马把死者安放妥当，才看清是一个女人。过了一会儿，家属代表下来跟老马做了交代，请他给擦洗好身子，并做美容。老马接了死者家属的一百块钱，就开始了枯燥的工作。

女人是被车撞的，脸部稍有点擦伤，重伤在胸部，她的胸乳几乎给撞没了，下身也没有伤，可是胸部的血流到了下身。老马给女人的下身擦洗干净，却发现女人有一双健美的腿，白皙而丰满。这个女人的腿是咋长的啊？老马擦腿的时候。又慌张地擦她的脸、眼窝、鼻梁，颧骨处的擦痕已经被脂粉盖住。

死者的身体完全暴露在老马眼前，是那样生动。老马真的为这个女人惋惜。他倒是希望她马上站起来。老马坐着，吸了一支烟，自语着："年纪轻轻的，多可惜啊！"说着，望着那一团白软，竟然涌出一种从没有过的冲动，过去的激情也一下子调动起来了。可是激情只是一闪，就过去了。随后他的胸口像是被什么堵住一样。他自责地拍着自己的脑袋，拍得啪啪响："你个老东西，想啥呢？真是不知廉耻啊！"老马很快把裸尸给蒙上，默默地走了。

一连几天，老马的眼前都晃动着那团朦胧的白影。

老马的老伴儿去世已经七年了，七年里他对女人一点儿不想，那是假话，可想一想就过去了。两个儿子都娶了媳妇，大儿媳还刚刚生了孙子。他得给家里挣钱，不然就没人愿意管他了。

一晚，王六甲把老马拽到自己的花圈铺里，神秘地笑着说："老马，兄弟知道你单身的苦处，给你找个女人玩玩儿吧！"老马愣愣地摇着头："你看，我连自己都没个养老送终的窝儿，哪能再养活女人？"王六甲龇着金牙说："你弄错了，谁让你娶后老伴儿啦？我给你找了个'鸡'！花上几个钱，玩玩儿。"老马连连摆手说："我都多大年纪的人啦，哪能跟你比呀？不行！"说着就往外走。王六甲急了，一把拉住他的胳膊："别，真是的，你不干，看看总可以吧？"王六甲的声音像个娘儿们似的低声细气，"老马，你才五十五岁，就真的一点儿也不想那事儿？"老马软了声说："不想那是假的，可咱没那个福分。人家上层人士玩，叫游龙戏凤；咱呢，叫流氓成性！"王六甲嘿嘿地笑了："原来你是怕，怕给抓着？一切听我的安排，保你放心！"他硬是把老马给拽走了。

王六甲把老马领到自己的老宅院，然后从美容厅领来一个肥胖的女人。老马见到那个女人，双腿打战竟没了章程。胖女人是外地人，她横嘴歪脸地盯了老马一会儿，抓着王六甲的脖子咬耳朵。老马听出来了，女人是嫌弃老马太老要多加一些钱。王六甲嘴里含混地支吾着，将胖女人往老马身上一推，就笑嘻嘻地走了。王六甲走后，老马就更加恐慌，他勾头坐着，不说一句话。胖女人焦急地凑过来，丰满的臀部在老马眼前大幅度地扭动，双手已经伸进老马的脖领里。老马推开她的手，看了看房子，冒汗了，喘着粗气说："这儿稳吗？"胖女人不知他说的"稳"是啥意思，淡淡地说："老头儿，快点吧，别磨磨蹭蹭的啦！"老马又问了一句，胖女人才听明白了，故意吓唬他说："不稳，指不定啥时候就来警察捉奸！"老马完全被她吓退了。他想走掉，胖女人却对他不依不饶，不干也要给钱。老马僵在那里，心里着实埋怨着王六甲。

过了一会儿，老马就想起了什么，跟胖女人商量去另外一个地方。胖女人大大咧咧地说："只要给钱，哪儿我都敢去！"

老马把胖女人带到了医院的"工作室"。不知为什么，老马不把她往自己住的小屋里带，而是直接去了停尸间。也许是他觉得这儿最安全吧？胖女人想问一问老马，抬头时，借着灯亮看见"老马工作室"几个字，就放心落胆地进去了。恰巧没有死人，剩下的那个老太太，下午刚刚被家人拉到火葬场去了。眼下正是老马工作室最清闲的时辰。老马让女人躺在死人躺过的地方，女人就听话地躺上去了……

　　第二天早上，疲惫的老马第一回起晚了。太阳出来老高了，老马才被王六甲软软的声音喊醒。王六甲朝老马笑着："老马，你真行啊，竟敢把人弄到这里来？"老马打着哈欠，收拾着床被。王六甲又问："昨夜里舒服吧？"老马不好意思地咧咧嘴："我说六甲兄弟啊，就这一回，下不为例啊！"王六甲说："你个老家伙，别得便宜卖乖啊，下一回，下一回你会上赶着求我的。"老马大张着嘴巴，认真地说："六甲啊，这一回，就花去二百块钱，我半个月的工资啊！不吃不喝啦？"王六甲说："你不还有侍弄死人得的小费嘛！"老马泡好一碗方便面边吃边嘟囔着："我二儿子要买摩托，前天又找我要钱呢！钱难挣，可好花啊！二百块钱得买多少方便面啊？"王六甲拍着老马的脑袋说："你啊，这是怎么比呢？各有各的味儿嘛！"老马懒懒地剔着黄牙，眨着眼睛问："六甲，你说，是吃肉好啊，还是跟女人睡觉好？"王六甲想了想说："跟女人睡觉好！"老马笑了："没成色的货！"王六甲笑着，腰间的呼机响起来，就扭头跑了。

　　老马一动不动地坐在门前的板凳上，望着王六甲的背影，嘿嘿地笑了。他不再心疼昨天花在胖女人身上的钱。花了钱，还开了荤呢，谁家锅底没点黑呢？老马心安理得地想。医院里行人匆忙，没有人留意他，更没有人猜测他的思绪。热面粉似的阳光，铺在他的老脸上，他闭上眼睛，一副安详的面容。

　　过了半个月，老马听到了一个不好的消息，胖女人被公安局抓住了，交代出王六甲等十几个嫖客。王六甲被罚了五千块钱。老马整日里像是丢了魂，竖起耳朵打听消息。奇怪的是，一个礼拜过去了，公安局的人并没有来罚他的款。王六甲从公安局回来就告诉老马，那个臭女人把他老马也供出来了。老马更是怕得不行，名声倒是次要的，老马上哪去找五千块钱啊？老马过去搓澡挣的钱，都被儿子拿去买摩托车了。他的五脏六腑都错了位，没一处舒服的地方。

　　这些天，死人明显少了，老马工作室显得冷冷清清。要是死人多一些，老马还能多挣上一点钱。老马整日坐在门前的板凳上看动静，就怕听见警车叫，连医院的救护车的笛声，都能让他冒出冷汗来。老马开始后悔自己不该听王六甲的，快活那么一下子，落个窟窿，最后倒霉的还是自己。有个到医院看病的警察从老马身边走过，老马以为朝他来了，就上前赔笑问："同志，你找我吗？"警察看了一眼脏乎乎的老马问："你是谁？"老马哆嗦着说："我是老马啊！"警察明白了什么，黑了脸骂："你是看太平间的老马，滚！"老马乖乖地躲了。

从这之后，老马就不再看警察了。老马走路有些飘，看东西有点眼花缭乱。他不知道公安局的人在跟他玩什么鬼把戏？难道他们是放长线，钓大鱼？老马心里没底的时候，就跟王六甲讨教。王六甲也觉得很怪，分析说："我可是听说，晚罚的，要罚一万块。他们是不是把你列入一万的行列里啦？"老马的腿轰一声塌软了。他求王六甲找人到公安局给打听打听，说说情。尽管王六甲答应了，可老马心里已经把欠债划定到一万块了。得挣上一万块钱，心里才踏实。

"造孽啊！"半夜里，老马躺在床上叹气、翻身，翻身再叹气。白天的时候，老马瞪眼睛等待死人。只有死人的时候，他的眼神才是亮的。听见哭声，老马就穿上工作服，准备好东西，把死人背下来，就开始了紧张的擦洗和美容。他一点儿也不觉得累，即使一天不歇着，也不觉得疲倦。他自己骂着自己："你个老东西，成了精啦？"说成精还就是成精了。医院没死人的时候，老马也觉得像是死了人，他看着来来往往的行人，都像是会"嘭"一声倒地，闭气——然后被他瘦瘦的身子背到工作室，好一阵忙活。又是几天没死人了，老马心里有从没有过的恐慌。那天夜里，老马梦见那个胖女人死了，被他背回工作室，老马照样给她擦洗着身子。他边擦边问她："婊子养的，你供出了我老马，我老马也不跟你这贱货一般见识。"胖女人躺着不动，也不跟他说话。老马又说："这回轮到我老马挣你的钱啦！哈哈哈——"他没完没了地擦着，胖女人的双腿越来越硬，像木棒一样。

第二天天亮，老马来到工作室，看见一张停尸床上的人造革，被什么东西挂破了，露出白白的海绵。这正是他跟胖女人干事的那张床。老马一拍脑门儿，明白了。

没有死人的日子里，老马想干点别的。那天终于来了机会，城里一个有名的黑道老板死了。老板是开烟花鞭炮厂的，是因为鞭炮爆炸炸死的。老板的葬礼要按当地风俗来办，送葬的路上，每过一座桥，就要燃放一个坐地炮，以安死者的魂魄。放坐地炮是很危险的，要人用手拿着。谁敢拿？老马自告奋勇地接了这个险差。家属答应，干完后付老马七百块钱。七百块钱，得擦多少死尸哩？老马哆哆嗦嗦地抱着坐地炮，踏上了征程。老马放炮是有经验的，前两座桥都没事，谁知到了最后一座桥上，老马刚刚点燃坐地炮，就觉得右眼皮突突跳……

"嘭"的一声巨响，老马的右胳膊跟着就飞了。

养到了腊月初八，老马才出院回家。老马工作室的活算是干到头了，没了一条胳膊，澡堂子也回不去了。儿子和儿媳来接他回家过年。走到老马工作室门前，风从脸上刮过去，心里一阵冰凉。这时正赶上王六甲也来看他。老马和王六甲朝工作室走去，看着那块牌子，感到一股垂死的气息。他眼眶子一抖，眼泪还是流了下来。老马看了看儿子儿媳没过来，就对王六甲说："王六甲，你把那块牌子给我摘下来！"

王六甲笑笑说："'老马工作室'，留着吧！"

老马跺着脚骂："摘！留着败兴！"

王六甲说："老马你错了，实话告诉你吧，你知道公安局为啥没罚你吗？"

"为啥？"老马咬着紫色的嘴唇。

王六甲说："就因这块牌子。"

老马惶惑地盯着他的脸。

王六甲说："那个胖女人把你交代了，可她如实供出了老马工作室，人家公安就不信了。还骂胖女人不老实。"

老马痴痴地望着天，目光呆滞了。过了一会儿，老马目光辗转到"老马工作室"的牌子上。

只见他猛地抬起那只单臂，径直奔那块牌子而去——但，不知他此时是想摘还是想擦……

绝
唱

　　这头黄牛长得并不雄壮，在张生的眼里，它似乎是个累赘。眼下，牛头正一晃一晃，铜铃当啷啷地响，牛和人在平原的小路上颤颤移去。

　　八月十五的前一天，秋黄了，刚下过一场秋雨，地面儿有些潮湿，爬上路边的河螃蟹都是泥色的，路边黄熟的苇秆也是湿漉漉的。

　　一只小蟹横着爬上小路，被黄牛啃着了，碎碎地嚼。张生愣了愣。他不知道河蟹是从哪里漏出来的，也不知黄牛何时喜欢沾了腥？天刚放晴，虚着眼睛遥望九月的平原，秋后的原野空了，光影像薄纱静静地流着。黄牛吼了两声，吆喝声勾起了张生的乡情。吆喝声时断时续，好像跟远处的熟人亲热地打着招呼，缓缓飘到村巷里去。

　　老爹能听见牛的吆喝吗？张生想起老爹，就会想起锅里的剩菜剩饭。家里两个光棍，只能吃剩饭。这时候，徐村长的桑塔纳汽车从他和牛的身旁驶过，溅起路旁大片泥点子，溅到他和牛的脸上身上。张生使劲撸了一下脸，望着汽车，狠狠骂了一句："驴×的！"

　　黄牛也朝汽车瞪了一下牛眼。

　　走到了村口，徐村长的汽车停着。徐村长跟几个告状的农民说话，徐村长的女儿徐大花站在一旁听着。

　　张生松开黄牛，往人群里挤了一下，把目光辗转到徐大花的脸上。徐大花看见了张生，高兴地喊："张生，你回家啦？"她脸上了抹了粉，像秋天庄稼地里的白霜。她的腰是粗的，肩和屁股很丰满，手指是短而厚的，这是普通庄稼人所梦想的那种女人。可是她小时候生过病，缺心眼儿是非常明显的。她仰望他时，眼睛很亮，身子往前倾斜着。张生笑着说："大花，你在这儿干啥？"

徐大花又密又长的睫毛下透着亲热的光亮："迎接我爸爸回家。明天就是八月十五，过节啦！"张生叹了一声："好哇，过节好哇，你们家又有送礼的啦！"

徐大花瞪大眼睛说："不送礼，你就别想娶我！"张生吓出一口冷气："谁说我要娶你了？"他嘴上这样说，是想避开她。这个傻姑娘追逐他，常常在他面前露出一股让人心疼的温柔气来。可他在她的身上没有一点别的什么想法。

"咔嚓"一声响，黄牛把徐村长的汽车灯拱碎了。徐村长惊讶地扭回头，徐大花瞪圆眼睛看着。张生更是吓了一跳，急忙抓住牛的缰绳，狠狠地踢着牛腿："你驴×的，净给我惹祸！"

徐村长铁着脸，心疼地看车灯。徐村长对车保养得很精心，尽管是村办企业买的车，他就像自己家的私车一样爱惜。徐村长看了看张生，又看了看黄牛："张生，你小子干蛋来着？"

张生哆嗦着说："我没干蛋，我跟大花说话呢。"

徐大花赶紧把目光躲闪开。

徐村长说："大花，先把黄牛领回咱家。"

"别，村长，别——"张生哀求着。

徐大花犹豫着。

"牵啊！"徐村长狠狠一瞪眼，徐大花就领着黄牛，跟着爹的汽车走了。

张生怔怔地张望着，一脸哭相。

"败兴，真败兴！"张老爹闷闷地吼着。张生回家跟老爹说了，这真戳着张老汉心里的疼处了。

张生家跟徐村长是邻居。

老爹满脸青黑色的硬胡楂，唰唰地蹭着袖子，然后踮着脚尖看墙那头的牛。黄牛拴在院里的树桩上。徐村长院里有好多的筐子，过节了，村民正给徐村长送礼。老爹也想送礼，可是张生不干，张生说即使送了礼，徐村长也不会轻易还回黄牛。爹老了，牛也老了。牛眼眶的周围布满了皱纹，眼睫毛都秃了。在深深塌陷的眼窝里，再也看不到当年的雄壮，像牲畜里的乞丐，乞讨着蹩脚的日子。黄牛是恋地的，每次路过家里的那块荒地，牛尾巴就摇起来，打了一串响鼻，蹄子踏在地上，闷闷地响成一团，铜铃连珠般脆响。张生和老爹都记得，牛是联产承包责任制那年分来的，黄牛的到来，使他们结束了讨饭生涯。那时张生刚刚上小学。那阵儿的牛很精神，他给黄牛喂草料，被牛踢了一脚，额角上落下一块小小的疤痕。赤脚医生给他包扎，他一声都没哭。以后，他的头发长了，那块弯弯的疤痕被严严地盖住了。黄牛很能干，耕地、运肥、护院，几乎没离开老爹。它陪着老爹流汗，陪着老爹睡觉，老爹当售粮模范那阵儿还陪着老爹戴过红花。后来地种不下去了，老牛成了老爹谋生的腿。老爹并不憎嫌它，终归是同病相怜的依靠。

老爹卖货刚刚回来，张生看了看两个耳筐子，空空的。看来货都卖了。老爹过去卖瓜果梨桃、烟酒茶糖，如今炒了花生米，煮了老豆腐，这些便宜货很抢手。张生记得两年前，老爹走街串巷的时候，粗一拢账目，烟酒茶糖赚了钱。做了小买卖以后，老爹手脚不停地忙碌，从未见他在哪坐着、歇着，更没见他跟谁说说话。因为，家里有一囤一囤的粮食，挺个一年半载，也不会有断顿儿的时候。黄牛就成了张生的伙伴，每天由张生放牛，料理那一小片可怜的庄稼。

晚饭后，张老爹去找徐村长要黄牛。徐村长先吓唬了老人一通，然后满脸笑着。他提出一个条件，只有让张生娶了他的闺女徐大花，这黄牛就还他家。张老爹可真为了难，大花这闺女傻，全村都知道，娶个傻女，还不如打光棍待着。看着徐村长家一拨儿一拨儿送礼的，张老爹感觉不方便，就颠颠儿地回来了。看着老爹空手而归，又听老爹把徐村长的条件一说，张生呆呆地不说话。

过了一会儿张生沏了一壶浓茶，准备给老爹慢慢品，并有意把自己的心态放平和一些。吃着粗茶淡饭，弄个好身板儿，还有什么比身体更重要的呢？老爹走进来，一边擦桌子一边气愤地骂着："你听，张家门前又来汽车啦！"张生摆摆手说："汽车稀奇啥？没见过？见着当官的就巴结！"老爹撇撇嘴："人啊，真是势利鬼啊。"张生淡淡一笑："我们不给他送！"老爹说："村东卖菜的老强家，想批宅基地，买了一整筐的河螃蟹，送去了。徐家也不怕噎着！"张生瞪了老爹一眼，心里想吃螃蟹了。

夜里睡觉，张生做了一个奇怪的梦，梦见好多的河螃蟹爬到自己的头上来。

早上一睁眼，还偎在被窝里，张生就把这个梦讲给老爹听。老爹不懂张生的心思，甚至怀疑有没有这个梦？张生一定是想河螃蟹吃了，后悔今年没有承包养蟹池。张生看见老爹流眼泪了，知道老爹误解了他的意思。老爹说："你馋河螃蟹了！"张生伤感地说："本来是个梦嘛，真的不是我馋螃蟹啦！"老爹说："梦打心头想。你是想吃河螃蟹啦！"张生慌张地摆着手说："不是，我可不是那个意思！"张生边说边起床穿衣。

张生提着牙具走到院子里，天还不是很亮。张生一迈脚，就觉得脚下有很厚的东西，软软的，踩下去，吱吱作响。他一弯腰看见有两只河螃蟹被他踩成肉酱了。一只毛青蟹爬上他的裤角。他赶紧把这只螃蟹摘下来，螃蟹够赖皮的，张螯咬住他的小手指，咬得张生扔了牙具，使劲将它甩在地上。小螃蟹在地上打滚儿，吐着沫子转圆圈儿，像个顽皮的孩子，朝着他傻笑呢。一扭头，还有好多的河螃蟹，一疙瘩一片，爬满院子和墙头。张生着实吓了一跳，额头冒汗了，哑着嗓子喊："爹，你出来一下。"

老爹颠着碎步跑出来，看见满院的河螃蟹，双腿直软。他蹲在地上愣了一会儿，伸手去抓螃蟹，张生轻轻喊了声："咬手啊！"吓得他又把手缩了回来。老爹不知是喜是忧，叹声："唉，这是哪儿来的？"张生皱着脸，抬手指了指东院徐家。老爹就明白了，脸上松活了，嘴角渐渐浮了笑意。张生愣着，又扭头望了望东院，没有听见徐村长和他老婆李凤英的一点动静。老爹回身从屋里端出脸盆，黑了张生一眼："还愣着干啥？快抓螃蟹啊！"张生说："螃蟹是从徐家院里爬过来的，还是请他们来抓吧！"老爹撇着嘴说："不，是螃蟹自个儿过来的，这就怨不得咱啦！"他戴上了两只线手套，急着抓螃蟹，再也没看张生一眼。张生又愣了一会儿，抬头看了看天，才弯腰跟着老爹抓螃蟹。

张生和老爹把满院的螃蟹抓光，才到早晨六点钟。老爹把两盆子螃蟹放进一口腌咸菜的缸里，缸口用旧蚊帐布盖上，怕的是螃蟹再次跑掉。

张生站在缸边刷牙，一边看着一边说："爹，你真想吃了啊？"老爹说："我们爷俩煮了下酒！不吃白不吃！"张生甩着牙刷上的水沫子，瞪了老爹一眼："别，给人家送过去！"老爹说："送？门也没有！"张生倔倔地说："我就是馋疯了，也不会吃腐败螃蟹！"老爹嘻嘻地笑着："你还别把话说绝了，看你不吃的！"说着就回屋煮螃蟹去了。张生嘟囔着说："你不送，我送！"

他正要回身，忽听徐村长院里有了开门的动静，便赶紧收住脚。只听村长媳妇李凤英一声惊叫："妈呀，螃蟹跑啦！"然后她就慌张地喊出徐村长。徐村长的声音极为严厉："别嚷嚷了，好不好？"李凤英没有好气地骂："这个老强头，真不是个东西，他把两个筐子往院里一放，啥也没说就走了。我查了一个筐子，见是苹果，还以为那个筐子也是水果呢！哪知道是活蟹啊？"徐村长依旧压着声音说："别嚷了，你听见没有？快把院里的螃蟹收起来！"

张生听见东院响起急促的脚步声，又听见徐大花惊叫了一声："妈，爸，原来是黄牛把筐子拱漏的！"李凤英用烧火棍子使劲抽打黄牛："该死的牛，我打死你！打死你！"

张生听见抽牛的声音，心里一疼，就想张嘴喊一句。他刚要张嘴，就看见李凤英的脑袋探过墙头，贼贼地往这里寻着。张生赶紧缩回脑袋，就听见李凤英小声骂道："螃蟹肯定爬到西院啦！有多一半呢！"徐村长拉妻子的身子，还是让她小声点。李凤英火气很旺，泼劲又上来了："也不吭一声，跟了这样的邻居，算是倒了八辈子霉啦！"张生觉得脸上火烧火燎的，赶紧收回脚步。

老爹隔着窗子"呸"了一声，把张生拉回来，幸灾乐祸地说："你听那个泼妇骂得有多难听？还给她送去？真是的！"张生坐在堂屋的椅子上，胸里堵得慌，恨恨地说："就凭这娘儿们的话，也不给她送啦！煮！吃！"说着，就找出一个小酒壶，烫了二两散白酒，坐在餐桌旁，准备着跟老爹一起喝酒。

老爹将冒着热气的河螃蟹端上来了。看着螃蟹，张生就把刚才的不快忘掉了。不管怎么来的螃蟹，都是螃蟹，味道都是一样的鲜美。张生掰开满籽蟹盖，用筷子将红粹剜到嘴里，嘴巴有滋有味地咂一下。老爹在一旁静静地瞧着。张生递给老爹一只螃蟹，老爹摇头说："留着你就酒吧！我看啊，这点螃蟹够你吃上一阵子的。"张生吃着，不吭声。老爹又说："老强送礼，就送一筐的螃蟹，我看他的马屁算是拍歪了！"他残口轻舌地取笑人家。老爹狠狠掰了一个螃蟹爪，骂："真他娘的腐败！"然后就喝上一盅酒。

张生听着解气，给老爹倒上一杯酒。

张生也掰一个螃蟹爪，骂："真他娘的腐败！"

老爹再喝一盅酒，叹道："真他娘的腐败啊！"

爷俩连连满着酒，骂着。

张生喝着骂着，脸上有红亮显露出来，说得鼻翼一扇一扇的，不断地喝酒。老爹抢过酒杯，说："别喝了，别喝了，咱吃螃蟹，咱家黄牛可受苦喽！"一提黄牛，张生就停住手，脸上哆嗦起来，眼睛慢慢红着。小花猫跳上来了，啃着张生吃剩的螃蟹腿儿。

老爹看着小花猫，也不喝了。

黄牛吆喝了两声。张生和老爹都很伤感，可听到缸里的河蟹的吱吱声，身体里就痒痒。

上午，张生一人从徐村长家门前走过，与李凤英打了个照面，李凤英脸色异常，不阴不阳地朝他笑一下说："张生，吃了吗？"张生照常说："吃啦！"他没往别处想，李凤英却接着问："还新鲜吧？"张生被问愣了，脸上火烧火燎的，支吾说："我刚吃了早饭。"李凤英却直接撕开脸说："张生啊，你就别给我打哑谜啦，我是问你河螃蟹，鲜还是不鲜？"张生后脊处淌下汗来。老爹听见，稳了稳心说："大妹子，既然你总是疑神疑鬼的，咱就打开天窗说亮话吧，是有河螃蟹爬进我们的院子。我想给你送过去，可我听你一骂，还打我的牛，就不想送啦！"李凤英寒了脸说："你吃了就吃了，噎不死就好哇！关在笼子里的老猫，总吃不上荤腥，哪行呢？"张生气得抖了："你，河螃蟹，是它自己爬过来的，我们没有偷，没有抢！"李凤英就破口大骂了，引了好多人看热闹。后来还是徐大花将娘拉了回去，她娘忍气吞声地退回了院里。娘看出来了，大花闺女喜欢张生。

没了黄牛，张老汉和张生都觉得空落，黄牛吆喝着，好像埋怨主人家为什么不来救它。

这天早上，徐大花偷偷走进张家院落，笨手笨脚地走进屋里来，看见张生还呼呼睡着，脖子上睡出红红的细汗。平原的早晨总是多梦的。这个晚秋，张生做了一堆的梦，说不上是好梦还是坏梦。天不亮，他醒过来一回，是老爹窗前抱柴火时惊醒了他，紧接着看见老爹趴在墙头偷看那边的黄牛。他睁着眼睛，感到无所适从，就趴在炕沿儿吸了一支烟，思索一下牛的事。昨天他与老爹商定好，黄牛就那么待着，徐家饿不死牛，如果出了意外，他们就跟徐家打官司……自从拱出螃蟹事件，徐家女主人对黄牛早就烦了，挺不了多久的……听说就要选村长了，徐村长又多了一个竞争对手张五可，张五可是张家家族的人，说什么也要跟老爹投上张五可一票。黄牛事件足以证明徐村长的霸道，他失去了人心了……想着，想着，就又躺下睡了个回笼觉。

徐大花她的身子靠在门框上，静静地看着他，粉团脸上泛起好看的霞色。她穿着鲜艳，有点俗气。等了一会儿，张生还没醒，她就生气地喊一声："日头照腚啦，还不起呀？"张生翻了翻身，伸了一个懒腰又不动了。"懒蛋！"徐大花走过去，将热热的脸蛋儿贴近他，生气地拽了拽他的耳朵，就彻底地将他拽醒了。

张生揉了揉干涩的眼窝，伸了一个懒腰，看见徐大花朝他傻笑，就势一拢双臂抱住了她的脖子。徐大花表面挣脱，实际往他的怀里钻。她猩红的嘴巴，狠狠地亲了他一口。慌乱中，她的上衣扣儿被扯掉了两颗，两只鼓胀的奶子欢跳出来，乳头像两粒熟透的樱桃朝他晃，接着就有两团棉软东西顶住了他的胸脯。他有点冲动，可她的奶子又压得他透不过气来。徐大花大张着嘴巴，将自己圆润的脸在他的脸上蹭来蹭去。张生马上克制住自己的冲动，一把推开她说："别闹了。啥时还我们牛？"他起身穿衣裳。

徐大花给他叠着被子，笑出两个酒窝："你别怪我，我早想把牛给你家牵过来，我妈也烦了，可我爹不依！"

张生说："你爹说让我娶了你，黄牛就还我们，是不是这样？"

徐大花并不脸红，嘻嘻笑："你想好了吗？得了媳妇，还得了牛，一举两得！天下哪找这么便宜的事？"

"便宜？"张生静静地想着，便宜没好货，好货不便宜。其实，娶徐大花并没什么好怕的，自己到今天还没混上个媳妇，实在没有多高的条件。他和爹只是怕将来生个孩子，也随了徐大花，傻了吧唧的，后果很难预料。

徐大花听见老娘李凤英喊她，猛猛地亲了他一口，说他的嘴巴上还留着螃蟹味呢，然后闪身跑了。

上午的时候，徐二婶过来给张家父子说情，说得张生心里一动一动的："事情要来回想，徐家有权有势，家境好。将来做了村长的姑爷，说不定会时来运转，在村办企业里弄个美差干干。"徐二婶看出张家父子的疑虑，说就是民选，徐村长也不会下台的，这几年里，乡里县里的官都喂足了。再说，村办企业不是一点儿也离不开徐村长吗？村民拥护徐村长，八月十五，看看徐家院里送的礼就是个证明。

张老汉跟张生一合计，认了。

定亲的时候，徐大花把黄牛送还张老汉。

张老汉抚摸着黄牛，黄牛却一点儿不跟他亲热，倔倔地不看他。张生上来的时候，黄牛还狠狠地踢了他一下。张生一愣："这驴×的，刚走几天，还嫌贫爱富了！告诉你，那院是咱的亲戚啦！"黄牛瞪着眼睛，眼珠涩涩的。徐大花走上来，抱着草料给牛喂草，她知道黄牛在张家父子心里的分量。从这点上看，她一点儿不傻。徐大花刚刚一挨黄牛的脑袋，黄牛就猛踢了她的后腰，踢得徐大花流下眼泪，好久站立不起来。大花娘赶紧颠进院子，揉着闺女的胖腰。张生气愤了，抓起一根木棍，狠狠地抽打黄牛。牛被打得一阵阵乱跳。徐大花指着黄牛哭喊着："我让它死，让它死！"李凤英就说："张生，赶紧把黄牛杀了！"张生怯怯地看了老爹一眼。张老汉颤颤地哼了一声。

张生怕老爹心里牵挂，心想：卖是断断不能的，只能杀，杀了一了百了！张老汉不愿意，闷了一会儿，还是依了儿子。可是，谁来杀牛？

找不到合适人手的时候，张生要亲自上手。

张生是爱牛的，遇上杀牛的活，显然有些怵头。为了在徐大花面前表现男人的强悍，他还得硬着头皮去干。他今天穿着牛仔衣裳，徐大花又给他的腰间系上围裙。

牛在院里奔跑。张生满脸寒光一闪，腮上绷出筋来，一个鹞子翻身，扑上去，紧紧勒住皮缰。牛嘶叫着跳起，鬃毛飞舞，急急地刨了几下蹄子，踢着了他的左肩，他咬着牙，手不放松。牛的啸声很烈，漫开去，撞了小院的墙壁，又远远地荡回来。看热闹的人和徐大花赶上来，齐手将黄牛绑上，拴在牛槽的木桩上。

"张生，你行吗？"徐大花问。

"没事儿！杀吧！"张生狠狠地说。

徐大花看了张老爹一眼。

张老汉抱着脑袋蹲在地上。

徐大花喊："杀！"

黄牛不再嘶鸣，瞪着眼睛喘息。

张生刚刚举刀，张老汉就挺不住了。冷秋的天还寒着，张老汉的脸上就冒汗了，眼泪也不停地流下来。徐大花喊了一声爹，张生回头看了看老爹，操刀的手落了下来。

"杀吧！"张老汉缓缓站起身，看见张生再次举刀，他晃了一晃，感觉一口腥热的血团，在他喉咙里滚动，涌到嘴边的时候，就强咽回去。"我的牛！我的牛！"老爹闷闷地吼了两句，头一晕，眼一黑，直挺挺地倒下去了。

"别杀啦！"徐大花说。

人们七手八脚地把张老汉抬进屋里。

上午十点钟左右，张老汉才慢慢缓过劲来。

张生劝说徐大花，徐大花也软了。张生告诉老爹，大花答应了，黄牛不杀了，带到邻村卖掉。城里贸易区紧靠郊外，养牛也许不怕。张老汉来精神了，徐村长带路还能卖个好价钱。徐村长汽车出发的时候，张老汉牵着牛跟随。徐大花跟着上了汽车，汽车驶出村庄，徐大花看见村里其他人家在搬家，排气管子噗噗地响着，急急地喷出一股股黑烟。

地皮湿湿的，有点打滑，所以车开得很慢。

汽车爬上了两乡交界的大道，往城里去的车辆更多了，拥拥塞塞。碾碎的稻草粉末卷进泥浆里，在徐大花的目光下荡来荡去。车轱辘沾满泥浆和草末。徐村长和张生看见徐大花没有动静，就轻轻地唤着。

徐大花没吭声，睡着了。

张生摸摸她的头。

徐大花被把摸醒了，泥胎似的坐着，梦呓般地喊："真他妈的！我真他妈的！"

徐村长吓了一跳，回头看看。

"开你的车，她说梦话呢！"张生说。

徐村长"扑哧"一声笑了，闺女睡着也不忘记骂人。

"牛吃人哪！"徐大花又喊了一句。

张生说："牛不吃人，人吃牛！"

徐大花醒了，张生本想说点什么，回头看老爹，还牵着黄牛跟着呢，他鼻子一酸。这时，汽车堵住了。

张生从车里跳下，走到徐村长的身边，告诉他柳河大桥塌了，汽车要经柳河村的卵石滩绕行。

滩上的酥冰裂开了口子，清冷的河水涌上冰面，将封冻的冰碴蚕食着。徐村长的桑塔纳底盘低，过河途中熄了火，还是张老汉动用黄牛，将他的汽车拖上河岸。张老汉满口夸奖他的牛，张生美美地想，这老牛看来还有些用场。黄牛在水里劳作，竟拖上来好多的车辆。累得它脖子缩缩的，后胯上绷得很紧的一团筋肉，明显地松弛下来。过了河岸，村里的那块平原彻底看不见了，黄牛回头看了好久。

到了城里，黄牛果然被卖了。价钱不算高，可对于张家来说，也是个不小的收入。张家可以用这笔钱，操办儿子的婚礼。婚礼前，张生果然当上了村办企业的业务员，西服领带，有点洋气起来。这都是徐村长一手安排的。

婚礼很排场，很热闹。乡村有夜晚闹洞房的习俗，因为徐大花嚷嚷着早睡觉，徐村长就把人们支开了。张老汉却没有怎样高兴，梦里梦见黄牛来找他。早早醒来，到院里找黄牛，后来一想，黄牛不是卖到城里的交易市场了吗？老头回房又睡了。

张生很爱听徐大花说傻话，这不，今晚俩人在床上，大花的话特别多。听归听，张生的手脚也没闲着。搂在怀里的女人，变了，变得丰富多彩，真真是个宝儿了。

直到大花神思恍惚，前言不搭后语了，她才想睡觉。张生恼着说："光睡觉可不行，还没干那事呢。"

他慢慢地把她放倒在床上，心里渴望，却又不敢动她，怕她犯了傻劲嚷起来。他慌慌地愣神。"张生，好好伺候我！"徐大花含混地说，白皙的手臂扬得高高的。她的声音太媚了，两只大眼睛吸着他。伺候？这是什么意思？张生眼睛忽地亮了，感动得后脊发热了。在他最渴望的时候，大花对他这么好。他看见她的脸颊上也有泪珠，先给她擦去脸上的泪水，脱掉她的上衣，解开素花衬衣的扣子，乳罩自然就开了。身材是这样好，修长白嫩，挺挺的乳房，活活地动着。他听徐二婶说过，大花有一对丁香乳。今儿他一头埋进去，品尝丁香的味道，原来丁香就是一股水！他脱光了衣服，胸贴胸紧紧拥抱着她，感觉到比土地更浓的温热，他的身体像酥裂的泥土膨胀了，泥土里裹着火，那火跳着，荡着，旋转着，燃烧着庄园。萦绕在张生心头的烦恼，都消失得无影无踪，好像有一股暖流，暖流不曾被开发，不曾见过阳光，暗暗地流，汹涌地流。徐大花果然懂，她没有吭声，她一声不吭，只是轻轻地笑着。

这个好时刻，窗外的门忽然呼啦啦响。张生一惊，急忙推开她，隔窗探头一看，黄牛拼命地拱着门。

"爹，爹！"张生喊着。

张老汉和张生穿上衣裳，急急地跑出，没有看见黄牛。

婚礼的早上，城里来人找张老汉，说黄牛丢失了，看看是不是回了张家？张老汉和张生说，没看见黄牛，但黄牛拱门是事实。张生和张老汉到处找黄牛。

阳光明媚的上午，冷秋的天气热了一些。张生满村寻找黄牛。村巷里没见踪影，他忽地想起乡下的土地。黄牛是与张家的责任田一同分到家的。黄牛恋地，它会不会跑到田里去呢？张家这块黑土地上的庄稼，如今全都收割了。但愿黄牛还在那里，能听见它清脆的饮水声。

太阳在晴空里移着，田园格外安静。稻田里的河蟹出净，稻禾割去了，地上留着金色的稻茬。稻茬地上还有一股淡淡的香味。张生把自行车停在路口，独自走上田埂。往里走，厚重的稻茬开始变色，慢慢变红，越来越红，终于成了血一样的。他学着老爹的样子喊："嘿！嘿！"不知爹为什么管黄牛叫嘿？渐渐地，他闻到了一股涩涩的焦煳味。走到地头那边，还看见飘散的烟雾。尽管是秋天，中午当顶的阳光浓烈，散碎，像火点子烫着他的脸、手和脖子。天空的颜色都有些发浅。他听到沙沙的脚步声，心里热热的，目光就短了，发觉几个孩子蹲在土坑烧土豆。几片橘黄的苹果叶子，飞旋着，落在张生的头顶和衣领里。他问："孩子们，你们干什么？"

一个黑脸孩子朝土坑努努嘴。

"我们救死扶伤！"

另一孩子说着，给牛的嘴里喂烧土豆。

牛不张嘴，闭着眼睛，喘喘的。

张生低头看见黄牛了，急急地跑过去。看见黄牛低头耷脑地卧在地沟里。"嘿！"他木木地看着它，浑身一软，额头的光也收去，颤颤地抚着黄牛的脖子。根本分辨不出牛是棕黄色，还是灰土色，肿起的青筋露出一截，跳跳的。牛在绝食，看出它在城里已经好长时间没吃东西了。张生心里一疼，抢过孩子手里的烧土豆，硬硬地往牛嘴里塞着。牛吃力地摇头，身体缩回去。他绝望地拍打着牛的脑袋，拍得啪啪响："嘿，你看看我，是我！"黄牛慢慢睁开眼睛，眼睛涩涩的，流露出鄙夷的神色。张生看出来了，心中忽地一疼，咧了咧嘴，样子像哭了一样难受。他走到孩子们身旁，弯腰捡起香香的烧土豆，慢慢递到牛的嘴边。牛依旧不张嘴，喉咙里乱动，鼻子里依然吐着气，弄得他的手指湿乎乎的。

"你吃一点，吃一点啊！"张生和孩子们都喊着。

张生把土豆放进自己嘴里，使劲嚼了两口，将嚼碎的土豆慢慢塞向牛嘴。牛将嘴巴闭得紧紧地，瞪了他一眼，眼珠带着猩红的血色。黄牛闭上眼睛，微弱地喘气。张生一屁股坐在了地上，伸出粗糙的手，抚摸着牛的头，牛的脖子。手指那么轻柔，那么深情，他挂着满脸的泪痕说："老天爷啊！这是为什么？"牛在他的抚摸中，突然一软，"扑哧"一声垂落下去，死去了。张生愣了愣。"嗵"地跪在地上，抱起黄牛凉凉的脑袋，泪流满面。

"嘿！嘿！嘿！"

红葡萄

葵花是从学校来到葡萄园的。

葡萄园会有什么灾难？葵花从来没有想过，然而她就碰着灾难了。

灾难的到来没有一点儿先兆。葵花印象里的葡萄园充满了猛子的箫声。猛子是葵花的未婚夫，会吹一手好听的箫。猛子吹箫很投入，眯着小眼睛，上身的肌肉也有规律地滚动。无论猛子吹什么样的曲调儿，葵花都能闻见箫声里的葡萄香。这种带有香味的声音使她陷入经常性的回忆。她觉得她和猛子明天的好日子就裹在这箫声里。她心里就有了葡萄滚过的一阵轻轻的战栗。

今天黄昏的葡萄园，真是让葵花失望。葡萄园里不仅没有猛子，连他的老爹三茂老汉也不在。只有猛子家的葡萄园。这是玫瑰香品种。一嘟噜一嘟噜的红葡萄串儿相挨相渗，葡萄粒儿被薄薄的扑粉般的果霜罩着，看一眼就消渴解馋。她捏了一粒儿放进嘴里，酸甜酸甜的。当她再想捏一粒的时候，兜里有一样东西滑了下来。拾起一瞧，是她给学生上课用的字典。蓝色的塑料皮子，破了边，还有一些油泥。葵花好生埋怨着自己：你带字典干啥？难道你要给葡萄上课吗？她又把字典装回兜里。

葵花又摘了一粒葡萄，她能从亮亮的葡萄珠上看见自己的脸相。白里透红的一张俊脸都变了形，就像暖阳下悄悄膨胀的褐色芽苞，带着嫩嫩的绒毛，散发着青涩的苦味。

学校老师们说，葵花比花还好看。有的男老师说，葵花相貌平平。然后葵花就说他们是吃不着葡萄说葡萄酸。要是我呀，够不着搞不到的葡萄，就根本不去猜它是酸是甜。猛子就不这样说了，他就要娶她了，抱着她大声说，葡萄就是甜的甜的！

葵花是民办教师，她是十里外小网村的人，嫁给猛子是不吃亏的。猛子家是全乡有名的种田大户。猛子从县农校学习回来，搞科技种葡萄，被村人称为葡萄大王。追他的姑娘多得是哩。葵花就看见邻村种葡萄的大户吕老梁将自己的闺女吕巧珍介绍给猛子。当媒人把巧珍领到家门的时候，猛子瞟了姑娘一眼就跑了。从这个举动看，葵花觉得猛子是喜欢她的，猛子说过。

她想起猛子的瞬间，脸色变得鲜红，就像熟透的红葡萄。葵花手里掂着沉甸甸的葡萄串，感受着四季变幻，秋天后边连着冬天，送走了冬天又是春天。人就不行了，特别是女人，女人只朝着一个方向变，变老变丑，最后变成了鬼。想起这些问题的时候，葵花不由得吓得一哆嗦。她不住地埋怨着自己，这样好的秋天，这样好的葡萄园，你怎么往鬼上想呢？

其实，在葵花站在小棚子里胡思乱想之际，鬼就十分迅猛地朝她逼近了。她听见几声枪响，枪声让她的心着实停跳了一下，缓过神来的时候，就把头探出去往外看。她看见一个黑脸的、小眼睛的、长着络腮胡子的小伙子从小棚子的窗前跑过。她看见了小伙子的胳膊上有血迹，不由得"哎哟"地惊叫了一声。她这一叫，立马吸引了惊惶逃窜的小伙子的注意力。小伙子喘息着扭回头，葵花与小伙子的目光相碰的时候，小伙子就连滚带爬地闯进棚子里来了。小伙子踢翻了棚子里的葡萄，葡萄珠儿稀里哗啦滚了一地。

葵花没有来得及挣扎，就被小伙子揪住头发。小伙子将葵花失血的脸塞到窗前，挥起硬如一段木棒的胳膊，将窗子上的木框捣个粉碎，把葵花的头往外推出去，声嘶力竭地吼着："你们再上来一步，俺就把她打死！俺敢说就敢做！"葵花听见他喊话的时候，觉得后腰有硬硬的东西顶着。她看见追捕小伙子的警察就在葡萄园的地头停下，呈合围的样子趴下来。

一个警察扯着嗓子喊："孙加力，你不要伤害无辜！"

葵花这才知道闯进来的匪徒叫孙加力，跟她们班上最调皮的一个孩子重名。葵花短暂的惊慌使她的身子抖抖地往下坠落着。其实她也感到这个叫孙加力的罪犯也在颤抖。孙加力那只揪葵花头发的大手在颤抖，他那提枪的手也在颤抖。他的胸脯剧烈地起伏着，嘴里发出粗粗的喘息声。

葵花的脖子被卡在窗台的砖棱上，喘不上气来。苍白的脸憋成了鸡肝红。孙加力让警察们退出葡萄园。等到外面的警察纷纷退到田头，葵花感到自己的头发才被放松下来，喉咙也清爽一些了。葵花慢慢跌落下来，一屁股坐在了散落地面的葡萄上，裤子立时就被葡萄汁洇湿了。孙加力喘了片刻，就从腰里摸出一条绳子，将葵花的双脚捆绑了起来。

看来孙加力是又饿又渴。他把黑乎乎的脑袋往葡萄筐里一扎。狼吞虎咽地吃着葡萄。葵花看见孙加力并不是很高大的，他个头很小，身上都是骨骼和筋，紧紧凑凑的。他吃完葡萄仰起脸来的时候，葵花不敢看他的脸。因为他的脸沾满了鲜红的葡萄汁，红红的像血。

孙加力艰难地站起身子，探头往外看了看。他看见一老一少农民模样的人被警察拦截在地头。其中一个小伙子跳着脚往棚子这边冲，被警察抱住了。这小伙子一边挣着身子一边喊着："葵花，俺的葵花啊——"孙加力扭歪着鲜红的脸，蹲在葵花在身边，将脸探过来。

葵花吓得闭上眼睛，使劲地咽着唾沫，连唾沫都是滚烫的。孙加力狠狠地说："你叫葵花？那个喊话的是你啥人？"

葵花没有睁眼，讷讷地说："是俺的对象！"

孙加力嘿嘿地笑着，用手掌撸了一下脸，将鲜红的葡萄汁抹在葵花的脸蛋上。葵花一动不敢动。孙加力说："你对象？今天你就把俺当对象吧！"

葵花睁开眼睛，看见他的脸恢复了本色。她哆嗦着问："大哥，俺跟你平日无仇旧日无恨，为啥跟俺过不去？"

孙加力说："妹子，不是俺跟你过不去，是警察跟俺过不去！你有能耐让警察走，俺放你回家吃饭！"

葵花问："你干坏事啦，警察才抓你？"

孙加力瞪着眼睛说："坏事？好啦，要不是看你是个女人，俺就一枪崩了你！"

孙加力仰着黑而粗糙的脸，又从窗口往外看，外面是出奇的平静。没风，葡萄秧纹丝不动，天气闷热，是暴雨到来之前的那种热法。警车的红灯在黄昏里闪闪烁烁。

葵花听不到猛子的喊叫了，可她仿佛看见猛子抱着脑袋，蹲在地上的痛苦表情。猛子哥的心情是怎样的呢？他有多么担心俺哩？想到猛子，葵花的眼眶就有了酸胀感，眼泪热辣辣地滚动。太静了，外面静，棚子里也静，孙加力捂着流血的胳膊靠在墙上喘息。她知道这暂时的沉静里隐藏着更大的凶险。孙加力想着怎样冲出去；警察们肯定谋划着怎样在不伤害葵花的情况下捉住罪犯。葵花想着，惊惶地一点一点退去。这个时候，她就是跪在他面前痛哭流涕也是没有用的。她忽然刚强了一些。她想站起来，脚却不能动。她弄出的细微声响，惊动了孙加力。孙加力放开胳膊吼着："别动，俺让你再动！"葵花就不再争取站立，而是掏出自己兜里的蓝花手帕，递给孙加力。

孙加力接过手帕，捂在流血的胳膊上，依然瞪着葵花说："你心眼儿还不错。不过，俺不会放了你的，俺是杀人犯！俺逃了也没有好日子过啦！临死前还碰上你这么个漂亮姑娘，还他娘的算走运！"他脸上因为愤怒，咬肌一闪一闪的。

葵花吸了一口凉气，不由得发出划玻璃似的尖叫声："你，你是杀人犯？"

孙加力干干地笑了两声："俺不像吗？"

葵花觉得他的笑在她脸上刮过一阵风，目光失常地问："你，你为什么杀人，杀了谁？"

孙加力的眼皮嘣嘣跳了几下，眼神里闪过尖锐而清晰的痛楚。他摇了摇头说："俺不想跟你说，说了怕吓着你！"

葵花默默地打量着他。

天黑了，孙加力又艰难地探出脑袋朝外看了看，葡萄园是一片暖暖昧昧的黑，地头有一盏红灯，闪闪烁烁的很温馨。没有一点儿可疑的动静。也许是警察们正在吃饭吧？孙加力突然冒出一个利用葵花突围的念头，这是个好时机。孙加力走到葵花跟前，麻利地解开葵花脚上的绳子，一把将她拽起来，恶狠狠地说："你要想活命，就听俺的话！你要是使坏，就别怪俺孙加力手黑！"葵花顿觉自己的胳膊被他的大手掐得很痛。

孙加力将猎枪的枪口对着葵花的脑袋慢慢地往外挪着碎步。他们刚刚露头，警察就喊上了："孙加力，你放聪明点，不要伤害葵花老师！"接着就有一盏大灯照在他的脸上。强烈的灯光冷冷地照着他的眼睛，使他的眼前变得更加幽暗。孙加力眼前一片盲黑，身子晃了晃，险些跌倒。他听见警察的声音是从葡萄园里发出来的。他气急败坏地朝葡萄园里放了一枪，又把枪口对准了葵花的太阳穴。这时，外面唰地照过来五盏灯，孙加力如坠深渊，再也挪不动步了，他狠狠地骂着，摇晃着将葵花拖了回来。

到了小棚子里，葵花就像一摊泥一样跌坐在葡萄筐上。脸色变得青白，浑身止不住地颤抖。这时，外面的喊话又开始了。警察喊着："孙加力，你杀的董庆峰村长没有死，他在医院被救过来啦！你还有机会！走出来吧！"葵花从警察嘴里得知孙加力杀的是村长。孙加力在黑暗里咕哝着说："别他娘的骗俺，姓董的被俺打碎了脑壳儿，他能活？下辈子吧！"葵花闭着眼睛，把哽咽中一次次涌上来的泪水，又一次次咽回肚里。她越想越后悔，后悔自己不该到葡萄园里来。孙加力凑近了她，又把她的胳膊捆绑起来。夜里孙加力又拽着葵花往外冲了两次，都被炫目的强光灯给顶回来了。孙加力很失望地坐在棚子里，听着外面的广播。

葵花被孙加力折腾皮了，她不怎么害怕了，她淡淡地说："孙加力，你还真想逃出去？你就是逃出去，又怎么样呢？你不能过上正常人的日子啦！"

孙加力一脸的晦气，似乎沮丧到了极点。

葵花又说："孙加力，你说话呀，你想往哪儿逃？"

在月光下，孙加力的黑脸抽搐着，眼睛成了两个黑洞，令人恐怖的黑洞。孙加力终于说话了："俺最不爱跟女人说话，听说你是老师？俺从小就敬佩老师。跟你说几句吧，俺不怕死，人这辈子生一回死一回！干吗受别人的窝囊气？俺逃也不是想活着，是想找一个人，找这个人要账！等俺讨回了账，任杀任剐！"

葵花茫然地问："要账？找谁要账？"

外面的警察的喊话很乱，孙加力故意往葵花跟前凑了凑："俺本来不想跟你说，还是说了吧，等俺到了阴曹地府，想说都没人听呢。俺是邻村孙田庄的人，其实，俺并不想杀村长董庆峰，是姓董的倒霉，他的命相不长。"

葵花讷讷地问："你误杀？"

　　孙加力眯着贼贼的小眼睛:"不是,董庆峰是个有民愤的村长。俺家承包的葡萄园有几年了,他见俺们挣钱了,就眼红,今年春天,就强迫俺们交了田,俺爹去找他,还被他踢肿了后腰,他霸占了俺家的葡萄园,包给了他的姘头孙二寡妇。"

　　葵花气愤地说:"他无法无天啦?你们家的口粮田呢?"

　　孙加力说:"那点口粮田,是山坡地,没水。不能种葡萄!你听俺说,光抢地的事,俺和爹也就忍啦!去年和前年,俺家的卖葡萄钱还在村长手里呢。俺找那狗×的要钱,他说钱在乡里贸易货栈的王经理手里。俺逼着董庆峰写了条子,俺要拿着条子找王经理。"

　　葵花惊讶地问:"既然这样,你为啥杀了董庆峰?"

　　孙加力说:"唉,该着他倒霉。俺拿着村长的条子去找王经理,王经理说钱被城里的国光葡萄酒厂欠着。他给俺写了个条子,让俺去找酒厂的胡厂长。到了酒厂,胡厂长给了俺两瓶酒,就把俺给打发了。俺不识一个字,后来,俺让人看这个条子,人家认字的人说,这个条子压根儿就没写欠钱的事,只是让给两瓶酒。俺知道上当了,后来俺又想到村长写的条子,肯定也是糊弄俺的。俺找到王经理,王经理笑话俺,说村长的条子上写的是俺家的葡萄是变质的,让俺到酒厂去看!俺立马就炸了,回村找董庆峰!董庆峰骂俺说,大字不识一个,还他娘的要账?俺被他轰出了村委会!"

　　葵花沉重地叹道:"你呀,为啥不上几天学呢?"

　　孙加力大声说:"穷,家里穷,上不起学!眼下俺的欠钱要不回来。俺的妹妹都失学啦!你别他娘的打岔,俺还没说咋杀的董庆峰呢!俺出不来这口气,就拿猎枪找董庆峰算账,俺没想杀他,是想杀死他家的狗,这是董庆峰最宠的狗。谁知,俺打死狗的时候,董庆峰赶上了,三说两骂,就把俺的火头激上来啦!俺眼一黑,就朝他的脑袋开了火!"

　　葵花说,"你好糊涂啊!你不后悔吗?"

　　孙加力瞪着眼睛说:"糊涂?后悔?俺不后悔,俺也不糊涂!俺跟姓董的仇怨非得沾点血腥才能了断!他家有小楼,有存款,不也见阎王了吗?俺呢,没老婆,没有钱,死就死啦!俺还陪不起他吗?可眼下俺有一个心愿没有了断,就是俺那个妹妹,俺想要回钱来供她上学!俺算他娘的吃尽了不识字的苦头!"

葵花点点头:"你总算是说了一句明白话!"

后半夜的时候,外面也安静了,只有葡萄叶子被风刮动的哗啦声。一声声清脆的鸟鸣响在四周。孙加力疲倦得要打盹儿,可葵花却格外精神。她有些同情孙加力,也同时想着怎样逃出孙加力的魔爪。乌云什么时候飘走的,月亮是什么时候亮起来的?葵花全然不知。

此时,清冷的月光洒进小棚子,映照着她苍白的脸。她的脸还是那么生动,身材还是那么曲线分明。她的双乳像活生生的小猫脑袋拱动。一股强烈的脂粉香气和女人的体香包裹了孙加力,使他很费力地咽了一口唾沫。葵花看见孙加力睁开眼,脸上还带着异样的神情。看来她得忍住心理上的委屈,做一夜被蹂躏的鲜花。葵花有些慌。孙加力勾下头,拢住葵花的脖子,将黑黑的脸探过来:"宝贝儿,俺活不了啦,天一亮俺就会死在乱枪里。"葵花怯怯地挪着身子:"你,你要干啥?"孙加力把脑袋伏在葵花起伏的胸脯上,说:"你是谁的媳妇?长得这么好看!今晚你就先给俺孙加力当一回媳妇吧!"说着伸手拽开葵花的裤带,扯开她的上衣。由于他用力过猛.碰着了头顶的葡萄筐,葡萄珠儿一粒一粒地滚到葵花白皙的乳沟里。葵花发出了一声尖叫,这叫声被栅外葡萄园的猛子听见了,猛子想冲过来,被警察死死抱住了。葵花喊叫的时候,孙加力已经扒开了葵花的裤子,葵花的红红的内裤在月光里格外刺眼,像一朵痴情而激烈的花。葵花感觉他粗糙的大手深深抠进了她的肉里,他的嘴巴像吃葡萄一样地叼住了她的乳头。葵花万念俱灰,感觉自己的身子在下沉,下沉——

葵花失魂落魄地含着眼泪说:"你别,别。你要是把俺弄啦,俺也就不活了,俺死了你还拿啥活命?"孙加力不理睬她,完全被葵花的身体乱了性子。

葵花知道此刻哀求是不管用的,她这时的大脑里突然有两个名字一闪:孙加力——孙加娟。

她忽然惊呼了一句孙加娟的名字,又问孙加娟是不是他的妹妹?孙加力果然被她的喊声给击住了。孙加力惶惶地抬起头问:"你,你认识俺的妹妹?"葵花急着说:"她是俺的学生,俺当过她的班主任!"孙加力马上问:"到俺们家里找俺妹妹上学的是你吗?"葵花点点头说:"是俺,俺突然想到孙加娟可能是你的妹妹！俺还想找她回来上学！"孙加力急忙松开了葵花，马上想到妹妹孙加娟说过的话。妹妹是他最爱的人，妹妹又是留在世上最后的孙家后人。爹刚刚去世，他要账就是给妹妹上学呀！他听妹妹说过，学校里有一个老师对她比爹娘还亲。有一回妹妹放学晚了，这个女老师把她送到村头。女老师往回刚一转身，就听见有一条狗疯狂地叫着，她扭回头，看见狗朝妹妹身上扑来，她就猛扑过来，用自己的身体挡住了妹妹。这个老师的腿被狗咬伤了，回去就打了狂犬疫苗。孙加力低头去摸葵花的腿，果然摸到了一块疤痕。他哆嗦着问："老师，你的腿是不是在俺们村被狗咬的？"

葵花说："俺是救你的妹妹孙加娟，让狗给咬的！"

孙加力"嗵"的一声给葵花跪下了，狠狠地捶着胸脯说："真是对不住啦！俺瞎了狗眼！老天爷，为啥偏偏让俺碰上你呢？"

葵花愤愤地说："俺真不知道孙加娟还有你这么个混账哥哥，俺要是知道，就不管她的事啦！俺算知道啥叫好心没好报！"

孙加力哀求着："老师，俺真的不知道是你。求求你，别忘了俺的妹妹加娟。"

葵花一动不动，任凭泪水混合着疲倦与委屈，纵横流淌。

葵花看见孙加力并没有天良丧尽．还知道疼爱他的妹妹。借着月亮光亮，她看见孙加力的脸上冒汗了，密集的汗珠从额头往鼻尖儿上聚着。她开始骂他了："你，你受了委屈，就不会上乡里县里告董庆峰吗？为啥走到杀人这一步？"

孙加力摇了摇头："乡里和县里都让姓董的喂饱啦！俺就是告也告不赢啊！"

葵花又骂道："你就是没文化，愚昧！"

孙加力点点头，他的意思是他不识字，也就这样了，他想让妹妹把学上完。他曾答应妹妹，等哥哥把钱要回来，就送她回到学校去。还要见见那个老师。谁知天下就有天撮地合的巧事，在这里碰见老师。他怎么跟妹妹交代呢？他被枪毙的那天，妹妹恐怕都不会给他收尸的。他给葵花老师道歉的时候，他还不时地抽着自己的嘴巴。葵花的心也一涌一涌地颤抖。天慢慢亮了。太阳就要升起来，他们似乎听见太阳升起来时呼隆隆的声响。外面警察的喊话又开始了。

孙加力说话声音嘶哑，不像昨天那么清脆了："葵花老师，天亮了，俺是逃不掉啦，你走吧！念你过去对俺妹妹好，俺孙加力就放你走啦！"他说话时，就把捆绑在葵花手上的绳子解开了。

葵花不看孙加力，扭头看见棚里的葡萄，葡萄就像天空流淌的云彩一样。看见葵花老师不动，孙加力说："葵花老师，俺求求你，这个棚子里的事，你千万别告诉俺的妹妹。"

葵花还是不说话。她看见自己的手，像是在红红的葡萄酒里泡过。长满了粉红色的气泡。她像气蛤蟆似的，好久好久站不起来。孙加力使劲把她拽了起来。

葵花站立不住，身体直打晃。她眼前一黑，扶住棚子的土墙，稳稳神。过了一会儿，葵花说："加力，你要是个男人，就跟俺出去自首！俺虽说不懂法律，可俺觉得，像你这个案子，你有理，不会判死刑的，大不了判个无期。"

孙加力说："你别管俺，俺虽说不识字，可俺知道杀人偿命！"

葵花弯腰搓搓发木的膝盖，兜里的字典就慢慢滑落到地上来了。孙加力眼睛一亮，他不是看见葵花两条天赋绝美的的长腿，而是看见了字典。孙加力蹲下身，抖抖地捡起地上的字典，在手掌里来回翻弄着，又使劲咽了口唾沫。字典里有纸张的气味，这些气味熏着他。他讷讷地问："这是字典——"

孙加力苦笑："俺认识。刚上学的时候，就是因为买不起一个字典，俺跟爹吵了一架。爹不让俺上学啦！"

葵花心里一沉。字典能像天眼一样照亮他的灵魂吗？

孙加力那张很窄很窄的瓦刀脸，爬着泪痕。他抖抖地说："俺要是有个字典就识字了，狗 × 的董庆峰就不敢糊弄俺！"

葵花心里像是被什么东西狠狠戳了一下，很痛。

孙加力伤感地说："俺的妹妹加娟，她有字典，可她的字典也是被爹扔进灶膛里烧掉的。"

葵花说："加力，你放心，俺出去肯定把加娟重新拉回课堂！"

孙加力的脸模糊得像块土坯。他的脸部和眼神是极严肃的，但又在微微颤抖。

葵花咬了咬牙，转身要走。刚一迈步，孙加力说："葵花老师，给你字典！"

葵花头也没回："送给你啦！"

孙加力站起来："晚啦，晚啦！"

葵花头也没回地夺过字典，晃晃着往外走。她听见孙加力一声重重的恍如隔世的叹息。葵花走出小棚子，引来远处很惊讶的目光。她看不清警察们的脸，来来往往的人，黑洞洞的枪口，却像一些晃动的葡萄，带着鲜红的韵律。这些人的脸又像课堂上孩子们的脸。这时，远处有人尖着嗓子喊了一声——葵花趴下！葵花并不知道孙加力已经端着枪朝她跑来，孙加力一把抓住她的胳膊，连拉带拽地将葵花拖了回去。孙加力拖葵花的时候，警察朝他放了两枪。

葵花知道孙加力放她以后后悔了。她被孙加力拽回棚里的时候，不那么软弱了，伸手拼命抓着孙加力的脸。孙加力连躲都不躲，任她去抓去挠。葵花看着孙加力的黑脸被她抓得冒出了血条子。她不抓了，她狠狠地咬住嘴唇，慢慢地，她感到齿舌间有一股滚烫的血腥味。

孙加力近乎哀求地说："葵花老师，俺还会放你。"

葵花喷出嘴里的血说："你这种人的话，鬼才相信！"

孙加力说："不管你信不信，俺都会放你！俺叫你回来，是想要回那个字典。还求你教俺查字典，教俺学会两个字。"

葵花愣愣地："你疯了吗？俺不管！"

孙加力瞪着眼，把枪口对准了葵花的头，喊："你不教俺，俺就一枪崩了你！"

葵花看了看他："你开枪吧，俺不怕！"

孙加力依然怒着，看来止怒比发怒要难。此时他自己也找不出发怒的理由，说不出的理由才是最重要的理由。他慢慢地把枪放下，从她手里抢过字典，稀里哗啦地翻弄着，嘴里嘟哝着："葡萄葡萄葡萄葡萄——"他翻弄了半天，也没有在一页上停留。葵花终于明白了，孙加力是想查到"葡萄"这两个字。葵花夺过字典，随便一翻，就找到了"葡萄"两个字，让他看。

孙加力抢过字典，死死地看着，像是要把这两个字吃到肚里。他从身边的葡萄筐里捏了两粒葡萄，放在字典上，他怎么也不理解葡萄就是这两个字。葵花愕然地看着他。孙加力忽然扭过头，逼着葵花教他写"葡萄"这两个字。

葵花终于明白了。他被董庆峰的纸条骗了，就是因为葡萄。她忽然一阵心酸，手把手地教孙加力学写"葡萄"。她从筐上撤下一个枝条，在棚里的地上画出"葡萄"两字，孙加力很认真地学着，一遍一遍地写着，他终于会写"葡萄"的时候，忽然抱住头，呜呜地哭了。

葵花愣愣地看着他。

孙加力站起身，一把将葵花推了出去，然后趴在窗台上，目送着葵花扑扑跌跌地朝人群走去。

"葡萄！"孙加力喊了一声，他的声音像声雷，响在葡萄园的上空。他的身子慢慢地跌落下来。在最后看见的葡萄园里，他找不到老爹的身影，找不到自己的身影。这不是他的葡萄园。他不配拥有葡萄园啊。他听见外面警察的脚步声鼓点一样地逼近。他很镇静地又写了一遍"葡萄"。他会写"葡萄"的时候，又一个致命的弱点袭击了他。他胆怯了，恐惧像沉重的葡萄筐一样压来，葡萄汁液漫流，先是压在他的身体上，然后慢慢浸透皮肤、血液和每一根神经。他把枪口抵在下颌的时候，浑身在不住地颤抖。他不敢扣动扳机，手已经不听使唤了。他把身边的葡萄踢个稀烂，还将字典撕个粉碎，纸片纷纷扬扬地飘到棚外去了。

就是从会写"葡萄"两个字开始，他胆怯了。

孙加力大声地骂着："葵花，你带这个字典干啥？你教俺学写字干啥？"

当警察闯进棚子里的时候，发现孙加力躲在墙的一角发抖。他的表现使警察们十分吃惊。但他们永远不知为什么。知道内情的是葵花。葡萄园啊，她隐隐地从心底泛出说不清的苦涩和留恋。这个该死的葡萄园有什么可留恋的呢？

其实，孙加力着实把葵花给害了。

猛子从孙加力放出葵花上分析，葵花的身子肯定被这个畜生给蹂躏了。他不能接受这个可怕的事实。他的父亲王茂老汉也不能接受这个现实。猛子卖完葡萄跟葵花谈了整整两个晚上，说他恨孙加力，也恨葵花，然后就抱着脑袋压抑地哭着。使他惊讶的是葵花变了个人，葵花没有骂孙加力一句。葵花静静地看着这个自己曾经深恋过的男人，弄不清还有什么事情发生，只感到脑袋有些膨大。

　　猛子走了，连一个难忘的背影都没能留下来。葵花觉得她与猛子的婚姻走进了一个不幸的怪圈，无论朝着哪个方向走，都没有出路。葵花突然觉得猛子是跌跌撞撞地走着的，样子比醉了酒还要难看。

　　这些天里，校园里老师们也在用异样的目光盯着她：你的处女身被孙加力给糟蹋了，肯定糟蹋了。她没有解释什么，只是默默地去寻找着孙加娟。

　　她终于在乡里木器厂找到了做童工的孙加娟。孙加娟扑在葵花的怀里哭着说："俺到拘留所看哥哥了，他就要被枪毙了，他说这辈子就有一件后悔的事。"葵花说："就是没上学！"孙加娟摇了摇头说："不，他说不该跟你学会写字，原来他啥也不怕，自从学会写字，他就垮了，连朝自己开枪的勇气都没有啦！"葵花哑口无言，一时呆住了。

　　就在她把孙加娟找回学校的时候，猛子与邻村吕老梁的女儿吕巧珍结婚了，婚礼十分热闹隆重。学校校长怕葵花受刺激，就与文教局长商量将葵花老师调到很远的一个小镇上去。葵花没有同意，她的眼神里有逼人的光芒："俺哪儿也不去，俺哪儿也不去——"

　　初冬簌簌的寒雨，轻轻地落下来。走上教室讲台的葵花，脸色略显苍白，眼睛带着血丝，抬着头望着教室里的每个角落。此刻她的眼里是一片红得滴血的葡萄园。她没有说话，抬手举着一个崭新的字典，在黑板上写字，莫名其妙地写了两个大字：葡萄。

盖爷儿和驴的故事

农历十月十日，菜地上铺满了一层蛋黄般的金色，日光被秋天旷野里的黄尘揉碎了，苍老而慈祥地铺展开来。商河沿儿岭子村的老买卖人盖爷儿，骑着一头黑瘦的毛驴视察菜地的时候，就觉得阳光不是铺向菜地，而是铺满他家滋润宽余的日子。辉煌的光片落进他那双昏花老眼里去了。老人翻身下驴，将驴拴在菜地壕沟的槐树桩上，蹶跶蹶跶地上了菜地，蹲下身，拿枯树权般的手掌拨弄着菜叶子，簌簌地响。

黑驴拖着那条长长的沾满驴粪的绳子，沿槐树桩兜圈儿，把脑袋探进大田旁的水洼里，极其畅快地痛饮了一顿．然后瞪大麻酱色的眼睛。仰起长颈，雄壮地吼起来。

盖爷儿被黑驴叫得心里发痒，鼻梁一抽，长而窄的黄脸将驴扭过来，眯起细长的眼睛。老人的眼睛终日微眯着，仿佛是长年睡不醒的样子。他将袄襟敞开来，那样子好像是为灌进这暖暖的阳光。驴不叫了，风声就格外显，带一种神秘和忧伤的声音。盖爷儿的眼睛已有些蒙眬了，蒙眬中伸展着老人发财的欲念。

这儿的实心白菜是远近闻名的，早些年还做过朝廷贡品呢。

盖爷儿从没种过菜，却从白菜上发财已有些年头了。盖爷儿自称是商人，将成千上万的白菜收购起来，再倒卖外地，这不是商人嘛！盖爷儿细眯着的那两只商眼，使他将日月看得远远的，财源滚滚来了。唉，财旺人不旺、人旺财不旺，盖爷儿自己承认盖家实属财旺人不旺。老伴儿早年有病不生养，四处求医，盼到三十六岁才生下独子盖天来。天来好像天生就是经商的好料子，他没上几天学，从小跟盖爷儿走南闯北倒白菜，从人窝子里滚成人精了。

"天来这小子也该回来啦！"盖爷想。

一个月前，老人派天来去新疆兜售白菜去了。盖爷老了，日后跑腿儿的差事都是儿子的了。儿子不窝囊，可不遂老人心愿的是儿子越来越不听他的话了。他的生意经天来不屑一顾。杂种，他又看不上白菜了，他要挣大钱。大钱，是俺们庄户商人挣的吗？天来说，爹你错了。盖爷儿恼怒了，天错地错精得干瘪了一身血肉的你爹咋会错呢？盖家经商每走一步，你爹都是请阴阳先生卜算好了的。

盖爷儿在菜地的田埂上坐了下来，将短粗的烟斗放入嘴角呷巴着。脸上映着淡淡的目光，眼角沾着两粒白眼屎，两撇稀疏的老鼠胡子索索颤着。四野荡着很浓的白菜的气息。天气暖暖的。盖爷儿在田头打起瞌睡来，鼾声像风一样哨响，脑袋一啄一啄的，老涎也从嘴角滴答下来。就在盖爷儿独坐菜田做着发财梦的时候，年轻英俊的盖天来正骑着驴子神采飞扬地踏上了商河岸。

天来摇身一变，由菜贩子变成驴贩子。他挥舞着红缨大鞭，撵赶着百头新疆毛驴忽忽悠悠地往家走。两个新疆小伙子一左一右拥护着驴群，不时地偷看天来的脸色。他长满粉刺的圆脸，放着豪光。他光着膀子，浑圆的肩胛一耸一跳的，身架在日光里透出健壮的轮廓。肥大的裤管在毛驴两脊猎猎抖动，一副很飘逸的样子。他不时朝驴群吼上一嗓子。气势不凡的驴队在年轻商人盖天来的吆喝声里行进。踢踢踏踏，蹚起一溜儿飞扬的尘土，刹那间就使盖天来变成一个土人。汗虫子爬下他灰不溜秋的脸，将他脸上的泥灰冲出一道道弯弯曲曲的小沟儿。他拿大掌胡噜一下脑袋，尽管满眼是浑浑泥色，他却能远远瞧见自家的小楼了，他瞧见青青一片的菜地了，仿佛也瞧见站在村口娜子的倩影了。

"娜子啊！"天来心里呼喊着。已有一个多月没见到娜子了，好想娜子，不说，那份心思倒愈强烈。他整日想娜子想得胡说八道，弄得两个跟班新疆伙计跟他打哈哈，喂，盖先生，到了你家别忘了让我们见见娜子！商人好色嘛，不算毛病，关键是咋个好法，摆出去得叫人叹服。天来拧眉拧眼地乐了。他显摆说，等我这批驴出了手，就让你们见娜子！他将娜子的模样吹得神乎其神，之后便有了一种飞翔的快感。他在驴蹄的嘈杂纷乱声里仿佛听到了河流和土地的声音，他就在这些久违了的声音里十分清晰地想象出娜子的真实模样儿。

娜子细眉、杏儿眼、翘鼻子、薄唇。她眼睛亮得像灯笼，她高中毕业，书念多了，走路的姿势也活了，恰似一种轻盈的舞蹈。娜子爹是村支书，在村里一手遮天。早些年割资本主义尾巴，一来运动，娜子爹就拿盖爷儿当"尾巴"的典型，狠狠批一阵子。慢慢两家就种下仇了。也就是说，他与娜子之间还横着一官一商的两个仇视的老人。可是两个人偷偷恋上了。两边儿的老人一点儿不知，知道了能依？能不仇？所以他与娜子的关系一直捂着。天来得意的是他一言出口，女人就响应。啥叫男人？这就是男人！他的身子在驴身上摇摇晃晃，一颗心扑扑跳荡起来。

秋风不入驴耳。驴队行走的河堤越来越低，河水慢慢就快逼到埂上来了，地皮湿湿的。天来抬眼，看见不远就是浮桥了。过了浮桥便是村口。驴队灰扑扑的，不鲜亮，却放纵着天来的想象。他这回本来是讨白菜合同的，可他踏看明白，又算计算计，卖驴更上算。他在新疆驴市上转悠了七天，发现雪青驴是最好的驴种，个头高且肥，力气不次于马，而且皮实耐活，运输喂养都很方便，若是与北方马配种，生下的骡子彪悍英俊，能驮善走。短短十来天，天来凭借乡村商人特有的狡黠和智慧将驴道咂摸透了。从驴蹄子、驴脊椎、驴鬃毛、驴牙口、驴后胯、驴尾巴到驴叫的长短高低，他都能准确分辨出驴的优劣。商河平原缺少这等雪青驴。他来不及回来跟爹商量，就拍板买了百头雪青驴，租了闷罐火车皮运过来。他没带资金，对方赊着，跟过人来了，若是行情看好，那头还有长期合作下去的意思。天来押车子五天五夜没有合眼了，眼睛红红的，驴群是红的，如望一座金山，心跳了耳热了，越瞅越像自个儿的财。再看天空也很红，天景儿烧着了似的。商河也红，河水红绸带似的拧来拧去，朝平原的腹地钻去。

"驴×的。"天来兴奋地骂了一句。

听见群驴长吼，盖爷儿醒来，是满脸困倦迷惑的神色。他的黑毛驴也冲着驴群吼起来，身子一挣一挣地，湿了的绳索被拽得嘣嘣响。盖爷儿恼成一张猴脸，骂了一声驴，就扑拉扑拉身子站起来，扭脸望见驴群在落日的光晕里鱼贯移上商河口的浮桥。"好家伙，闹驴灾啦！"他说，脖子像落了枕似的梗住。黑毛驴发情似的叫得厉害，一跳一跳乱了性子。盖爷儿喝住毛驴，边系袄扣子边解毛驴的绳头，绳疙瘩从手里滑落的一刹那，老人就觉得不对劲儿，一愣，黑毛驴鬃毛全都奓起来，前蹄高扬，口吐白沫儿，疯了般朝浮桥口的驴群冲去了。

盖爷儿拖住绳头，就势挪了几步，栽倒在菜地上，毛驴逃远了。

"情乱，毛驴发情啦！"盖爷儿头脑里快速反应过来的时候，心魂就再也守不住了。他爬起来，顾不上抹掉沾在脸上的白菜叶子，侧侧歪歪朝浮桥那边紧跑。远远地，盖爷儿认出大摇大摆骑驴的儿子了，脸子惊住，眼眶子突突地叫起来："天来，天来——"盖天来眼里只有驴没有老子。驴群叫出一片辉煌，盖爷儿的喊声太微弱了。他一时摸不着头脑，望不见河堤下的老爹，瞧着欢欢喜喜过桥的雪青驴。

"杂种，你耳里塞驴毛啦！"盖爷儿心里骂。浮桥是由铺铺排排的旧船托起来的木板，两边没有栏杆儿，拥拥塞塞过驴队是有风险的。可天来心里有底，这浮桥他熟悉得就像手上的纹络。远天远地都没闪失，望见自家烟囱了还忧啥呢？天来的坦然是有道理的。如果说没道理，就是他忽略了老爹的存在。当自家的黑驴扑向雪青驴群的时候，腰板子往下一塌，顺坡下驴。两个新疆老客也猛然惊住了。这时候盖爷儿哼哼唧唧爬上河堤，露出又长又窄的驴脸，看见黑驴搅乱的驴群，当下就傻眼了。一场使人意想不到的驴乱说来就来了。

黑毛驴是商河平原土生土长的公毛驴，第一回瞧见外来的雪青母驴，它那发情的样子，是盖家父子无论如何也想象不到的。黑毛驴两只熬急了的驴眼红灯笼一样亮着，很残很烈。它长嘶着，驴群里的母驴也朝它回应地叫。黑毛驴无视主人．完全进入无法无天的混账状态。它扑上去了，与一头母驴厮咬起来。驴群立时就乱了，蹄声、叫声、厮打声搅成一锅粥。雪青驴还是很抱团儿的，它们憋了一路，此刻将流浪异地的恼恨全泄在黑毛驴身上了。它们十分残暴地撞翻了黑毛驴。一头雪青驴咬住黑毛驴的脖子，就势也滚倒在桥面上，两只驴掐在一起极快地滚动着身子，一时你压着它，一时它压着你，滚来滚去谁也不松口。到底是雪青驴个大力壮，前腿跪在桥面上，咬着黑毛驴拖来拖去，黑毛驴的脖子血淋淋的，嗷嗷哀叫着，狠命地踢蹬着后腿。驴群压过来，叽叽噜噜乱撞。黑毛驴后胯被倒驴压上了，响起骨节的断裂声，发出了悲戚的哀叫，用尽最后的气力蹬了一下后腿，有三头雪青驴就被狂乱的驴群挤下桥面，扑通扑通掉进河里。"我的驴呀——"盖爷儿瘫软在河堤上，裤裆都湿了。"坏啦，快救驴！"天来喊一声。三头雪青驴在河里扑腾着。天来跳进河里去了。新疆老客也要跳，天来在水里喊："别下来，快疏散驴群！"

驴群慢慢被疏散了。混乱的驴群一点一点安稳下来，盖爷儿看见了躺在桥上弹腿的黑驴。此刻他惦念两样，一是在水里的天来，再就是自家的黑驴了。他不知道这些雪青驴与他家有啥利益关系。他瞧见天来已将一头水淋淋的雪青驴推到桥边，左臂一横一滑，肩头一顶，沉沉的雪青驴就被推上桥板。这畜生没有一点感激主人救命之恩的意思，"嗖"地站起来，抖落一身浑水，后蹄一弹，不偏不倚踢在天来的后脑勺上。天来脑袋"轰"一下痛得不行，骂了句，就觉得眼前飞金星子，红红一片，啥也看不见了。他受不住了，着实受不住了。其实那两头驴已经沉入水里死了。他踩着水，浑身的肌肉收紧了。他撸撸脑袋，十分泄气地爬上桥板。慢慢地，他就瞧见驴群已全部引过桥去了，在桥头的河堤下扎了窝子，密得像煮饺子。一扭头，他意外地瞧见了爹，就啥都明白了。"爹，爹——"天来喊了两声。盖爷儿瓮一样蹲在痉挛的黑驴旁，枯手抖抖地抚摸着老驴，一张冷灰色的老脸泪水纵横。"险些就一勺烩了。"他嘟囔着，开始耳鸣了。先进入盖爷儿眼帘的是一双青筋突跳的大脚，老人缓缓抬起头来。天来铁塔似的站着。盖爷儿眼眯眯地一斜，站起来问："你给我出啥洋相，赶这多驴来？"天来眼珠慌慌乱乱地转几下，支吾道："爹，我买的驴！你就瞧好儿吧。"盖爷训斥道："谁让你自作主张，该收菜了，要驴作甚？"天来很自信地说："爹，这点驴一出手，顶咱倒三年菜！"盖爷儿生气地说："谁说的？你还是干点托底的事儿吧！"天来争执着："咋不托底啦？"盖爷儿骂："丧门星，还没进家，就淹了两头。"天来嘟囔说："这怨我吗？你看不住黑驴！"盖爷儿瞪了眼："熊样的，你来怨你爹！""谁怨你啦，命里该着！不就两头驴吗？算不了什么！"天来再大的鸟火也得在心里窝着。盖爷儿说："回家跟你算账！捞驴吧，先把驴肉卖喽。"天来怔着不动。盖爷儿问："这驴途中死伤算谁的？"天来说："算咱的，我赊来的！"盖爷儿沉了脸："又发蠢气哩，咱哪有这笔钱？马上就收白菜了，总不能给乡亲们打白条子吧？”天来说：“今年不收白菜啦，就卖驴！”他说着，显见有点激动，移开目光看远远的天。“不收白菜？你小子又调歪！”盖爷儿红头涨脑地说。天来解释说：“爹，白菜行情不好！没啥赚头。”

“不是不赔吗？”

“不赔，蝇头小利。”

“就是打平也得收，今年不同往年。”

“为啥？”

“先不跟你说。”

爷俩三说两说，又争执了一场，这时死驴已漂上来了。他们七手八脚地捞驴的时候，盖爷儿心里难受了。兆头不好哇！经商都有个运道，踩在运道上说抖就抖起来，要撞上晦气门就瘪了。白菜商人盖爷儿将人世活得挺透。会悟，等于会活。天来这愣头青，早晚要将老子挣下的家当连锅端掉。不管乐意不乐意，老人再也无法将心与驴分开，没想到的驴事奔了心里去，让死驴扯落得偏头痛了，嗓子眼里呼噜呼噜痰鸣。死驴被他们拉上来之后搭到驴背上，受伤的黑驴也抬上来了。盖爷儿方慢慢压住心惊。驴队在夕阳滚坡的时刻默默地进村了。尽管有伤死驴显得别扭，可在村人眼里看着仍旧很气派的。天来让爹再骑上雪青驴。爹横他一眼说，别现世啦！就蔫蔫儿地跟着驴队走着，十分心疼地望着黑驴。老商人是很重感情的。天来不再跟爹顶嘴，爹老了，日薄西山了，靠爹靠不住了，还是靠自己吧。他神神气气地走着，嘴角渐渐浮了笑影儿。一副满不在乎很自信的样子。偏远贫穷的岭子村巷被庞大的驴队搅起一片烟尘，惹得村人围了惊叹。

一到村口，盖爷儿就拐了弯儿。盖爷儿找阴阳先生卜算去了。

天黑的时候，天来去菜地找娜子。商河北岸隆起的一段长城，是娜子家的菜地。从河堤上看过去，这是一溜儿黛绿色的屏障，菜地中间有一座草铺子，夏天看瓜用的，这里曾是瓜田。草铺子是娜子爹拿干苇草搭成的，风雨洗涤将小屋变得发白了。天来在菜地走着，脚片子落地很重，把菜地夯得微微颤动了。远远的，他瞧见草铺子里有马灯映出的一扇光晕。刚才在村口他见到娜子的嫂子了，说她在菜地里看书呢。一到家里就一大堆的活，她愿意在娘和嫂子收工的时候躲在草铺子看看书,真有野趣呢。世上有着许多她不知道的外面的故事。天来十分羡慕爱读书的人,识文断字的人是有福气的。

　　天来站在草铺外边板板眼眼地看她。头发被风吹乱了,随便披散着,鲜亮得打眼的红褂子上扣儿没系全,露出细白的肉来。他觉得她读书的样子很好看。一股野香从她身上荡来。她正是让人看了就动心的年岁,村里村外的小伙子惦记她,可她偏偏跟天来好。天来缩了缩肩胛,硕大的喉结跳了一下,慢慢蹀了进去。娜子跳起来,拿拳头捶打天来。天来呵呵笑,鼓足了勇气,就势将娜子揽在臂弯里,说:“娜子,我这回搞了一百头新疆驴来啦。毛算着一头赚 400 块。98 头赚多少?你算算。”娜子一扭身,一撒娇,叫天来惬意得骨头直痒。她问:“你真行,真的行啦。先不说赚多少,单凭这一手,你就跟你爹不一样,不是白菜商人!哎,咋按 98 头算呢?”天来叹一声:“倒霉透顶,过浮桥淹死两头!”“那不算啥,不算啥。”她说。天来说:“反正兆头不好。”娜子说:“你又信邪啦?”天来支吾着说:“没,没有。”娜子说:“我没看错你!”天来说:“跟我到外面闯吧,先做我随身女秘书。你到底想好了没有?”“美得你,给你当秘书?”娜子撇了撇嘴巴。

　　“怕啥?你是我的人!”

　　“你不怕我飞喽?”

　　“你飞不了!”

　　“你不怕我变心?”

　　“你变不了!”

　　娜子与天来四只情眼醉成一处。娜子扑进天来怀里,心绪辽阔起来,柔柔地说:“我就怕你跟女人似的,缺了自信。好些天,我一直想,跟了你,与爹闹翻了,值不值得。你闯天下,的确变了。我爹求乡长让我到了乡里当指导员,我不想去,我也跟你学,我也要当商人!”天来说:“你有文化,经商才会有出息!”娜子说:“你不糊涂,前几年经商靠胆子,往后该凭智慧了。你信不?”天来说:“我信,我后悔该多念几年书。”娜子从天来怀里挣出来,拽起马灯,说:“天不早了,咱们回去吧!”天来说:“我带你去见见新疆老客!你从现在起,就在我这儿上班啦!”娜子想了想说:“见就见!”

两个人说说笑笑就走出菜园子。夜里菜地的味道越发浓了。天来很想听几声驴叫。

秋风凉凉的，秋叶簌簌，夜风一阵阵在村里掠过，刮得盖爷儿身上发寒。盖爷儿从老阴阳先生那里回到自家小楼的时候，院里的驴群还在挤挤拥拥。老人喊了几声儿子，儿子还没回来。盖爷儿再也守不住魂儿了。这儿站站，那儿坐坐，东瞅瞅，西瞧瞧，看见驴心上就慌得紧。老阴阳先生说了，盖家宅院地处天干福地，利见于土活，地变见于下。翻译过来，盖家只能发白菜的财，卖驴则有七灾八难。淹死两头驴，老阴阳先生也算出来了。盖爷儿吓出满身冷汗来。盖家经商多年，总是利见于白菜等土产，财旺人壮。放进驴来，走错一子，贻误全盘。他的心是永无宁静之日了。沉沉静夜，盖爷儿盯住驴眼。驴的眼神邪邪的，透出一种很怪的光亮。盖家邪气太盛，得镇一镇了。刚才盖爷儿花了钱，求老阴阳先生寻个"破法儿"。老阴阳先生沐手焚香，埋下了三遭"符"。他表明一番奇妙的神功已运筹好了，眯上老眼，过了许久才说，将宅院放驴的地方铺一层草灰，洒一遍米酒，烧一回草纸，然后，就将驴转手他人，驴上的钱一分也挣不得。盖爷儿句句都记心里了。眼下就是破灾。杂种，不中用的东西，白菜合同没订来，却招来天灾。老人更加恼恨儿子。盖爷儿在院里坐着，听见驴吼，心里便没了章程，寂寂地黑下脸来。

马灯在夜风里凄然地亮着。都后半夜了，天来醉迷呵眼地回来了。他懒懒地甩着胳膊，吸溜着鼻子，像头倦驴。盖爷儿让心火压得站不直身子，呷呷舌头，闷闷地吼了声："天来，你站住，造孽呀！"老人百感交集，气出眼泪来了。

"咋了，爹？又……又……死驴啦？"天来问。

"死驴？死了倒干净！"

"爹，别听别人瞎饿饿！自个儿的买卖自个儿做，外人是犯红眼病啦！"

"邪，走邪啦！"

"不走邪，能成气候吗？"

"冤家，招灾哪！老阴阳先生给卜算啦。咱家发的哪一笔财不是人家给算出来的？一个神人，有他的造化，不听仙人言，吃亏在眼前呢！"盖爷儿急了。

"他咋说的？"天来一怔。

盖爷儿哆嗦着说了一遍。

"不会吧？有那么别扭？"天来心里发毛了。

"信神如神在！没跑儿。"

天来不说话了。这种颇为晦气的尴尬局面对他来说是始料莫及的。他身子僵了样地晃晃，头昂起，嘴大张，将黑黑的驴群固定在发酸的眼眶里。盖爷儿又吼了句："睡吧，明儿将驴×的处理掉！咱不能在驴身上赚一分钱，记住啦！咱们福浅，架不住哇。"天来木讷地咬着牙床骨，咬肌一闪一闪的。盖爷儿骂："没耳朵的东西。听见啦？"天来还是没表情。他哼一声，倔倔地上楼去了。

盖爷儿长叹一声，悻悻地回屋了。残酷是人还是命？天来理不清这里的玄奥，看来老天是成心跟他作对了。傍晚他跟娜子从菜地回来的时候，在海乐酒店摆了一桌，一来招待新疆客人，二来会会娜子。同时又请了村里村外的几位驴把式，探探驴的行情。果然给天来猜着了，驴价看好。眼下是老阴阳先生的咒语给天来的心搅乱了。天来一时竟没了主意，躺在床上慌口慌心地胡折腾。到嘴的肥肉就白白吐出去吗？吞到肚里日后又七灾八难的咋办？他和他爹不一样，但是对待老阴阳先生却同样尊崇。他家先前的商事都让老阴阳先生给说准了。看见神神怪怪的老人，天来有一种既亲近又恐惧的感觉。老头太可怕了，这世界都在肚里装着呢。胡思乱想中天来因为劳累还是很香甜地睡着了。早晨一睁眼，日头都照腚了。他觉得鼻子热辣辣堵得慌，一抠，挖出一团硬巴巴的东西。他一醒来，又多了自信，觉出父辈经商处世的古板和笨拙，嘴角上挂着一串对老阴阳先生不敬的嘲弄。

"把驴卖了，卖个好价钱！"天来想。他觉得不仅仅是钱，而是商人的尊严。到手的东西就是要实实地抓在手里，没到手的东西，拿汗水和智谋去挣得。不吉利的话，他一概不理会，要是叫娜子知道自己被阴阳老先生折腾得六神无主，不气歪了鼻子才怪。要想把握娜子，就得事事显出男子汉的气度。他拖着一条沉沉的影子走了。当顶的日光使他的影子蜷缩在自己脚下。

秋熟的日子总是让人感到疲倦。到了村口的草滩上，听见驴吼了，天来的精神头儿就上来了。可是，他再看高大肥壮的雪青驴，眼神儿似乎没落个着落，脑袋嗡嗡的，乱得像闹土匪。他走近驴群，与新疆老客打了个招呼，就又很费心思地盯着驴群。

娜子来了。娜子跟他爹摊牌了。爹反对，爷俩三说两说就闹翻了。娜子说，我没看错天来，他敢说敢干有前程，给他当媳妇我都认！爹说他不答应，你要去，就别回这个家了。娜子知道老爹说气话，换个面子。爹不开面儿，也有难处呢。这些年是盖爷儿常常使她爹难堪。盖爷儿不在村里当权，凡大事小情还得跟他商量。盖爷儿使村支书活得不踏实了，不那么理直气壮了。权力在金钱面前的失落，使娜子爹觉得自己被挤到日子外边了。

看见娜子，天来心里就亮堂了，但他十分精细地发现娜子哭过。弄糟的眼影如熊猫似的乌了两个脏兮兮的圆圈。天来问："娜子，你哭了？"她眼白很多地望他一眼。天来啥都明白了，她必须遭这个难。她心里一烫，嗫起嘴巴说："你让我冷静一会儿。"天来说："冷静啥？瞧着驴群你能冷静得了？"她咯咯地笑了，笑得流了泪，她笑着流泪的样子很美。她浅浅笑语如花开在他眼前。天来说："娜子，走，跟我卖驴去吧！"娜子笑笑说："我打听好了，今儿是东桥大集。那儿的驴市很热闹！"天来点点头："就去东桥大集。"

临近中午的时候，天来的驴队开进了东桥大集。一路上，娜子跟天来算计着驴价。人人都在长心眼儿，人人都会算计了。但谁也有算计不到的地方。到驴市一探价儿，每头净赚400块，而且买驴的围得层层叠叠。东桥大集从没见过这等好驴。就在钱财滚滚来的时候，天来的心里十分难受，脸子寡白，心虚气短。他又胡想一气，从没有像今天这样脆弱，无所依附。老阴阳先生和爹的脸就在他眼前悬着，心里怕得一身冷汗，脸像落了一层霜。任千呼万唤，天来就是不开价儿。娜子急赤白脸地问他，天来，是时候啦！卖吧！天来艰涩地笑了笑，被啥东西噎得说不出话来。人世由命，怕是天数。他呆傻了似的，反反复复地破译着"七灾八难"的咒语。忆起来了，老阴阳先生说过的，"七灾"里有伤妻亡女断子孙。就是说，他将失去娜子。他将没有后代。他的身架塌了，脚底如踩高跷似的连连退缩，源源不断击来的是亘古不见的东西。撑了几十年的强悍壮美身架竟空空的。天来咽了一口唾沫："驴×的，先不卖啦！"

娜子问："为啥？"

"我去找一回老阴阳先生。"

娜子急了："天来，你回来！"

天来头也没回。

"看着驴，我很快就回来！"

娜子失望地喊："你回来！"

天来风风火火地回了村，找老阴阳先生卜算了一卦。没变，还是跟盖爷儿说的一样。天来愣了许久，呆如泥塑不动。呆呆地想，仿佛昔日看不清的一切全闪进眼里，自己说，完了完了啥都完了。早知道现在这样，后悔当初何不踏踏实实卖白菜呢？他塞给老阴阳一把钱，啥也没说，倔倔地回驴市了。见了娜子他一句话也没说。娜子不知道发生什么，她感到天来有些怪。天来走到买驴的人群里咕哝了几句，就有一个满脸大胡子的驴贩子笑咧咧跟过来。天来痛苦地扭皱着脸，对娜子说："娜子，别怨我！驴钱是万万赚不得了，我保本儿转让啦。"说着就泪流满脸了。娜子眼睛红红地亮起来，再也不拿正眼瞧他。她缓缓抬起左手，狠狠地抽了天来一巴掌："你，你噘嘴骡子只配卖个驴钱！我看错了你，你是人还是鬼呢？"说完喉咙里挤出一串短促的呜咽，跌跌撞撞地跑。天来伸直了嗓门儿喊："娜子，我全为了你哩——"娜子再也没回头，红褂子在秋日的阳光里闪跳着，搅碎了日光铺开的慈祥，远远地驰入碧天里去了。那炫目的强光竟刺得天来眼前一片盲黑了，连身旁的老爹都没看见。此时的盖爷儿正在以欣赏的目光看着儿子。

"天哪！这是为啥哩？"天来在战栗中叫了几声。

民间爱情

杜芳从乡下赶到县城来，有自己的秘密。

她是来看自己喜爱的男人的。

城里的夜晚很温馨。身边的县城女孩，蝴蝶一般穿梭。她看着别人，却不知身边过路人看着她，不仅能看到她的脸，还能看见她的黑眼睛和长睫毛，梳到肩头的长发，与套装搭配得极好，整洁、和谐、端庄，每处都会打动人心。有的男人以为眼花了，趁她不注意，快走几步超过她，突然回头瞥一眼，在她白皙的脸上发现的还是动人的美丽。此外，还有她高挺的胸脯，笔直的长腿，身材瘦削却不显得单薄，透出一种美人独有的傲气。

杜芳穿过十几辆停泊的汽车，看见有一群村里来的姑娘媳妇们，从拖车后斗纷纷跳下，满是鞋底响。女人的腿移得极密，脸蛋闪着红苹果一样的光泽，仿佛把一个小城都给照亮了。她们的裙和腿就袒露在灯光之中。她们的裙子很薄，质地不好，一着风吹，身上就起皱，皱得令人不敢久看，像是把整个人都要给卷走似的。光亮一直随着。她又朝那里瞟了一眼。心里想：她们不冷吗？

静了一会儿，杜芳看见她们走进县农业广播学校大门口，她马上明白了，她们是来打工的农民。她们示范田里聘用的农技员马进，就是这里的教师，近来一直晚上给农民辅导英语。她今天一定得找到大哥大嫂，跟他们打听马进的一个秘密：马进老师是不是要结婚了？

今天下午，杜芳和她的农大同学宋小青，来到乡长李尔熊的办公室，谈承包土地的事，侯二村长也在，整片转包是头一回，李乡长怕丢地的农民上访，事情就僵住了。宋小青接到马进的电话,马进在电话里有些急迫,让她马上回来,说有十分重要的事情商量。那边电话挂了,宋小青还愣愣地举着手机,脸颊微微红润。桂芳盯着她的脸,心里猜想,一定是马进答应娶她了,不然她不会这样激动。宋小青跟杜芳说了什么,杜芳好像没听见,只见她朝她摆摆手,骑着摩托走了。

马进真的要娶宋小青为妻吗?不可能,宋小青跟她是无话不谈的好朋友,她从没说过呀!此时的杜芳,遇到了比承包土地还要棘手的难题了。虽说她是通过宋小青认识马进的,第一次见他,她就被他的气质和风度吸引了。马进长得帅气,一米八二的大个子,面带冷峻,而且还有一副不同寻常的好口才。马进见到她时,她发现他的眼睛一亮,他亲热地跟她握手,把目光辗转到她美丽的脸上去,很诚实地夸奖说:"哦,这么漂亮!你别骗我,不是乡下人吧?"杜芳的脸颊红了,说自己与小青姐一起长大。她永远无法忘记他的声音,这声音使她的心狂跳不已。

马进和宋小青是省农大的同学。宋小青并没给她透露别的什么。杜芳北京农大毕业后,有两年的等待分配,尽管有企业聘请她,她还是不愿放弃自己喜欢的专业,就与同村好友宋小青搞了一小块科技示范田,研究开发了苹果和一种绿色大米。宋小青建议从县城聘请一个技术员,马进老师就走进她们的生活。单产一下就上来了,而且是绿色食品。

一个个难熬的夜晚,杜芳抑制不住地想象着:下午或者晚上,他和马进穿行在苹果园的美丽时光,温馨而柔媚,同时暗暗发誓,我要记住他,等他和小青姐把土地包下来,就把自己炽热的爱情表露给他。她明白,自己有些地方比不上宋小青,但有一点,她远比宋小青漂亮。女人漂亮,还不够吗?宋小青说不上漂亮,也不算丑女。她温柔,灵秀,耐看,能吃苦,有一种让男人着迷的魅力,连女孩都喜欢,杜芳不就是她的女伙伴吗?

杜芳走进夜校大门里,借着教室的灯光,看见马进的背影了。她静静看了好一阵,心里又是一动。她盼望着她的脸能转过来,能看见她今晚光彩照人的样子,她也想看见他的正脸,看见他镜片后面深沉怪异的眼睛。杜芳慢慢将心静住,但忽然又埋怨起自己来:人家马进说爱你了吗?你向人家表示爱了吗?

都没有。人家与你杜芳有什么关系？至于他与宋小青是不是结婚，回去问一问宋小青不就结了？你不是小青姐的好朋友吗？越是自问，杜芳的心情越矛盾，越不是滋味。她想转身往外走，这时碰上哥哥杜大庆。哥哥告诉她，马进老师要出国种地。杜芳一愣："马进老师，他出国种地？"

"可不是，县里刚通知他的。那个国家叫，叫什么挪威。"

杜大庆狠狠拧了烟头："他妈的，瞧这个国名——挪威。小芳，你说是不是人一挪地方，就危险啊？"

"不，瞎说！那是个非常富裕的石油输出国。算你走运！"

杜芳朝教室的方向看了一眼："哥，马进老师真的走吗？"

"那还有错，他亲口说的。"杜大庆翘着有胡楂的下巴："难道小青没跟你说？"

"说什么？"

"杜老师跟小青要结婚了！"

杜芳脑袋轰响，嘴巴似乎因忍着突然的痛楚而微颤，眼睛盲了，定在一处没了动静。

杜芳晃着走了，头发锦缎一样闪着。她骑上摩托，漫无目的地沿空旷的小县城绕了三圈，最后竟鬼使神差地骑到了秋天的平原上。月光如水般温柔，土地在月光下舒展地伸向久远。荒地里有风，有草，有秋虫，就是看不见庄稼。没有比这漫不经心的残忍更残忍的了。杜芳想着，扶住一棵果树大声哭了，这是一种痛失我爱的哭。

吃过早饭，宋小青穿着新衣裳来找杜芳，是送喜帖来的。她也太粗心了，几个月了，她怎么就没看出杜芳对马进的情感？宋小青把杜芳拽起来，把自己压抑许久的喜讯告诉杜芳的时候，杜芳竟然没睁眼睛："小青姐，祝福你。"宋小青傻着，亲热地抱了抱她："小芳，你昨晚干什么去了？呼你都不回？"杜芳仍然闭着眼睛，呼吸里散发着一股草的气味。宋小青摇着她的肩膀，半恼半嗔地喊："说，你是不是有男朋友了？"杜芳黑着眼圈说："有，有！我想睡觉，你走吧！"她忽地蒙上了被子。宋小青知道她的任性，经常礼让她。她叹了口气，把素花被子抻平，悻悻地走了。

听着宋小青的脚步声消失，杜芳毫无睡意。窗前的枣红马，哀哀地叫着，打了一串响鼻。她在被子里，眼睛涩涩的，反省自己，是不是做错了什么？或是比小青少了什么？特别是在马进面前。搞科研、吃饭聊天，杜芳是不是显得太随意、太任性？尖刻得使人怵了？或是美丽得高不可攀了？马进怕她这种洋里洋气的姑娘，将来不会挑家过日子，才去娶温柔贤惠的宋小青？如果是这样，马进就不懂得爱情，也就不值得自己去爱了！不，如果自己早一点吐露真情，恐怕会是另外一个局面。算了，事情已经过去了，别去想了。

宋小青和马进的婚礼，在邻村东马店一个农家大院举行。院里摆着二十多张木桌，桌上铺着红色塑料布，上面有瓜子、糖果、核桃、纸烟和茶水。

宋小青可能是感觉到了什么，原说让杜芳给她做伴娘，结果没有。

杜芳轻轻地走进院里，埋着眼睛坐下，笑容遮着看不见的痛苦。在她看来，这个曾使她动情暗恋的小伙子，仿佛一下子从她的世界消失了。杜芳尽量沉默，怕是自己漂亮，冲淡了新娘的风采，忘记了他和她的存在。看着陌生的人，杜芳觉得眼前的日子还是挺愉快的。身边有一个嗑瓜子的小伙子，笑着，眼纹一直扯到耳边，他跟她说话，她只是敷衍着，心不在焉地答应着，眼睛余光始终没有忘记寻找他和她的身影。马进去了哪一桌？肯定跟宋小青在一起吧？如果我是新娘呢？他会对我好吗？你又犯傻了！她的神思没着没落地飘零。这些荒唐的思绪一冒出来，胸就憋得紧紧的，喘不出大口的气。

小伙子给她递过一瓶饮料，说："你的嗓子是不是卡住了瓜子皮儿了？喝点东西吧！"杜芳的鼻子有些痒，就低了眼，说："我没事，谢谢你。"这个时候，杜芳瞟了他一眼，发现他很像马进。怎么到处都是马进？成心羞我啊？杜芳的心就一灰透底，欲寻个小角落，草草打发酒桌上的应酬。本来她是分在女桌，就是为图个清静，才偷偷隐在男桌里的。她发现"假马进"的眼神很怪异，很黏，仿佛要把她的套装扒去，想看到她最隐秘的部位。这人要多讨厌有多讨厌呢！杜芳毫不示弱，用严厉的目光将他的放肆盯回去了。小伙子跟她说话。杜芳愣了一下，点点头："对，你说得对，怎么？你认识我？"小伙子笑笑："咱琉璃乡，谁不知道，大名鼎鼎的杜芳姑娘！人漂亮，而且还是才女，科技种田，还想大规模包地,搞生态绿色食品。佩服,佩服!"杜芳不好意思地红了脸:"你真会夸人,我可没那么大本事!"小伙子马上伸出手来,递来一张名片,自我介绍:"我叫李向东,马进是我表兄。"杜芳接过名片:"哦,李秘书,我想请你继续说下去。"李向东喝了一口茶水,眯眼看她。此时,掌声笑声哄起,马进和宋小青出现了。录音机放歌,嗡嗡地起伏着旋律,似乎不承认爱情比庆典更妙。杜芳情绪又上来了,看出了宋小青站在马进身旁的呆板。宋小青胸前挂着一亮物,金色的,红红的烫眼睛。她闭了眼,让失望太久的情绪有个再受一回打击的准备。马进的目光朝她这里一扫,顽皮地挤了一下眼睛,算是打了招呼。他把她当成朋友了。杜芳继而不自在地挥手,眼神里打出一道稍纵即逝的闪电,可她没有反应。热情注定了她的尴尬,白白赔出了烦恼。她的头脑突然空静,剩下无声的阳光,无声的土地,无声的思恋和无声的姑娘。李向东不明白:宋小青快乐了,杜芳为什么一点儿也不快乐?她们不是好姐妹吗?

明晃晃的阳光,从云彩里垂下来,与"喜"字共同燃着热情。马进有了几分醉意,宽阔的额头一红,眼睛也红了:"我的父老乡亲,我的亲朋好友,我和小青给老娘鞠过躬了,请允许我们向你们鞠躬。我就要出国种田了,日后,还恳盼你们关照我的家,我的娘,我的妻子!"人们感动了,看出马进孝敬瘫痪的娘。宋小青和马进深深鞠躬,然后她就小鸟依人地伏在他宽宽的胸前,淌下幸福的泪水。

场面如此热闹,杜芳却如此孤独,再也看不下去了,泪水再一次从她的眼眶涌了出来……

第二天下午,杜芳给马进打了个电话,约他到苹果园见面。这个季节总是躲不开雨。当时感觉到隐隐的雷声,来到示范田,噼噼啪啪落了几点雨,很快就住了。彩虹罩着她湿润的脸颊,看看脚上的泥,也是彩虹映照的颜色,深红色的土地显得很凝重。

一个月以前,在马进的指导下,杜芳给苹果园里的红苹果做日晒试验,今天可以看果儿了。杜芳穿戴这般鲜艳,红夹克像团火,把田园静静地燃着。秋天的日子缓,没有夏收的催命。她将苹果上的塑料薄膜揭下,苹果上就印下淡淡的一个影,果叠果,枝头微微颤动,树叶经过初霜的浸染,叶边已经泛红了。

果有香味了，她俯身将果拢来，冲着影子吻了一下，又去寻大些的枝，果果有影，手映得透明，心里格外得意。她默默地自语："马进，小青，我们成功了！"他敢不敢来？是一个人来，还是与小青姐一起来？她渐渐生疑，眼睛开始模糊。

天晴了，果林却堵着。果园里有雾气，瞅不远。杜芳倚着树干，心慌地等待，用手指轻轻划着树皮。劲用狠了，将树皮划出一条嫩绿，摸上去温湿的，一股青涩的气息。

一阵车铃响，马进身影的出现，亮了她的眼睛。真是他吗？一切都像梦一样，发生着，进展着，她的脑子里瞬间闪过很多念头。

"杜芳，试验成功啦！对吧？"马进说着。杜芳没说话，盯着他的眼睛："是，是有影了。你来这里，就是跟我说这些的吗？"马进向果树前靠了靠，用脚蹚开树下的叶子，笑着说："杜芳，我是跟你告别的。"杜芳冷冷地说："你应该跟小青姐告别，跟我有这个必要吗？"马进爽快地笑着："怎么没必要？你是我的合作伙伴啊！杜芳，你是个聪明的姑娘，懂技术，有眼光，我想，我走后，你和小青一定能把土地包下来，我们的成果，就能转换成财富。"杜芳赌气地说："你走了，小青姐给你照顾老娘，生儿子，我还有什么干头？我又能干成什么？"马进说："能，我看能。你比小青更有魄力！科研、开发市场，她都不如你，真的！"杜芳瞪了他一眼："你寒碜我，是不？"马进说："这不光是我一个人的看法，还有他的评价！"杜芳一愣，心提了起来："他是谁？"马进轻轻地笑了："他难道还要让我捅破吗？"杜芳有些恼："你少来这套，你不说，我可走了！"马进说："就是我的表弟，李向东啊！"杜芳撇着嘴巴说："他有什么资格评价我？"马进眨着眼睛说："别这样，那天在我的婚礼上，你们有说有笑的。今天，我告诉你一个秘密，他爱上你啦！"杜芳有些恶心，使劲一拧身："你别给我传递这样的消息——是他让你来的？"马进说："是，也不是。我跟小青商量了，在我走前，给你保个媒！也算我没白当一回大哥。"

此时，杜芳恨恨地感到自尊受到很大伤害。"谁让你给我保媒？"过去，他的声音厚重沉稳，常把人带进一种美好的遐想之中，今天却让她生厌。马进一愣，亲昵地拍了一下她的肩，想缓和气氛，却不料，杜芳胸脯起伏，浑身颤抖，推拉间，杜芳猛地一耳光抽在他的脸上，响声呆了两个人。

"杜芳，这是怎么啦？"马进被打傻了，凉气一下子就麻了头皮，委屈地张着嘴巴，"我做错什么了吗？咱们是朋友，我和小青都是好心啊！"

杜芳流泪了："滚，滚吧！你们的好心，姑奶奶不稀罕！"

"怎么了？杜芳？"马进被骂愣了，喉结一缩，脸上绷满了筋，"李向东是个挺不错的小伙子，咱乡里追他的姑娘很多，你为什么不喜欢他？"

"因为他长得像你！"

"像我怎么了？我们是姨表亲。"

"我恨你！所以才恨他！"

马进迷惑不解，身上没有一处地方不哆嗦。杜芳姑娘在他面前，一向野调无礼惯了，可从没动手打过人。一瞬间，渐渐悟到：恨和爱是连着的。难道杜芳暗恋着自己吗？这是他想都想不来的场景。一块塑料布被风掀起，"啪"一声盖在他的脸上，他急忙扯开。

天地间静着，包括两个人的呼吸。

打了他嘴巴以后，杜芳情绪慢慢好转，抬起多情的泪眼，声音低柔："杜老师，我爱你。"

天暗着，果树灰不可辨，他的脸却是越发清晰，并由惊讶转为尴尬，还有一点狼狈。人常说花是浇死的，鱼是喂死的。漂亮女孩都是扑灯蛾，见得光亮就扑，灯灭了，她就飞得远远的。他想笑一笑，嘴角却拉不动："杜芳，你别跟哥哥开玩笑，你今天的玩笑开大发了，是不？"杜芳憋足了勇气说："我没开玩笑，没有！你娶了小青姐，我知道这不可能了，可我还是想让你知道！"马进说："别这样，你还小，永远是我们的好妹妹。"马进说了些什么，她已经完全听不见了。

过了一会儿，马进从手提的帆布兜里，摸出一个红苹果，作为礼物送给她。这个苹果，比她们果园的苹果还大，还沉，说是长白山的新品种。杜芳接了苹果，不知道是什么用意。马进说："我们已经接近最好的目标了，增加授粉配比就会达到的。我走后，你和小青继续干，把地包下来！"杜芳揉着眼睛，抚着苹果，点点头，倒像是生下来头一遭知道似的。马进谨慎地看着她，连脸上细微的表情都不漏掉，然后说："我走了。"杜芳眼神又黏了，命令似的说："走？

你就这样走？"她抓着他的胳膊不放手，眼睛湿着："杜大哥，你听我说说心里话，好吗？我没给你开玩笑，我从来没爱过别人！真的，你爱我吗？你说真话，我不会跟小青姐说的，我就是想知道……即使你不爱我，我也踏实啦！"马进惴惴地说："别闹了，到了挪威，我和你哥哥，会跟你们联系的。"杜芳闭了眼睛，一挺胸脯说："抱我一下！不然，我不放你走！"马进慌了，四下瞅瞅，发现没人，急急忙忙抱了她一下。然后，赶紧推着自行车上了田埂，并低低说了声："再见！"

一阵风吹过去，他骑上自行车走了。

杜芳颤抖着，盯着马进的身影慢慢地消失。

她攥着红苹果，闭着眼睛，渐渐就有暖流漫上来。胸罩已经溜脱了，腋下不自在。端着两手，看着空空的果园，生气地将红苹果扔进身边的小河里，激起一声水响。

她将胸罩挂好，看着他的影子完全消失。不知怎的又回头瞟了一眼漂在水面的红苹果，接着就麻利地跑过去，伸手一点一点划着把苹果捞了上来。湿湿的苹果皮上映着她的脸。

她赶紧抓住苹果，轻轻地放抵胸口，发现双脚已溜到水里，水一圈一圈顺腿凉上来。

民
间
新
戏

　　这个没戏的黄昏，在苗站长眼里显得很冷。其实这是个暖冬。小梅下班走后，苗站长就独自坐在镇文化站发呆。这是镇政府大院一天里最安静的时刻，对他来说，却是个顶没劲可怕的时辰。

　　那天下班后，他心血来潮地戴上了一只大头娃娃面具，模仿着种种天真的憨态，一扭一摆的，逗得放学的孩子们忍俊不禁，追着苗站长看热闹唱童谣。

　　老苗，你疯啦？曹镇长阴眉沉脸地喝住苗站长。苗站长被面具捂着，听不见曹镇长的呵斥，仍旧欣欣地舞着。

　　曹镇长愤愤地吼，简直乱弹琴。看着苗站长仍不理他，就钻进桑塔纳车里。司机正津津有味地瞅着车外的苗站长笑。曹镇长说，开车。司机愣了半天才回过神来。汽车驶出镇政府老远，司机还偷偷地笑：真好玩儿。曹镇长说这群魔乱舞的样儿有啥好看的？司机说，苗站长真是个文艺人才，浑身上下都是戏。曹镇长怒了，是戏？灶王爷打滚儿不知傻丑。司机淡淡地说，丑？他戴着大头娃娃面具，看不见自己的。曹镇长悻悻地哼一声，他是看不见自己，赶明儿放他回家就该看见自己啦！司机一愣，曹镇长，你要撤苗站长的职？曹镇长的脸色跟天色一样黑暗。

　　北风整整刮了一个晚上。苗站长昨晚跟孩子们蹦跶累了，一夜睡得很好，自打老伴去世之后，这是他睡得最好的一天。早上起来，竟将昨天的黄昏动作都忘记了，脑里没了那些乌七八糟的怪念头，也没了老伴的影子。镇上一位大仙跟他说，蒙了脸跳到镇外就会把老伴儿的魂送走，细想，兴许是真的走了。

苗站长愁苦的老脸平展许多，沉思吸烟的样子，像一尊表情单一的菩萨。他对着镇里上早班的每一个人笑。

小梅上班进屋发现苗站长的异样。苗站长喝着小米粥，吃着冒着热气的花卷，嘴哑巴响，那张脸也像刚出锅的花卷，有了热情。小梅笑出两排好看的白牙，苗站长一脸喜气，准是碰着啥好事儿了。苗站长叹一声，自打老伴过世，我好像被她魂儿缠住了，她缠了我一辈子，连死了也没完！这下好，我昨晚终于像送瘟神一样把她送走了。小梅听完脸就白了，人世间真有这事？然后她就想起苗站长一生坎坎坷坷的日月。苗站长可是名牌大学的高才生，上学前父母包办了一桩婚姻，到了学校他就想离婚。父母不依，说你是咱家独苗子，给家里留下根子香火，你爱去哪爱娶谁都成。苗站长年轻时回家闹离婚，每次回家闹一次，老伴就生出一个孩子。他的四个孩子都是闹离婚的成果，可他总也没打完这桩婚姻官司。又黑又丑的老伴跟随他到58岁，才病逝了，死了还纠缠他？小梅觉得苗站长一生的婚姻荒唐，又替他难受。她就觉得苗站长挺有才的，能写会唱，到头来连公职也丢了，混在镇政府文化站，这把年纪还是临时工。小梅觉得老苗这辈子也就完了。

小梅，昨天你去城里开会，又有啥新精神？苗站长吃完饭说。小梅笑说，上边让咱各乡镇排新戏，春节全县戏剧汇演。苗站长眼睛一亮，好哇，俺就猜该唱大戏啦。小梅沉脸一叹，咱镇里曹镇长和马书记都不喜欢看评戏，再说财政吃紧，怕不会给钱排戏的，咱也就干过嘴瘾吧。苗站长有些怒，上边号召精神文明和物质文明两手抓，不能一手硬一手软。再说，这文化搭台经济唱戏，镇领导要是不明白这个，也就完了。小梅瞪他说，你敢这样跟曹镇长去说？苗站长说，敢，这有啥，我老苗如今活着都不怕，还怕他们不成？小梅咯咯地笑，哦挺牛啊，你去说呀！苗站长说，你把开会文件给我，我去找曹镇长！

你别找俺，俺来找你啦！曹镇长手里提着大包小包，很威严地走进来。

哦，曹镇长，请坐呀！苗站长说。

曹镇长说，老苗，昨晚你在镇政府门前做啥啦？

苗站长愣了愣，驱魂，驱我媳妇的魂儿。

你这文化站长也信歪信邪？迷信！曹镇长怒气很大。

小梅过来劝，曹镇长，别生气，苗站长一辈子婚姻不顺，心里苦，理解万岁吧。

曹镇长说，这种破坏镇政府形象的行为能原谅，那还有啥不能原谅的事呢？

小梅被噎住了。

苗站长呆傻了。

曹镇长说，现在我宣布，文化站站长由小梅代理。老苗啊，你年岁也不小了，回家干点力所能及的事吧。

小梅急哭了，曹镇长，你别开除苗站长啊。这几年咱镇里文化活动的奖状锦旗都是苗站长干出来的，没功劳还有苦劳哇！

苗站长哆嗦了，曹镇长，我本来就是尼姑庵里守青灯，没福的命。这临时工，说走就得走，让我走我没意见。只有一样，求您给我宽限到年底，小梅开会回来，上边布置各乡镇排新戏，春节搞汇演。这都四五年没唱大戏了，求您给我宽限半年，让我排完大戏再走。那时，我老苗绝不赖在这儿。

小梅也求情，曹镇长，开开恩吧。

曹镇长说，就这么定了，走吧。再说，今年咱镇里经济滑坡，哪有钱排戏，又哪有心思搞这闲篇儿？

小梅问，那咱镇就空白？

曹镇长说，就空白！更清净！

苗站长十分沮丧地说，那我走。然后慢慢地坐在椅子上，眼眶子抖出老泪来。

曹镇长哼一声就走了。

小梅趴在桌面上哭。老苗见小梅哭成泪人儿，就强撑着走过来，说，十年修得同船渡，咱爷俩在文化站一同混了七八年，有你这份情谊就够了，莫哭鼻子啦。小梅果然就不哭了。老苗说，小梅，站长就由你当啦。以后有活动用得着俺老苗，你就只管吩咐吧。小梅更加难受，说老苗你别这样说啊，我永远把你当站长。老苗叹一声，默默地回到屋里收拾行李。收拾停当，老苗抬脸看见挂在墙上的一把老旧的二胡，就摘下来说，小梅站长，这把二胡是我自己的东西，也带走啦。小梅说俺知道，你拿走吧。老苗将二胡放在腿上，轻轻拉动，声音凄婉，声音里有一种无奈的忧伤。小梅双手托腮静静地听着，听着听着就泪流满面了。

老苗回到村里，就去妻子坟头了，站在坟边上想埋怨几句，后来想起一句古话，活着不亲死了亲，嘟囔了几句就不怪啥了。这次被曹镇长撤职也是她给惹的祸哩。老苗从坟地里回来，就随儿子儿媳去东河滩上打芦苇。村里搞芦苇加工的副业，冬天里比春种秋收还累。老苗不会做活，不承想老了还要从头学。空闲的时候，老苗就到乡亲们家里串门聊天，儿子喝他，爸，咱贫不串亲，富不串邻，别生出是非来。老苗说，乡里乡亲的事儿，挺好，你爸除了做活，想写写东西。儿子骂，你又要惹祸不是？你不摸笔，也许混得比现在好。曹镇长撤了你，还不吸取教训，你这骨头哪有人家"权"头硬？老苗哭丧着脸，长久地沉默了。

村里比镇上还要冷。儿子儿媳为省煤，时常不生炉子，老苗在家里冻得打冷子。于是，就悄悄跑到乡亲们家里烤火盆子。听着乡亲们东扯西侃的，原先以为乡下故事不多，宛如平常一段歌，深入进来，老苗就被一些事感动得鼻梁发酸。夜里回到掉泥皮的厢房里，偷偷摸摸写了些东西，最初写的日记不像日记，小说不像小说的，后来他又操起老本行，写了一台四场评戏。北风刮来了，他冷得受不住时，又去乡亲们家里烤火盆子，他就拿剧本过去，跟乡亲们学着哼唱。乡亲们说，这是移风易俗的新戏，都是咱庄稼人身边事，听着好听，要是能排出来就好了。乡亲们一提醒儿，老苗就想起小梅来。想到小梅，老苗那双有些疲倦的眼睛，渐渐闪出火热来。

老苗啊，在村里待得习惯吗？小梅跟计划生育工作队到村里办事，顺便看望老苗。老苗笑呵呵地说，待服啦，你没看我都胖啦？小梅那双盼望的眼睛里生起一团暖意。三句话不离本行，老苗不由得又扯到排戏上去，他说自己闲着没事写了个剧本，让小梅拿去看。小梅拿过剧本，说看完就送来。老苗说，别送啊，看看能不能给曹镇长看看，万一这些东西感动了他，镇里排出去，既教育了乡亲们，又能参加县里汇演。多好？小梅对曹镇长总是信心不足，说老苗啊，你真是大善人，还只盼着曹镇长这块云彩下雨？老苗被她说蔫了。小梅走时，留下一句话，要是本子真好，咱们就唱民间大戏。老苗愣着了，啥叫民间戏？还有官方戏？小梅说，咱群众集资，老百姓自己排的戏，就是民间戏，镇里出钱，由文化站挑头排，这就叫官方戏！

老苗巴不得能干出个景儿来，说民间戏有希望吗？小梅笑说，怕是把曹镇长给伤了。老苗很有兴致地分析，他曹镇长是因为没钱才讨厌排戏的，不让他掏钱，排了戏还不是往他这当官的脸上贴金？灯不拨不亮。理不摆不明啊！小梅想了想，点点头。

小梅走了几天，老苗就在家里沉不住气了，骑上自行车去镇政府找她。小梅不在机关，又去跟妇联主任抓"大肚子"去了。老苗等，等到天黑日落才见小梅很疲倦地回来。小梅说，俺看过剧本了，感动得哭了好几回。老苗十分得意地说，甭哭好几回，一个本子有这么两三处煽情的地方就够了。小梅说，排出来吧，只能排民间戏。那几个文艺骨干都集中在一起，工钱先欠着，只是服装道具得花销一些。老苗说，俺搂了一遍，有两万块钱，就能唱起来，上城里汇演也够了。小梅说差不离儿。老苗陷入盲目无所适从的欢乐，欣欣地说，剧名叫啥？小梅想了想，说叫《新风曲》，老苗挺赞成。小梅说，集资二万来块，也不是个小数呢。老苗说，找找镇里的企业家们，他们有喜好评戏的吗？小梅说豆奶厂的侯厂长爱听评戏，找他出钱。老苗说，听说这侯厂长跟曹镇长最好，听说俺老苗操持，曹镇长准得泼凉水。小梅说，一码是一码，侯厂长总追着俺，让俺陪他跳舞。俺出面，侯厂长兴许给面子。老苗说你豁出去一回，找找他，俺回村再想想招子。两个人一拍即合，各自行动了。

冬日的首场小雪，使老苗骑车摔了一跤，这一跤虽说没伤筋动骨，却让医院检查出老苗的心脏病来。老苗不知道自己有心脏病，只是不敢爬高，从年轻时就这样。老苗带上点药，背着医生出了医院，回到村里正赶上家家户户去泊里打苇子。儿子儿媳见老苗脸色不对，让他在家歇着。老苗歇不住，只身找村支书张子胜。张子胜是刚当上支书的毛头小伙子，跟老苗不熟，只听乡亲们说村里有个老秀才，今天见了也很客气。老苗跟张子胜一说排戏的事，张支书夸了老苗好半天，说咱镇咱村里的邪气，是得靠唱大戏驱一驱了。一说到集资，张子胜说村里刚收完提留款，乡亲们负担太重了，俺倒有个新主意，村里北大洼有一片苇地，这里是村里的苇地，没有承包出去，你要是能打下苇子，再卖掉，能折腾个五六千块钱。这块苇地就算赞助老苗排大戏了。老苗笑说，这真正是个好主意呢。家里的苇子收完了，老苗踩着雪，带儿子儿媳去村里的苇地踏看。老苗没有说透，儿子儿媳不知张支书跟父亲有啥交情，只当是自己的财，起早贪黑地割苇，连老苗外嫁的二女儿来看他，也帮着割苇子。老苗拿笔杆拉二胡的枯手，割起苇来就抖，哆嗦得像风中的残叶。苇子垛拉回家里，老苗就累病了，可能犯了心脏病。在家养了几天，他就蹶跶蹶跶骑车出去张罗卖苇子。由小梅牵线，还真卖给了镇里的纸厂，纸厂听说排戏用，挺支持，各村的苇子钱都拖欠打白条子，就这份给了 7000 块的现金。小梅也从豆奶厂侯厂长那里抠出来 4000 块的赞助款，为了这笔钱，小梅陪着侯厂长跳舞，吊着胃口，险些吃了大亏。老苗和小梅凑着钱，坐在文化站的办公室里，谁都想哭鼻子。互相苦笑着问，咱俩这都为个啥？小梅说，我有演戏的痛啊！老苗说，我有编戏的痛呀！然后两个人在文化站旁边的小饭馆喝酒庆贺。老苗喝多了酒，醉迷呵眼地找到感觉了，说咱俩他妈的这叫不丢一个文化人的良心！小梅过去在县评剧团待过两年，剧团一黄，回到镇文化站，是镇里的小白玉霜。酒喝兴奋了，小梅站起身，拿腔拿式地为老苗唱了一段《马寡妇开店》。老苗津津有味地听着，连说这可是白玉霜的名段，唱得好，唱得好哇——

文化骨干们请了上来，小梅又为排戏地点发愁了。镇里排前两位的领导不喜好这个，听见咿咿呀呀的唱段，曹镇长又得火。再看见老苗又回站上掺和，又该生意外了。老苗说当然不在镇里排，这叫民间大戏，到俺村俺家排吧。小梅说，演员大多在镇上，骑十几里地自行车去你村？怕是老和尚看花轿，没人想去的。老苗愁得地上转，说租场再花钱，可就不够了。小梅也唉声叹气。老苗忽地想起一个场地。镇里鞋厂停产放假了，那个厂长跟他熟，就找那厂长说说，到停产的鞋厂去排。老苗去找鞋厂厂长，厂长儿子正娶亲，老苗当即随了一百块钱的礼，一说排戏，厂长就答应下来，还说饱吹饿唱空欢喜呀！老苗看这厂长不知道他已还乡，还一口一句地喊他老站长。老苗好久没听人这么叫他，心脏热乎乎的，眼睛也潮潮的想落泪。第二天的上午，《新风曲》的新戏就在鞋厂开排了。小梅是偷偷来的，时不时被叫去到各村搞计划生育工作。只有老苗天天守着，讲唱词拉二胡。排戏的日子愈发愉悦着老苗的心意了。他温和地笑着，嘴角和眼角都弯着。

大腊月，送灶王爷上天的日子，大戏排成了。老苗眼睛亮得像灯笼，走在街上逢人便说，今年唱大戏了。老苗想在正月十五县里汇演之前，多在乡村演几场。村支书张子胜来找老苗，说咱村出了苇子，先到咱村里唱第一场吧。老苗答应下来，先骑车回家取那件穿了多年的黑呢子大衣。跟剧团转悠，老苗自己也想体面些。老苗一进家门，被儿子儿媳闹了一通，说你诓别人咋还诓家里人？老苗愣了，我啥时诓你们啦？儿子儿媳说白跟着你挨累割苇子，我们去纸厂结账，说你结走排戏去了。老苗说，这是张支书让村里赞助排戏的苇子，咋，当初俺没跟你们说？儿媳说没说。儿子火气仍然很大，说你胳膊肘往外拧，演完戏也别回家了。老苗抱起呢子大衣，悻悻地吼，杂种，敢对你爹这样说话？做老人的把你们拉扯大，让你们白割了几天苇子就屈啦？儿子说，俺妈说过，你压根儿就不想要俺们，总想着离婚。俺是妈拉扯大的。老苗被儿子问住了，脸气得寡白。儿媳在旁边嘻嘻笑，老苗的魂儿被儿媳的笑声搅散了。眼瞅着要犯病，村支书张子胜来了，听见吵闹，没鼻子没脸训斥了小两口一顿，才使老苗的心渐渐平顺下来。张子胜说，村里要唱大戏啦，乡亲们都欢喜，念谁的好？你们全家的好哇！你爸是咱村的秀才，告老还乡，还放余热。你们狗×的说，人活一世啥是福？走在人前有人敬，走在人后有人想，这就是福！村委会今年评你们个文明家庭。老苗见儿子被说蔫了。儿子蹲在地上理屈地垂着头，儿媳抱着孩子躲了。老苗喉咙一热，抓住张支书的手夸他，你这小伙子年纪不大，话可说得挺赶劲啊！张支书说，老苗啊，你老这阵可折腾瘦啦。俺们心里都有杆秤，谁是贪官，谁是贤民，老百姓明白。他曹镇长是戏台上的螃蟹，拉着架子横行，搂足了钱，咋又还对你老这样的人施威？真是不该呀！老苗叹道，咱是不明白，有些当官的不骑骏马骑瞎驴，净走歪道，早晚有报应的。张子胜很赞同老苗的说法。当晚小梅就带剧团来村了，红红火火地唱了一通，尽管腊月的北风很硬，小村里还是着实热闹了一回。乡亲们都爱看这场新戏，第三天到岗子庄演出，又有不少村人追去看了二回。老苗跟随剧团到各村转，累一些，但没犯心脏病，小梅说这跟心情有关系。散场拆台时，老苗望着满意而归的庄稼人，摇摇闪闪地立起身子，朝寒凉的原野里唱一嗓子：迎春飞雁归，冬雪傲寒梅……

老苗以戏法点化世人，小梅不以为然，说是泥佛笑土佛没啥两样。但让老苗和小梅没有想到的是曹镇长也过问这出戏了。老苗有些慌，当小梅领着豆奶厂的侯厂长找他时，他的脊背上竟热热地涌出一注汗来。小梅说，老苗，侯厂长也是咱们这场大戏的赞助人，很喜欢这场戏。他将大戏乡下上演火爆的情况跟曹镇长说了，曹镇长自然挺高兴。侯厂长接下来说，曹镇长的老母亲昨晚病逝。曹镇长可是个大孝子，想要请这场新戏班子唱一唱呢。老苗，你可得给面子，曹镇长过去对你的事儿，万万别老挂记心上。老苗愣了半晌，心血往头上攻，倔倔地说，可事事都得有个公理，咱这场戏是演给乡亲们的，参加全县汇演的，是移风易俗的正戏，咋能给他镇长老娘当送殡曲儿呢？侯厂长脸色难看，说你话不能这么说，啥叫送殡曲儿？老太太老喜丧，本来该请几拨鼓乐班子唱上两天两夜，可曹镇长是国家干部，时时刻刻注意影响。

请那些野班子的才子佳人古装戏，花钱就能请来，给镇长溜须，还有紧赶着的。为啥请你们的这场《新风曲》，就是要丧事简办，带头树新风，既发送了老娘，又教育了群众。老苗，你可得支持啊！老苗说，我这场是民间戏，他镇长一手遮天，说让演就演？小梅劝说，就只当多加了一场戏，也好教育教育曹镇长，以后得两手抓。侯厂长附和说，对对，曹镇长以后会转过弯儿来的！老苗内心无法平静，说他们当头儿的那套俺都明白，用你朝前，不用你朝后，俺老苗就不给他低头，俺不是站长了，看他还能给俺开除出地球？小梅急了说，老苗，你咋还这么倔呢？老苗扭头凶她，你别给人土豆充地瓜，没骨头的货！小梅被骂哭了，硬硬地甩过脊背来。侯厂长也火了，老苗，眼下这场戏是红绸裹绣球，里外都红了，你要是不依这事，人家曹镇长不会来低三下四地求你，可你等于撅了俺的面子，日后就房顶开门吧，没人再支持你们排戏了。说完就钻进轿车走了。小梅劝老苗，快依了侯厂长吧。老苗狠狠叹一声，蹲在地上。这时阴眉沉脸的天，开始落雪。老苗身上头上被抹白了，像悄然拱出平原的一座雪雕。小梅与老苗在雪地里僵着，老苗瞟了一眼小梅，眼窝就热了，他抹了抹脸上的落雪，老脸上水涝涝的，扎骨地凉了。

小梅又走近老苗，快说咋办哩？

老苗在雪地上枯蹲着，没吭声。

小梅说，老苗，俺知道你这辈子不服权贵，活个坦荡。俺看你难受，不想逼你啦。

老苗泥塑木雕似的不动，没回话。

小梅说，不演就不演，俺走了。

老苗还是没动，两行老泪就下来了。

小梅扭着好看的腰肢走了。

大戏在曹镇长家门口唱起来的时候，雪早已住了。曹镇长戴孝应承来上礼的客人，不时地在老母的遗像前鞠躬。他跟老苗握手时，腰几乎直不起来了，膝头一软一软的。老苗不卑不亢地接过曹镇长递过来的烟。曹镇长说，你跟小梅真行啊，说唱就唱起来啦，还这么火爆！听小梅讲，这场戏很感人，能拿奖。等捧回奖，我给你们庆功！老苗淡淡地说，曹镇长，俺老苗早过了领导夸几句就激动的年龄了。俺舍出老命折腾，是为咱父老乡亲，还有俺这颗跳不了几年的良心！曹镇长笑，别谦虚呀老苗，庆功是自然的，然后打着哈哈走了。老苗从曹镇长家灵堂里看到不断弦儿的客人就烦，心口发堵，索性走到门口的戏台下。这场戏刚刚开台，满街筒子站着看热闹的乡亲们。小梅在台上唱主角，很卖力，淡妆上还能分辨出细微的汗粒。小梅在台上，与老苗的眼光碰了一下。老苗扭身走开了，不敢看小梅，因为他发现小梅的目光是躲躲闪闪、慌乱不安的。老苗理解了小梅，他是冲小梅而开了面儿，来主持这场特殊的演出。老苗站在人群里吸烟，就见侯厂长满脸喜兴地走过来，使劲儿拍拍老苗的肩膀，说老苗够意思，拍得老苗直打愣儿，连挂在脸上的眼镜也掉了下来，落在雪窝里。侯厂长没发现，扭身走了。老苗弯腰拾起眼镜，戴上瞅灵堂，瞅见侯厂长上的礼是很厚的一沓钱，还有块布帐子。老苗一怔，忙把脸扭开了，继续看戏台，这样才舒服了些。老苗听着台上演员的唱腔，慢慢陶醉进去。与此同时，这条街筒上，有一家今日结婚的，鞭炮声声，而且还请来了一台野班子唱大戏，也是评戏，古代才子佳人那套。老苗扭动脖子朝那边瞅了瞅，那头一开台，他就明白是以喜冲丧。两边戏台叫阵了，人群开始往那头流动。老苗的心悬吊吊的，怕那场野戏耍花活儿，将这里观众争夺过去。曹镇长老娘葬礼丢了面子没啥，他怕这场新戏败下阵来。那样他老苗在父老乡亲面前也丢份儿了。老苗挤过人群，到戏台跟前，悄声对小梅说，加把劲儿啊！不能败下阵来。小梅退到后台，趁没上台的空当儿，将老苗的意思传达到每位演员。演员们铆足了劲儿，上台拿姿亮式，唱腔饱满，引了阵阵喝彩。傍晌午快收台的时候，那台野班子跟前几乎没几个人了，人们几乎都拥到这台新戏前，有哭有笑，人随腔走，心伴戏行。老苗神神气气地站在土台上，扭头看那家，冷冷落落的，心里喜。后又一想，这家结婚的哪辈子没做好梦，偏偏碰上曹镇长死了娘。想到这些，他的蓬荜生辉之感完全消散了，只想着快快收摊儿走人。老苗没拿曹镇长一盒烟，也没吃那顿饭，散场时独自骑车走了。走到不远处，他听见小梅到处喊，喂，看见老苗没有？看见老苗没有？老苗骑车拐了下道，沿着羊肠一样的田埂消失了。

一直快到正月十五，全县戏剧汇演结束，老苗才将戏班子解散了。老苗的大戏真得了全县头奖，上台领奖时老苗躲了，小梅替他领的奖。剧团回到镇上，吃了顿散伙饭，正吃着，有人传信儿来，说曹镇长等领导陪完外商，就过来与剧团庆贺一番，还要合影留念。老苗闷闷地吃饭，看见有人闲等，就将碗一蹾，吼，都快吃饭，吃完饭各回各家，该打春了，操持大田里的活儿吧。说完抹嘴就走。小梅过来拉住老苗，别走啊老苗，你一走，群龙无首，那曹镇长他们来了，俺不好交代啊！老苗大怒，你呀！有啥必要交代，问俺老苗去哪儿了，就说俺死啦！小梅沉了脸，瞧你，倔脾气又犯啦！老苗说，咱这是民间戏，还等领导做啥？说完硬着头皮往外走。小梅终究没有拦住老苗，曹镇长过来时已经夜里十点半了，演员们哈欠连天，累得东倒西歪。当曹镇长问起老苗时，小梅生气地说，他说他死啦！屋里人都笑，她情知说走了嘴，编了个理由将其遮盖过去了。

这晚月夜蜡黄。老苗骑车赶到村里，天已很晚。路过村委会门口，碰上踏雪回家的村支书张子胜。见到张子胜，老苗下车告诉他戏在县里获了大奖，还有你支书的功劳哇！老苗本以为张子胜会跟他一样高兴，谁知张子胜脸冷得像冰坨子，拿血拿心都暖不过来。张子胜没好气地说，老苗啊，俺可一直高看你，谁知你也诓俺？你变了，咋变得这么势利了呢？完啦，俺敬佩的人完了，你知道俺多难受吗？老苗被说愣了，张支书,你的话俺咋不明白呢？俺这不活着吗？咋完啦？张子胜生气地说，你排大戏，老百姓喜欢，都高看你一眼。谁知你拿戏拍曹镇长的马屁，曹镇长人缘不好，群众有意见，你知道吗？曹镇长利用你这台新戏变相搞大葬礼，收礼钱就有二十多万。有人告到县纪委，一审查，没大发送，是唱你这出移风易俗的好戏，好戏，这戏真他妈好哇！两出戏叫阵，你不傻不呆，你想想，你这出新戏赢了吗？老苗脑袋轰地一响，身体晃了一晃，天哪，会是这样？张子胜哼了一声，亏了俺村那一片苇子，还不如放把火烧了呢！老苗在这一瞬间，感到天旋地转，扶住车把，定定一看，不知张子胜啥时拐进自家家里去了。风很响地拍打着门扇。

第二天早上，村里一位扫雪的老汉发现街头躺着一个人，旁边还有一辆破旧的自行车。老人抱起这人，"嗵"地跪下去，哎呀，好人老苗哇！老苗昨天夜里心脏病复发，静静地躺在雪地里，身体弯曲着，已经僵硬了。

发送老苗那天，天气格外好，积雪已经融化尽，街头很冷清。小梅赶来想操持唱这台大戏，招呼了半天，也没能把人凑上来，就由老苗儿子、儿媳陪着送到火葬场。小梅买了一对花圈，在火葬场为老苗烧掉了，火光燎天，黑灰飘飞如鸢。小梅默默地站立，声泪俱下地唱起来：迎春飞燕归，冬雪傲寒梅……

开庭之前

　　玻璃在晨光里泛亮，徐铁力醒酒了，强撑着坐起来，瞅见淡红的光晕涂满了四壁。他胖胖的身子映在墙上，像一个黑黑的怪物。屋里空旷冷清，他扭身下床时看见儿子徐小良。晨光里小良的眼睛黑亮异常，同时带着疑惑和怨恨。徐铁力从儿子的眼神里看出，儿子是恨他的，恨他想与妻子石琴离婚。尽管闹了半年还没有离成。

　　徐铁力知道自己将家人的心伤透了。

　　爸，你还不上班？小良问。

　　徐铁力愣了愣说，你爸下岗啦。

　　小良摇头，爸爸是国家干部，怎么会下岗呢？

　　徐铁力耸了耸眉毛，没好气地说，小孩子家不懂，甭管我，你怎么不上学去？

　　小良怯怯地垂下头，说，等我妈妈呢。

　　等你妈做啥！徐铁力瞪圆了眼。

　　小良说他等妈妈送钱来交书款。徐铁力问多少钱，小良说 56 块。徐铁力下床从身边的衣兜里摸出钱，说这 60 块钱拿去吧，等钱不能误功课啊。然后就在儿子面前对妻子石琴好一阵埋怨。

　　小良背着书包上学去了。

　　徐铁力泡了一碗方便面吃着。石琴和父亲徐老爷子还不知道他今天下岗。父亲和石琴同在一个纺织厂，同时下岗一年了。父亲整日找活路，做过警卫、厕所收费员，眼下成了街头理发师。石琴下岗后难受了几天。徐铁力在民政局做个小干部，给她找了几份工作，石琴都没能干长。就说民政局所属的残疾人福利厂吧，石琴在厂里做刺绣，活儿倒是干得来，可她得装残疾人。入厂前，厂长反反复复叮嘱她，让她装聋作哑。不久，她实在受不住了，也不愿在残疾人群里抢食儿吃了。她自己辞职回家了，因这还惹恼了徐铁力。后来，石琴与两个下岗姐妹合股开了个美容院。石琴负责洗脚房的工作。她每天为客人洗脚，徐铁力竭力反对，石琴不听，两个人吵吵闹闹，闹离婚就从这时开始了。徐铁力知道，他急欲跟石琴离婚，还不仅仅是妻子为别人洗脚。因为他与单位里一个年轻漂亮的女司机好上了。今天，女司机齐燕燕与徐铁力同时下岗了。

徐铁力的 BP 机响了，低头一看，是齐燕燕呼他。他洗洗手，穿上衣服要走，妻子石琴急急忙忙地走进来，问小良在哪里。

徐铁力翻了石琴一眼说，我给了小良钱，让他上学去啦。石琴抹抹额头上的汗，舒了一口气。石琴算不上十分漂亮，但也算清丽，标标致致的。生活的担子使她有些憔悴，看上去很疲惫。徐铁力与她产生感情裂痕并不是从齐燕燕插足开始。他们很早就没有多少性生活了，石琴下岗之前时常值夜班，而徐铁力在民政局办公室是没有夜班的。徐铁力瞅见石琴就有气，当他看见她为别的男人洗脚，心里感到恶心。他边往外走边埋怨，孩子上学交钱就叫醒我，即便是离了婚，孩子判给你，小良还是我的儿子嘛！石琴讷讷道，我不知道你手上还有钱，

即便是有些零钱，你还要求人找工作。我去美容院里找点事干了……徐铁力闷闷地吼：你拿美容院洗脚挣的臭钱，为我儿子交书款？小良不嫌脏，我还嫌脏呢！石琴最恨徐铁力贱口轻舌地讥讽她，她瞪圆眼吼：谁的钱脏？一不偷，二不卖相，这是我劳动挣的血汗钱。告诉你徐铁力，如今你瞒不住我们，你也是下岗的人啦！嘴上积点德！徐铁力被刺痛了内心的隐处，大声说，我是下岗了，我会找到体面工作的。我徐铁力做事，会让家人挺起腰杆来的！石琴撇嘴骂，就凭你？在机关里混油了，吃啥啥没够，干啥啥不成。谁要一个白痴？做梦去吧！徐铁力说，我不跟你争，出水才看两脚泥呢。他腰间的呼机又响了，急转

身出去了。

石琴气白了脸，坐在床前发傻。瞧着野得收不回心的男人，她内心真没什么可留恋的了。她只是惦念孩子。她不想让小良跟后爹过日子。为了孩子，她什么都可以忍一忍。再说，眼下自己下岗了，连个吃饭的饭碗都端不着了，哪有心思打离婚？让徐铁力这狗东西先尝尝下岗的滋味吧。

徐铁力找到公用电话，给齐燕燕回了电话。齐燕燕在电话里嗲声嗲气地说，铁力，我朋友丁大姐准备给咱俩介绍到外资公司，工资好高好高哇。徐铁力激动得涨红了脸，问，燕燕，有戏吗？齐燕燕说，我的丁大姐神通广大，一会儿你见了就知道啦。徐铁力问在哪儿见面？齐燕燕顿了顿说，丁大姐喜欢打保龄球，那就去东风保龄球馆吧，不过，得你请客啊。徐铁力心揪得紧紧的，支吾几句，还是咬牙应了下来。放下电话，他掏出兜里的钱包，数了数，只有120块钱了。这点钱，打不了几局保龄球，而且，打完球总不能分手吧？最起码要吃点便饭意思意思。他愈发觉得此事无法处理。跟齐燕燕打退堂鼓？不能啊。那样不仅被齐燕燕小瞧了，而且会丧失这个进外资公司的机会。他在电话旁转了几转，想找谁借点钱。找石琴？不行。找石琴还不如找父亲……

徐铁力骑上自行车去桥头找父亲。

桥头有工人施工。焊花的光亮从河水里折射出来，使徐铁力把眼睛往哪瞧都会感到弧光闪闪烁烁。爬上桥坡，他蓦然发现父亲的理发摊子前围着一些人。他觉得父亲出了什么事，心一紧，挤进人群。果然，父亲徐老爷子脸色苍白，双颊发青，嘴角上有些血痕。老人斜靠在椅子上，阵阵喘息，两只胳膊恹恹地垂着。徐铁力问，爹，你病了吗？父亲撩开眼皮，强装笑脸说，铁力，你不去上班，到桥头做啥？徐铁力说，爹，我有事儿跟你商量。爹，先告诉我，你刚才怎么啦？用不用送你上医院？徐老爷子干咳了两声。围观的人哄笑起来。徐老爷子扭脸凶道，都滚，没你们啥事儿！人们笑着散开了。徐铁力感觉父亲有事瞒他，满眼疑惑。徐老爷子连哄带诓地说，铁力，没啥，刚才不小心摔了一跤，没事儿的。快说，找我有啥事儿？徐铁力迟疑了一下，话在嘴里转了半天，还是说了出来：爹，有件事儿跟您说，我今天正式下岗了。你可别难过。徐老爷子半晌不语。他吭吭地咳了几声，喘气也不那么顺畅了。老人装笑道，我不难过。

儿子，下岗饿不死人，你老爹和你媳妇不早下岗啦，还不照样活人？你想干点啥呢？有谱了吗？徐铁力现出一副胸有成竹的样子说，爹，有个朋友介绍我到外资公司，想请请人家，可我兜里的钱……徐老爷子愣了愣问，外资公司？你都三十五六的人啦，一不懂外语，二没啥特长，傻柱子还仨心眼儿呢，你可别让人骗了啊！徐铁力说，你是说外资公司不要我？事在人为嘛，我的关系硬……徐老爷子切切地瞅着儿子：你要多少钱？徐铁力说，三四百块就够了，爹，我会还你的。徐老爷子满脸皱纹拉成一副苦相叹道：我手上还真有四百块，拿上吧。徐铁力一怔：爹，你理发咋带这么多钱？徐老爷子不耐烦地摆摆手，去吧，你爹刚挣的。徐铁力愣了愣，欣欣地骑车走了。

齐燕燕穿一身米黄色休闲服，背着小挎包，在保龄球馆门口等徐铁力。她生得俏美，细白的面孔展示着娇姿媚态。远远地，徐铁力就喊，燕燕，燕燕——

齐燕燕扭身一笑，等徐铁力走近了，她便噘起嘴巴埋怨，不讲信誉，晚半个钟头啦。

徐铁力赔笑脸，别生气，宝贝！我真的有点事儿，孩子上学的事儿。喂，那位丁大姐来了吗？

齐燕燕说话声音呛人：要不我怎么来气呢！你迟到，她也没来，说得好好的，怎么回事儿啊？

徐铁力劝说，别急，再等等，我们是求人家。人在矮处，就得照矮里来……

哼，这年头，都是爷，就下岗的人成孙子啦。一说下岗，连我嫂子都不拿正眼瞅我！齐燕燕跟谁吵架似的。

徐铁力叹口气说，我们得自个儿长志气！哼，十年河东十年河西，莫笑叫花子穿破衣！

齐燕燕被逗笑了，用小拳头捶了他一下。

徐铁力和齐燕燕在大厅坐了一会儿，丁大姐开着蓝鸟轿车停在门口。齐燕燕迎上去，将木呆呆的徐铁力介绍给丁大姐。丁大姐有50岁了，依然浓妆艳抹，穿着鲜亮打眼的红衣服。她的服饰和说话与她的实际年龄极不相符。丁大姐打量着徐铁力，笑道：小徐呀小徐，你能赢得燕燕的心，真是好福气哟。我给她做过几次媒人，她都瞧不上人家……

徐铁力点点头，笑笑。

丁大姐直奔服务台，向服务员要了一个跑道，掏出 300 元的押金。齐燕燕朝徐铁力使眼色，徐铁力急忙上前拦住了大姐，掏出钱来。丁大姐阴眉沉脸地说，大姐是老板，大姐的钱买它俩仨保龄球馆都不费力，你们下岗了，怎么能花你的钱呢？徐铁力还是不依，丁大姐示意服务小姐记账。徐铁力瞟了齐燕燕一眼罢了手。

真正扔起保龄球，徐铁力感到力不从心。他愿意看齐燕燕扔球的姿势，举手投足中又多了一番魅力。他感到自己浑身浮在轻泛的香气里。丁大姐一手夹烟，一手扔球，时常扔出大满贯。徐铁力在一旁叫好鼓掌。丁大姐问徐铁力为什么不扔球。徐铁力无奈地摇头，这是富人玩的东西，我平常只在单位扔扔篮球。眼下连扔篮球的机会都没有了。他有些伤感，忙移开空洞的目光。齐燕燕发现徐铁力眼睛里怪异的东西，忙笑着拉他，玩吧，不会就学。徐铁力怕给丁大姐扫兴，硬着头皮走上来扔球，他的球几乎都走了偏道，故意装出很丑的动作，却挑起丁大姐的笑声。他的确指望着这块骚云下雨呢。他等丁大姐、齐燕燕玩累了，就建议去餐厅。到餐厅说什么也得由他付钱了。

一进餐厅，丁大姐的手机就响了。趁丁大姐在外边回电话的空儿，徐铁力把兜里的 500 块钱塞给齐燕燕，如释重负地说，钱由你付吧，我笨嘴拙舌的，吃屁都赶不上个热乎的！不然你该埋怨我了。齐燕燕接过钱，瞪了他一眼说，你就这点出息。徐铁力抹抹额头上的汗说，燕燕，你跟这位丁大姐是啥关系？我在单位咋没听你说过？齐燕燕很开心地笑笑，鼻尖上渗出许多细小的汗珠儿。笑毕，她说，人生皆是缘啊！我与丁大姐不沾亲不带故，认识还不到半年。有一天晚上，我送局长去乡下，开车回城的路上，碰上这位老大姐的车，她的车坏了，她拦了几辆车，车都没停，拦到我这儿，我停啦。帮她修修车，还给她添了点汽油。油是公家的，添呗！就这么简单，她就喜欢上我了。徐铁力恍然大悟：看来是好人有好报啊！这世界，你知道谁用着谁呀！你说，丁大姐真能帮我们吗？她是哪里的老板？齐燕燕说，丁大姐就是外资公司的老板。听说她是咱本地人，有个在新加坡当华侨的叔叔无儿无女，由她继承了万贯家财……徐铁力抖抖甩一长腔，靠，瞧人家！咱咋就碰不上这么个叔叔呢？有这样的叔叔，下一百回岗也不怕呀！齐燕燕瞅见丁大姐走进来了，赶紧捂住徐铁力的大嘴巴。

丁大姐坐下来，打趣道：今天我自己开车出来，公司的人不放心啦，打电话问我怎么样。我没敢说跟下岗人员在一起。其实，你们下岗的人也不一样。有些下岗的人，不务正业，素质低下，干出扰乱社会的丑事来。

徐铁力心里不悦地瞅了丁大姐一眼。

丁大姐喝了一口茶，将脸扭向齐燕燕说，燕燕啊，你知道我今天为什么迟到吗？我们外企公司向来是看重时间的。

齐燕燕既好奇又木讷，是啊，大姐，快说。

徐铁力也好奇地往前凑了凑。丁大姐说，我开车路过桥头，想下车到百货商场买点东西，刚一下车，就有一盆脏水泼到我的裤腿上，脏乎乎的真恶心。一打听，泼水的理发师是下岗职工。瞧瞧，就这素质。

徐铁力的心悬了起来，脸上慌得紧。齐燕燕摇着丁大姐的胳膊，大姐，快说，后来怎么样？

丁大姐讲得眉飞色舞，后来呢，出现了戏剧性变化。我提着湿湿的裤腿儿，一言不发地站着，心里那个气呀。那个理发的老头过来说几句软话，也就算了，你猜他说什么，他说对不起了阔太太，还不走，难道让我赔你裤子不成？我们下岗工人不容易……一听我就更火了，我质问他，下岗工人怎么啦？下岗还有理啦？下岗就该往人家身上泼脏水？那老头也是个倔人，我俩就吵起来了。围了好多人，老头嘴损，我哪是对手？再吵下去，也丢我身份呢。后来，我对看热闹的拉人力车的小伙子说，你替我揍这老东西一顿。我本是说说气话，谁知那小伙子直截了当地问，揍他可以，你出多少钱？我想了想说 500 块，小伙子说两个人分太少。我不懂他的意思，就说 800 块，那小伙子答应啦。小伙子上去就将理发老头打了一顿，老头瘫在地上告饶，我才真出了口气。老头被那小伙子扶起来，刚要发作，小伙子甩给他 400 块钱，骑上车子走了。理发师接下钱，似乎心里也没了气。我又开车回去换衣服，你说，钱是不是好东西？它有时能平衡人的心态……

齐燕燕笑得前仰后合。

徐铁力痴眉呆眼地愣在那儿，胸膛内风起云涌。他终于明白了，父亲为啥是那副模样。他用愤恨的目光瞟了一眼丁大姐。他感到恶心，想替父亲狠狠揍她一顿。又一想，不能伤了燕燕的心，而且还有求于这个臭女人。丁大姐扭头问：小徐，你说好玩不好玩儿？徐铁力装着笑笑，笑得异常僵硬。他心里骂，为富不仁的东西，你有几个臭钱，这个世界就可以在手里玩。等饭菜上来喝酒的时候，徐铁力神情恍惚。他坐在桌旁喝闷酒，不说话，嘴巴闭得紧紧的。他自己把自己灌醉了。

傍晚落了一场小雨。雨刚停，路上汪着积水。徐铁力在齐燕燕娘家睡了一觉，醒酒后走出来。齐燕燕送他到门口说，铁力，你真不给我长脸，光知道自己喝酒，不知道照顾丁大姐。我发现你越来越怪啦！徐铁力嘴里喷了一口气说，燕燕，不看你的面子，我早扇她啦！齐燕燕摸不着头脑，人家丁大姐诚心帮咱们，你小子不能恩将仇报哇！徐铁力不敢看她的脸，怕碰上她的眼睛，动情地说，燕燕，听我一句，你要是真心对我好，就别再理那娘儿们啦！齐燕燕绷起脸问，为什么？你这人有病吧？徐铁力说，人家姓丁的是大老板，能瞧得起咱？咱们不是一路人，瞧她对下岗人的酸劲儿。我徐铁力是没啥出息，可我还是条汉子，要饭也要不到她的门下！齐燕燕气红了眼睛，吼，徐铁力，你别自以为是，不管丁大姐是啥人，人家总没害咱吧？咱们下了岗就得找机会跟富人打交道，跟桥头那帮穷鬼们来往，你能活吗？徐铁力瞪圆了眼吼：你变了，你瞧不起咱普通人啦。实话讲给你吧，我爹就是桥头理发的，你那个狗×的丁大姐，叫人打的就是我爹！你让我陪她笑，我他妈笑得出来吗？说着蹲在地上哭了，雨水中映着他扭歪的脸。

齐燕燕呆愣了，脸白了，久久说不出话来。

徐铁力回到家，家里没有人。邻居告诉他，今天下午三点左右，他父亲犯病了，石琴先将老人背回家里，眼看着不行了，就又将老人送到医院。徐铁力心里打了个哆嗦，看看呼机，是有人呼过他，那时他正昏睡。他骑上自行车风风火火地赶到医院。病房里，父亲徐老爷子躺在病床上输液。石琴怕他惊动老人，悄悄将徐铁力拽到病房外的走廊里。石琴要向他讲老人挨打的过程，徐铁力说，别说了，我全知道啦。石琴说，我叫来了法医，留下了爹透视的光片。徐铁力愣了愣问：你这是要——石琴正色道：我们得跟那个狗女人打官司！铁力，你原先不是学的法律吗？这事儿你得多跑跑，咱得替爹，不，替下岗工人争这口气！徐铁力异样地看着石琴。他没想到石琴会有这么一手，而且在他们感情破裂的情况下做到这个份儿上，足足使他心头一震。

石琴急了，你快说话呀！我做错了吗？

徐铁力的心热了。石琴还记得他学过法律，连他自己都快忘光了。他上中专，学的法律专业，不知怎的，糊里糊涂地在机关混了十几年。眼下连混都混不下去了。他有时真羡慕那些没有改行的同学。他们有的当了名律师。徐铁力抓住石琴的手，说：谢谢你，还记得我是学法律的。

石琴慌慌地抽回手，说，这么客气？

徐铁力又问，石琴，我爹住进医院，哪来的钱啊？

石琴淡淡地说：不瞒你说，还是我美容院的钱。你若嫌脏，就还回来！

徐铁力很理亏似的垂下头。石琴与他的目光火辣辣一碰，可石琴并不想从他的眼神里领那份廉价的情意。石琴叮嘱他照看老爹，她去美容院料理料理，然后接小良放学回家。石琴不声不响地走了。徐铁力用一双湿漉漉的眼睛送她出去。后来一想起齐燕燕，就冷静许多。他埋怨自己那么容易感动。当父亲醒来时，徐铁力心里格外难受。父亲挨打得的400块钱，竟被他用去招待父亲的仇人。世间的事有时就这么荒唐，活活是一把糊涂账。父亲剧烈地咳嗽，堵堵地喘不上气来。徐铁力轻轻为父亲捶背。爹咳完了，徐铁力说，爹，我不明白，你为啥接那400块钱啊？这可不是你的脾气呀！父亲眼眶一抖，淌下满脸老泪，铁力，你爹一辈子腰都没有弯过，可这回不同往常了，俗话说人穷志短，马瘦毛长，你爹、你媳妇，还有你，都下岗了，咱得活呀！我这把老骨头能换回400块钱，得点是点，我不能混吃等死呀……徐铁力"扑通"一声跪下，声泪俱下，爹，是你儿无能，我们当晚辈的无能啊！

父亲伸出手，一把将跪在地上的徐铁力扯起。徐铁力也不知道父亲哪里来的力量。父亲吼，你年轻，不能跪！你爹老了，脸皮撕了就撕了……徐铁力狠狠地挺起头来，爹，你放心，我告他们，给你报仇！父亲无力地摇摇头，你错了，你爹没仇人。你爹13岁进了国营厂，当过劳模，眼下还是吃皇粮的城里人。

如果有仇人，那仇人就是穷啊！说着老泪又下来了。徐铁力用毛巾一把一把擦掉父亲脸上的泪和鼻涕。

过了一会儿，父亲又说，铁力，爹有句话得跟你说。石琴哪点不好？孩子都那么高了，你还胡折腾个啥？今天，石琴呼你你也不回话，不是她，你爹该躺在火葬场了。

徐铁力闷着嘴，"嗯嗯"地点头。

父亲加大了嗓门儿，别光嗯嗯，你穿着新鞋硬往牛屎上踩，到头来后悔去吧！你哭都哭不来呢！

徐铁力还是"嗯嗯"着。

父亲吼，你耳里塞驴毛啦？说话呀！

徐铁力脸一阵红一阵白的。

父亲不再逼他，转了话题，铁力，你今天不是求人找工作了吗？有结果吗？

徐铁力打了个寒噤，怯着眼神，不吭声。

父亲说，哪有那么多外企公司等你干？你小子有三头六臂？你还是给我干点牢抓实靠的营生吧！

徐铁力咬了咬牙说，爹，你放心吧。

夜里，徐铁力与石琴对坐着，谁也不说一句话。石琴将徐铁力过去学法律专业的书翻出来。多少年了，她将这些书保管得规规整整。有一次，儿子小良差点将这些书当废纸卖掉，被石琴拦住了。她总觉得男人会用得着的。怎么用？什么时候用？她还模糊着。徐铁力望着这些书，想起他与石琴结婚的情景，脑子里就有了温暖的遐想。他说，你去睡吧，明天还要上班，还要到医院照顾爹。石琴好久没听到男人这样温情的话了，便有眼泪在眼眶里滚着，不淌下来，满屋子里的东西都在她泪眼里晶莹地颤动。她喃喃地说，铁力，我所有做的这些，都是一个女人应该做的。别误会，我不是乞求你别跟我离婚。强扭的瓜不甜。这一切，我都是冲孩子，冲老人。说完扭身出了屋。

徐铁力呆坐着，彷徨四顾，顿觉脑袋空得慌。他再次陷入矛盾境地。他眼里闪现了齐燕燕的身影。这家伙现在干什么呢？睡了，会梦见我吗？醒着，会想着我吗？她浅浅笑语如花开在他眼前。明天，他就能考验她了。他要正式告诉她，他要起诉她的宝贝丁大姐，还有那个打人的臭小子。这是父亲的尊严，也是他徐铁力的尊严。她会怎么反应？她如果坚决地站在丁大姐那边，将来能牢抓实靠地跟他过日子吗？他发现，石琴身上的好多优点，齐燕燕全不具备。她比石琴多的只是外形的那份俏美。就是这份俏美啊，搞得他一度神魂颠倒。不能否认，俏美也是美啊。他痛苦地想。

　　果然给徐铁力猜着了。徐铁力把齐燕燕叫到古河边，跟她说了起诉丁大姐的想法。齐燕燕被噎得说不出整话来，慢慢把心静住，她骂，你到底图个啥？我把这事儿跟丁大姐说了，丁大姐听说很内疚，她说大伯的治疗费，她全出，另外，补偿一万块钱。这全是误会，她又不知是你爹！徐铁力拖着很重的鼻音说，你小看我们一家了，我们不为钱！齐燕燕噘着嘴说，你嘴上说不为钱，也是为钱，看在我的面儿上，本来可以私了，你偏偏……我看你是看人家丁大姐有钱，讹人！徐铁力心里浸出一股怪味儿，说，燕燕，你下岗了，想傍大款的心情我理解。当然，性质不同，这是女大款。可你得想想我，出了这种事，我还沉默，人家会怎样看我？你如果是真心爱我，就站在我这边！齐燕燕是一脸鄙夷的神色，大声喊，站在你这边？站在你这边，我们能有工作吗？想硬气，我做梦都想硬气一回，我们硬得起来吗？徐铁力果决地说，那我们也不能像狗那样活着，我的骨头还没那么软！齐燕燕狠狠地打了他一巴掌，哭了，满脸是泪：我真是瞎了眼，瞎了眼哩……

　　齐燕燕跌跌撞撞地跑了。

　　徐铁力枯树根似的蹲在河边。他心里乱乱的，魂儿都被搅散了。燕燕啊，她在自己的世界游荡太久了，他不能改变她。他摸摸发烫的脸，这可能是燕燕最后一次打他的脸了。他想哭，觉得窝囊，还是忍住了。天黑了，桥头的焊花一闪一闪，照着街上明来暗去的行人。他摇摇晃晃地立起身子，朝寂静的昏暗里喊：老子不是孬种，不是孬种——

　　一连几天，徐铁力都重读那些法律书。读不懂的时候，他就去城里律师事务所找同学。老同学大赵是名律师，听说他下岗了，十分惊讶，又听说他替父亲打官司，又十分同情。大赵帮徐铁力出了好多主意，最后问他，打完官司，你打算干点什么呢？徐铁力淡淡一笑，打完官司，我就跟你同行啦！大赵兴奋地捶了他一拳，太棒啦，你小子又归队啦！不过，你要进律师事务所可有难度啊！一是要业务精，二是得有人。徐铁力懒模怠样地笑了，我想干个体啦，在城里搞一个专由下岗人员组成的律师事务所。大赵说这主意不错。徐铁力艰涩地一笑，我爹常骂我，天生没骨气，顶不住一片天，这回说啥得好好干一回了……

下岗工人徐成福被殴打一案，终于开庭。

徐铁力聘请大赵做主律师，其实，所有辩护词都是徐铁力撰写的。这天正是秋凉，树叶落得正密，轻飘飘落了一地。秋天日头的颜色也变得深重，越往东瞅，日光红得越是本色。徐铁力穿着西服，打了领带，脚上的那双皮鞋也被石琴擦得贼亮。他领着儿子小良出了家门，石琴在他们后面悄悄地跟着。石琴凭一颗女人的心感觉到，原来她与徐铁力之间的那种陌生感，那层厚厚的隔膜，正在一点一点消除。瞅着他们爷俩走路的样子，她的心仿佛要从喉咙口里蹦出来。早晨，父亲徐老爷子突然变卦了，他说他愿意挨打，不告了。石琴瞅着慈慈的老人，劝说，爹，这官司你准赢的！父亲哆哆嗦嗦地说，唉，我老了老了还要上法庭，出这么大的洋相，败兴，败兴哩。石琴劝说，爹，这不那么简单啊，从今天开始，你儿子上岗啦。父亲愣起眼不大明白，他上啥岗？石琴说到法庭你就啥都看见了。父亲糊里糊涂扑扑跌跌地走了。石琴紧走几步，追上徐铁力，告诉了她早晨劝爹的情景。徐铁力意味深长地笑了。石琴的话使他产生许多联想，诱他进入自己的角色。他这时才明白，下岗，是人生的一个驿站。这个词儿没啥好怕的，说起来有些拗口，可它也是人生的一次调整。短短几个月的时间，他又走回来了。原先他是律师，原先是石琴做老婆。不，不是老样子。律师不是过去的律师，石琴也不是过去的石琴了。他蓦地仰起脸，孩子样地笑了。笑着笑着，他忽觉脸上烫烫的，一摸，才知有泪水流下来。

街上录音机播放一首歌曲：我的眼里只有你，请你别把我忘记……

儿子小良搂紧徐铁力的脖子间，爸，告诉我，你的眼里只有谁？

徐铁力愣了愣，宽慰地笑笑。

看着我的眼睛，如实回答！小良又说。

石琴耸动着肩膀笑了，笑得咯咯的。

　　徐铁力往上翻着眼睛，不知所措。孩子简单的问题，他真说不上来。眼里有谁？燕燕？石琴？小良？父亲？工作？好像都不准确。石琴踉踉跄跄地追了几步，整个脸相变得柔和生动了，她接过孩子的话题说小良，你爸的眼里只有你呀！

　　徐铁力心里怅怅的，朝远处张望许久，很沉重地叹了口气，日子呀，不论怎样，日子又重新开始了。

　　秋日的暖阳高高地升起来了。

山坳里的月亮

在西圣峪荒凉的山坳里，把阴间和阳界隔开的竟是那片柿树。

柿树老迈了，像皇陵前缺胳膊短腿的石像生。老石匠已经想不起它早年的主人是谁。柿树不再坐果，霜打的柿树叶子红得惨烈，满是节疤的树干爬满了星星点点的寄生物。柿树差不多一落生就围着山坳生长，老了还要守护着这片墓场。

老石匠背着长条石块下山，到墓场的时候就靠在柿树根下歇脚。老石匠捧出一支老烟斗，点燃，并不吸。因为他看见花奶奶从墓场边缘的沟壕里走过来了。花奶奶穿着一件丹士林蓝布大襟袄，手提一只水壶，壶嘴处拴着一只白瓷茶杯。她蹒跚地走着，袄角和茶杯忽闪晃荡。老石匠远远地看见花奶奶的脸是笑的，那笑脸像被山风吹皱了的干菊花，笑容显得可怕，还有几分妖气。对了，花奶奶是在路口的石房里卖花圈，也卖茶水。

不死人的光景，老石匠从没见她笑过，更没有白白送水给他的事。这一下子就使石匠想起有关老妇人和花圈的所有事情。

花奶奶蹲在老石匠身边，颤颤抖抖地端过水杯，递到老石匠嘴边。老石匠口渴得嘴都裂皮了，还是闭嘴瞪眼说，先说有啥事求俺吧。花奶奶将散落在额前的白发撩开，说这儿都有半个月没死人啦，咱俩就别瘦狗屙硬屎强挺着啦，想个活命的法子吧。老石匠没回话，沉沉一叹，瞥见了花奶奶脑顶白发中露出的两块秃斑，在鲜亮的太阳底下，明晃晃的，像生了两只眼睛。老太太精得干瘪了一身的血肉，在老石匠眼里显得陌生而可怕。

花奶奶端杯的手累了，眼见茶水凉了，就不急不恼地将茶水泼掉，重新满了一杯，递到老石匠唇边。老石匠还是不依地问，出啥幺蛾子就痛快些，俺还要雕石碑呢。花奶奶冷冷地说，难道俺们去杀人不成？花奶奶腮两边瘪下去的嘴又张开了，抬手指了指身边的柿树说，这柿树多年不结柿子，没有主儿啦，俺俩搭伙，每天伐一根卖钱，咱五五分成。老石匠发傻似的瞪圆了牛眼瞅她，呸，亏你想得出，这柿树不产果了，可它是墓场的护符哩，狼和豹子最见不得红柿树，有柿树，豹子和狼就不敢侵袭墓场，懂吗？花奶奶说，死脑袋，俺卖花圈，你卖墓碑，你是守陵的？俺们石屋蒙了柿树不就结啦？老石匠说。柿树鞍前马后围着墓场转了这些年，砍了树，怕是墓地的魂魂儿不答应啦。花奶奶说，是鬼听咱的，还是咱听鬼的？鬼不依，那就多唤些人走到阴间，咱们也好开开张呢。老石匠沉吟无语。

花奶奶没好气地泼了第二杯茶水，又举起第三杯。

花奶奶说，砍不砍柿树先不提，你就喝了这杯茶吧。老石匠摇头说，俺怕你个老家伙毒死俺！花奶奶独自先喝了一杯说，你若不搭伙，俺就雇人砍了柿树，到时你别眼红就是啦。老石匠一听便屈尊俯就地喝了茶，转脸直愣愣地看着柿树，一副听天由命的模样，心想骂，最毒不过妇人心呢，不能让老婆子白白吃了独食儿。

红柿树像团火，一年四季都会使荒凉的墓场点缀着些喧闹。红柿树被砍净了，铜钱大的柿树叶子溜着墓碑滚动，使老石匠心里慌得紧。花奶奶摆满花圈的石屋盖着柿树叶和柿树枝，老石匠也学着花奶奶做了。可是，老石匠再也喝不到花奶奶的茶水了，他光着膀子抢锤雕碑，时常听到隐隐的狼嗥和豹子的叫声。过去墓场里有啁啾的鸟鸣声，眼下只有野兽的叫声，望不见炊烟和人影。老人始终觉得墓场少了什么。

老石匠在黎明时听到一声枪响。老石匠对花奶奶说，有猎人来啦。花奶奶撇撇嘴说，快别提那狗屁猎人啦，如果不是他捣乱，俺们的营生也不会惨到这个份儿上。老石匠继续凿着石碑，还不时扭头朝山梁上望一望。他早就听说西圣峪来了一个猎人。

前几年这一带被狼和豹子伤的人不少，死去的人都是老石匠为他们雕碑。

这两年山林里枪声不断，死人的事明显着少了。

他想见识见识这位神枪手，听说猎人专打狼和豹子。花奶奶说，猎人有啥看头，他进山捕狼和豹子，总是在俺那里歇脚喝茶，是个独眼龙，另一只眼烂眼圈子。古语说得不差，瘸狼瞎毒呢。老石匠唤了一声，终于明白猎人为啥神枪。他想请猎人喝一壶烧酒。

猎人背着枪正从岭后朝这边走。

路被枯黄的青藤遮盖了。猎人脚踏草径，伴着一阵山风来到墓场。老石匠听见花奶奶嘟囔，十个瞎子九个怪，一个不死都是害，这墓场不稀罕猎人。老石匠与花奶奶的利益往往是一致的，而且彼此不冲突，可是猎人却成了他们的障碍。老石匠对花奶奶不以为然，她的简单描述满足不了他的好奇心。他要与猎人喝一壶烧酒。

猎人走近些，老石匠看见猎人手里除了枪，还有一把闪亮的腰刀，刀柄处有一条红绸布。

猎人与花奶奶熟识，远远地吼，花奶奶备茶，少不了你的茶钱。花奶奶沉脸骂，谁稀罕你个瞎东西那仨瓜俩枣的茶钱？跟你讲，你能不能离墓场远点，或是到那远处的洪水峪去？猎人哈哈笑着说，花奶奶赶俺走呢，不是俺喜欢墓场，是俺发现狼和豹围着墓场转呢。老石匠说，没了柿树，这狼和豹就反天啦，当初俺说不能砍柿树嘛！花奶奶骂老石匠，你别得便宜卖乖，不砍柿树，你儿子能拿走娶媳妇的彩礼钱？老石匠不说话，目光落在猎人的独眼上。他发现猎人的独眼里有一束很邪的怪光。

老石匠让猎人讲讲打狼和豹子的故事。

猎人坐在石磴上，捧着老石匠递来的烧酒葫芦，连嘬了几口，憨憨地笑了。他东一嘴西一嘴地把猎狼打豹的故事说得平淡无味，既没能满足了老石匠的好奇心，说得连花奶奶也拧着脚步走了。

平日花奶奶总坐在石屋里精心地扎花。孙子小琐不断从村里送些花纸来，后来花奶奶说，别送啦，奶奶的花圈扎成山了。没人用也是白搭。小琐说，没人用，奶奶就回村里住吧。花奶奶不依，她怕是要终生厮守这墓场了。

她守了三十年的寡。丈夫是修梯田时放炮打眼炸死的，埋在了眼前的墓场。

每到清明节，花奶奶就到墓场为那死鬼烧些纸钱并念叨说，埋在这墓场多好，跟烈士们一起荣耀。墓场的最初坟墓是几个西圣峪战斗牺牲的烈士。花奶奶从小就崇拜烈士。花奶奶过去可是慈眉善目的，踩死一只蚂蚁都心疼。老石匠记得是一场大火，使花奶奶表现了人类嗜血的残忍。村上人都上城里打工了，扔下一村子老弱病残。她的儿子去城里了，扔下那个好吃懒做的儿媳和孙子小琐。儿媳想上城里找丈夫，花奶奶不依。儿媳妇捅倒了油灯烧着了屋子，想将花奶奶烧死。小琐将花奶奶从火堆里拖出来，花奶奶就变了个人。花奶奶想留住儿媳、孙子，说自己去墓场卖花圈挣钱，有了钱，儿媳和孙子就会留在村里了。花奶奶始终弄不明白，强迫留住儿媳和孙子最终为了什么。花奶奶扎花圈时，时常拿针刺破手指，挤出一点一滴的血来，然后放在嘴边吮净。她那满是针眼的双手，眼下已经几针扎不出血了，因为骨节旁的脉管已经干瘪了。老石匠与猎人的说笑声，刺激得花奶奶手在抖索。老石匠一个劲儿夸猎人的威武和强悍。猎人说他如今很少打狼，专打豹子。老石匠问，狼要吃人呢，你也袖手旁观？猎人毕恭毕敬地坐着，只自顾自地灌酒。老石匠劈手夺过酒葫芦，说俺最看不起见死不救的人。猎人笑了，笑得很真实，说，你不要门缝里瞧人，见死不救能在西圣峪称王？

老石匠放下手里的铁器，与猎人共饮一葫芦酒。

猎人问老石匠，你见没见一只瘸腿豹子？老石匠摇了摇头。猎人揉了揉烂眼圈子说，这只瘸腿豹子跟随俺多时啦，大凡是狼和豹子都怕人，唯独这个家伙想偷袭俺！它那只腿就是俺拿火枪打折的，俺这只眼睛是被它抓瞎的。本来一报还一报，可以公平了结啦。俺不找它，它这狗×的却朝俺挑战。老石匠听傻了眼，讷讷道，世上还真有这样的豹子？猎人说。这只豹子的叫声很特别，叫声喑哑，就像有人唱皮影戏。老石匠好奇地说，俺叫你说得还真想见见这只豹子。猎人独眼球转了转，就你这傻吃憨睡的样儿，它不会理你的。它专门与精明人做敌手。俺看花奶奶能被这豹子看中！老石匠以为猎人是句玩笑话。老石匠憨厚地笑两声，便有了泡在烈酒里的感觉。

猎人背起枪，醉迷呵眼地走了。

这瞎东西酒量还不大，老石匠想。当猎人身影消失在山坳里的时候，老石匠一颗心竟被莫名地摇荡了。

一个不起眼的黄昏，老石匠正与花奶奶说话，没承想，他俩真的就被一群豹子围了。豹群叽哩哩吼，老石匠还特别听到了一股沙哑的调子，循声看去，果然发现了那只瘸腿豹子。瘸腿豹子竟是一只年少的烈货。然后老石匠也能看出，这瘸腿豹子是群豹之王。

这会儿，瘸腿豹子正用轻蔑的眼神看着这两位老人。花奶奶一慌，裤裆就湿了一片。老石匠骂了她句孬种，随后又冷冷地盯着兽群。只见瘸腿豹子轻轻地甩尾卧在墓地边缘的石碑旁，狼和豹子便都默默地蹲下了。

老石匠往四周一看，狼和豹将他们围在墓地里，四周浮动着上百双幽暗发绿的眼睛。

瘸腿豹子懒懒地打了个哈欠，似乎是将老石匠和花奶奶扣作人质，诱惑猎人的到来。

老石匠最初的恐惧消散之后，就想起独眼猎人的话，瘸腿豹子看不起傻吃憨睡的窝囊人。它专找人类强悍的敌手。老石匠从瘸豹子轻视的眼神里看到这些了。他从裤腰取出老烟斗，轻轻地从烟荷包里挖满烟，噙在嘴上吸着。花奶奶慌慌地摇着老石匠的胳膊说，这死到临头的时候，你还有心思吸烟，快想法子逃到石屋里就好办啦。老石匠埋怨说，你个老东西也知道害怕啦？当初俺说不能砍柿树，这回栽了吧？花奶奶恨恨地骂，都怪你，留那个瞎眼猎人喝酒，是瞎子将狼和豹子引来的。老石匠说怪你。花奶奶骂，怪你。两个人三说两说就吵成一团。

瘸腿豹子和狼豹们不动声色地瞧着他们争吵。天黑下来的时候，瘸腿豹子长嗷了一声，狼和豹便跟着吼，墓场的气氛又空前紧张起来。

花奶奶像母狼一样，十分难听地哭了一阵。老石匠看不清花奶奶的脸，他从没见花奶奶哭过。山风送来了夜的寒意，使老石匠仰脸打了个喷嚏，打完了鼻孔还在发痒，就拿大掌揉了揉。

花奶奶想弯腰撅腚地逃走。老石匠说，病豹子是冲你来的，你一跑就会吃了你的，因为你太精明啦。花奶奶瞪着老石匠说，你别美得屁眼朝天，野兽吃人还挑肥拣瘦的，俺活了这把年纪，还没听说过。老石匠说，猎人说的，瘸豹子专吃你这样的精人。花奶奶摇头。老石匠说，你不信就试试，你一站起来，瘸腿豹就会立起来追你，而俺就不在他眼里啦。花奶奶慢慢抬起花白头站起身，瘸腿豹就立起前爪喷着鼻子。花奶奶吓得额头淌汗，蔫蔫地蹲下了，静住心说，你个老东西站起来试试。老石匠等瘸豹子卧稳之后，装出疲倦懒散的傻样子，站起身伸了个懒腰，瘸腿豹子依旧卧着不动。花奶奶真就更慌了，哆嗦着缩成一团。她立时高看老石匠了。

她不明白老石匠咋有这么大的造化。她便呜咽着哀求说，你可不能丢下俺不管哪！老石匠呵呵地笑了，俺是啥人你还不了解？花奶奶摇头说，不了解，这年头的事，俺老太婆是看不透啦。老石匠沉了沉，也想不明白自己怎么就会稀里糊涂地与花奶奶偎在墓场里过夜了。朦胧的夜色中他看见黑暗里狼和豹子的眼睛是红的，像在墓场周围悬着的红灯笼，也像过去的柿树叶子。

快到后半夜的时候，老石匠和花奶奶斜躺在墓碑之间的树叶子上打瞌睡。老石匠的呼噜响起来，使花奶奶更不安地醒着，她怎么也不能像老石匠一样进入与世无争的梦境。花奶奶苦着脸抬头望一望，那些动物的红眼睛，像鬼火一样无声地游动。红眼睛越来越近，像是狼和豹收拢过来，向老石匠和花奶奶逼近。花奶奶捅醒老石匠，说不好啦。老石匠倚着墓碑笑了，劝说，别怕，只要它们吃你，俺就跟它们拼命。俺不是见死不救的人。花奶奶说，你拼命管蛋用？还不是给它们当下饭菜？老石匠愣了愣说，最后瞎眼猎人会给俺们报仇的。花奶奶骂，快别提那个瞎东西，是他坏了俺们的生意，是他树起这么多凶残的仇敌，这会儿却冲俺们来了！老石匠呵呵地笑，笑得花奶奶头皮发麻。

花奶奶忽地想起什么，说，俺俩立个约定吧，死到临头也别苦撑着啦。老石匠说，啥约定？花奶奶说，咱俩在这西圣峪墓场也混了不少年头啦，活着不亲死了亲。俺眼下想，咱们谁先死啦，活着的就白送一些花圈或是石碑。老石匠笑说，这个主意好，你先被狼拆了，俺就给你雕个顶高顶好的石碑，不收一分钱。花奶奶嘴角终于浮了笑影，要是你老家伙走俺前头了，俺就白送你十套顶好的花圈，像红柿树一样将你的坟头围起来。老石匠说就这么约定了。于是墓场恢复了死一样的寂静，静得两个人听到彼此的心跳声。

一排惊惊乍乍的枪声在黎明之前响起。老石匠和花奶奶惊愕地对望一眼，探头看见周围的红眼睛萤火虫似的上下忽闪着。老石匠惊喜地叫道，是瞎眼猎人救咱们来啦。花奶奶看不见人，只听见枪响和狼嗥豹吼，她说哪有瞎眼猎人？老石匠说俺从这枪声就听出来啦，在西圣峪，没有第二个猎人有这样的枪法。说着就扭头朝暗处张望，只见瘸腿豹子嗥叫一声，带着狼和豹叽叽噜噜往山坳里狂奔。东边的山梁上显出无数条红线，流动合成一条粗粗的红弧。然后翻过山脊，消失在浓密的丛林里，线状的灰尘依然浮在墓场上空，久久不散。

傍天亮儿，老石匠和花奶奶在墓场边缘发现三只死狼和五只豹子。花奶奶沉着脸说，这些死东西，咱俩咋分？老石匠讷讷道，咋就没打死瘸腿豹呢？花奶奶说，啥瘸腿豹？老石匠说是那只领头豹。花奶奶没理会，嘴里吸吸溜溜的，像是牙疼，紧着催老石匠快分这些猎物。老石匠拿脚狠狠踢这些死豹，踢了几脚，狠狠甩了一把鼻涕，悻悻地走回石屋。花奶奶望着老石匠古怪的背影一叹，你不要，俺就吃独食儿啦。中午来了几个皮货贩子，将死狼和死豹从花奶奶手里买走了。

一连好些天，西圣峪墓场都受到群豹的袭击。

老石匠和花奶奶躲在石屋里做活。老石匠的窗口总是开着的，花奶奶不时地发现老石匠往外探头，花奶奶伸直了脖子嚷，老东西瞅啥，俺还活着呢。其实老石匠是在盼猎人来。他很想听瞎眼猎人是怎样偷袭狼和豹的。

隔了一会儿，老石匠又往外眺望，花奶奶终于明白了一些，嘴损地骂，别瞅啦，那瞎子不会来啦，也许被瘸腿豹给拆啦。老石匠骂，你个老婆子，狗嘴吐不出象牙来，瞎眼猎人救了你，你还要咒他死，良心呢？他骂完就想，豹子在人类中找到了同伙。花奶奶不断说气话，想在这一天里不断激怒石匠。

老石匠默默地雕墓碑，不再跟花奶奶搭话。花奶奶觉得老石匠太轻看她，遂生了一肚子气，仿佛老石匠的窗口凝固了一个永恒的嘲讽。

花奶奶沉不住气了，在黄昏时分来敲老石匠的门。花奶奶进屋来，发现老石匠雕了一块很大很高的碑。老石匠见花奶奶夸奖这块石碑，就看出花奶奶的心思，说如果你死啦，这块碑就白送你。花奶奶笑出满口黑牙说，当真？你舍得？老石匠说，咋着，那天夜里的约定不算数啦？花奶奶说，算数，俺回头就给你扎花圈，每只多扎五朵花。老石匠扭头问花奶奶的大名。花奶奶说她叫王翠珍。老石匠就将"王翠珍之墓"雕在石碑上了，四溢的碎石粉，迷住了花奶奶的眼睛。雕完的时候，老石匠不免有些后悔，这等好料子用给花奶奶，实在有些可惜。他定定地瞧着散在石碑上洁白细腻的石粉，好像山梁半腰草丛里的狼粪。

花奶奶看看天快昏暗下来，转身要往外走。这时候，他们一同听到墓场里传来豹子的嗥叫声以及人的呻吟。老石匠从窗口探出头去，被墓场的情景惊呆了。

随着一阵腥风扑来，群豹和瘸腿豹围追受伤的瞎眼猎人。

瞎眼猎人的枪里，弹药打光了，他哇哇怪叫着，挥舞那只红缨腰刀抵挡。老石匠看见瞎眼猎人拖着一条血糊糊的残腿，与瘸腿豹厮拼。

老石匠浑身的肌肉收紧了，张嘴喊了一嗓子，好汉，到石屋这边来躲躲。再喊第二声的时候，发现喉咙发紧，花奶奶的一双枯手紧紧捂住了他的嘴。花奶奶骂，傻东西，引狼入室呀，瞎东西早就该死，坏了咱多少营生？再说，他一完蛋，你和俺都开张啦。

老石匠不知道猎人是否听到了他的喊声，只见瞎眼猎人曲身勾手，躲过瘸腿豹的扑击，忽地将瘸豹拥翻在地，撞在石碑上。猎人扭头朝石屋望了一眼，再扭回头，群豹就疯疯地扑上来，将瞎眼猎人拥盖了。老石匠挣脱花奶奶，抄起大铁锤就要往外奔，花奶奶跪在他脚下，死死地抱住老石匠的腿。这时候，老石匠发现墓场上人和豹的叫声戛然中断，墓场瞬间凝固在死寂里，老石匠膝下一软，铁锤就落地了。花奶奶爬起来往窗外探头，看见群豹跟随瘸腿豹愣着，沉浸在某种欢乐里。瞎眼猎人仰面朝天躺在墓碑下，一动不动。花奶奶眼神一亮，叹说，这瞎东西终于上了黄泉路。老石匠眼睛坏了，看不清豹、人和墓碑，夕照里只有浑浑血色。

老石匠和花奶奶推开石屋的门，战战兢兢地来到恶斗后的墓场。瞎眼猎人死了，一条胳膊和一条腿被撕掉了，那只攥着红缨腰刀的拳头远离了尸体。老石匠跪下来为瞎眼猎人收尸，他看到那只被烂眼圈围住的独眼睛是睁着的，血糊糊的眼睛鼓凸出来，没有被征服者的怯懦。也许猎人在生命的最后一刻是这样想的：面对群豹，在没有人类援助下，自己那只独眼还能睁着，便是胜利了。恐怕瘸腿豹子至今还意识不到这一点。

老石匠默默地守着这只独眼，鼻头一酸，眼眶子抖出一串泪珠子。走时，老人悄悄收起那把红缨腰刀。

花奶奶颠颠儿回到自已石屋，为瞎眼猎人扎花圈去了。她想瞎眼猎人的家人会舍得花这笔钱的。果然给花奶奶猜着了，瞎眼猎人的媳妇从花奶奶手里买了六只花圈，而且请老石匠为瞎眼猎人雕一块像样儿的石碑。花奶奶发现瞎眼猎人媳妇不光出手大方，而且俊模俊样的。老石匠没有看瞎眼猎人媳妇一眼，佝偻着为瞎眼猎人选石料。老石匠没收钱，挑选石料却是很精心的。他挑来选去，就看中为花奶奶雕的那块石碑了。他问瞎眼猎人的大名。猎人媳妇说叫牛天水。老石匠怕花奶奶凑过来捣乱，就让哭丧之后的猎人媳妇陪花奶奶闲唠。老石匠抄起凿子和铁锤，急雨似的将"王翠珍之墓"几个字除掉了，就长长地出了口浊气。老石匠喘喘地念叨几遍牛天水，就抄起凿子和铁锤，刻完牛天水三个字就觉浑身大汗淋漓。

再往下，他举锤的手抖了，但锤子的敲击声却由缓而急，末了几乎将铁锤抡疯了，身体也夸张地扭动。随着凿击声声，碑石上已凸出猎人的独眼睛——这只眼睛容不下见死不救的人，老石匠想。这个念头像鄙视的光电击中了老石匠最敏感的部位。他举锤的手木在半空，连打两个气嗝，喉咙一颤，就有一腔的黑血喷在碑石上。

天杀的！老石匠直挺挺地倒下了。

花奶奶听见声响愣住，说这老东西是咋啦，该死也不打声招呼，俺这做花圈的纸都不够用啦。她嘟囔着，就和瞎眼猎人媳妇奔过来。她们扶起昏迷的老石匠。瞎眼猎人媳妇很精心地擦石碑上的血。她是用缠在头上的粗白布帕子擦血，擦着擦着就哭了，哭得好伤心。

老石匠在花奶奶怀中醒来，突然感到疲累和苍老，像泄了元气，而且开始不断耳鸣。花奶奶说，你个老家伙先别死，俺那儿真的没纸啦。老石匠知道花奶奶小气，怕白白搭上几只花圈。老石匠说，扶俺去看石碑。

日光照着墓碑，老石匠叹道，天神哩，俺以后再也不会雕出这么好的墓碑啦。花奶奶在一旁说，这块石碑跟俺那块一样干净一样大。老石匠没说话，面对石碑，嗫嗫嚅嚅地检讨了一番。他永远不敢面对的是那只猎人的直视苍天的独眼。

　　猎人媳妇带人埋了猎人，立起那块石碑，石碑鹤立鸡群似的，明显高出众墓碑一头。猎人媳妇跪在墓碑下点燃了暗黄的纸钱，灰烬冉冉飘升，像黑蝙蝠在墓场上空盘旋。

　　后来的一些日子，西圣峪墓场又热闹了一阵子。瞎眼猎人的死去，这一带被狼和豹伤害的人增多。隔几天就来一拨殡葬队。送葬的唢呐吹着一支支叫人欲哭无泪的曲调。花奶奶越发精神，昼夜赶制花圈，纸张不够的时候，她还弄些柿树叶子顶替。老石匠十分麻木地雕着墓碑，感到底气一天不如一天了。西斜的残阳将他的身影投在墓场上。他恍惚觉得瞎眼猎人回来了，或许是魂儿回来了，否则，他不会在夜里听到猎人墓碑上传来的声音。墓场的夜寂无人声，每一处细小声响都能听到。

　　一夜，老石匠心神不定无法入睡，抓起褥子底下的红缨腰刀，扑扑跌跌地来到月夜下的墓场。如真是猎人托生的鬼，他也很想聊上几句。走到近处，老石匠愣住了，他看见那只残忍的瘸腿豹子，立在猎人的墓碑上跳舞。没有群豹，瘸腿豹子瞧不起老石匠和花奶奶，单枪匹马地来的。瘸腿豹一副得意的模样，如入无人之境，一悠一颠地踢腾着蹄子，毛茸茸的两只短耳朵呼扇着。老石匠脑袋轰地炸响。瘸腿豹是冲瞎眼猎人来的，可在老石匠眼里却是兽类对人类的挑战和嘲讽。瘸腿豹太过分了，它不该将自己对猎人的私仇，由老石匠承担。老石匠耳边响着兽类的耻笑声。他张大嘴巴吸了口山梁上吹来的冷气，这股气在他身上乱窜乱拱，拱到哪儿块就长劲儿，拱到天灵盖的时候就啥都敢干了。老石匠闷闷地吼，狗 × 的，今日就是今日啦！吼着就晃着红缨腰刀朝跳舞的瘸豹子扑过去了。

　　那时候天还没有完全亮，所谓的亮色就是乌云挪开的空白部分。花奶奶与往日一样，在石屋门前背风而立，完好如初地呼吸清新透明的山坳空气。后来她闻到一股腥气，腥气是从墓场边缘处吹来的。她颤巍巍地走过去，在瞎眼猎人的墓碑前看见这样惨烈的一幕：老石匠和瘸腿豹扭结一团，瘸腿豹的长嘴咬着老石匠的喉咙，老石匠的左手攥着红缨腰刀，割开了瘸腿豹的肚皮。墓地上的血已被山风吹干，分不清哪块是人血哪块是豹血。花奶奶坐下来，很沉地叹了口气。

老石匠的儿子儿媳为父亲收尸的时候，花奶奶好生埋怨说，这老头子怕是中了邪啦，墓场的生意刚见好转，他就走啦。然后她就卖给老石匠家人六只花圈。老石匠儿子说，俺爹跟你这么熟，花圈还这么贵？花奶奶不说话。老石匠儿媳一边搬花圈一边劝丈夫，别争啦，爹活着不是常说，买卖专挣熟人钱嘛。于是在瞎眼猎人的墓碑旁，又竖起了同样大小同样气派的墓碑。

花奶奶发现老石匠的花圈没有被家人烧净，丢下三只半。她急匆匆地将所剩花圈搬回了石屋，然后就欣欣地走进老石匠的石屋寻找自己的墓碑。

花奶奶没有寻到自己的墓碑。

没有，没有？没有！没……这老狗！

她急了，恼了，急火攻心的她开始疯癫癫地围着墓场转。

已是杏黄色的秋天，花奶奶的白发在宁静的山坳里飘扬，脑顶的两块秃斑久久地闪烁着。她在西圣峪墓场，不停歇地寻着找着，嘴里还失魂失魄地叨念着，俺的墓碑哪里去啦？

这时，月亮慢慢地升起来了。

今夜难眠

县长马英武走进宾馆大厅，一眼就看见朝他走来的王老太太和孙长芹。马英武躲也躲不掉了，孙长芹的眼神已经与他的眼神相碰，谁也不能回避谁的眼神。他内心一阵恐惧，但还是镇定自若地迎过去了。

大概是三年前，他与这娘俩儿在县城见过面。

王老太太还是那个样子，而孙长芹就不同了，比那时显得还要年轻。她好像刚洗过澡，湿润黑亮的头发，绾成一个好看的髻，巧妙地盘在脑后。她穿着黑色的连衣裙，映衬得脸色更加白润新鲜。她的眼角还是有了浅显的皱纹，嘴唇饱满，嘴角旁边的小痦子使她显得刁俏。粉色的丝织内衣很外露，使人分不清肉和衣服的界限。她的眼睛跟她娘年轻时的一样，看见孙长芹就让人看见了王老太太的当年模样。但比她娘当年要风光，因为她比娘赶上了一个好时代。马英武在接近她们娘儿俩的一瞬间，孙长芹的脸模糊了，模糊得像一瓣一瓣的小橘子。怎么会是这样的感觉呢？

孙长芹甜甜地喊了他一声："英武，可等到你啦！"

马英武故意躲开孙长芹火辣辣的目光，先与王老太太握了手，还亲切地喊了一声"王大妈"。尽管孙长芹的爹早已死去了，他一直这么叫着，王老太太也习惯了。王老太太拉着马英武的手，笑成了菊花脸："瞧瞧，英武都当上大县长啦！"马英武与孙长芹握手的时候，感到孙长芹的手很凉，还有些微微的颤抖。他们没有说话，双方只是会意地点点头。

马英武把她们带到宾馆的餐厅里坐下。刚一坐，王老太太就先声明了，这顿饭她们的公司来请。

马英武微微笑着说："我请王大妈吧。"

王老太太说："大妈给英武接风！"

孙长芹在一旁笑着说："你们谁请我都去吃的！"俨然一副讨债的模样。她不时扭头看墙上的镜子，看镜子里的自己。回过头来时就问马英武说："我是不是老啦？"马英武最懂得这类女人的心理，当她们同男人说自己老了或丑了，那就是等你夸她漂亮年轻呢。马英武并不违心地说："长芹真是越来越年轻啦！吃了什么灵丹妙药啊？"

孙长芹很开心地笑着，露出了满口的牙齿。尽管她的牙齿像白玉似的好看，仔细一瞧，马英武还是从她的牙根儿的虫洞里看出了她的凶恶。马英武常常根据人的牙齿来判断女人的善恶。女人是什么？女人是牙。好女人是好牙，坏女人是坏牙！坏牙的女人一旦咬住男人就会让你永远记住她的魔力，以及由她的魔力带来的恐惧。

菜点好了，王老太太问马英武："喝什么酒？"

孙长芹很武断地说："喝洋酒，XO或人头马什么的！过去英武经常出国，他喜欢喝洋酒！"

王老太太说："那就喝洋酒！是不是？英武——"

孙长芹的语气使他失去了解释和辩白的可能。马英武惊叹孙长芹的记忆，他只在县城请她吃过两次饭，她就将他爱喝什么酒记住了。的确，连马英武自己也不明白自己这个雪莲湾滚出来的木匠，为什么爱喝洋酒。他经常问自己，你这胃是故乡的高粱米酒泡出来的，你头顶刚几天前不顶着锯末子吗？为这，妻子贾梅说自己出国后，一定把马英武带到国外去。而老岳父就不这样说了，叮嘱他把洋酒戒了，当领导干部要格外注意。一来经济原因，二来脱离群众——一个喝洋酒的基层干部能够与老百姓同甘苦共命运吗？他把洋酒就戒了。他淡淡地说："长芹真是好记性，我是喜欢喝洋酒。不过，太贵了，再说让人看见也不好！就喝点白酒吧！"

孙长芹任性地说："不行，就喝洋酒！你在官场上喝啥酒我不管，今天是咱自家人聚会，必须喝个痛快！"

马英武摆摆手说："我下午还有个办公会，意思一下就算啦！"

孙长芹生气地站起身，亲自到服务台拿来一瓶人头马，急急地打开。马英武觉得她的脾气和意志都无法抗拒。他默认了。

孙长芹很嫩的纤手上溅满了酒液，在他眼前晃来晃去。她站在那里犹如一条朦胧的黑影，似让他感到很陌生，可这原本是他多么熟悉的身影呢？他的脑袋像是有什么东西给炸开了个洞儿，积存了很久的东西又漫了上来……

对面的老太太叫王美花，是孙长芹的母亲，从另一个角度上讲，王老太太也是他马英武的母亲。他饿得要死的时候，他也曾吃着这个老太太的奶水哩。尽管是队长安排的，还给王老太太记着工分，可他毕竟吃了她几个月的奶水。马英武与孙长芹产生感情是在上学的时候，这感情与他们一乳喂养是有关系的。

过去马县长家里孩子多，生活十分紧巴。一次，一连三天马英武啃着书包里的盐疙瘩，饿得小脸发青，回家的路上就晕倒了。孙长芹一直跟着他，吃力地将他背起来，背到自己家里，给他煮粥喝。王老太太对韩丙奎一家有仇，可对这个抱养的马英武没仇，几次找队长要将他抱养过来。韩丙奎死活不答应，骂着，你们是啥出身？俺家穷是穷点，可俺家根红苗正，过到你们家孩子的前程就完了。孙长芹听母亲说过，小时候马英武去队里的船上偷过东西。他偷了一书包棉籽饼，发了霉的棉籽饼。那是很黑的夜晚，他被队长抓到之后，捆绑在大队部里。这恰巧给路过的王美花瞧见，王美花跪下跟队长求情，孩子还小，放了他吧，张扬出去孩子还怎么做人？马英武记得，王美花膝盖都跪出血来了。队长问她为啥对这个小杂种这么上心？王美花流着眼泪说，他吃过俺的奶水，俺就心疼他。王美花后来与队长说，你要真不给面子，就拿俺换下孩子吧！队长的阶级斗争观念很强，就真的拿王美花替下了马英武。后来在全村召开批斗王美花的大会时，小小的马英武心如刀绞，躲在一个小角落里哭去了。这是马英武心里永远欠着王老太太的情债。

马英武欠孙长芹什么呢？他与孙长芹的感情是从上初中的时候开始的，现在看来，这不幸的感情可能是个怪圈，无论朝着哪个方向走，好像都没有出路。那时的孙长芹就爱上他了，是无意之间的事。少女最初的情感萌动是默默和偷偷的单恋。她经历了见他脸红，悄悄地审视他，到大胆追求他的阶段。许多琐琐碎碎的小事，马英武几乎记不清了，他永远不忘的是那个夜晚。他和孙长芹等几个同学去海汊子里捞蛤蜊，大雨几乎将他们冲散了，只有长芹紧紧地拉着他的手。他和孙长芹背着蛤蜊到看船佬六指爷的小泥铺子里避雨。六指爷不在，就他们两个人。打雷的时候，孙长芹惊叫了一声，靠在他的怀里。他忘记她当时说了一句什么，只觉得她的声音里有肉感，声音像是从身体里飘出来的，像花蛇一样紧紧地缠住了他。她饱满的胸脯顶着他的腰了，他以为是她的手顶他，他本来是想拿开她的手，却摸着了她的乳房。她红着脸用蚊子一样小的声音喃喃："英武哥，你真坏呀！"他就摸上去了，感觉她很嫩，她的皮肤很嫩，一种湿润细腻的嫩，连她的心也很嫩。她抱紧了他，任他脱掉她的衣服，借着闪电的光亮，他看见了两个白白的东西，整体看是模糊的，局部又是清晰的，逼真的。这个时候，孙长芹抖了，额头上冒着汗，像条美人鱼在他怀里翻来覆去，把他给弄迷糊了。他听见她说："俺好怕，俺好怕——"平时是他怕孙长芹，此时他不怕了，觉得浑身燥热而兴奋……可是，马英武参加全国第一次高考之后，就告别了孙长芹。

以后，不论马英武在自己心里怎样找着平衡，他都欠着孙长芹和她的母亲。欠人钱好还，欠着情债是不好受的。她们永远都可以找他，难道找不上吗……

想着想着，马英武扭头打了一个喷嚏，这个时候打喷嚏是不吉利的。

王老太太边喝酒边东扯西扯的，最后回到了正题上，她很镇静地说："英武啊，大妈和长芹来找你，是有要事求你的！"马英武一愣，静静地看着她们。他怕就怕的是她们提出县里的腐败案，尤其是怕她们逼他解救孙长芹的丈夫李大成。对于李大成的问题，他是不能发话的。李大成原是县宾馆经理，利用职务之便，贪污受贿九万多元，如今在外潜逃，正被检察院追捕。还有一层原因是他从本质上痛恨李大成这样的腐败分子，他刚来到北龙不能开这样的先例。

马英武怕什么还就有什么。

王老太太看看手表，说："英武啊，时间也不早了，后半晌你还有事，俺们娘俩急着找你，是有一个大事求你。也许你知道啦，长芹的男人李大成，在外地躲着不敢露面！其实他是冤枉的！县里有人故意整他！这年头跟前些年整人不一样啦，都是从经济上来，有人眼红，就——"马英武故意装糊涂说："大妈，您不是常说，身正不怕影子歪吗？真是一个好干部，就该真金不怕火炼！既然他没事——"孙长芹有些火了，尖声说："英武，你这话我不爱听，咋跟台上做报告似的？你要是跟我娘打官腔，我把这杯酒泼到你脸上去！"

马英武吃了一惊，愣愣地抬起眼来。王老太太瞪了孙长芹一眼："去你的，给你脸啦？英武是县长啦，不是过去拉大锯的木匠啦！说话得讲究点。不然娘撕烂你的嘴！"孙长芹破怒为笑："我是跟他逗呢，试探试探他。看他敢不敢跟我急，哼，咱光脚的还怕穿鞋的？"马英武瞪了孙长芹一眼，笑说："你简直是个坏——"孙长芹在餐桌底下用脚踢了一下他的膝盖："我坏吗？这年头办事靠权，没权靠钱，像我们这种没权没钱的老百姓，就得坏点，不然就没法活了！"马英武说："两年不见你又变油啦！"孙长芹说："你干脆说我五毒俱全得啦！"王老太太抬手狠狠地拍了一下孙长芹的脑袋："死丫头，你还贫？你男人都大难临头啦，你还跟没事人一样斗嘴，气死我啦！"孙长芹涨红着脸说："我是冲着儿子才给他活动的，要是冲他李大成啊，没门！这个时候，他那些狐朋狗友都去哪啦？小妞头们都钻哪个爷们儿被窝里去啦？"王老太太气得直抖："住嘴！说着说着你就现原形啦！"

马英武见这娘儿俩的样子有些好笑，但还得板着脸说："大妈，您和长芹的心情我都理解，大成出事啦，家人是应该尽力。不过，这得根据情况来。据我了解，李大成还不仅仅是卢国英咬出来的这点问题，现在还不算晚，你们应该劝说李大成投案自首，悔过自新。逃啊，藏啊，躲过了初一能躲过十五吗？"

孙长芹说："你别唬我们啊！你们的政策我早就领教过，坦白从宽，抗拒从严！这年头哪儿不能藏个人？风头一过也就搁黄了！"

马英武皱了皱眉头说："看你，说的什么呀？岁数大了，腰包鼓了，水平却变低了！你说，李大成走到这一步，是不是你逼的？"

孙长芹大咧咧地说："我和俺娘，老老实实做生意，是凭血汗挣钱。他的钱我一分见不着，有时他还沾我们光呢！"

王老太太焦急地说："英武啊，大妈是明白人，不会逼你犯错误，只是求你在权限范围内给他说说话！你不认识大成，他可是个重义气的汉子，你帮了他，他会报答你的！"

马英武哭笑不得："大妈，小时候您对我的情，英武一辈子也忘不了，可是关于李大成的事，还没弄清楚，很复杂，我不好向您许什么愿，就是许了愿也是骗您的！我能骗您吗？今天就谈到这儿吧！"他起身告辞。孙长芹附和说："妈，英武初来乍到，就别为难他啦！"马英武笑了："这回长芹还说了一句明白话！长芹，谁家都不愿发生这样的事，可是既然出现了，又有什么办法呢？你得常劝着大妈点儿，别火上浇油啊！还有你，也多保重！"孙长芹终于撑不住了，黑亮的大眼睛里流了泪："英武，你说我的命咋这么苦啊？"她啜啜地哭着。马英武叹了一声走了。孙长芹急忙抹抹眼睛，追到门口，眼里闪出狂热的神情，讷讷地说："英武哥，以后我能来看你吗？"马英武愣了一下，忽然感到她是一个历经坎坷依然有梦的女人。这样的女人最不容易忘掉初恋的人。她的生命能不断地受伤又不断地复原，那将是很可怕的。他冷冷地说："我很忙，很忙——"

孙长芹目送着他的背影消失，身子险些跌倒。

马英武走进宽敞明亮的办公室，回想着刚才的情景。这时，县检察院的反贪局女局长冯敏就打来电话，说你午饭是跟李大成的妻子和岳母一块儿吃的。马英武脑袋轰地一响，中午没人看见他，他们是小心翼翼地吃饭，小心翼翼地喝酒，小心翼翼地说话。怎么会让冯敏知道了呢？难道她在跟踪自己？

马英武很恼火地说："冯敏同志，你在搞什么名堂？竟敢跟踪起我马英武来啦？"冯敏依然在电话里笑着说："别生气呀，我们的县长大人！我哪敢跟踪你呀？是跟踪孙长芹的同志发现了你。你的谈话，很讲原则，我冯敏真得好好感谢你啊！"

"连我们的谈话你都知道？"马英武更生气了，说话的声音都有些嘶哑，"冯局长，你是不是有点太过分啦？你不要以为你可以凌驾于政府之上！你这样是很危险的！在我小时候，那娘儿俩有恩于我！找上门来，我还能把人家推出去？"冯敏觉得马英武真的吃不住劲儿了，急忙解释说："马县长，我不过是逗你几句，你还真生气啦？你等着我，我当面跟你谢罪！我还有新情况跟你汇报！"

马英武放下电话骂着："这个娘儿们，不知天高地厚啦！"

　　等冯敏风尘仆仆地赶到他的办公室，反反复复地道了歉，马英武板紧的脸才松活一些。马英武本来是不愿意直接过问李大成这个案件的，一个县长陷在这里面将是很难缠的。可他不知为什么，他总是盼着自己能听到一些这个案件的情况。是不是与孙长芹和王老太太有关呢？他也知道冯敏的心态，冯敏不愧是个有手腕的女人，她竟然给他打这个电话，就是故意让他知道，她知道他与孙长芹的特殊关系，摸到他的脉，吊着他的胃口，争取他的支持。冯敏坐在他的办公室故意扯别的，最终还是马英武沉不住气了，他问道："你不是说，李大成的案子有新的进展了吗？"冯敏说："跟你说，刚刚得到消息，李大成被我们抓到啦！"马英武一惊："真的？真有你的，你们是怎么抓到他的？"冯敏笑笑说："这得要感谢马县长。中午你和孙长芹娘儿俩吃饭的时候，孙长芹说过一句话，这年头哪儿不能藏个人？事情一拖也就黄啦。所以说我们根据这句话分析，李大成没走远，他很可能就在县里！罪犯摸透了，最危险的地方往往就是最安全的地方！"马英武焦急地问："他在哪儿？"冯敏说："就在王老太太的家里！王老太太在城里有一个别墅楼，李大成就藏在小楼的地下室里。"马英武说："是这样？你想怎么办？"冯敏说："突击审查！"

　　马英武苦笑了一下："他们是求我给你说情的，没承想送上门来啦！这叫多行不义必自毙！冯局长，李大成落网与我有多大的关系呢？这句话孙长芹跟谁都可能说呀，你是生把我往里带呀！"马英武的心被提了起来。此时他的心里是很复杂的，腐败分子是人人痛恨的，抓李大成他也欣喜。可李大成是因为孙长芹见他而暴露的，孙长芹知道了能依他？孙长芹还会不会盯紧他不放呢？

　　后来的一些日子，孙长芹一直找马英武，以求解救自己的丈夫，但都被马英武给顶住了。孙长芹的老娘有一个姐姐在香港，是一家大的投资公司副总裁。王老太太就将自己的姐姐拉到县里，说是要给县里的开发区投资。对于投资，马英武是欢迎的，他亲自陪同着港商王美珠到开发区考察。走到了一个新建的建筑旁，马英武告诉王美珠，这一片房子是新建起的厂房。王美珠惊叹地说："这是深圳速度！"王老太太开玩笑说："英武，大妈我让姐姐来，就是给你帮忙的！"马英武笑着。王美珠笑得捂起了嘴。

　　中午在县里的宾馆吃饭。在饭桌上，马英武还没开口，就见孙长芹脸色煞白地走进来。他先把王老太太叫到餐厅的外面，嘀咕了一阵就回来把马英武叫出去了。孙长芹的额头红红的，像是用葡萄酒泡过，黑黑的头发一缕缕地黏在额头上。

马英武淡淡地说："你别说，我也知道发生了什么事。"

孙长芹急切地说："李大成要被起诉啦！马英武，你这回可不能看热闹啦！你得跟冯敏说，把李大成的诉状撤下来算啦！有什么呀！"

马英武严肃地说："长芹，你知道李大成罪有多重吗？"

孙长芹耍赖地说："不管他有多重，反正我盯上你啦，你得帮忙，不然我就跟你没完！"

马英武说："你要是因为这事，我回去吃饭啦！"

孙长芹拽住马英武的胳膊，眼睛红了："马英武，你还有良心没有？我孙长芹哪点对不起你？你当县长，我求过你什么？不就是孩儿他爸这点事吗？"

马英武焦躁地说："你别哭，这又不是一天两天的事啦！"

孙长芹倔倔地说："要么你就让冯敏立马把姓李的毙了，我眼不见心不烦，要么你就把他放了！你不答应，我就让大姨从开发区撤资！我还帮你干什么？整个儿一个喂不亲的狼！"

马英武气得双手在颤抖，强忍住怒火："你——好，这是从你孙长芹嘴里说出来的。我马英武不怪你。因为这并不代表王美珠的意见！"

孙长芹的心一旦硬起来了，像铁一样硬。她的头很痛，像是勒着一根绳子，绳子马上就断裂了。她拽着马英武的手，风风火火地闯到餐桌旁，恶恶地说："娘，你都跟大姨说啦？"

王老太太点点头，老脸异常冷硬。

屋里的人都呆呆地看着孙长芹。

孙长芹扭头对马英武说："马英武，我给你个面子，你当着我姨的面儿，痛痛快快表个态，我的事你说你给不给办？"

王美珠满脸惊惶："长芹，你这是——"

马英武异常镇定，缓缓地说："王女士，我先声明，长芹求我的事很难办。她说我不答应，您就不会投资啦！是这样吗？"

王美珠多皱的老脸哆嗦着，看看王老太太，又看看孙长芹，额头的汗粒儿就落下来了。王老太太咬牙切齿地说："你说，你说——"

孙长芹走过去摇着王美珠的肩膀。哭着："眼下就只有您能救大成了，救大成也就是救我哩——"

王美珠想张嘴，又咽回去了。

屋里的空气似乎凝结了，没有一点儿声音。

王美珠终于说："马县长，我们雪莲湾有句古训，受人滴水之恩必将涌泉相报！听说，我妹妹和长芹过去对你有恩，你为何不报呢？还有一句话，你有权不使过期作废呀！"

马英武正色而立："您还没正面回答我的提问！"

王美珠说："你不答应长芹，我就撤资！"

马英武双眼喷怒，咬肌频动，此时他的尊严受到了极大的伤害！多少年了，他最为担心的痛苦局面还是来了，王家人向他讨债来了。短短的一瞬间，过去的情景像电影一样闪过。欠债是要还的，可不是这种还法——拿原则做交易，去还自己的情债！他一阵热血撞头，眼前一黑，挥动着胳膊将饭桌掀了起来："滚，滚！没有你们王氏的资金，我们开发区一样能开发起来！你们有几个臭钱，就想买法律和尊严吗？办不到！"

饭菜哗哗地抖落一地。

马英武身子一晃，险些栽倒。

马英武的举动出乎孙长芹的预料。孙长芹哑口无言，满脸惊慌地搀扶着王老太太和王美珠悻悻而去。

马英武看都没看她们一眼，定定地靠在流着干红葡萄酒的墙壁上。这种心灵上的撞击和来自心底深处的震颤，使他难以平静。他的眼睛闪烁着格外逼人的光芒。

他默默地问着自己：你是马英武吗？你还有点血性呢！

夜幕降临了。这一夜，马英武经历了一个艰难的不眠夜。